ROMAN DER LEIDENSCHAFT

Shirlee Busbee

Piraten-Lady

auf stürmischer See

Deutsche
Erstveröffentlichung

Wilhelm Goldmann Verlag

Titel der Originalausgabe: Lady Vixen II
Originalverlag: Avon Books, New York
Aus dem Amerikanischen von Helga August

Made in Germany · 4/82 · 1. Auflage · 1110
© der Originalausgabe 1980 by Shirlee Busbee
© der deutschsprachigen Taschenbuchausgabe
1982 by Wilhelm Goldmann Verlag, München
Umschlagentwurf: Atelier Adolf & Angelika Bachmann, München
Umschlagfoto: Fawcett, New York
Gesamtherstellung: Mohndruck Graphische Betriebe GmbH, Gütersloh
Verlagsnummer: 26156
Lektorat: Helmut Putz/Peter Wilfert · Herstellung: Gisela Ernst
ISBN: 3-442-26156-2

1. Teil

Der Schurke und die Füchsin

>»Ich hasse und ich liebe.
>Warum ich es tue,
>magst du fragen –
>ich weiß es nicht.
>Doch es ist so,
>und ich muß leiden.«
>*Catullus*

1

Dieser Winter war einer der längsten und härtesten, die London seit Jahrhunderten erlebt hatte. Die Themse war zu einer einzigen Eisbahn geworden, so daß man sie ungefährdet zu Fuß oder mit dem Wagen überqueren konnte, und bald schon entwickelte sich hier ein regelrechter ›Winter-Jahrmarkt‹. Dieser Jahrmarkt bot ein herrliches Schauspiel: Dicht an dicht drängten sich die Marktbuden der Bäcker, Fleischer und Barbiere; es gab Schaukeln für die Kleinen, Kegelbahnen, Bücherstände, Spielzeugläden – genau wie auf einem richtigen Jahrmarkt. Als die klirrende Kälte endlich vorüber war, kam der Schnee. Sechs Wochen lang schneite es ununterbrochen, London schien in den Schneemassen zu ersticken.

Als Christopher Saxon zusammen mit Nicole Ashford und Mrs. Eggleston von Bord der Scheveningen ging, war das Wetter noch immer rauh und ungemütlich. Schimpfend über die unwirtlichen Witterungsverhältnisse, hatte Christopher die beiden Damen sofort ins Grillions-Hotel, einen modernen Bau in der Albemarle Street, gebracht.

Doch nicht nur das extreme Wetter beherrschte in diesen ersten drei Monaten des Jahres 1814 die Gespräche der Bewohner Londons; jenseits des Kanals lag Napoleons Reich in Trümmern. Unter Schwarzenburg marschierten die Österreicher, unter Marschall Blücher die Deutschen in Paris ein. Wellington schlug Soult bei Toulouse, und am 6. April 1814 kapitulierte Napoleon schließlich und dankte ab. Um Mitternacht des folgenden Tages verließ er Paris und ging ins Exil auf die Insel Elba. Louis, der Bourbone, der im Exil alt und fett geworden war, regierte nun als König von Frankreich Louis XVIII.

Im April war der grausame Winter endlich vorüber, der Krieg mit Napoleon beendet, und ganz England befand sich in einem Freudentaumel. Überall leuchteten die weißen Kokarden und die Fahnen der Bourbonen auf. Doch trotz der festlichen Stimmung in der Stadt hatten weder Christopher noch Nicole das Gefühl, heimgekehrt zu sein. Was Christopher betraf, so war das verständlich – er hatte England unfreiwillig, unter häßlichen Umständen, verlassen. England war für ihn ein fremdes Land, das noch dazu mit seinem neuen Heimatland Amerika im Krieg lag. Nicole hatte zwar auch keine starke Beziehung zu England, das sie vor so vielen Jahren verlassen hatte, doch sie konnte nicht verhindern, daß Erinnerungen aus ihrer Jugend und der Zeit danach in ihr wach wurden.

Sie dachte an die goldenen Tage ihrer Kindheit. Wie unbeschwert war dieser Abschnitt ihres Lebens doch verlaufen, in der Geborgenheit ihres Elternhauses. Voll Wehmut dachte sie an ihren liebevollen Vater, ihre schöne Mutter, ihren geliebten Bruder Giles. Und als wäre es gestern gewesen, erlebte sie im Geiste noch einmal die schreckliche Zeit nach dem plötzlichen Unfalltod ihrer Familie, der ihr Leben von einem Tag auf den anderen verändert hatte. Gerade zwölf Jahre alt war sie damals gewesen. Ihre einzigen Verwandten waren Agatha und William Markham und deren Sohn Edward gewesen, die alsbald nach Ashland, dem Landsitz der Ashfords, gezogen waren, um Nicole ›unter ihre Fittiche zu nehmen‹, wie sie es genannt hatten. Erbittert verzog Nicole den Mund, als sie an die Art der Fürsorge dachte, welche die Markhams ihr hatten angedeihen lassen. Sie hatten von Anfang an nur ein Ziel verfolgt: das Vermögen der Ashfords an sich zu bringen. Als der einfachste Weg dazu war ihnen eine Heirat zwischen Edward und Nicole erschienen. Als auch Mrs. Eggleston, Nicoles einzige Freundin, nach dem Tod ihres Mannes, des Colonel Eggleston, England verlassen hatte, um nach Kanada zu gehen, hatte Nicole sich vollends verlassen gefühlt, und mehr und mehr war in ihr der Entschluß gereift, den Markhams zu entfliehen. Heute allerdings fragte sie sich, ob es wirklich ein solch glücklicher Zufall gewesen war, daß der berüchtigte Piratenkapitän Saber ausgerechnet zu jenem Zeitpunkt in Beddington's Corner aufgetaucht war. Als Junge verkleidet, war es ihr gelungen, ihn zu überreden, sie als Schiffsjunge anzuheuern. Abgesehen von den Schwierigkeiten, ihre Verkleidung aufrechtzuerhalten, hatte ihr das rauhe, abenteuerliche Leben auf der ›Belle Garce‹, Kapitän Sabers Piratenschiff, gut gefallen, und es hatte fünf Jahre gedauert, bis Saber hinter ihr Geheimnis gekommen war.

Von diesem Augenblick an allerdings hatte sich ihr Leben geändert, und noch heute zog sich ihr Herz krampfhaft zusammen, wenn sie an die Zeit der Demütigungen und Erniedrigungen dachte, die damals begonnen hatte. Ihr bester Freund an Bord der ›Belle Garce‹, Allen Ballard, war in den Verdacht geraten, ein englischer Spion zu sein, und Saber hatte ihn in das Gefängnis seines Freundes Jean Lafitte, des Führers einer riesigen Schmugglerorganisation auf der Insel Grand Terre, werfen lassen. Saber, der Gefallen an seinem ehemaligen Schiffsjungen gefunden hatte, versprach Nicole, Allen freizulassen, wenn sie seine Geliebte würde.

Und sie hatte es geschehen lassen; er lehrte sie alle Freuden und Leiden der Lust, quälte und liebte sie und stürzte die unerfahrene Nicole in eine grenzenlose Verwirrung der Gefühle. Nie jedoch würde sie jene letzte Liebesnacht vergessen, in der sie ihre Vereinigung so tief und wild erlebten und in der sie endlich erkannte, was sie sich vorher nie eingestanden hätte: daß sie ihn liebte. Ein schwerer Seufzer entrang sich ihrer Brust, als sie daran dachte, daß diese Liebe wohl nie Erfüllung finden würde, denn Saber war – nach einem bitteren Erlebnis in seiner Jugend – nicht mehr in der Lage oder bereit, eine Frau echt zu lieben.

Wie schon so manches Mal, fragte Nicole sich auch jetzt, ob er wohl ihretwegen sein Doppelleben als Pirat aufgegeben hatte, denn kurz nachdem er entdeckt hatte, daß sie eine Frau war, hatte er die ›Belle Garce‹ verkauft, um ein solides bürgerliches Leben zu führen. Damals hatte er auch sein eigenes Geheimnis gelüftet und sich als Christopher Saxon, der Enkel von Lord Saxon, mit dem die Ashfords gutnachbarliche Beziehungen unterhalten hatten, zu erkennen gegeben. Als Junge von sechzehn Jahren hatte er damals ein Verhältnis mit Nicoles schöner Mutter Annabelle gehabt; diese jedoch hatte seine junge Liebe schändlich ausgenutzt und ihn, gemeinsam mit seinem Onkel Robert Saxon, schwer hintergangen. Man hatte ihn daraufhin in die Britische Marine gesteckt. Das Leben dort war jedoch so hart und grausam gewesen, daß er bald, zusammen mit seinem Freund Higgins, desertiert war und seine Doppelrolle als Piratenkapitän Saber aufgenommen hatte.

Auf der Suche nach neuen Aufgaben war Christopher die Bitte Jason Savages, nach England zu reisen, um herauszufinden, ob die Engländer einen Angriff auf New Orleans planten, recht gelegen gekommen, zumal, da sich dies mit seinem Vorhaben, Nicole in ihre Heimat zurückzubringen, gut vereinbaren ließ.

Voraussetzung für das Gelingen seines Planes war zunächst gewesen, aus der völlig verwilderten Nicole eine junge Dame zu machen, was ihm mit Hilfe von Mrs. Eggleston, die er zufällig in New Orleans wiedergetroffen hatte, nach wochenlangem Bemühen auch gelungen war. Nicole mußte unwillkürlich lächeln, wenn sie an diese Zeit zurückdachte, die ihr, trotz aller Anstrengungen, auch viel Vergnügen bereitet hatte. Das einzige, was Nicole an der ganzen Angelegenheit nicht gefiel, war die Tatsache, daß sie ihr neues Leben mit einer Lüge beginnen sollte. Um keinen Verdacht gegen Christopher aufkommen zu lassen und ihn als ihren Begleiter und Beschützer glaubwürdiger erscheinen zu lassen, sollte sie die fünf auf der ›Belle Garce‹ verbrachten Jahre verschweigen und statt dessen erzählen, sie sei damals mit Mrs. Eggleston zusammen aus England weggegangen und habe seitdem bei ihr in Kanada gelebt. Als das Kriegsgeschehen nähergerückt war, hatten sie angeblich die Flucht nach New Orleans angetreten, wo ihnen alsbald Christopher Saxon über den Weg gelaufen war, der sie seitdem unter seine Fittiche genommen und Nicole zu seinem Mündel gemacht hatte.

Nicole mußte sich zwingen, in die Realität zurückzukehren. Trotz der widersprüchlichen Empfindungen, die sie beim Betreten ihres Heimatlandes heimsuchten, war sie froh, die Enge des Schiffes verlassen zu können, denn Christophers ständige Nähe während der langen Reise war eine außerordentliche Qual für sie gewesen.

Als einzige war Mrs. Eggleston wirklich glücklich über ihre Rückkehr nach England. Sie war wieder zu Hause – und Christopher und Nicole waren bei ihr! In der ersten Woche nach ihrer Ankunft erfuhren sie die jüngsten Neuigkeiten und Gerüchte, die in der Stadt kursierten. Die Nachricht von Napoleons Abdankung erfüllte Christopher mit einiger Bestürzung – nun waren die britischen Truppen frei für den Einsatz in Amerika. Er wußte, wie wichtig schnelles Handeln war, doch er mußte vorsichtig sein. Im Augenblick konnte er nichts weiter tun, als die Rolle des heimgekehrten Sohnes zu spielen.

Die erste Woche verging schnell. Christopher hatte viel zu erledigen; er mußte einen Bankier aufsuchen, um einen Kredit aufzunehmen, Pferde und eine Kutsche mieten und einen Agenten für die Abwicklung seiner Geschäfte suchen.

Die Damen hatten sofort Gefallen daran gefunden, durch die Geschäftsstraßen zu bummeln, und Nicole überredete Mrs. Eggleston nach deren anfänglichem Widerstand, ihre Garderobe um einige elegante Stücke zu erweitern. Christopher schrieb die beiden Damen in Colburnes Leihbücherei ein und fand sogar noch Zeit, sie bei einigen ihrer Stadtbummel zu begleiten.

Erstaunlicherweise benutzte Christopher zunächst keines der Empfehlungsschreiben des amerikanischen Staatssekretärs, und er bemühte sich auch nicht, Nicoles Pflegeeltern ausfindig zu machen. Statt dessen stattete er dem Somerset House einen Besuch ab, jener Institution, bei der alle Geburten, Eheschließungen und Sterbefälle registriert waren. Zu seiner grenzenlosen Erleichterung entdeckte er, daß Simon Saxon noch immer der sechste Lord of Saxony war. Sein Großvater lebte also noch, und wieder einmal fragte er sich, wie der jähzornige alte Mann seine Rückkehr wohl aufnehmen würde. Doch er sprach mit niemandem darüber, und obwohl er wußte, daß sein Großvater sich zur Zeit in seinem Londoner Haus aufhielt, unternahm er nichts, um eine Begegnung in die Wege zu leiten. Er versuchte, die Stimmung unter der Bevölkerung auszumachen, und hielt Augen und Ohren offen, um sich nichts von den sich wie Lauffeuer verbreitenden Neuigkeiten und Gerüchten entgehen zu lassen.

Sein erster offizieller Besuch galt Alexander Baring, dem Direktor des großen Bankhauses Hope & Baring, das die amerikanischen Interessen in England vertrat. Baring war auch Parlamentsmitglied und hatte alles versucht, um den Krieg gegen Amerika zu verhindern und eine Aufhebung der Verfügung zu erreichen, die den Engländern das Recht verlieh, amerikanische Schiffe an der Weiterfahrt zu hindern. Er begrüßte Christopher herzlich, bat ihn, Platz zu nehmen, und begann, nachdem er ihm eine Zigarre und eine Erfrischung angeboten hatte, Monroes Empfehlungsschreiben zu lesen. Dann hob er den Blick und erklärte: »Ich möchte Sie nicht entmutigen, doch ich fürchte, ich kann im Augenblick nichts für Sie tun. Sie sind nicht in offiziellem Auftrag hier, und unsere Länder befinden sich noch immer im Krieg gegeneinander. Ich kann Sie in die Londoner Gesellschaft einführen, aber ich fürchte, damit sind meine Möglichkeiten auch schon erschöpft.«

Christopher nickte. »Natürlich. Mehr habe ich auch nicht erwartet.« Er lächelte verbindlich. »Ich kann nur hoffen, daß Sie sich auch weiterhin für unsere Belange einsetzen.«

»In diesem Punkt möchte ich Sie beruhigen, doch leider kann ich nur sehr wenig an der verdammten Situation ändern. Zumindest haben die Amerikaner jetzt eine Kommission gebildet, die sich für Friedensgespräche einsetzt.« Mit einem verlegenen Lächeln fügte er hinzu: »Wenn nur England das gleiche tun würde und wir endlich einen Ort für die Friedensverhandlungen festsetzen könnten.«

Christopher sah ihn überrascht an. »Verzeihen Sie, ich dachte, die Gespräche sollten in Göteborg in Schweden stattfinden?«

Baring schüttelte den Kopf. »Nein. Göteborg war wohl eine Zeitlang im Gespräch, doch jetzt hat man – aus welchen Gründen auch immer – Gent in Ostflandern in Erwägung gezogen.«

»Ich verstehe«, meinte Christopher nachdenklich. »Und dieser Wechsel des Verhandlungsortes wird zweifellos den Beginn der Gespräche um Wochen, wenn nicht gar um Monate hinausschieben, nicht wahr?«

»Ich fürchte, ja. Aber seien wir guter Hoffnung – auch England wünscht den Frieden.«

Christopher stimmte ihm höflich zu; er wollte Baring seine gegenteilige Ansicht nicht darlegen. Schließlich war Baring Mitglied des Parlaments und hatte als solches vor allem die Interessen Englands im Auge, auch wenn er vielleicht wirklich den Frieden wollte. Nachdem sie einige weitere Höflichkeitsfloskeln ausgetauscht hatten, verabschiedete Christopher sich. Er kehrte in sein Hotel zurück, wo er lange Zeit unruhig im eleganten Salon seiner Suite auf und ab ging.

England will vielleicht wirklich den Frieden, dachte er erbittert, doch erst, wenn es Amerika eine weitere entscheidende Niederlage beigebracht hat. Eine Niederlage, die diesen unverschämten Kolonisten endlich klarmachen würde, wer die wirkliche Macht besaß. Die Tatsache, daß man sich über den Ort der Friedensverhandlungen noch nicht geeinigt hatte, deutete auf eine Verzögerungstaktik hin. Obwohl Monroe und Castlereagh sich für direkte Verhandlungen ausgesprochen und die Amerikaner bereits ihre Delegierten ernannt hatten, schienen die Briten nichts unternommen und auf diese Weise eine weitere Verzögerung herbeigeführt zu haben, eine Verzögerung, die es ihnen vielleicht ermöglichen würde, New Orleans zu erobern. Es war seine Aufgabe, Beweise für diese Pläne der Engländer zu finden, doch Christopher mußte erkennen, daß er im Augenblick kaum etwas tun konnte, außer Kontakte zu knüpfen und darauf zu hoffen, daß er durch Zufall über etwas stolpern würde, das ihm die erwünschten Informationen brachte.

Schließlich gesellte er sich zu den Damen, die im Salon ihren Tee einnahmen. Es war Mrs. Eggleston, welche die Rede auf seine Familie brachte. »Wann werden wir deine Familie besuchen, Christopher? Wir sind jetzt schon über eine Woche in London, und wir haben noch niemanden von deiner Familie von deiner Ankunft benachrichtigt.«

Christopher sah sie bestürzt an; er hatte seine Familie bisher gemieden, weil er nicht sicher war, daß er in der Lage sein würde, den möglichen Beschimpfungen und Vorwürfen entgegenzutreten. Wie würde sein Großvater ihn aufnehmen? Und Robert ... würde er ein neues Komplott gegen ihn schmieden? Das Wiedersehen mit seiner Familie würde nur Komplikationen bringen, die ihm im Augenblick ganz und gar nicht in sein Konzept paßten.

Leider war Mrs. Eggleston nicht bereit, ihm eine andere Wahl zu lassen. »Nun, Christopher?« fragte sie, als er noch immer schwieg.

Einen Fluch unterdrückend, erwiderte er schließlich widerwillig: »Ich könnte heute abend in der Cavendish Street vorsprechen und zumindest meine Karte abgeben, falls ich niemanden antreffe.«

Mrs. Eggleston blickte ihn forschend an, doch ehe sie sich dazu äußern konnte, mischte sich Nicole mit einer Frage ein, die schon längere Zeit im Raum gestanden hatte, auf deren Beantwortung jedoch weder sie noch Christopher sehr erpicht waren. »Wissen mein Onkel und meine Tante, daß ich zurückgekommen bin? Haben Sie ihnen geschrieben, oder soll ich es tun?«

Auch Nicole hätte die Dinge lieber auf sich zukommen lassen, aber Mrs. Egglestons direkte Frage hatte nun ein noch längeres Ausweichen unmöglich gemacht.

Insgeheim verwünschte Christopher Nicole ob ihrer unerwarteten Frage. Er hatte die Markhams ganz bewußt noch nicht von der Rückkehr ihrer Nichte unterrichtet, weil ihm der Gedanke, daß Nicole nicht mehr bei ihm sein sollte, unerträglich war. Grimmig sagte er sich aber, daß diese Gefühle bald vorüber sein würden und die Ursachen für sie lediglich in den langen Jahren, die sie miteinander verbracht hatten, begründet lägen. Er hatte sie heranwachsen sehen, ja, er hatte ihr geholfen, erwachsen zu werden, und hatte aus dem unerfahrenen Nick die schöne, begehrenswerte junge Dame gemacht, die ihm jetzt gegenübersaß.

Am liebsten hätte er gar nicht geantwortet; er ärgerte sich und fühlte sich in die Enge getrieben. »Nein, ich habe sie noch nicht benachrichtigt«, meinte er schließlich. »Ich habe auch nicht vermutet, daß du es so eilig hast, in den Schoß deiner Familie zurückzukehren.« Diese Worte waren ungerecht; Christopher wußte es und bedauerte sie sofort.

Nicoles Augen wurden dunkel vor Zorn, und Mrs. Eggleston übernahm die Rolle der Schlichtenden. »Ich bin sicher, Nicole hat es nicht so gemeint, Christopher. Du solltest in Gegenwart von Damen nicht so reden.«

Christopher unterdrückte seine erneut aufsteigende Wut und zwang sich zur Ruhe. »Ich bitte um Entschuldigung. Ich werde sofort darangehen, Ihre Wünsche zu erfüllen.« Damit verbeugte er sich förmlich und verließ den Raum.

»Was ist nur mit ihm los?« fragte Mrs. Eggleston, leicht irritiert durch seine schlechte Laune. »Ich habe ihn noch nie so erlebt.«

Sie kennt ihn eben nicht, dachte Nicole ärgerlich und setzte klirrend ihre Tasse ab. Doch sie wußte sich inzwischen zu benehmen und erwiderte leichthin: »Vielleicht fühlt er sich nicht wohl, oder sein Besuch bei Mr. Baring ist nicht so verlaufen, wie er ihn sich gewünscht hätte. Wer weiß?«

Mrs. Eggleston blickte sie nachdenklich an. »Das könnte sein«, meinte sie. »Doch ich habe das Gefühl, es steckt mehr dahinter.«

Sie hatte natürlich recht mit ihrer Annahme. Man erwartete von ihm, etwas zu tun, das er ganz und gar nicht wollte. Und während er die Damen verließ, verfluchte er sein Schicksal, das ihm Nicole Ashford, ihre Mutter – diese verdammte, betörende Annabelle –, seinen Onkel Robert und Jason Savage über den Weg hatte laufen lassen.

In den folgenden Stunden setzte er mehrere Briefe an die Markhams auf, zerknüllte sie alle wieder und warf sie in den kalten Kamin in seinem Zimmer. Er wußte jedoch, daß ein längeres Hinauszögern ihre Geschichte unglaubwürdig machen würde, und ergriff noch einmal einen leeren Bogen Papier, den er aber ebenfalls gleich wieder zerknüllte.

Er würde den Markhams nicht schreiben – nicht jetzt, und die Gründe dafür gingen niemanden etwas an! Der Teufel sollte jeden holen, der ihn danach fragte – Nicole eingeschlossen!

Er wußte, daß er sie unmöglich noch länger in seinem Junggesellenhaushalt behalten durfte; daran änderte auch Mrs. Egglestons Anwesenheit nichts. Er hätte die Markhams sofort nach ihrer

Ankunft in England benachrichtigen müssen, doch wenn sie erst einmal wußten, wo Nicole war, gab es keine legale Möglichkeit mehr für ihn, sie daran zu hindern, Nicole zu sich zu holen.

Nachdenklich starrte er auf seine glänzenden Stiefelspitzen. Allein würde er ihr nicht helfen können. Doch sein Großvater war ein Lord, und wenn die Geschichte, die Nicole allen erzählt hatte, der Wahrheit entsprach, würde er eine Menge für sie tun können. Er war sehr einflußreich, und es würde ihm vielleicht sogar möglich sein, die Vormundschaft der Markhams rückgängig zu machen. Dann freilich würde sich eine neue Frage stellen: Wer sollte an die Stelle der Markhams treten?

Vielleicht ein Ehemann, sagte sich Christopher, doch sofort wurde ihm bewußt, in welche Richtung seine Gedanken liefen, und er fuhr wie von der Tarantel gestochen in die Höhe. Er als Nicoles Ehemann?

Um Gottes willen, nein! Das war lächerlich. Sie mochten sich nicht, abgesehen von der seltsamen Anziehungskraft, die ihre Körper aufeinander ausübten. Aber das würde nachlassen. Nein, er würde ihr nicht die Ehe als Ausweg aus ihren Problemen anbieten.

Er fand keine Lösung, doch er faßte einen Entschluß in diesen Stunden, in denen er allein in seinem Zimmer saß. Er würde seinen Großvater aufsuchen – sofort!

Er läutete nach Higgins und kleidete sich für den bevorstehenden Besuch besonders sorgfältig an – braune Reithosen, eine schlichte einreihige weiße Weste und eine schwarze Samtjacke mit flachen goldenen Knöpfen. Dann bürstete er sein dichtes schwarzes Haar und bot so das Bild eines untadeligen Enkels. Würde aber auch Lord Saxon dieser Meinung sein?

Christopher näherte sich dem großen, stattlichen Haus in der Cavendish Street mit sehr gemischten Gefühlen. Er fürchtete sich zwar nicht, weder vor seinem Großvater noch vor seinem Onkel Robert, doch er fühlte sich ziemlich unbehaglich. Er wußte, daß sein Großvater es ohne weiteres fertigbringen würde, ihn hinauszuwerfen, und daß Robert ihn mit Freuden einen Deserteur nennen würde.

Doch er empfand auch eine gewisse Gleichgültigkeit. Wenn

sein Großvater ihn nicht empfangen und anhören wollte – dann zum Teufel mit ihm! Im Grunde seines Herzens freilich wünschte er sich nichts sehnlicher, als sich mit ihm auszusöhnen.

Auf sein Klopfen hin öffnete ihm ein Butler in betont würdevoller Haltung. Ohne Kommentar überreichte ihm Christopher seine Karte und sagte: »Ich möchte Lord Saxon sprechen ... wenn er zu Hause ist. In einer persönlichen Angelegenheit.«

Als der Butler Christophers Namen las, flackerte einen Moment ein schwaches Interesse in seinen trüben Augen auf. »Wenn Sie hier bitte warten wollen. Ich werde sehen, ob Lord Saxon Sie empfangen kann«, sagte er und ging den langen weißen Flur hinunter.

Jetzt, im entscheidenden Augenblick, war Christopher plötzlich von Ungeduld erfüllt und schritt ruhelos über den dekorativ verlegten Steinfußboden.

Plötzlich jedoch versteifte sich sein Körper, als eine Tür aufschwang und eine wohlbekannte Stimme dröhnend rief: »Wo, zum Teufel, ist er? Du hühnerköpfiger Gemütsmensch! Laß ihn nicht wie einen Bettler warten! Begreifst du nicht – mein Enkel ist heimgekehrt!«

Ein großer, hagerer, elegant gekleideter Mann trat in die Halle; seine Augen leuchteten wie funkelndes Gold, sein dunkles Gesicht war von Furchen durchzogen, zu denen das dichte schwarze Haar in krassem Gegensatz stand. Die Ähnlichkeit zwischen den beiden Männern war unglaublich – so würde Christopher in vierzig Jahren aussehen! Als Simon in Christophers glattes männliches Gesicht starrte, war es ihm, als sähe er sich selbst.

Schweigen senkte sich über sie; lange blickten sie einander wortlos an. Dann warf Christopher, dessen Herz plötzlich schneller zu schlagen begann, Simon ein Lächeln zu, und ein Gefühl unbändiger Freude verdrängte rasch seine Ängste.

»Nun«, sagte der alte Mann, »du bist also zurückgekommen. Es war aber auch höchste Zeit.«

»Das Gefühl habe ich auch«, entgegnete Christopher grinsend. »Sie sehen noch genauso wie früher aus, Sir, wenn ich das bemerken darf.« Sein Grinsen verschwand, als seine Augen forschend über die lieben, vertrauten Züge des alten Mannes wanderten. »Nach allem, was ich gehört habe, hatte ich nicht erwartet, Sie so wohlauf vorzufinden. Ich bin glücklich, daß Sie wieder gesund sind.«

Simon erwiderte: »Du kleiner Teufel, was hast du dir eigentlich dabei gedacht, so mir nichts, dir nichts zu verschwinden? Du hast mich damit beinahe umgebracht. Aber jetzt bist du da – und das freut mich!«

Kaum hatte er den Satz beendet, bellte er den wartenden Butler an: »Und du Dummkopf, was stehst du hier herum? Sorge dafür, daß Zimmer für ihn hergerichtet werden!« Sein glühender Blick kehrte zu Christopher zurück, und er fragte: »Wo ist dein Gepäck? Sage mir nicht, daß du keines hast.«

Vorsichtig entgegnete Christopher: »Ich wohne im Grillions, und bevor du weitere Verfügungen triffst, möchte ich dich warnen. Ich bin nicht allein.«

»Verheiratet, was? Nun, das ist gut, mein Junge, vorausgesetzt, sie ist ein ordentliches Mädchen. Ich will keine Schlampe in meinem Haus – ob sie deine Frau ist oder nicht. Aber komm, laß uns in mein Arbeitszimmer gehen.«

Mit festem Griff umklammerte er Christophers Arm, während er ihm mit der anderen Hand herzlich auf die Schulter klopfte. »Zum Teufel, mein Junge, das ist eine angenehme Überraschung«, knurrte er mit belegter Stimme, als er ihn in sein Arbeitszimmer führte.

Dort angekommen, sahen sie sich wieder lange schweigend an. Christopher dachte daran, daß sein Großvater bis zu diesem Augenblick keine Ahnung gehabt hatte, was aus ihm geworden war. Es fiel ihm seltsam schwer, Worte zu finden. Was sagte man nach fünfzehn Jahren?

Auch Simon erging es ähnlich, doch im Augenblick empfand er ihr Schweigen nicht als störend. Er war glücklich, diese geliebten Züge betrachten zu dürfen, von denen er geglaubt hatte, daß er sie nie wiedersehen würde. Und er war stolz auf seinen Enkel. Gott sei gedankt, der Junge ist in Ordnung, dachte er, und er ist zu mir zurückgekehrt.

Um seine Bewegung zu überspielen, sagte er rauh: »Setz dich. Setz dich.« Er trat an den Likörschrank und nahm eine Flasche edlen französischen Brandy heraus und schenkte zwei Gläser ein.

Dann nahm auch er Platz und meinte: »Nun sag mir, du Schlingel, warum du damals fortgelaufen bist. Du mußtest doch wissen, daß mein Zorn verfliegen würde. Verdammt noch mal, Junge! Wenn du nur gewartet hättest, hätte ich dir alles erklären können.«

Verblüfft starrte Christopher ihn an. »Erklären?«

»Natürlich! Verdammt, Christopher, was sollte ich denn anderes tun? Da war die heulende Annabelle, die schwor, von dir vergewaltigt worden zu sein. Adrian war außer sich vor Eifersucht – ich mußte einfach so handeln.« Beinahe bittend fügte er hinzu: »Ich weiß, ich war sehr hart zu dir, und das hattest du nicht verdient.« Er hielt inne, als er Christophers fassungslosen Blick bemerkte. »Ich mußte so handeln – ich konnte Adrian doch schlecht sagen, daß seine Frau eine Lügnerin und eine Hure und mein Sohn ihr Liebhaber sei.«

Sprachlos starrte Christopher ihn an. Dann stieß er hervor: »Sie haben es gewußt?«

»Natürlich habe ich es gewußt. Nicht das freilich, daß sie dich als Sündenbock benutzen wollten. Schon länger wußte ich aber, daß Robert ein Verhältnis mit Annabelle hatte und Annabelle mit deiner jugendlichen Liebe nur spielte. Doch mir ist nie der Gedanke gekommen, daß sie Adrian glauben machen wollten, du seist der Mann, der ihm Hörner aufsetzte.« Betrübt fügte er hinzu: »Ich hätte nie für möglich gehalten, daß man dich bestrafen könnte. Doch ich will ehrlich sein ... ich war sehr wütend an jenem Tag auf dich, weil du solch ein romantischer Narr warst. Und auf Robert und Annabelle hatte ich eine Wut, weil sie die ganze verdammte Situation geschaffen hatten. Und mich selbst hätte ich ohrfeigen können, weil ich ihnen nicht noch früher auf die Schliche gekommen war.« Er blickte Christopher gequält an und fragte leise: »War es wirklich nötig, auf diese Weise zu verschwinden? Du hättest doch wissen müssen, daß ich dich nie verurteilt hätte, ohne dich vorher angehört zu haben? Warum hast du mich in den fünfzehn Jahren nie wissen lassen, wo du bist? Hast du nie daran gedacht, daß ich mir Sorgen machen könnte? Ich bin fast verrückt geworden vor Angst um dich.«

Christopher hatte sich noch nie in seinem Leben so unsicher gefühlt, und es war ihm unmöglich, sich zu rechtfertigen. Ganz offensichtlich hatte Simon keine Ahnung, daß Robert ihn, Christopher, buchstäblich verkauft hatte, und er schien auch nichts davon zu wissen, daß er vor fünf Jahren hier gewesen war, um sich mit ihm auszusöhnen. So sehr er seinen Onkel Robert auch haßte und verachtete, er brachte es nicht fertig, ihn nun zu verraten. Er wollte dem alten Mann diese Enttäuschung über seinen einzigen lebenden Sohn ersparen. Er wußte, daß die Wahrheit ihn umbringen würde, und so beschloß er, mit niemandem über das, was zwischen Robert und ihm vorgefallen war, zu reden. Seinem Großvater ruhig in die Augen sehend, sprach er in reuevollem Ton die gnädige Lüge aus: »Sie sagten damals, daß Sie mich nie wiedersehen wollten, Sir, und ich habe mich danach gerichtet.«

Simon verzog schmerzlich das Gesicht, und Christopher verwünschte seine Plumpheit. »Ich bitte Sie, Sir, nehmen Sie es nicht so schwer. Ich bin durch meine eigene Dummheit in diese Situation geraten, und ich muß von Sinnen gewesen sein, als ich so einfach davonlief. Niemand hat mich davon abhalten können. Bitte, machen Sie sich keine Vorwürfe.« Er bemerkte, wie sich das Gesicht seines Großvaters ein wenig aufhellte, und fuhr fort: »Im übrigen war es nur zu meinem Besten. Wie viele andere junge Männer bin ich zur Marine gegangen, und ich muß sagen, diese Entscheidung war gut, auch wenn ich manchmal ein recht gefährliches Leben geführt habe.«

»Du warst bei der Marine?« fragte Simon und blickte ihm forschend ins Gesicht.

Christopher verabscheute sich selbst, doch er antwortete in ruhigem Ton: »Warum nicht? Als ich damals fortlief, begab ich mich in das kleine Dorf hinter Beddington's Corner und traf dort zufällig ein paar Seeleute. Und was sie von ihrem Leben auf See erzählten, klang so aufregend, daß ich fragte, ob ich mit ihnen gehen dürfe.« Und mit fester Stimme fügte er hinzu: »Ich habe es nie bereut, Sir. Nur, daß ich im bösen von Ihnen gegangen bin, hat mich bedrückt.«

Simon gab sich mit seiner Entschuldigung zufrieden. »Genug. Das ist vorbei, und jetzt bist du wieder zu Hause. Und es ist gut so«, sagte er. »Du bist mein Erbe, vergiß das nicht. Wenn ich sterbe, geht der Titel und alles, was dazu gehört, an dich.«

Wieder einmal drängte sich Christopher der Verdacht auf, daß Robert aus verbrecherischen Motiven heraus sein Verschwinden und seinen Tod gewünscht hatte. Das Vermögen der Saxons war außergewöhnlich groß, und der Titel eines Baron von Saxony war ein alter, angesehener Name, den zu tragen jeder Mann stolz sein konnte. Doch würde Robert Saxon dafür einen Mord begehen?

Christophers Züge verrieten nichts von seinen Gedanken, als er erwiderte: »Es ist noch viel zu früh, um über Ihren Tod zu sprechen. Ich bin sicher, es werden noch viele Jahre vergehen, bevor ich Lord Saxon werde.«

»Ha! Wie wenig du doch von mir weißt!« schnaubte Simon. »In den vergangenen Jahren hätte der Tod mich jeden Tag hinwegraffen können, und du hättest nie davon erfahren. Zumindest kann ich dir nicht den Vorwurf machen, dich zu sehr um mein Befinden gesorgt zu haben.«

Christopher grinste nur; er wußte, daß Simon seine wahren Gefühle gern hinter einer rauhen, groben Fassade verbarg und er ihm nur ungern zeigte, wie glücklich er über die Rückkehr seines ältesten Enkels war.

Als er Christophers Grinsen bemerkte, herrschte Simon ihn an: »Wenn du nur zurückgekommen bist, um mich wie ein Idiot anzugrinsen, kannst du ebensogut wieder verschwinden.«

Christopher vermochte ein Lachen nicht zu unterdrücken, und einen Augenblick später spielte auch um Simons Lippen wieder ein Lächeln. »Nun hör auf damit, du kleiner Teufel, und erzähl mir alles.«

Christopher wurde wieder ernst, und er begann anfangs noch stockend, seinem Großvater sein abenteuerliches Leben zu schildern. Dabei bemühte er sich, sich soweit wie möglich an die Wahrheit zu halten. Das war nicht immer leicht, insbesondere, als es zu erklären galt, warum er die Marine verlassen hatte und nie mehr nach England zurückgekehrt war.

Simon mißbilligte, daß Christopher eine Karriere bei der Marine so leichtfertig ausgeschlagen hatte, und Christopher wäre nicht in der Lage gewesen, sich zu rechtfertigen, ohne Robert schwer zu belasten. So erklärte er denn mit einem leichten Achselzucken nur: »Ich habe meine Zeit abgedient und erkannt, daß das

Leben eines englischen Seemannes nichts für mich war.«

»Und du hast natürlich nie daran gedacht, daß du mit meiner Hilfe Offizier hättest werden können«, stellte Simon ärgerlich fest. »Verdammt, Christopher, wenn du mir nur ein Wort geschrieben hättest, wäre es mir ein leichtes gewesen, dafür zu sorgen, daß du eine angemessene Position erhalten hättest. Der Gedanke, daß mein Enkel und Erbe nur ein einfacher Seemann war, obwohl er den Rang eines Kapitäns oder einen noch höheren hätte bekleiden können, gefällt mir ganz und gar nicht. Ein Saxon, der zukünftige Lord Saxon, ein gemeiner Seemann! Beschämend!«

Christopher fragte sich, wie der alte Mann wohl reagieren würde, wenn er erführe, daß er nicht nur ein gemeiner Seemann, sondern sogar ein Pirat gewesen war. Großer Gott! Und so spann er vorsorglich seine Geschichte von seinem Leben auf See und wie er in New Orleans ein Vermögen gewonnen hatte, weiter. Über sein Leben als Pirat ging er hinweg und machte seinen Großvater glauben, daß er sein Vermögen beim Kartenspiel gewonnen habe – was zum Teil ja auch der Wahrheit entsprach.

Als er seine Geschichte beendet hatte, blickte sein Großvater ihn eine Zeitlang eindringlich an, und Christopher fragte sich unbehaglich, wieviel der alte Mann ihm wirklich glaubte.

Tatsächlich war das einzige, was Simon ihm von seiner Geschichte abnahm, daß er sein Vermögen beim Kartenspiel gewonnen hatte. Obwohl Simon gerne alles geglaubt hätte, entdeckte er immer wieder kleine Ungereimtheiten und offensichtliche Unwahrheiten, die ihn stutzig machten. Er war aber klug genug, diese Gedanken für sich zu behalten, und sagte nur: »Zumindest warst du so vernünftig, dahin zurückzukehren, wo du hingehörst.«

Christopher war nahe daran, zu verraten, daß er nur für einen Besuch hier weile und seine Heimat jetzt seine Plantage in New Orleans sei, doch er erkannte, daß er das zum augenblicklichen Zeitpunkt nicht tun durfte. Damit würde er warten müssen, und er konnte nur darauf vertrauen, daß er seinen Großvater mit der Zeit zu der Einsicht zu bringen vermochte, daß er nicht mehr in sein früheres Leben zurückkehren konnte. Und er war Simon dankbar, daß dieser es war, der zu einem anderen, allerdings nicht weniger delikaten Thema, überwechselte.

»Du hast deine Frau nicht ein einziges Mal erwähnt«, stellte Simon fest. »Warum?«

Mit entwaffnendem Lächeln erwiderte Christopher: »Weil ich keine Frau habe, Sir. Ich glaube, ich muß Ihnen die Umstände etwas ausführlicher erklären.«

»Dann los – fasse dich aber kurz!«

So berichtete Christopher von seiner zufälligen Begegnung mit Mrs. Eggleston und Nicole Ashford, doch er hatte Mrs. Egglestons Namen kaum ausgesprochen, als er einen gespannten Ausdruck auf dem Gesicht seines Onkels bemerkte.

»Letitia Eggleston?« fragte Simon ungeduldig. »Du weißt, wo Letty ist?«

Überrascht stieß Christopher hervor: »Letty? Sie meinen Mrs. Eggleston?«

»Natürlich, verdammt noch mal! Ich habe sie nie anders als Letty genannt. Und wenn sie nicht ein solcher Hitzkopf gewesen wäre, keinem Argument zugänglich –« Simon brach mitten im Satz ab und sah seinen ihn fassungslos anstarrenden Enkel an. »Nun schau nicht so entgeistert. Wenn sie also nicht so dumm und nicht so stur und überheblich gewesen wäre, hättest du in ihr heute deine Großmutter vor dir.«

Christopher blickte ihn benommen an; die Vorstellung, daß sein halsstarriger Großvater einmal vorgehabt hatte, die brave, nette Mrs. Eggleston zu heiraten, verschlug ihm vorübergehend die Sprache. Als er sich von seiner Verblüffung erholt hatte, fragte er zögernd: »Sie waren mit ihr verlobt?«

»Ja, verdammt noch mal! Habe ich das nicht gerade gesagt? Doch wir hatten einen entsetzlichen Streit, nach dem ich wie ein kleiner eigensinniger Junge davongestürmt bin und geschworen habe, sie nie wiederzusehen. Aus purem Trotz hielt ich zwei Wochen später um die Hand deiner Großmutter an. Und das, mein Junge, war der größte Fehler meines Lebens.«

Fasziniert von diesem ihm bisher unbekannten Kapitel seiner Familiengeschichte platzte Christopher heraus: »Und?«

Simon rutschte unbehaglich auf seinem Stuhl hin und her. »Die

Wahrheit ist, daß ich deine Großmutter nie geliebt habe, doch Leute unseres Standes heiraten selten aus Liebe. Ich war immer gut zu ihr, aber die richtige Frau für mich wäre Letty gewesen. Ich hätte sie erwürgen können, als sie diesen ungehobelten Eggleston heiratete«, knurrte er böse.

Voll Bitterkeit starrte Simon auf das Glas in seiner Hand. »Mach du nicht den gleichen Fehler, mein Junge. Ich habe viel gelitten deshalb und sicher auch eine Reihe anderer Menschen dadurch unglücklich gemacht.«

Christopher schwieg verständnisvoll. Simon, dem bewußt zu werden schien, daß er zuviel von sich selbst preisgegeben hatte, warf seinem Enkel einen abweisenden, keinen Kommentar duldenden Blick zu und brummte: »Das ist wahrscheinlich alles sehr langweilig für dich. Nun erzähl mir, wieso Letty mit dir nach England gekommen ist.«

Christopher fuhr fort, seine Geschichte zu spinnen, und Simon hörte ihm schweigend zu. Nicht einmal die Existenz Nicole Ashfords schien ihn aus der Fassung zu bringen.

»Das Küken war also die ganze Zeit bei Letty«, knurrte Simon, als Christopher seine Geschichte beendet hatte. »Ich habe allerdings selbst manchmal auch schon so etwas vermutet. Ich wußte, daß Letty das Kind liebte und Nicoles Onkel und ihre Tante wahre Drachen waren. Was also sollen wir jetzt tun?« Er blickte Christopher durchdringend an. »Soll ich sie zu mir nehmen?«

»Wenn Sie wollen«, antwortete Christopher sofort. »Es ist nicht richtig von mir, den Markhams noch länger Nicoles Aufenthaltsort zu verschweigen, und ich weiß, daß sie im gleichen Augenblick, da sie ihn erfahren, über sie herfallen und sie auf dem Land einsperren werden. Sie werden wahrscheinlich nicht einmal Mrs. Eggleston erlauben, sie zu begleiten.«

»Zweifellos. Sie haben seit Jahren von Nicoles Vermögen in Saus und Braus gelebt – jedermann weiß es. Sie haben sogar versucht, sie für tot erklären zu lassen, doch die Behörden wiesen ihren Antrag ab. Es hieß, damit müßte gewartet werden bis zu Nicoles einundzwanzigstem Geburtstag. Die Markhams, besonders dieser Pimpf Edward, waren ganz schön wütend.« Simon kicherte schadenfroh. »Ich würde gern sein Gesicht sehen, wenn er erfährt, daß die Kleine zurück ist.«

Christopher lächelte grimmig. »Er wird mir Rede und Antwort stehen müssen.«

Aha, dachte Simon erfreut, daher weht der Wind also. Seine Augen strahlten, als er erklärte: »Heute ist es zu spät, um die Damen herzubringen, aber ich erwarte, daß du sie mir morgen präsentierst.«

Bei Gott, dachte Simon, nachdem Christopher gegangen war, das ist alles überaus erfreulich. Christopher ist wieder zu Hause, Letty befindet sich bei ihm, und sozusagen als Salz in der Suppe kämpfen wir für die kleine Ashford. Die Markhams auszutricksen, wird mir mehr Freude bereiten als irgend etwas anderes, das ich seit Jahren getan habe.

2

Der Umzug zum Cavendish Square ging reibungslos vonstatten. Trotz seines schnellen Einverständnisses, das Angebot seines Großvaters anzunehmen, hatte Christopher gewisse Vorbehalte. Es widerstrebte ihm, den alten Mann auszunutzen, doch dann sagte er sich, daß es Simon sicher sehr verletzt haben würde, wenn er sich geweigert hätte. Zudem war ihm klar, daß es keine andere Möglichkeit für ihn gab.

Auch Mrs. Eggleston äußerte Bedenken, als Christopher ihr von seinem Vorhaben berichtete, wenngleich diese anderer Natur waren. »Aber ist das denn richtig, Christopher?« fragte sie. »Für dich zweifellos, aber Nicole und ich sind nicht verwandt mit Lord Saxon. Was werden die Leute sagen, wenn wir in seinem Haus wohnen?«

Daran hatte Christopher gar nicht gedacht. Solange Nicole bei ihm lebte, reichte Mrs. Egglestons Rolle als Anstandsdame aus, doch wer übernahm diese Aufgabe für Mrs. Eggleston, wenn sie in Simons Haus lebte?

Da weder Christopher noch sein Großvater mit Nicole verwandt waren, war die Situation schon sehr ungewöhnlich. Es konnte dem Lord nicht daran gelegen sein, ins Gerede zu kommen. Das Ganze wirkte zwar recht lächerlich, wenn man das Alter der beiden Betroffenen in Betracht zog, doch wenn man an ihre lang zurückliegende Beziehung zueinander dachte – und es würde mit Sicherheit Leute geben, die sich daran erinnerten –, ergab sich hier ein Problem, das gelöst werden mußte.

Zum Glück mangelte es Simon nicht an Ideen, und als Christopher ihn am nächsten Morgen aufsuchte und ihm Mrs. Egglestons Bedenken vortrug, erklärte er mit dröhnender Stimme: »Ist dir das jetzt erst eingefallen, mein Junge? Nun, ich habe schon gestern abend daran gedacht.« Ein selbstgefälliges Lächeln spielte um seinen Mund, als er fortfuhr: »Ich habe meine Schwester Regina gebeten, mich zu besuchen. Sie ist verwitwet und lebt in einem kleinen Haus in Chigwell in Essex. Noch gestern abend sandte ich einen Boten zu ihr, und dieser ist vor zehn Minuten mit ihrer Antwort zurückgekehrt. Sie wird heute abend eintreffen, und somit dürfte den Moralaposteln Genüge getan sein.«

Christopher kehrte ins Hotel zurück und berichtete Mrs. Eggleston von Simons Aktionen, worauf sie gerührt murmelte: »Wie klug von ihm! Aber das war er ja schon immer.«

Und so begannen die Dienstboten mit den Vorbereitungen für den Umzug.

Nicole nahm Christophers und Mrs. Egglestons Entscheidung, zu Lord Saxon zu ziehen, widerspruchslos hin. Sie hatte aufgehört zu kämpfen. Ihr Leben verlief äußerst angenehm – Mrs. Eggleston war freundlich und sehr besorgt, ihre Erzieherin Miss Mauer verständnisvoll und stets amüsant, und auch Christopher benahm sich ihr gegenüber höflich und zuvorkommend. Alles, was man von ihr erwartete, war, hübsch auszusehen und anmutig und charmant zu sein, und diese Erwartungen zu erfüllen, fiel ihr nicht schwer.

Immer schwerer wurde es ihr jedoch, sich an die Zeit auf der ›Belle Garce‹ und an ihr Leben als Schiffsjunge zu erinnern, und auch ihre Liebesnächte mit Christopher schienen jetzt in traumhafter Ferne für sie zu liegen. Fast glaubte sie selbst daran, wirklich die zurückhaltende, wohlerzogene junge Dame zu sein, in deren Rolle sie geschlüpft war.

Simon begrüßte sie höflich und entfernte sich sofort; er haßte Unruhe und Durcheinander in seinem Haus.

Am späten Nachmittag waren die Damen in einer geschmackvoll eingerichteten Suite im zweiten Stockwerk untergebracht, zu der ein getrenntes Schlaf- und Ankleidezimmer für jede gehörten. Gemeinsam bewohnten sie einen hübschen Salon, der ganz in sanftem Gelb gehalten und dessen Boden mit einem herrlichen saphirblauen Teppich ausgelegt war. Christophers Zimmer lagen am Ende des breiten, rotweiß tapezierten Ganges auf der gegenüberliegenden Seite des Hauses und waren nicht minder elegant eingerichtet als die der beiden Damen. Die Zimmer der Dienstboten befanden sich im dritten Stock.

Regina traf drei Stunden später als erwartet ein. Ihre Ankunft verursachte einige Aufregung, denn sie reiste mit einer Zofe, einer Friseuse, ihrem ganz persönlichen Pagen sowie einem Reitknecht und einem Fahrer an.

Lady Regina Darby war eine große Frau. Sie besaß eine lange Nase, einen breiten Mund und ein ausgeprägtes, energisches Kinn. Wie ihr Bruder Simon hatte sie schwarzes Haar, das jedoch, obwohl sie fünfzehn Jahre jünger als er war, bereits von silbergrauen Strähnen durchzogen war. Unter ihrem langen, eleganten Mantel trug sie ein tiefrotes Kleid. Ihr Haar war zu einem strengen, doch äußerst attraktiven Knoten zurückgesteckt, der ihre stark ausgeprägten Wangenknochen noch unterstrich. Sie strahlte Würde und Erhabenheit aus, war jedoch ebenso gutmütig, wie sie furchterregend sein konnte.

Während sie in das Zimmer hereinrauschte, rief sie: »Meine Lieben, es tut mir so leid, daß ich mich verspätet habe, doch ich habe es einfach nicht eher geschafft!« Sie warf ihrem Bruder einen schelmischen Blick zu und sagte tadelnd: »Wirklich, Simon, du solltest daran denken, wie alt du bist, und nicht so ungestüm sein.« Noch ehe er etwas erwidern konnte, eilte Regina auf die verwirrte Mrs. Eggleston zu und umarmte sie herzlich. »Liebste Letitia! Wie wundervoll, dich wiederzusehen! Wie konntest du nur so von uns gehen? Wie schön, daß du bei Simon bist! Wir werden reichlich Zeit haben, uns zu unterhalten.«

Dann fiel ihr Blick auf Nicole, die höflich wartend neben dem niedrigen Sofa stand. »Meine Liebe! Welch hübsches Mädchen du geworden bist! Die Herren werden vor unserer Tür Schlange stehen. Oh, ich weiß, ich werde meine Freude daran haben. Ich schwöre, wir werden vierzehn Tage lang keinen einzigen Abend für uns haben.«

Nicole freute sich. Wie lieb Lady Regina doch war. Sie machte einen anmutigen Knicks und sagte: »Danke für das Kompliment. Es ist sehr freundlich von Ihnen und Lord Saxon, uns hier aufzunehmen, und ich hoffe, ich werde Sie nicht enttäuschen.«

»Enttäuschen? Meine Liebe, ich bin nie enttäuscht worden. Niemand würde es wagen, mich zu enttäuschen«, entgegnete Regina augenzwinkernd.

Als sie sich umwandte, fiel ihr Blick auf Christopher, der lässig am Kaminsims lehnte. In seiner schwarzen Samtjacke und den hellen Reithosen bot er das Bild eines Mannes, den keine Frau übersehen konnte. Regina betrachtete ihn eingehend, doch ihr Gesicht verriet nichts von ihren Gedanken. »Nun, Christopher?« sagte sie kühl. »Willst du jetzt hier bleiben, oder gedenkst du wieder ohne Vorwarnung zu verschwinden und deinem Großvater noch einmal soviel Leid zuzufügen?«

»Regina!« rief Simon dröhnend.

»O Gott!« stieß Mrs. Eggleston entsetzt hervor. Alles ist so erfreulich verlaufen, dachte sie unglücklich, aber ich habe Reginas scharfe Zunge vergessen.

Nicole, die ein wenig abseits von den anderen stand, betrachtete die Szene voll Interesse. Kapitän Saber, wie sie Christopher manchmal insgeheim noch nannte, war ihr immer schon ein Rätsel gewesen, und so sehr sie sich auch anstrengte, sie konnte sich nicht erinnern, ihm je in Beddington's Corner begegnet zu sein, obwohl sie wußte, daß sie ihn gesehen haben mußte. Sie hätte zu gern mehr über ihn gewußt, und dies war ihre erste Chance, mehr über seine im Dunkel liegende Vergangenheit zu erfahren. Und so war es nun gar nicht verwunderlich, daß sie Christopher eindringlich beobachtete. Die scharfen Worte schienen ihn aber in keiner Weise zu stören. Er entgegnete mit ironischem Lächeln: »Ich bin zurückgekommen. Finden Sie es richtig, mich mit Fragen nach meiner Abreise zu begrüßen?«

»Nun, ich muß zugeben, du bist ein sehr gutaussehender, schlagfertiger Mann geworden. Aber versuche nicht, mich einzuschüchtern«, wies sie ihn zurecht. Und als Simon sich einlenkend einmischen wollte, rief sie: »Sei still, mein Lieber! Wir gehören alle zu einer Familie, und da werden eben auch manchmal unangenehme Fragen gestellt. Also, nun erzähl schon, Christopher, ich sterbe sonst vor Neugier.«

Der Abend verging schnell, denn Regina unterhielt die anderen mit allen möglichen Klatschgeschichten. Sie stellte auch nur wenige Fragen. Christopher war auf der Hut vor ihr. Er fühlte, daß seine Tante seine Geschichte nicht so ohne weiteres akzeptieren würde, und mehrmals spürte er den forschenden, mißtrauischen Blick ihrer dunklen Augen auf sich ruhen.

In dieser Nacht fand Christopher kaum Schlaf. Zweifel und eine leichte Enttäuschung bohrten in ihm. Ich muß ein Narr gewesen sein, zu glauben, ich könnte nach England zurückkehren, Nicole und Mrs. Eggleston beiseite stellen wie lästige Gepäckstücke, meinem Großvater etwas vorlügen, die Pläne über den Angriff auf New Orleans aufspüren und dann vergnügt wieder nach Amerika segeln.

Am nächsten Morgen gedachte Simon mit Christopher einen Bummel über die St.-James-Street zu machen; er wollte ihm die verschiedenen Herrenclubs zeigen. Doch als Christopher zum Frühstück herunterkam, fand er schon eine von einem Boten abgegebene Nachricht vor. Er las sie und runzelte nachdenklich die Stirn. Warum wollte Alexander Baring ihn so schnell wie möglich sehen? Aber dann zuckte er die Achseln – er würde es früh genug erfahren.

Er ging zu Simon, entschuldigte sich und machte sich auf den Weg zu Baring. Als er wenig später in dessen Haus eintraf, wurde er in die Bibliothek geführt, wo Baring sich mit einem Mann mittleren Alters unterhielt. Als Christopher eintrat, sprang Baring auf und eilte ihm entgegen.

»Gut, daß Sie so schnell gekommen sind. Ich hatte es gehofft. Ich glaube, ich habe eine angenehme Überraschung für Sie.« Er führte ihn zu dem anderen Mann, der sitzengeblieben war.

»Albert, das ist der Mann, von dem ich dir erzählt habe. Monroe lobt ihn in den höchsten Tönen, wenn ich das erwähnen darf. Christopher Saxon, darf ich Ihnen Mr. Albert Gallatin vorstellen? Es wird dich interessieren, Albert, daß Mr. Saxon vor knapp zwei Wochen aus New Orleans hier angekommen ist. Ich bin sicher, ihr beide habt euch viel zu sagen.«

Christopher starrte Gallatin erstaunt an und rief, nachdem sie sich die Hände geschüttelt hatten: »Sir! Ich hätte nie erwartet, Sie in London zu treffen! Erst vor kurzem hörte ich, Sie seien in Petersburg in Rußland.«

Gallatin lächelte grimmig. »Das war ich auch – ich habe mir die Hacken abgelaufen und monatelang den Touristen gespielt. Doch als ich nichts erreichte, beschlossen Bayard und ich, abzureisen. Ich hoffte, daß Alexander ein paar guten Nachrichten für mich hätte, aber ich fürchte, daß nichts geschehen ist.«

Baring schien sich ziemlich unbehaglich zu fühlen. »Ich habe in meinen Briefen erklärt, daß meine Regierung Vermittlungsverhandlungen ablehnt. Sie wünscht die Einmischung fremder Staaten in unseren Konflikt nicht. Und da dein Mr. Madison endlich Castlereaghs Vorschlägen für direkte Verhandlungen zugestimmt hat, scheint ein sehr wesentliches Hindernis beseitigt zu sein.«

»Und die Frage der Seeblockade?« fragte Gallatin trocken.

Baring wurde immer nervöser. »Wir können eure Forderungen nicht akzeptieren, ohne unsere Marine zu verlieren. Es ist zwecklos und unrealistisch, darüber wie über irgendeine Rechtsfrage zu diskutieren. Verdammt, Albert, wir kämpfen ums Überleben.«

Gallatin schien nicht sonderlich berührt von Barings leidenschaftlichen Worten zu sein, doch Christopher fand sie äußerst interessant. Die Vereinigten Staaten hatten England den Krieg hauptsächlich wegen der Gefangennahme amerikanischer Seeleute erklärt. Aber selbst jetzt, wo Friedensverhandlungen im Gespräch waren, schien England nicht bereit zu sein, diesen Hauptstreitpunkt auch nur in Betracht zu ziehen. Kühl fragte Christopher daher: »Sie finden es also richtig, Mr. Baring, daß Ihre Kriegsschiffe unsere Schiffe auf hoher See anhalten, amerikanische Bürger gefangennehmen und sie zwingen, in der britischen Marine zu dienen?« Diese Frage ging Christopher unter die

Haut – war nicht auch er in die Marine gezwungen worden? Wenn ihn als Engländer diese Erfahrung schon verbittert hatte, um wieviel mehr mußte sie dann erst einen Amerikaner treffen?

Baring erwiderte nichts auf Christophers Frage. Er billigte diese Praktiken zwar nicht, doch er konnte wenig tun, um sie zu stoppen. Zudem befanden sich britische Deserteure auf diesen amerikanischen Schiffen, die für den Kampf gegen Napoleon dringend gebraucht wurden. Wenn überhaupt, so wurden nur wenige amerikanische Seeleute gefangengenommen.

Es war Gallatin, ein ruhiger, zurückhaltender Mann, der die aufkommende Feindseligkeit zerstreute, indem er ruhig feststellte: »Es ist wohl weniger eine Frage des Rechts, als eine der Vernunft, daß diese Praktiken eingestellt werden.« Er blickte Baring lächelnd an, bevor er fortfuhr: »Da unsere Regierungen direkten Verhandlungen zugestimmt haben, brauchen wir hier darüber eigentlich nicht mehr zu diskutieren. Worüber also sollen wir dann reden? Über das Wetter?«

»Ich weiß auch nicht«, meinte Baring, »wie die Gespräche sich entwickeln werden. Im Augenblick muß es uns genügen, zu wissen, daß der Weg zu direkten Verhandlungen frei ist.« Lächelnd fügte er hinzu: »Dir ist bekannt, wie diese Dinge oft ablaufen.«

Das wußte Gallatin in der Tat. Zunächst gab es das Vermittlungsangebot des Zaren, das die Amerikaner in Übereinstimmung mit Ramonzow, dem russischen Kanzler, energisch befürwortet hatten. Jetzt hatten sie direkten Verhandlungen zugestimmt und auch schon eine Verhandlungskommission gebildet, nur um erkennen zu müssen, daß die Engländer noch keine Kommission ernannt hatten, sondern im Gegenteil einen Wechsel des Verhandlungsortes wünschten. Manchmal glaubte er, daß sie niemals zu Friedensverhandlungen an einem Tisch sitzen würden. Daher auch sein und Bayards spontaner Besuch in England.

In all den Monaten, die sie in Rußland verbracht hatten, hatten sie nichts erreicht, absolut nichts. Und da er des Wartens überdrüssig geworden war, hatten er und Bayard John Quincy Adams, den amerikanischen Gesandten in Rußland, allein in Petersburg zurückgelassen. Gallatin mußte eingestehen, daß die ganze Reise nach Rußland ein Fiasko gewesen war. Als er und Bayard vor fast einem Jahr in Petersburg eingetroffen waren, hatten sie als erstes erfahren, daß die Engländer das Angebot des Zaren ausgeschlagen hatten. Sie hatten daraufhin sofort wieder nach Amerika zurückreisen wollen, doch die Etikette gebot ihnen zu bleiben. Als offizielle Gesandte mußten sie dem Zaren ihre Aufwartung machen und ihre Empfehlungsschreiben vorweisen. Danach war es an dem Zaren gewesen, zu entscheiden, wann er sein Vermittlungsbemühen als gescheitert ansah. So waren Bayard und er in den folgenden neun Monaten unfreiwillige Touristen gewesen. Ja, er wußte in der Tat, wie ›diese Dinge abliefen‹.

Auch Christopher hatte seine eigene Meinung über die Lage der Dinge. Gallatin mochte zwar glauben, daß die Verzögerung der Friedensgespräche durch Zufälle und um die Form zu wahren verursacht worden war, doch Christopher gewann mehr und mehr die Überzeugung, daß die Engländer die Verhandlungen absichtlich zum Stillstand brachten, um Zeit für einen tödlichen Schlag gegen die Vereinigten Staaten zu gewinnen. Diesen Verdacht durfte er jedoch Baring gegenüber nicht äußern, und so traf er, kurz bevor sie aufbrachen, eine Verabredung mit Gallatin allein.

Weder er noch Jason Savage hatten mit der Ankunft von Gallatin und Bayard in London gerechnet. Schaden konnten ihm die beiden jedoch nicht, im Gegenteil, er hoffte sogar, daß sie ihm von Nutzen waren. Er fragte sich aber, was die zwei in London erreichen zu können glaubten.

Wie er waren auch sie Touristen ohne diplomatischen Status in einem feindlichen Land. Sie waren von allen offiziellen Empfängen ausgeschlossen und würden wahrscheinlich nichts weiter tun können, als möglichst viele Informationen aufzufangen. Er selbst hingegen würde versuchen müssen, auf irgendeine Art und Weise zu den offiziellen Stellen vorzudringen, um genaue Informationen über die Pläne der Engländer in den Südstaaten, insbesondere in New Orleans, zu ergattern.

Gallatin und Bayard befanden sich in einer völlig anderen Lage. Sie waren Mitglieder der von den Vereinigten Staaten ernannten Friedenskommission, er hingegen vertrat, trotz Monroes Empfehlungsschreiben, ausschließlich private Interessen.

Und so verbrachte er die Zeit bis zu seinem Treffen mit Gallatin in einem Zustand äußerster Ungeduld und Nervosität. Er wollte mit niemandem reden, mied daher den Cavendish Square und wanderte ziellos durch die Straßen. Schon fünfzehn Minuten vor der verabredeten Zeit fand er sich vor Gallatins Wohnsitz ein und wurde sogleich von ihm empfangen.

Christopher betrachtete ihn eindringlich; er war neugierig, den Mann näher kennenzulernen, dessen Ernennung zum Mitglied der Friedenskommission so lange geheimgehalten worden war und für soviel Aufregung im Kongreß gesorgt hatte. Gallatin war gewiß nicht der Typ eines ungestümen Kämpfers. Er war vielmehr ein geduldiger, zurückhaltender Mann, der alles bis ins kleinste durchdachte und nicht zu schnellen Entscheidungen neigte. Christopher hoffte, daß die anderen Mitglieder der Friedenskommission vom gleichen Kaliber waren.

Freundlich lächelnd wartete Gallatin, bis Christopher ihm gegenüber Platz genommen hatte. »Nun, junger Mann, was kann ich für Sie tun?« fragte er dann.

»Ich bin nicht sicher, daß Sie etwas für mich tun können«, entgegnete Christopher. »Ich wollte Sie nur allein sprechen.«

Gallatin sah ihn leicht überrascht an. »Sie wollen mir etwas sagen, das Sie in Gegenwart Barings nicht zur Sprache bringen konnten?«

»Ja. Ich bin überzeugt, daß Mr. Baring unsere Interessen aufrichtig vertritt, doch ich habe den starken Verdacht, daß die Verzögerung der Friedensverhandlungen beabsichtigt ist. Ich glaube, daß Castlereagh den Beginn der Gespräche bewußt hinausschiebt, um England in die Lage zu versetzen, noch einen großen Sieg gegen Amerika zu erringen und damit eine stärkere Position bei den Verhandlungen einzunehmen.«

»Ja, auch ich glaube, daß ihm genau das vorschwebt.«

»Auch Sie sind überzeugt davon?« fragte Christopher, und seine Verblüffung über die ruhigen Worte Gallatins stand ihm deutlich ins Gesicht geschrieben.

»O ja, mein junger Freund«, antwortete Gallatin müde. »Ich bin mehr als sicher, daß die Engländer das vorhaben. Nach ihrem Sieg über Napoleon fühlen sie sich sehr stark und möchten uns bestimmt gern eine schwere Schlappe beibringen.«

Das soll mir eine Lehre sein, dachte Christopher. Ich habe den stillen Mr. Gallatin offensichtlich unterschätzt.

Gallatin, der ihn eingehend betrachtete, schien seine Gedanken zu erraten, denn er sagte: »Ich habe mich daran gewöhnt, daß die Leute das eine sagen und das andere denken. Doch ich glaube nicht, daß Sie oder ich irgend etwas Entscheidendes tun können. Ich werde Monroe meinen Verdacht mitteilen, und ich hoffe, daß er einsehen wird, daß wir froh sein können, wenn wir unsere Grenzen, so wie sie vor dem Krieg bestanden haben, erhalten können. Ich werde ihn warnen, daß die Briten irgendwann in diesem Jahr eine Großoffensive planen, und ihm raten, so schnell wie möglich Frieden zu schließen. Unsere Nation würde sonst in große Gefahr geraten. Den Gedanken an eine Eroberung Kanadas sollten wir schleunigst vergessen, damit wir uns nicht, ehe wir uns versehen, unter britischer Oberherrschaft wiederfinden.«

»Genau das ist auch meine Meinung. Ich bin sehr erleichtert, daß Sie dem Staatssekretär in dieser Angelegenheit schreiben wollen. Wo ich gehe und stehe, sehe ich Beweise der Überlegenheit der Engländer«, sagte Christopher ernst. »Und ich muß gestehen, ich habe mir große Sorgen deswegen gemacht. Unser Kongreß muß in einer Traumwelt leben, wenn er glaubt, daß wir in diesem Krieg noch irgend etwas gewinnen können.«

Gallatin blickte Christopher gequält an. »Er lebt in einer Traumwelt«, pflichtete er ihm bei, und da diesem Thema nichts mehr hinzuzufügen war, fuhr er nach einer Weile fort: »Ich danke Ihnen, daß Sie gekommen sind, um mir Ihren Verdacht mitzuteilen. Sie haben mehr Gelegenheit, Informationen zu sammeln, und ich muß gestehen, daß ich froh bin, mit meiner Meinung nicht allein dazustehen. Ich hoffe nur, daß ich Monroe und Madison überzeugen kann.«

»Das hoffe ich auch«, entgegnete Christopher und erhob sich. »Wenn ich Ihnen irgendwie behilflich sein kann, Sir, zögern Sie nicht, es mich wissen zu lassen. Ich würde mich glücklich schätzen, etwas für Sie tun zu können.« Es war ein ernst gemeintes Angebot, denn Christopher respektierte Gallatin instinktiv.

Auch Gallatin erhob sich und reichte Christopher die Hand. »Wenn nötig, werde ich sicher auf Ihr Angebot zurückkommen.

Und zögern auch Sie keine Sekunde, zu mir zu kommen, wenn ich Ihnen behilflich sein kann. Wir Amerikaner müssen zusammenhalten, nicht wahr?«

Christopher lächelte. »Besonders, wenn wir uns in einem Land befinden, das im Krieg mit uns liegt.«

Lachend pflichtete Gallatin ihm bei. »Natürlich, besonders dann.«

Es war eine angenehme Beendigung ihres Gesprächs, und Christopher machte sich zufrieden und in der Gewißheit, kein törichter Narr zu sein, auf den Heimweg. Es würde eine Invasion stattfinden. Aber wann? Und was noch wichtiger war, wo?

Verständlicherweise war Simon ein wenig verärgert über Christophers Abwesenheit gleich an seinem ersten Tag am Cavendish Square, und als Christopher erst kurz vor dem Abendessen zurückkehrte, bellte er ihn an: »Es ist wirklich sehr freundlich von dir, uns beim Abendessen Gesellschaft zu leisten. Was hattest du denn so Wichtiges zu tun?«

Christopher grinste ihn nur an, und das machte Simon noch wütender. Als die Damen einen Augenblick später herunterkamen, wandte sich Simons Zorn seiner Schwester zu, und er fuhr sie an: »Was soll der Unsinn mit dem Ball, den du nächsten Monat zu veranstalten gedenkst? Ich warne dich, Gina, ich lasse mir mein Haus von dir nicht auf den Kopf stellen. Du bist hier nur Gast, vergiß das nicht.«

»Ach hör auf. Es war auch einmal mein Haus. Und wie sonst sollen wir Nicole in die Gesellschaft einführen, wenn nicht auf einem großen Ball? Alles andere wäre nur eine halbe Sache. Sogar Letitia ist auch meiner Meinung.«

»Ja, Simon, es ist wirklich notwendig«, mischte sich Mrs. Eggleston ein. »Du hast doch nicht wirklich etwas dagegen?« sagte sie, und ihre blauen Augen hingen groß und bittend an seinem Gesicht.

Eine leichte Röte überzog Simons Gesicht, und Nicole und Christopher beobachteten verwundert, wie Simon unter Mrs. Egglestons bittendem Blick dahinschmolz und leise murmelte: »Hm ... ähm ... nun, ich glaube nicht, daß ein Ball zuviel ist.« Dann riß er seinen Blick von Mrs. Eggleston los und wandte sich wieder seiner Schwester zu: »Aber denk daran, ich will nicht, daß dieses Haus auch noch für anderen Unsinn mißbraucht wird.«

Regina lächelte zufrieden. Sie hatte keinen Moment daran gezweifelt, daß er nachgeben würde, denn Simon hatte sich schon immer wie ein Narr benommen, sobald Letitia ihn um etwas bat, und Regina hatte diese Schwäche schamlos ausgenutzt.

Verblüfft über Lord Saxons plötzlichen Sinneswandel starrte Nicole Christopher an, doch dieser murmelte nur: »Später.«

Es verging dann freilich fast eine Woche, bis sich für Christopher die Gelegenheit ergab, allein mit Nicole zu sprechen. An diesem Abend speiste sein Großvater mit ein paar Freunden in einem Club, und Mrs. Eggleston und Lady Darby hatten sich nach dem Abendessen in den blauen Salon zurückgezogen, um die Vorbereitungen für den Ball zu besprechen.

Nicole hatte sich aus Langeweile in das Musikzimmer geflüchtet und klimperte ohne große Begeisterung auf dem Klavier herum, als Christopher, der gerade ausgehen wollte, hereinkam.

Er hatte erwartet, alle drei Damen vorzufinden, und als er sah, daß Nicole allein war, blieb er zögernd stehen. Aber da ihre Beziehung zueinander in letzter Zeit recht entspannt war, sah er keinen Grund, wieder abrupt davonzulaufen. Er schloß die Tür hinter sich und trat zu ihr an das auf Hochglanz polierte Klavier.

»Strebst du jetzt eine künstlerische Laufbahn an?« fragte er neckend.

Nicole schnitt eine Grimasse. »Kaum. Es ist nur, weil Mrs. Eggleston und deine Großtante mich von ihren Gesprächen ausgeschlossen haben, nachdem ich sie gefragt habe, warum es so wichtig ist, Prinzessin Esterhazy und die Gräfin Lieven einzuladen.«

»Und warum ist es so wichtig?« fragte Christopher interessiert.

Ein schelmisches Lächeln blitzte in ihren topasbraunen Augen auf, als sie erwiderte: »Sie sind beide so etwas wie Schirmherrinnen bei Almack, und Lady Darby ist es sehr wichtig, ihre Gunst zu erringen. Jede Woche wird eine Liste mit den Einladungen erstellt, und wenn mein Name nicht darauf steht, bin ich gesellschaftlich ruiniert.«

Christopher lächelte amüsiert und fragte: »Und dein ganzer Erfolg hängt von dieser Liste und den beiden Damen ab?«

»Ja, soweit es die Liste betrifft, doch es gibt noch andere wichtige Damen. Lady Darby erwähnte eine Lady Jersey, die recht extravagant sein soll, und eine Lady Cooper. Diese soll ungewöhnlich schön sein. Es existieren noch andere, glaube ich, aber ich kann mich im Augenblick nur an diese beiden Namen erinnern. Lady Darby meint, es würde keine Schwierigkeiten geben, doch falls Prinzessin Esterhazy und Gräfin Lieven peinlich berührt von meiner etwas... unorthodoxen Lage sein sollten, würde sie sich an Lady Jersey wenden müssen.« Nicole verzog das Gesicht. »Offensichtlich liebt es Lady Jersey, Aufsehen zu erregen, und sie brächte es fertig, mich unter ihre Fittiche zu nehmen, nur um die anderen zu ärgern. Lady Darby ist überzeugt davon, daß sie es tun wird, falls alles andere fehlschlägt.«

»Hm. Es scheint, meine Großtante hat alles gut unter Kontrolle.« Grinsend fügte er hinzu: »Ich hoffe nur, daß sie mein Schicksal nicht auch noch in die Hand nimmt.«

Nicole kicherte; zum ersten Mal fühlte sie sich ihm gegenüber völlig unbefangen. »Ich weiß, sie ist sehr energisch, aber auch so liebenswert, daß man ihr einfach nicht widersprechen kann. Sogar Ihr Großvater kann ihr kaum etwas abschlagen, wie ich bemerkt habe.«

»Ich glaube, da irrst du dich«, widersprach Christopher entschieden. »Es war Mrs. Eggleston, die sein Einverständnis für den großen Ball erwirkte. Das mußt du doch auch bemerkt haben?«

Sie nickte vergnügt und fragte mutig: »War einmal etwas zwischen den beiden? Ich will nicht indiskret sein, doch Ihr Großvater gab seine Einwilligung für den Ball so offensichtlich Mrs. Eggleston zuliebe, daß ich mich sehr gewundert habe.«

Christopher, der lässig ans Klavier gelehnt stand und auf ihren Kopf hinunterstarrte, wurde sich plötzlich des lieblichen Anblicks, den ihr weißer, von anmutigen Locken bedeckter Hals bot, bewußt. Und er verspürte das fast unwiderstehliche Verlangen, die zarte Stelle, wo ihr Hals in die Schultern überging, zu küssen. Doch er widerstand der Versuchung. Ihre anmutige, liebenswürdige Art entzückte ihn so sehr, daß er sie fast ebenso verliebt anstarrte wie vordem Simon Mrs. Eggleston angeblickt hatte, und erst als Nicole, verwirrt durch sein langes Schweigen, aufsah, wandte er den Blick von ihr ab. Seine eigene Unbeherrschtheit verwünschend, antwortete er kühl: »Ja, sie waren einmal miteinander verlobt. Durch irgendeinen dummen Streit trennte sich mein Großvater von Mrs. Eggleston, und beide heirateten jeweils einen anderen Partner.«

»Ich verstehe«, entgegnete Nicole, obwohl sie gar nichts verstand. Es schien ihr kaum vorstellbar, daß Mrs. Eggleston mit jemandem Streit haben konnte, schon gar nicht einen so heftigen Streit, der zur Lösung einer Verlobung führte. Eine Verlobung war etwas sehr Ernstes, das fast ebenso bindend war wie eine Heirat. Doch diese lang zurückliegende Verlobung kann nicht allein der Grund für Lord Saxons Ergebenheit Mrs. Eggleston gegenüber sein, dachte Nicole, und überrascht fragte sie: »Er liebt sie immer noch, nicht wahr?«

Ein spöttisches Lächeln spielte um Christophers Mund. »Es scheint so«, erwiderte er. »Unglaublich, nicht wahr? Ein Saxon liebt eine Frau, noch dazu über eine solch lange Zeit.«

»Hören Sie auf!« rief Nicole, aus irgendeinem Grund wütend über seine geringschätzigen Worte. »Warum sagen Sie so etwas? Sie lieben es wohl, Unfrieden zu stiften und den Zyniker zu spielen?«

»Du etwa nicht?« schoß er zurück, nun ebenso wütend wie sie. »Du hast ja wohl schon mehr Unfrieden gestiftet als ich.«

»Das ist unfair!« schrie sie, und Tränen stiegen ihr in die Augen. »Ich hasse Sie, Christopher Saxon, oh, ich hasse Sie!«

In seinem Gesicht arbeitete es, als er sie lange schweigend ansah. Plötzlich jedoch vergaß er seine guten Vorsätze, zog sie in seine Arme und murmelte heiser: »Das wird deinen Haß vielleicht noch steigern.« Hart und erbarmungslos, ohne jede Zärtlichkeit, preßte er seine Lippen auf ihren Mund. Nicole wehrte sich erbittert gegen ihn und die verzehrende Leidenschaft, die wieder in ihr aufstieg.

Sie schämte sich daher ihrer selbst, als sie merkte, wie sie sich gegen ihn drängte und ein nahezu perverses Vergnügen an seiner zornigen Umarmung empfand. Doch gerade als sein Kuß tiefer und wärmer zu werden begann, stieß er sie abrupt von sich. Zufriedenheit und etwas wie Haß stand in seinen Augen, als er sich unvermittelt abwandte und wortlos aus dem Zimmer stürmte.

Wie benommen starrte Nicole auf die geschlossene Tür und sank schließlich, aufgewühlt von seinem Kuß und dem plötzlichen Ende seiner Umarmung, auf den Klavierhocker. Wir waren so unbefangen und liebenswürdig zueinander, ohne jeden falschen Unterton und ohne unterschwellige Drohungen, um dann plötzlich und ohne jede Vorwarnung wieder so heftig aneinanderzugeraten, dachte sie. Werde ich denn nie in der Lage sein, ihm unbefangen zu begegnen? Und angstvoll erkannte sie, daß sie ihn ebenso haßte, wie sie ihn liebte. Warum muß es ausgerechnet er sein? fragte sie sich unglücklich. Warum lassen wir es zu, daß unsere häßlichen Erinnerungen uns zerstören?

Auch Christopher, der seine Schritte wütend in Richtung seines Clubs lenkte, ärgerte sich über den Vorfall, doch er war überzeugt, daß er niemals in der Lage sein würde, Miss Nicole Ashford zu vertrauen – er würde sich wohl stets voller Mißtrauen fragen, wieviel von ihrer Mutter Annabelle wirklich unter der unschuldigen, bezaubernden Oberfläche schlummerte. Sie verändert sich von einer Minute auf die andere, wie ein Chamäleon, dachte er böse. Sie hat es bewiesen, als sie sich im Handumdrehen von Nick in Nicole Ashford verwandelte.

Doch so sehr er sich auch anstrengte, am heutigen Abend konnte er kein Arg an ihr entdecken. *Er* war es gewesen, der den zerbrechlichen Frieden zwischen ihnen zerstört hatte. Dabei hatte er keinen Grund gehabt, das zu sagen, was er gesagt hatte, und auch keinen, jetzt wütend auf sie zu sein. Wenn sie nur nicht so verteufelt begehrenswert wäre, dachte er, und sein Herz zog sich krampfhaft zusammen.

So befand er sich in äußerst düsterer Stimmung, als er sich mit einigen seiner neuen Bekannten in Boddles Spielsalon zum Pharo-Spiel zusammensetzte. Er war in den letzten Tagen nicht untätig gewesen, und dank der hilfreichen Bemühungen seines Großvaters war er nicht nur Mitglied in Boddles Spielsalon, sondern auch in denen von White und Brook geworden.

Simon hatte seinen Enkel natürlich auch den Söhnen und Neffen seiner Freunde vorgestellt, und so war er jetzt in den gehobenen Kreisen schon einigermaßen bekannt. Ruhig und unauffällig verfolgte er sein Ziel, Informationen über die strategischen Pläne der Engländer zu sammeln. Doch es widerstrebte ihm, Simons Freunde für seine Zwecke auszunutzen, und er hatte daher seine neuen Bekannten in zwei Gruppen eingeteilt. Die Gesellschaft der jungen, fröhlichen Gentlemen, die sich für nichts anderes als die neueste Mode, ihre Pferde und das Spielen interessierten, genoß er zu seinem eigenen Vergnügen. Wegen der erhofften Informationen aber suchte er die Gesellschaft jener Männer, die, wie er glaubte, Kontakte zu den hohen Militärs pflegten.

Da er mehr ein Mann der Tat als der taktischen Schachzüge war, fühlte er sich in seiner augenblicklichen Lage hilflos und wie gelähmt, so daß er sich ständig in ungeduldiger, bis zum äußersten gereizter Stimmung befand. Doch er hatte auch Fortschritte zu verbuchen. So war es ihm gelungen, die Bekanntschaft eines Hauptmanns der britischen Armee zu machen, der zur Zeit im Hauptquartier der Oberbefehlshaber stationiert war. Zu seinen neuen Bekannten zählte auch ein junger Marineleutnant, der sich nach einer schweren Verwundung auf Genesungsurlaub in London aufhielt.

So wie Christopher Hauptmann Buckley einschätzte, war dieser ein Mann, der nur schwer ein Geheimnis für sich behalten konnte, und Leutnant Kettlescope hoffte er bestechen zu können.

Tausend Gedanken gingen ihm durch den Kopf, als er sich mit wenig Begeisterung und Aufmerksamkeit dem Spiel widmete. Er dachte an die vor ihm liegenden Tage, an die Nächte, die er sich spielend und trinkend um die Ohren würde schlagen müssen, stets aufmerksam und begierig, um auch den kleinsten Wink aufzufangen, der ihm bei der Lösung seiner Aufgabe weiterhelfen konnte.

Aber all diese Sorgen wurden überlagert von dem unsäglichen Glücksgefühl, sich mit seinem Großvater ausgesöhnt zu haben. Seiner Großtante Regina trat er mit gewissen Vorbehalten gegenüber. Denjenigen jedoch, den zu treffen er am meisten fürchtete und wünschte zugleich, hatte er noch nicht zu Gesicht bekommen, und weder Simon noch Regina hatten jemals über ihn gesprochen. Wo, zum Teufel, war Robert?

3

Während Christopher beim Pharo-Spiel saß, befand sich Robert Saxon auf dem Rückweg nach London. Wütend trieb er seine beiden Braunen zu größerer Eile an. Auf seinem früher einmal gutgeschnittenen Gesicht, in dem ein ausschweifender Lebenswandel längst seine Spuren hinterlassen hatte, lag ein düsterer Ausdruck. Zum Teufel mit ihm! dachte er böse. Warum ist er nicht gestorben, und Simon, der alte Narr, mit ihm?

Robert Saxon war ein ausgesprochen ichbezogener Mensch, der für niemanden außer sich selbst ein positives Gefühl aufbringen konnte. Er war kalt und hatte in seinem ganzen Leben nur zwei Ziele verfolgt: das eine war ihm versagt geblieben, weil er der zweitgeborene Sohn gewesen war; das andere war ihm durch einen harten Schicksalsschlag vereitelt worden.

Doch Robert war kein Mann, der sich von solchen Kleinigkeiten wie einem älteren Bruder oder der Tatsache, daß die Frau, die er begehrte, verheiratet war, von seinem Ziel abbringen ließ. Seinen Bruder zu beseitigen, war keine Schwierigkeit für ihn gewesen. Er hatte Gaylord und seine Frau vor vielen Jahren auf einer Vergnügungsreise nach Cornwall begleitet – bis sie an eine besonders gefährliche Strecke der Küstenstraße gelangten. Als sie zum letzten Mal an einer Poststation halt machten, um die Pferde zu wechseln, hatte Robert erklärt, daß er dort bleiben und auf ein paar Freunde warten wolle. Gaylord hatte leichten Herzens zugestimmt und keinerlei Arg in dem Vorschlag seines Bruders entdeckt. Und so war er, seinem Bruder Robert fröhlich zuwinkend, ahnungslos mit seiner Frau davongefahren. Nach kurzer Zeit waren die Zugriemen, die Robert teilweise eingeschnitten hatte, gerissen, und die Kutsche war ins Meer gestürzt. Nur ihr kleiner Sohn Christopher war zurückgeblieben und Robert seitdem ein Dorn im Auge gewesen. Doch Robert konnte auch sehr geduldig sein, und er war sicher, daß es ihm auf irgendeine Weise gelingen würde, auch noch seinen kleinen Neffen aus dem Weg zu räumen.

Durch Gaylords Unfall war Robert seinem Ziel ein großes Stück nähergekommen, doch daß Annabelle bei dem vorgetäuschten Unfall mit ihrer Jacht, der ihrem Ehemann den Tod bringen sollte, ebenfalls ums Leben kam, war nicht geplant gewesen, denn Robert hatte die schöne junge Witwe später heiraten wollen. Blanke Wut und Verzweiflung hatten ihn erfaßt, als er die Nachricht von ihrem Tod erhalten hatte, und noch nach Jahren fragte er sich, was damals schiefgelaufen war. Warum war dieser dämliche Bengel Giles mit an Bord gewesen? Hatte Adrian das Komplott entdeckt und seine Frau als letzten Racheakt mit in den Tod genommen? Oder war Annabelle bei dem Versuch, ihren Sohn zu retten, ums Leben gekommen? Auf diese Fragen würde er wohl nie eine Antwort finden, und wie eine ätzende Säure hatten sie sechs Jahre lang sein Herz zerfressen und den letzten Rest an Gutem, der vielleicht noch in ihm gewesen war, ausgemerzt.

Ohne Annabelle war aus ihm ein von Dämonen getriebener Mann geworden; die einzige Befriedigung für ihn war die Gewißheit, daß er der nächste Lord Saxon sein würde. Doch dann war vor fünf Jahren Christopher zurückgekehrt, Christopher, von dem er gehofft hatte, daß er auf See den Tod gefunden hatte. Und wieder war er gezwungen, sich der einzigen Person, die seinen Plänen im Weg stand, zu entledigen. Damals hatte er einen kaltblütigen Mord geplant, doch Christopher war es gelungen zu entkommen.

Seine Augen wurden zu schmalen Schlitzen, als er mit wilden Peitschenhieben die dahinjagenden Pferde zu noch größerem Tempo antrieb. Sein Mund verzog sich zu einem grausamen Lächeln, und voller Ingrimm schwor er sich: Dieses Mal wirst du mir nicht entkommen, mein kleiner Neffe. Dieses Mal nicht – und wenn ich es mit meinen eigenen Händen tun muß.

Simons Nachricht von Christophers plötzlicher Rückkehr hatte ihn am späten Nachmittag erreicht, als er sich bei ein paar Freunden in Kent aufhielt. Unter einem Vorwand hatte er sich so bald wie möglich nach dem Abendessen verabschiedet. Er wußte zwar, daß er London in dieser Nacht nicht mehr erreichen würde, doch die wilde Fahrt durch die Nacht tat ihm gut und half ihm, die nötige Ruhe und Gelassenheit für die bevorstehende Begegnung mit Christopher wiederzugewinnen.

Er wußte nicht, was Christopher Simon erzählt hatte. Sein Vater hatte ihm lediglich mitgeteilt, daß Christopher sich bei ihm am Cavendish Square aufhielt. Robert war blaß geworden, als er las, daß Christopher lebte und zurückgekommen war, denn es war nicht schwer gewesen, zwischen den Zeilen zu lesen, daß die beiden sich ausgesöhnt hatten. Fluchend hatte er den Brief seines Vaters zerrissen.

Roberts Verhältnis zu seinem Vater war nie sehr herzlich gewesen. Einen Teil des Jahres hielt sich Simon in seinem Haus am Cavendish Square auf, den Sommer verbrachte er in Brighton, um sich dann wieder in die Ruhe und Abgeschiedenheit seines Besitzes in Surrey zurückzuziehen. Auch Robert lebte in London, wo er eine elegante und teure Wohnung in der Stratton Street bewohnte. Doch er sah seinen Vater nur selten, meist nur, wenn er in finanzielle Schwierigkeiten geraten war, und bei einigen offiziellen Anlässen in London oder Brighton.

Roberts stets kränkliche Frau war vor sieben Jahren bei der Entbindung ihres totgeborenen Kindes gestorben, und nach ihrem Tod war in ihm der Entschluß gereift, Adrian umzubringen, um seine Witwe Annabelle heiraten zu können. Voll bitterer Ironie dachte er oft daran, daß ausgerechnet sein eigener Plan ihm den einzigen Menschen genommen hatte, der ihm je etwas bedeutet hatte.

Für seine beiden Kinder empfand er kaum etwas, und auch sie brachten ihm wenig Zuneigung entgegen. Seine Tochter Anne war glücklich verheiratet mit einem jungen Adeligen und erwartete in York ihr drittes Kind. Sein Sohn studierte immer noch in Eton, und Robert hoffte, daß Simon den Jungen fördern und finanziell unterstützen würde, wenn er die Schule in ein paar Jahren verließ.

Wenn Christopher seiner Verwunderung darüber, daß niemand Roberts Namen erwähnte, laut Ausdruck gegeben hätte, würde Regina ihm in ziemlich scharfer Form erklärt haben, daß der Grund dafür in Roberts kalter, gefühlloser Art lag. Robert besaß zwar einen gewissen Charme und konnte auf jemanden, der ihn nur flüchtig kannte, sogar recht anziehend wirken, doch in seiner Familie war er nicht sehr beliebt.

Simon liebte seinen jüngsten Sohn zwar, doch er kannte auch seine Fehler und seine wüsten Ausschweifungen – allzu oft schon hatte er ihn aus peinlichen, ja widerwärtigen Situationen retten müssen. Und niemand wußte, zu welchen Gemeinheiten und Grausamkeiten Robert tatsächlich noch fähig war. Einen Mord würde ihm aber sogar Regina nicht zugetraut haben. Doch Robert hegte tatsächlich Mordgedanken, als seine Kutsche sich London näherte.

Auch an die Markhams hatte Simon eine Nachricht geschickt und Wut und Bestürzung damit ausgelöst.

»Mein Gott, ich kann es nicht glauben! Nicole muß tot sein! Das muß ein Irrtum sein!« hatte Edward geschrien, als seine Eltern ihm die Neuigkeit mitteilten. »Was macht sie in London. Wenn es wirklich Nicole ist, wäre sie sofort hier aufgekreuzt. Es muß ein Irrtum sein. Ich glaube es einfach nicht.«

Simons Nachricht war so höflich wie möglich gehalten, wie in dem Schreiben an seinen Sohn hatte er sich sehr kurz gefaßt und lediglich das Nötigste mitgeteilt. Ihre Nichte Nicole Ashford hielte sich zu einem Besuch am Cavendish Square auf. Sie wäre vor etwa vierzehn Tagen aus Amerika zurückgekehrt. Ob sie sie nicht in London besuchen wollten?

»Besuchen?« schrie Edward wutentbrannt. »Sie wird auf der Stelle zu uns kommen! Was glaubt Lord Saxon, wer er ist? *Ihr* habt die Vormundschaft über sie, nicht er!«

Edward war überzeugt gewesen, daß Nicole tot und es nur noch eine Frage der Zeit sei, bis ihr Vermögen ihm gehören würde. Die ganze Familie Markham hatte inzwischen geglaubt, daß Nicole ums Leben gekommen war.

Für sie alle war die Nachricht von ihrer Rückkehr deshalb ein Schock, der sie mit Angst und Wut erfüllte. Nicoles Onkel William hatte im Lauf der Jahre einen großen Teil der für Nicole bestimmten Gelder in seine eigene Tasche gewirtschaftet, und seine Frau Agatha hatte sich so sehr an die Rolle der Herrin von Ashland gewöhnt, daß sie sie auf keinen Fall mehr mit Nicole teilen wollte. Keiner der drei Markhams zweifelte aber daran, daß sie ihren ursprünglichen Plan, Nicole mit Edward zu verehelichen, auch jetzt noch verwirklichen konnten. Edward würde Nicole heiraten, und es würden dadurch keine unliebsamen Fragen darüber gestellt werden, was sie während ihrer Abwesenheit mit ihrem Geld angefangen hatten. Und so bereiteten sie sich wie ein Rudel hungriger Hunde, denen ein besonders leckerer Knochen winkt, auf ihre baldige Reise nach London vor.

Simon hatte die beiden Schreiben voll boshafter Schadenfreude verfaßt und wartete ungeduldig auf die Reaktionen. Anfangs hatte er mit dem Gedanken gespielt, seine Gäste auf den bevorstehenden Besuch von Robert und den Markhams vorzubereiten, hatte sich dann jedoch eines anderen besonnen, weil er sich an der Verblüffung seiner Gäste weiden wollte.

Robert traf am Morgen in London ein, wo er sich zunächst in seine Wohnung in der Stratton Street begab, um ein wenig Schlaf nachzuholen. Erst am Nachmittag stand er auf und kleidete sich mit gewohnter Nachlässigkeit für den Besuch im Hause seines Vaters an.

Mit seinen dreiundvierzig Jahren war Robert Saxon nach wie vor ein Mann, der trotz der Spuren, die sein ausschweifender Lebenswandel in seinem Gesicht hinterlassen hatte, noch immer eine starke Anziehungskraft auf das weibliche Geschlecht ausübte. Er war groß, und sein Körper war noch ebenso sehnig und schlank wie vor zwanzig Jahren. Seine schwarzen Haare waren an den Schläfen von silbergrauen Strähnen durchzogen, und sein Gesicht war ebenso dunkel wie das Christophers. Seine Augen waren von seltsamer grüngoldener Farbe.

Sein Mund verriet einiges von seiner tiefen, fast animalischen Sinnlichkeit.

Am Cavendish Square hatte man sich zur nachmittäglichen Teestunde am Kamin in dem großen Salon eingefunden. Lady Darby hatte die Rolle der Gastgeberin übernommen und schenkte Tee aus der schweren silbernen Teekanne ein. Nicole, die ein zartgrünes Baumwollkleid trug, saß neben Mrs. Eggleston auf der zweisitzigen Couch aus rosa Brokat.

Christopher war gerade in eine angeregte Unterhaltung mit seinem Großvater vertieft, als Robert angekündigt wurde.

Leicht überrascht blickten die drei Damen auf, und Regina fragte sich, was Robert wohl von Simon wollen könnte. Wahrscheinlich war er verstimmt über Christophers Rückkehr, nachdem er sich schon als Simons Erben betrachtet hatte. Doch sie hoffte, daß er sich dieses Mal wie ein Gentleman benehmen würde.

Nachdem seine erste Wut sich etwas gelegt hatte, hatte Robert sich gut in der Gewalt, und er war klug genug, seinen Ärger nicht zu zeigen. Doch dann sah er sich einer Tatsache gegenüber, die ihn vorübergehend jeden Gedanken an Christopher vergessen ließ.

Daß Regina sich bei Simon aufhielt, war nichts Ungewöhnliches – sie besuchte ihn des öfteren. Aber Simon hatte in seinem Brief nichts von Mrs. Eggleston und Nicole erwähnt, so daß sich Robert völlig unvorbereitet mit Annabelles Tochter konfrontiert sah.

Er wußte sofort, daß sie ihre Tochter war. Ihr Haar besaß zwar nicht die intensiv rote Farbe wie das ihrer Mutter, doch alles andere erinnerte ihn schlagartig an Annabelle. Nicole hatte auch Annabelles zarte pfirsichfarbene Haut, ihren verführerisch geschwungenen Mund, die gerade, ein wenig arrogant wirkende Nase und den gleichen schlanken, vollbusigen Körper. Obwohl ihre Augen nicht von dem geheimnisvollen Grün wie Annabelles Augen waren, besaßen sie doch die gleiche Form.

Nur mit Mühe konnte Robert sich aus dem Bann ihrer topasbraunen Augen lösen. An Mrs. Eggleston vermochte er sich nur sehr vage zu erinnern. Während Regina sie ihm vorstellte, hatte er Zeit, seine Fassung wiederzugewinnen.

Ein kühles Lächeln spielte um seine Lippen, als er sagte: »Welch erfreuliche Überraschung, Sie wiederzusehen, Mrs. Eggleston! Ich hoffe, Sie werden eine angenehme Zeit in London verbringen.«

Mrs. Eggleston murmelte eine Erwiderung, doch Robert hatte sich schon wieder von ihr abgewandt. Er hatte sich wieder soweit unter Kontrolle, daß er es wagen konnte, sich Annabelles Tochter zuzuwenden. Er konnte aber nicht verhindern, daß er ihre Hand länger als nötig in der seinen hielt und schließlich ihre schlanken Finger küßte.

Eine leichte Röte überzog Nicoles Wangen unter seinem durchdringenden Blick. Robert war bezaubert, und in diesem Moment ging die leidenschaftliche Liebe, die er einst für Annabelle empfunden hatte, auf ihre Tochter über. Er vergaß alles andere um sich her, und erst Simons ironische Stimme rief ihn wieder zur Ordnung.

»Hör auf, die Wirkung deines unangezweifelten Charmes an meinen Gästen auszuprobieren, und begrüße deinen Neffen.«

Jetzt fiel Robert auch der Grund für seinen Besuch am Cavendish Square wieder ein, doch er unterdrückte seine Wut und blickte Christopher lächelnd entgegen. »Entschuldige«, sagte er ruhig, »es geschieht selten, daß du solch reizende Gäste hast, so daß ich mich fast vergessen habe. Hallo, Christopher.«

Sofort stand die alte Feindseligkeit zwischen den beiden Männern wieder greifbar im Raum. Wie zwei lauernde Raubkatzen standen sie sich gegenüber, Blitze schienen in ihren Augen zu zukken, und die Luft knisterte unter der Gewalt nur mühsam unterdrückter düsterer Empfindungen.

Christopher schien zu Stein erstarrt. Sein Gesicht war verschlossen, doch in seiner Stimme klang ein drohender Ausdruck, als er sich formell verbeugte und trocken sagte: »Onkel, wie außerordentlich befriedigend, dich nach so vielen Jahren wiederzusehen.«

Robert zog die Augenbrauen zusammen. »Befriedigend?«

Mit spöttischem Lächeln nickte Christopher. »Ja. Du ahnst nicht, wie sehr ich mich gesehnt habe, dich wiederzusehen.«

Roberts Augen wurden schmal bei Christophers zweideutigen Worten, doch er erwiderte scheinbar unberührt: »Ich werde mich bemühen, dich nicht zu enttäuschen.«

»Davon bin ich überzeugt, und ich ... freue mich schon darauf«, entgegnete Christopher übertrieben höflich.

Auf Roberts Gesicht trat ein gespannter Ausdruck, doch ehe er etwas erwidern konnte, mischte sich Simon ein, der spürte, daß diese eigenartige Unterhaltung zu weit zu gehen drohte.

»Genug jetzt. Du siehst gut aus, mein Junge. Ich hatte nicht erwartet, dich vor nächster Woche zu sehen.«

»Das bezweifle ich«, antwortete Robert mit kaltem Lächeln. »Du konntest dir doch denken, daß meine Neugier auf Christopher mich umgehend zu dir eilen lassen würde. Schließlich kommt es nicht oft vor, daß ein vom Tod Auferstandener in das Haus seiner Vorfahren zurückkehrt.«

Von allen Anwesenden spürte nur Christopher die unterschwellige Feindseligkeit in Roberts Worten, doch er hatte sich einen Plan für diese erste Begegnung mit Robert zurechtgelegt, und so schwieg er. Als die Unterhaltung wenig später zu allgemeineren Themen überging, atmete er erleichtert auf. Er war froh, daß die erste schwierige Begegnung mit Robert hinter ihm lag.

Später am Abend suchte Christopher nach einer Gelegenheit, seinen Großvater allein zu sprechen, doch Simon gab vor, noch in seinen Club gehen zu müssen, und verschwand.

Als Christopher später in seinem Bett lag, ließ er wieder und wieder seine Unterhaltung mit Robert an sich vorüberziehen. Er wußte nun, daß Robert ihn noch immer haßte und außer sich vor Wut über seine Rückkehr war. Lange Zeit lag er so in der Dunkelheit, und all das Häßliche und sein Haß auf Robert, den er für besiegt gehalten hatte, kehrten in ungebrochener Stärke zurück. Ruhelos warf er sich im Bett hin und her; nicht nur die häßlichen alten Erinnerungen, sondern auch der Gedanke an die Szene, in der Nicole liebenswürdig zu Robert aufgelächelt hatte, quälten ihn und ließen ihn keinen Schlaf finden. Er war nicht in der Lage, Annabelle von Nicole zu trennen; zu sehr erinnerte ihn die Szene zwischen Robert und Nicole an eine lang zurückliegende zwischen Robert und Annabelle.

O Gott, ich bin verrückt, dachte er entsetzt. Verrückt, mich von der Vergangenheit auffressen zu lassen.

Er war nicht der einzige, der in dieser Nacht keinen Schlaf fand. Simon war äußerst beunruhigt von der Begegnung zwischen Robert und Christopher; trotz der höflichen Worte, die sie gewechselt hatten, spürte er, daß etwas Drohendes, Unheilverkündendes zwischen den beiden Männern in der Luft lag.

Simon hatte gehofft, daß die unerwartete Begegnung mit Robert Christopher zu einer unbedachten Äußerung hinreißen würde. Doch er hatte erkennen müssen, daß Christopher es anscheinend ausgezeichnet verstand, seine wahren Gefühle zu verbergen, denn außer einem leichten Versteifen seines Körpers und seinem verschlossenen Gesichtsausdruck war ihm nichts anzumerken gewesen.

Was hast du erwartet? fragte er sich. Was wolltest du? Daß Christopher Robert vor lauter Liebe um den Hals fällt? Ach was! Nur weil du vermutest, daß Robert mehr mit Christophers plötzlichem Wunsch, zur See zu gehen, zu tun hatte, ist das noch lange kein Grund, nach Beweisen für etwas zu suchen, das es nicht gibt. Und was würdest du gewinnen, wenn sich dein Verdacht bestätigt? dachte er. Zu erfahren, daß dein Sohn ein noch viel größerer Schurke ist, als du ohnehin schon weißt? Würde dich das glücklicher machen?

Doch kein Vater mag Schlechtes von seinem eigenen Sohn denken, und so verdrängte Simon schließlich seine mißtrauischen Gedanken. Christopher war zu ihm zurückgekommen, und das war das einzige, was zählte.

Am nächsten Morgen bat Christopher seinen Großvater gleich nach dem Frühstück um ein Gespräch unter vier Augen. Simon hatte so etwas schon erwartet, stimmte bereitwillig zu und führte Christopher in sein Arbeitszimmer. Simon, der morgens nie in der besten Stimmung war, schloß die Tür hinter sich und fragte barsch: »Nun, was gibt es? Was bedrückt dich so sehr, daß ich nicht einmal zu Ende frühstücken kann?«

Christopher wußte, daß sein Großvater sein Frühstück schon vor über einer halben Stunde beendet hatte, und ignorierte den Vorwurf. Er wartete, bis sein Großvater hinter dem Schreibtisch Platz genommen hatte, und sagte ernst: »Es hat nicht viel zu bedeuten, trotzdem fürchte ich, daß das, was ich dir zu sagen habe, dir nicht sehr gefallen wird.«

Simons Körper versteifte sich; er fürchtete, die Wahrheit zu erfahren. Die Angst vor dem, was er nun hören würde, schnürte ihm die Kehle zu, so daß er Christopher nur stumm anstarren konnte. Als er aber dann die einfachen Worte vernahm, konnte er nur verständnislos erwidern: »Du willst ausziehen? Weil du eine eigene Wohnung haben willst?«

Genau das hatte Christopher vor. In der vergangenen schlaflosen Nacht hatte er diese wichtige Entscheidung getroffen. Er konnte unmöglich weiter bei Simon wohnen. In den folgenden Wochen würde er einige Leute treffen und ein paar Dinge erledigen müssen, über die niemand etwas erfahren durfte. Wenn er etwas erreichen wollte, brauchte er Bewegungsfreiheit; er mußte kommen und gehen können, wann er wollte, ohne daß jemand irgendwelche Fragen stellte.

Spione arbeiten am besten im Dunkeln – diese düstere Erkenntnis war ihm in den frühen Morgenstunden gekommen. Und es gab noch einen anderen Grund, warum er fort wollte. Er hatte keine Lust, mitanzusehen, wie Robert um Nicole herumscharwenzelte. Die Erinnerung daran, wie Robert Annabelle vor seinen Augen geliebt hatte, stand noch allzu deutlich vor seinen Augen. Gegen seinen Willen geisterte Nicole immer wieder durch seine Träume, und ihre Nähe rief stets von neuem dieses unwiderstehliche körperliche Verlangen in ihm wach, das er als Schwäche verurteilte. Er hatte sein Versprechen, sie nach England zurückzubringen, erfüllt. Sie brauchte ihn jetzt nicht mehr. Was immer zwischen ihnen gewesen war, es war vorbei.

Christopher hatte einen Widerspruch erwartet, doch Simon erwiderte nur leichthin: »Tu, was du willst. Ich kann es dir nicht verbieten.« Er blickte in Christophers verblüfftes Gesicht und fragte trocken: »Du wirst mich doch sicher gelegentlich besuchen, nicht wahr?«

»Selbstverständlich. Sie haben also nichts dagegen, daß ich meinen Agenten beauftrage, eine passende Wohnung für mich zu suchen?« fragte er höflich, obwohl beide wußten, daß diese Frage überflüssig und nur eine Formsache war.

»Und ob ich etwas dagegen habe! Ich bezweifle aber, daß dich das stören würde. Ich bin dir nur dankbar, daß du Nicole und Letty nicht mitnehmen willst.« Ein weiches Lächeln erhellte sein Gesicht, als er hinzufügte: »Ich habe dieses Kind in den letzten Wochen sehr liebgewonnen. Gott sei Dank ist sie nicht so wie ihre Mutter. Sie ist ein süßes junges Ding, und es macht mir Freude, sie anzusehen.« Er bemerkte den abweisenden Ausdruck in Christophers Gesicht und wechselte schnell das Thema: »Regina wird uns mit ihrem Ball in der nächsten Zeit sicher sehr strapazieren, deshalb ist es klug von dir, dir eine ruhige Wohnung zu suchen. Ich mache dir keine Vorwürfe. Ich würde es selbst auch tun, wenn dies nicht mein Haus wäre.«

Christopher mußte laut auflachen über das offensichtliche Bedauern seines Großvaters, und er forderte ihn auf: »Kommen Sie doch mit.«

»Nein, ich werde nicht vor Regina davonlaufen«, entgegnete Simon.

Christopher, der ihn aufmerksam angeblickt hatte, erschrak plötzlich. Die Spuren, die Simons lange Krankheit hinterlassen hatte, waren doch deutlicher zu sehen, als er anfangs bemerkt hatte. Simons Haut war durchsichtig, er wirkte zusammengefallen und irgendwie zerbrechlich, von Zeit zu Zeit benutzte er sogar einen Stock. Und plötzlich haßte Christopher all die Lügen und Halbwahrheiten, in die er verstrickt war, und wünschte von ganzem Herzen, daß die Geschichte, die er seinem Großvater erzählt hatte, der Wahrheit entspräche. Doch es gab kein Zurück für ihn, und so sagte er: »Also gut. Aber wenn es Ihnen zuviel wird, wissen Sie, daß Ihnen meine Tür stets offensteht.«

Simon winkte ab. »Ich wette um fünfzig Pfund, daß du ganz genau weißt, daß ich von deinem Angebot nie Gebrauch machen werde.«

Das belustigte Aufleuchten seiner bernsteinfarbenen Augen widersprach seinem bekümmerten Gesichtsausdruck, als Christopher vorwurfsvoll entgegnete: »Aber Großvater! Trauen Sie mir so etwas zu?«

»Ich traue dir noch ganz andere Dinge zu, von denen ich wohl besser nichts wissen sollte«, erwiderte Simon, hielt dann inne und sah seinen Enkel eine Weile nachdenklich an. »In dieser Beziehung bist du wie Robert.«

Sofort wurde Christopher ernst und entgegnete in angriffslustigem Ton: »Auch Sie unterscheiden sich nicht allzu sehr von uns. Haben Sie nicht daran gedacht, daß ich es gern vorher erfahren hätte, daß Sie ihm geschrieben haben?«

»Nein«, erwiderte Simon nur.

Christopher schien sich plötzlich sehr für seine Fingernägel zu interessieren. »Sie haben nicht zufällig noch jemandem geschrieben?« fragte er unvermittelt, und als er den schuldbewußten Gesichtsausdruck seines Großvaters bemerkte, fügte er lauernd hinzu: »Den Markhams vielleicht?«

Ärgerlich über das Katz-und-Maus-Spiel gab Simon trocken

zu: »Natürlich habe ich ihnen geschrieben.«

»Und Sie haben nicht daran gedacht, daß mich das auch interessieren könnte? Daß ich gern darauf vorbereitet wäre?«

»*Ich* bin vorbereitet«, knurrte Simon, »und ich bin der einzige, der es sein muß.« Als Christopher ihn vorwurfsvoll anblickte, fügte Simon in freundlicherem Ton hinzu: »Es ist nicht nötig, die Damen zu beunruhigen. Sie würden nur nervös umherrennen, und ich könnte am Ende gar nichts mehr erreichen. Wenn Markham mit seinem Anhang hier aufkreuzt, werde ich mich um sie kümmern.«

Christopher bemerkte den erwartungsvollen Ausdruck in den Augen seines Großvaters, und ihm dämmerte eine Erkenntnis. »Ihnen scheint das Ganze wohl Spaß zu machen«, sagte er, und in seiner Stimme schwang fast so etwas wie ein Lachen mit.

Simon erwiderte zunächst nichts, doch dann verzogen sich seine Lippen zu einem breiten Grinsen. »Vielleicht«, gab er zu. »Es gibt so wenig Vergnügliches für einen Mann meines Alters, und ich hoffe, du gönnst es mir.«

Lächelnd nickte Christopher. »Absolut, Großvater. Amüsieren Sie sich nur – besonders, wenn es auf Kosten der Markhams geht.«

Die Markhams trafen am Donnerstag in London ein. Erstaunlicherweise weigerte sich Edward, seine Eltern bei ihrem Besuch am Cavendish Square zu begleiten. Er besaß etwas mehr Verstand als seine Eltern, und ihm war klar, daß Lord Saxon ihnen Nicole nicht widerstandslos überlassen würde. Er konnte sich genau vorstellen, wie die Begegnung verlaufen würde. Er sah den stolzen Lord Saxon vor sich, der kühl und unerschütterlich an seinem Entschluß festhielt, während sein Vater wütend und hilflos herumschrie und seine Mutter einen ihrer hysterischen Anfälle bekam. Nein, dachte er, ich werde sie nicht begleiten.

Sollten seine Eltern ruhig Drohungen und Verwünschungen ausstoßen – er würde den aufrichtigen Cousin spielen, der, seine Entrüstung über das Verhalten seiner Eltern nur mühsam verbergend, versuchte, Nicoles Vertrauen zu gewinnen. Sollte es seinen Eltern nicht gelingen, Nicole wieder unter ihre Obhut zu bringen, würde er es auf seine Weise versuchen. Er hatte keine Lust, bei dem unerfreulichen Auftritt dabeizusein, an den Nicole sich sicher noch lange mit Abscheu erinnern würde.

Im Hinblick auf seine anfängliche Wut und Empörung konnten seine Eltern seine plötzliche, scheinbar gleichgültige Haltung nicht ganz verstehen, denn von seinen eigenen Plänen hatte er ihnen nichts verraten.

Also machten sich William und Agatha am Freitagmorgen allein auf den Weg zu Lord Saxon.

Twickham, der Butler, empfing sie auf besonders hochmütige Art, nachdem Simon ihm eingeschärft hatte, die Markhams so herablassend wie möglich zu behandeln. Geringschätzig sah er sie von oben bis unten an und sagte dann kühl: »Wenn Sie bitte warten wollen. Ich werde sehen, ob mein Herr heute morgen empfängt.«

Er ließ sie in der Halle stehen und ging mit würdevollen Schritten davon. Er fand seinen Herrn im Frühstückszimmer und meldete in verschwörerischem Ton: »Sie sind da, Sir. Ich habe sie in der Halle warten lassen.«

»Gut«, nickte Simon zufrieden. »Meinst du, wir sollten sie länger als eine halbe Stunde warten lassen?«

Twickham konnte sich nicht erinnern, seinen Herrn in den letzten Jahren jemals so aufgekratzt gesehen zu haben. »Nein, Sir, eine halbe Stunde dürfte genügen«, erwiderte er, und der Anflug eines Lächelns glitt über sein Gesicht. »Der Herr macht ohnehin schon einen sehr ungeduldigen Eindruck. Das Warten wird ganz schön an seinen Nerven zerren.«

Vergnügt rieb Simon sich die Hände. »Du weißt, Twickham, daß ich meinen Spaß daran haben will. Es ist wirklich eine gute Sache, daß mein Enkel zurückgekommen ist. Ich habe seit Jahren nicht mehr so viel Abwechslung gehabt.«

4

Während die Markhams mit wachsendem Zorn in der Halle warteten, zog Simon sich in sein Arbeitszimmer zurück, um die bevorstehende Begegnung noch einmal zu überdenken. Twickham, der wieder seiner Arbeit nachging, stellte voll Zufriedenheit fest, wie gut die Rückkehr des jungen Saxon seinem Herrn tat.

Auch Regina, die sich ahnungslos in ihrem Ankleidezimmer aufhielt, hegte ähnliche Gedanken. Auch sie hatte erkannt, wie sehr ihr Bruder nach Christophers Ankunft auflebte, und sie war dankbar dafür, vor allem auch für den Zufall, der Christopher Mrs. Eggleston über den Weg geführt hatte.

Obwohl sie selbst ein Leben als Alleinstehende bevorzugte, konnte sie keinem unverheirateten Mann begegnen, ohne sofort Pläne zu schmieden, wie sie sein Dasein verändern konnte. Ein Junggeselle war fast so etwas wie eine persönliche Herausforderung für sie, und sie betrachtete es als ihre Pflicht, den beklagenswerten Zustand desselben so schnell wie möglich zu beenden.

Daß auch Christopher noch nicht verheiratet war, bedrückte sie im Augenblick allerdings nicht sosehr. Bevor sie sich um ihn kümmerte, mußte sie ihren Bruder vor den Traualtar bringen. Und da sie Nicole sehr liebgewonnen hatte, lag es auf der Hand, daß ihre diesbezüglichen Wunschträume mit Nicole verbunden waren.

Nicole saß niedergeschlagen in ihrem Zimmer und starrte mit ausdruckslosen Augen ins Leere. Lustlos hatte sie sich von Miss Mauer ankleiden lassen, und als Mrs. Eggleston sie gefragt hatte, ob sie mit ihr in Colburnes Leihbücherei gehen wolle, hatte sie abgelehnt. Auch der Umstand, daß Christopher sie begleiten wollte, konnte sie nicht umstimmen.

Ein wenig bekümmert hatte Mrs. Eggleston Christopher von Nicoles Weigerung, mitzugehen, berichtet, doch dieser hatte nur die Achseln gezuckt und sich wenig später allein mit Mrs. Eggleston auf den Weg zur Bücherei gemacht.

Von plötzlicher Unruhe erfaßt, ging Nicole in ihrem Zimmer auf und ab und wünschte, sie wäre doch mitgegangen. Alles wäre besser gewesen, als allein zu sein. Schließlich verließ sie ihr Zimmer, um Regina aufzusuchen.

Nicole konnte sich ihre Unruhe nicht erklären und schritt in Gedanken versunken die Treppe hinunter. Auf halber Höhe blieb sie verwundert stehen, als sie den Mann und die Frau bemerkte, die in der großen Halle standen. Es war eigentlich nicht Twickhams Art, Gäste in der Halle stehen zu lassen. Neugierig blickte sie die beiden näher an – und erkannte sie fast sofort.

Ein Ausruf der Überraschung und des Schreckens entschlüpfte ihr, worauf sich William und Agatha, die sich flüsternd miteinander unterhalten hatten, nach ihr umsahen.

Es dauerte ein paar Sekunden, bis die beiden Markhams erkannten, daß die hübsche junge Dame in dem eleganten Kleid aus fliederfarbenem Batist ihre Nichte war. Während sie Nicole prüfend betrachteten, fühlte diese instinktiv, daß sie sich in den vergangenen fünf Jahren nicht sehr verändert hatten.

Agatha war dicker geworden, und sie kleidete sich noch immer viel zu jugendlich. Und William – nun, William war, wenn das überhaupt möglich war, noch röter im Gesicht geworden, sein schütteres Haar war jetzt noch dünner und seine Taille noch umfangreicher.

Während William die schlanke junge Dame aus schmalen Augen anstarrte, wurde ihm klar, daß es nicht so einfach sein würde, diesem widerspenstigen Wesen seinen Willen aufzuzwingen. Sie war kein Kind mehr, dem man Befehle erteilen konnte – und sie stand nicht allein, denn sie genoß Lord Saxons Schutz. Er würde nicht mehr mit ihr machen können, was er wollte. Mit wachsendem Grimm dachte er an das, was ihm blühen konnte, wenn man nach dem Verbleib eines großen Teils der Gelder Nicoles forsche.

Plötzlich völlig außer sich, rannte er die Treppe hinauf, umklammerte Nicoles Handgelenk und versuchte, sie die Treppe herunterzuzerren. Sie böse ansehend, herrschte er sie an: »Du kommst jetzt mit mir! Sofort! Wie konntest du nur so einfach davonrennen und uns soviel Sorgen bereiten, nach allem, was wir für dich getan haben, du undankbares, kleines Biest! Ich verspreche dir, das wird dir noch leidtun. Komm jetzt, sage ich dir!«

Nachdem sie sich von ihrer ersten Überraschung erholt hatte, versuchte Nicole wütend, sich aus seinem Griff zu befreien. In ihrer Wut vergaß sie ihre guten Manieren und schrie ihn an: »Lassen Sie mich los, Sie Ekel, oder ich kratze Ihnen beide Augen aus!«

Verblüfft lockerte William seinen Griff, und sofort schlug ihm Nicole ins Gesicht.

Vor Wut aufheulend, packte William ihre Schultern und schüttelte sie. »Du kleine Hure! Ich werde...«

Simon wollte Twickham gerade bitten, die Markhams in sein Arbeitszimmer zu führen, als Williams wütende Stimme ihn alarmierte. Mit einer Schnelligkeit, die niemand dem alten Mann zugetraut hätte, stieß er den überraschten Butler zur Seite und stürmte in die Halle. Als er die widerliche Szene sah, geriet er in äußersten Zorn.

»Wie können Sie es wagen! Lassen Sie sie sofort los, Sie Schuft!« schrie er mit dröhnender Stimme, während er mit vor Wut funkelnden Augen auf Markham zueilte. »Wie können Sie es wagen!« dröhnte seine Stimme erneut durch das Haus und ließ Regina und ein paar Dienstboten erschreckt herbeieilen. Regina, die oben an der Treppe stehenblieb, erfaßte die Situation sofort, wußte aber im gleichen Augenblick, daß ihr Bruder jetzt keine Einmischung duldete, und hielt den Mund.

William erkannte nervös, daß er zu weit gegangen war, und bemühte sich um ein gewinnendes Lächeln, während Agatha hysterisch zu jammern anfing. Doch niemand schenkte der zusammenhanglose Entschuldigungen Stammelnden Beachtung.

Wenn William seine Entschuldigungen an Simon gerichtet hätte, wäre die Situation vielleicht noch zu retten gewesen, doch er beging den fatalen Fehler, sich ausgerechnet an Nicole zu wenden. Ihre Schulter tätschelnd, sagte er: »Es besteht kein Grund zur Aufregung. Nicole und ich hatten lediglich eine kleine Meinungsverschiedenheit. Nicht wahr, Nicole?«

Nicole, welcher der Schrecken über das Geschehene noch in den Gliedern saß, wäre vielleicht bereit gewesen, sich beschwichtigen zu lassen, wenn William nicht noch immer ihren Arm umklammert und er den drohenden Ausdruck in seinen Augen unterdrückt hätte.

»Nicht wahr, Nicole?« wiederholte William drängend.

Angewidert schüttelte sie seine Hand ab und erwiderte mit harter, klarer Stimme: »Nein, wir hatten nicht nur eine kleine Meinungsverschiedenheit. Sie haben mich angegriffen und versucht, mich aus dem Haus zu zerren.«

Jeder der Anwesenden schien betroffen den Atem anzuhalten, während Simon, der seinen Zorn kaum noch unter Kontrolle halten konnte, mit steifen Schritten zur Treppe ging. Er setzte einen Fuß auf die unterste Stufe und sagte in drohendem Ton: »Verlassen Sie sofort mein Haus, Markham, und wagen Sie es nie wieder, sich hier blicken zu lassen! Sollten Sie es dennoch tun, werde ich Sie wie einen räudigen Hund davonjagen lassen.«

Williams Gesicht war dunkel vor Wut; er wirbelte zu Nicole herum und herrschte sie an: »Das ist alles deine Schuld, du blödes Weibsbild. Aber ich bin immer noch dein Vormund, und du wirst jetzt mit mir kommen.« Er warf Simon einen verächtlichen Blick zu und sagte: »Sie haben eine Kleinigkeit vergessen, Lord Saxon. Nicole ist meine Nichte, und ich bin ihr gesetzlicher Vormund. Sie haben kein Recht, mich daran zu hindern, sie von hier fortzubringen.«

Wieder ergriff er Nicoles Arm und befahl ihr in etwas sanfterem Ton: »Nun komm schon! Deine Sachen können dir später nachgeschickt werden.«

Nicole wußte, daß Lord Saxon nichts unternehmen konnte, wenn sie selbst nicht den ersten Schritt tat. Er würde zwar nie erlauben, daß man sie gegen ihren Willen fortbrachte, doch er konnte nichts tun, solange sie selbst nicht den Kampf aufnahm. Williams anmaßendes Verhalten hatte ihr unmißverständlich gezeigt, daß er sich in all den Jahren ihrer Abwesenheit nicht geändert hatte, und als er jetzt auch noch mit einem kräftigen Ruck versuchte, sie die Treppe herunterzuzerren, war ihr Entschluß gefaßt.

Mit stolz erhobenem Kopf erklärte sie: »Ich habe nicht die Absicht, mit Ihnen zu gehen.«

Mit einer schnellen Bewegung entwand sie ihm ihren Arm und eilte zwei Stufen hinauf, um aus seiner Reichweite zu kommen. Doch William stürzte schimpfend und fluchend hinter ihr her, packte ihre Schultern, drehte sie zu sich herum und versetzte ihr einen kräftigen Schlag auf die Wange. »Du hast nichts anderes verdient, du Luder! Du wirst schon noch sehen, wer hier zu bestimmen hat!«

Alle Zurückhaltung, die Nicole sich vielleicht noch auferlegt hatte, fiel von ihr ab. Das Brennen seines Schlages noch im Gesicht spürend, zischte sie ihn haßerfüllt an: »Sie widerlicher fetter Köter, Sie!« und schlug ihm mit voller Kraft ins Gesicht.

William taumelte, und Nicole, die fand, daß nun ohnehin alles egal war, versetzte ihm einen kräftigen Stoß in den Magen.

Alles war so schnell gegangen, daß die Umstehenden den Ereignissen kaum hatten folgen können. Regina, der das Gejammere Agathas langsam auf die Nerven ging, eilte nun mit entschlossenen Schritten die Treppe hinunter. Von unten kam ihr Simon mit zornig erhobenem Kopf entgegen und attackierte den noch immer unsicher auf den Beinen stehenden William mit heftigen Schlägen auf die Schulter.

Diesem plötzlichen Angriff war William nicht gewachsen; er verlor das Gleichgewicht und stürzte polternd die acht oder neun Stufen hinunter, bis er vor Agathas Füßen liegenblieb.

»Herrlich!« rief Simon. Seine Augen glänzten vor Triumph und Zufriedenheit. Nicole fing seinen Blick auf und mußte unwillkürlich laut auflachen. Dann schaute sie schnell zu Regina hinüber, die an dem auf der Erde liegenden William und der schluchzenden Agatha vorbeistürmte, eine mit Rosen gefüllte Vase ergriff und sie Agatha ins Gesicht schleuderte.

Der Schock ließ Agatha endlich verstummen, und sogar William hörte vor Verblüffung zu fluchen auf, so daß plötzlich wieder Ruhe herrschte am Cavendish Square.

Ganz die große Dame hervorkehrend, wandte Regina sich ruhig an den Butler: »Twickham, sorgen Sie dafür, daß diese Leute sofort das Haus verlassen.« Sie wandte ihren verächtlichen Blick von den Markhams ab und fuhr fort: »Nicole, geh jetzt auf dein Zimmer. Wir werden später über die Sache reden. Und auch du solltest dich jetzt lieber zurückziehen, Simon. Denk daran, der Arzt hat gesagt, du darfst dich nicht überanstrengen.«

»Ja, ja, wenn du meinst«, brummte Simon und ging, Nicole mit sich ziehend, die Treppe hinauf.

William rappelte sich hoch und schrie ihm mit heiserer Stimme nach: »Nein! Nicole kommt mit uns!«

Regina warf ihm einen warnenden Blick zu und erklärte in hochnäsigem Ton: »Das glaube ich kaum, mein Herr. Sie haben das Haus meines Bruders ungebeten betreten und sich hier Dinge geleistet, die ich hoffentlich nie wieder in meinem Leben sehen werde. Und Ihre Frau hat mit ihrem hysterischen Geschrei an den Nerven von uns allen gezerrt. Unter diesen Umständen werden wir nie zulassen, daß Nicole Ashford zu Ihnen kommt. Ich überlege mir sogar, ob wir Sie und Ihre Frau nicht zur Verantwortung ziehen lassen. Sie sollten lieber gehen, bevor ich meine Drohung wahrmache.«

William starrte sie sprachlos an, und bevor er sich versah, hatte Twickham Agatha und ihn mit Hilfe eines zweiten Dieners vor die Tür gesetzt.

Voller Hochachtung verbeugte sich Twickham vor Regina und erklärte würdevoll: »Sie haben sich großartig gehalten, Madam, wenn ich das sagen darf.«

»Danke, ich bin ganz zufrieden mit mir«, entgegnete Regina und rief dann: »Simon, wo bist du? Ich weiß, daß du wie ein gewöhnliches Dienstmädchen oben am Geländer hängst und lauschst! Also, komm herunter!«

»Ja!« erwiederte Simon mit dröhnender Stimme und trat so schnell in Erscheinung, daß Reginas Vermutung sich bestätigte. Und genauso laut fuhr er fort: »Du hast mir befohlen, zu verschwinden. Und das in meinem eigenen Haus! Ich sage dir, Regina, ich werde dein eigenmächtiges Handeln nicht mehr länger hinnehmen.« Doch gleich kicherte er anerkennend: »An sich warst du prima. Ich habe ja schon immer gesagt, für eine Frau bist du eigentlich in Ordnung.«

Regina murmelte eine wenig damenhafte Bemerkung und fragte dann: »Wo ist Nicole?«

»Hier bin ich«, rief Nicole und kam hinter Simon die Treppe herunter.

Als Simon die neugierigen Blicke der umherstehenden Dienstboten bemerkte, führte er die beiden Damen schnell in sein Arbeitszimmer. Er wußte zwar, daß Twickham dafür sorgen würde, daß die Dienstboten nichts über den peinlichen Vorfall nach draußen tragen würden, doch er befürchtete auch, daß es in den nächsten Tagen in der Küche und in den Ställen viel Getuschel geben würde. Die ganze Geschichte hatte ihm zwar einen gewissen Spaß gemacht, doch er war sich auch klar darüber, daß er es mit einer sehr ernsten Angelegenheit zu tun hatte.

Auch Nicole wußte um den Ernst ihrer Lage, und sie fühlte sich sehr beschämt über ihre eigene Rolle in dem Spektakel. Mit leiser, demütiger Stimme sagte sie daher: »Ich bitte um Vergebung für mein Betragen. Ich hätte die Beherrschung nicht verlieren und meinen Onkel niemals schlagen dürfen. Ich habe nichts anderes verdient, als daß Sie mich auf die Straße setzen.«

»Da bin ich ganz deiner Meinung. Du hast dich wie ein Fischweib benommen«, pflichtete Regina nicht sehr liebenswürdig bei, doch das schelmische Glitzern in ihren Augen nahm ihren Worten die Schärfe. »Dennoch muß ich gestehen, daß ich dir in diesem Fall keinen Vorwurf machen kann. Dein Onkel ist wirklich ein widerlicher Mensch. Kein Wunder, daß du nicht zu ihm zurück willst.« Sie hielt inne und runzelte nachdenklich die Stirn. »Doch die Angelegenheit ist sehr ernst. Was sollen wir jetzt tun, Simon?«

Die beiden Damen saßen auf dem Sofa, während Simon ihnen gegenüber auf einem schwarzen Lederstuhl Platz genommen hatte. Sein Gesicht war ernst und nachdenklich, und Nicole, die von Schuldgefühlen geplagt wurde, fürchtete, daß er gar nicht anders konnte, als ihr unüberlegtes Handeln zu mißbilligen und sie aus seinem Haus zu weisen.

Und erst in diesem Augenblick wurde ihr bewußt, wie lieb sie Lord Saxon und seine Schwester schon gewonnen hatte. Sich von ihnen trennen zu müssen, wäre für sie gleichbedeutend mit einem erneuten Verlust ihrer Familie gewesen. Voll aufrichtiger Reue versuchte sie deshalb noch einmal, sich zu entschuldigen. Doch Simon gebot ihr mit einer Handbewegung Schweigen. Er sah sie lange forschend an, und gerade, als Nicole das nicht länger ertragen zu können glaubte, verzog sich sein Gesicht zu einem breiten Grinsen.

»Hah!« rief er feurig. »Was wir machen werden? Wir werden kämpfen! Nicht wahr, mein Kind?«

Das beklommene Gefühl der Angst fiel von Nicole ab, und mit zaghaftem Lächeln antwortete sie: »Wie Sie meinen, Sir.«

»Ganz klar, Nicole. Diesem fetten Köter – so hast du ihn, glaube ich, selbst genannt – würde ich nicht einmal meine Hunde anvertrauen.«

»Fetter Köter oder nicht«, gab Regina zu bedenken, »er ist Nicoles gesetzlicher Vormund, und wir hatten deshalb nicht das Recht, ihn abzuweisen. Er kann Nicole von hier wegholen und mit ihr machen, was er will.« Nicole ansehend, fragte sie geradeheraus: »Ich möchte dich nicht verletzen, mein Liebes, aber wie ist es möglich, daß zwei solch miese Kreaturen zu deinen Verwandten zählen?«

»Sie sind eigentlich gar nicht mit mir verwandt«, erwiderte Nicole wahrheitsgemäß. »Tante Agatha ist die Stiefschwester meiner Mutter, und als meine Eltern starben, gab es keine anderen Verwandten mehr.«

»Ich verstehe«, sagte Regina nachdenklich. »Das läßt hoffen, daß man ihre Vormundschaft annullieren lassen könnte, besonders, wenn ein Mann wie Simon sich dafür einsetzt. Würdest du das tun?« wandte sie sich an ihren Bruder.

»Natürlich, das habe ich doch gerade gesagt«, knurrte Simon gereizt. »Ich werde meinen Freund, den Richter White, am Russell Square aufsuchen. Er wird uns sagen, was wir tun können. Er ist ein sehr kluger Bursche. Außerdem«, fügte er nachdenklich hinzu, »werden die Markhams wahrscheinlich gar nichts unternehmen. Ich habe den Verdacht, Nicole, daß dein Onkel mit deinem Vermögen Schindluder getrieben hat, und ich wette, daß er keine Nachforschungen wünscht. Ich möchte daher meinen, daß sie sich ruhig verhalten werden.«

»Hm. Da schließe ich mich deiner Erwartung an«, bemerkte Regina. »Sie werden sicher nicht das Gericht anrufen. Und selbst wenn sie es täten – die Ereignisse des heutigen Tages würden ein schlechtes Licht auf sie werfen. Es gibt mehrere Zeugen, die beschwören können, daß er sich an Nicole in einem Wutanfall vergriffen hat, und die Tatsache, daß sie keine Blutsverwandten sind, dürfte sich auch gegen sie verwenden lassen, besonders dann, wenn Nicoles Vermögen wesentlich größer als das ihre ist. Ist es das, Nicole?«

»Ich glaube, ja«, erwiderte Nicole unsicher. »Bestimmt weiß ich es aber nicht.«

»Es ist größer«, erklärte Simon überzeugt. »William Markham ist nichts weiter als ein mittlerer Landwirt. Sein Besitz ermöglicht seiner Familie ein einigermaßen angenehmes Leben, mehr nicht. Nicoles Vater war ein reicher Mann. Er hätte den Markhamschen Besitz mit Leichtigkeit zehnmal aufkaufen können. So wie ich die Dinge sehe, brauchen wir nichts weiter zu tun, als abzuwarten. In drei Jahren wird Nicole volljährig sein, und falls sie vorher heiratet, kann sie sogar noch früher über ihr Vermögen verfügen.«

»Ich kann aber nicht drei Jahre lang auf Ihre Kosten leben«, wandte Nicole ein; sie wußte, daß Simon schon jetzt sehr viel für sie getan hatte.

»Warum nicht?« knurrte Simon. »Du wirst mich dadurch nicht an den Bettelstab bringen, das darfst du mir glauben.«

Nicole wollte widersprechen; Schuldgefühle quälten sie, schließlich befand sie sich unter falschen Voraussetzungen hier. »Es wäre nicht richtig. Ich kann das nicht annehmen. Es muß noch einen anderen Weg geben.«

»Du kannst das nicht annehmen?« meinte Simon polternd. »Hör zu, mein kleines Fräulein: Entweder du nimmst das an, oder du gehst zu deinem Onkel zurück. Das ist die Wahl, die du hast. Keine andere!«

Nicoles Wangen überzogen sich mit tiefer Röte, und ihre Augen blickten nun gar nicht mehr sanft; ihr sprunghaftes Temperament brach erneut durch. »Sie wissen, daß das für mich keine Wahl ist«, entgegnete sie steif. »Ich bestehe aber dann darauf, daß Sie Buch über Ihre Auslagen führen, damit ich Ihnen das Geld zurückzahlen kann, sobald ich über mein Vermögen verfügen werde. Ich werde Ihnen jeden Penny zurückzahlen.« Wieder einmal hatte sie vergessen, daß sich eine wohlerzogene junge Dame nicht so gehenlassen durfte. Wütend sprang sie auf und stürmte aus dem Zimmer.

Als die Tür hinter ihr ins Schloß gefallen war, sahen Regina und Simon sich eine Weile schweigend an. Schließlich murmelte Simon mit reuevollem Lächeln: »Sie hat ein beachtliches Temperament, nicht wahr? Ich glaube, ich hätte nicht so grob zu ihr sein sollen.«

»Allerdings«, antwortete Regina prompt. »Wirklich, Simon, du machst mir manchmal Sorgen. Es bestand kein Grund, so barsch zu sein.«

Sofort waren Simons Gewissensbisse verflogen, und er knurrte ärgerlich: »Fang nicht schon wieder mit einer Strafpredigt an. Der Morgen war aufregend genug.«

»Das stimmt allerdings«, erwiderte sie. Dann erhob sie sich und fuhr fort: »Wann wirst du Richter White aufsuchen? Du solltest es nicht zu lange aufschieben. Womöglich besitzen sie eine einwandfreie Urkunde und gehen damit doch vor Gericht und prozessieren gegen uns.«

Simon nickte. »Ich werde noch heute mittag einen Boten zu ihm schicken und anfragen lassen, wann er mich empfangen will. Zufrieden?«

Regina schenkte ihm ein Lächeln. »Ja, mein Lieber, ich bin zufrieden. Denk aber daran, daß du dich nicht aufregen darfst, Simon. Ich weiß, du liebst es nicht, daß man über deine Gesundheit spricht, doch du weißt, daß dich der Anfall vor fünf Jahren beinahe umgebracht hätte. Der Arzt hat dir ausdrücklich zur Auflage gemacht, dich zu schonen.« Sie ignorierte den Ausdruck wachsenden Unmuts auf seinem Gesicht und fuhr unbeirrt fort: »Warum läßt du eigentlich nicht Christopher mit dem Richter reden?«

»Weil ich nicht mag«, bellte er. »Genügt dir das?«

Regina verließ achselzuckend den Raum und ging nachdenklich die Treppe hinunter. Die Situation war ernst. Wenn das Gericht entschied, daß Nicole bei den Markhams zu bleiben hatte, würde ein trauriges Leben sie erwarten. Ein trauriges und gefährliches, dachte Regina, als sie sich an den häßlichen Ausdruck in Williams Augen und an die brutale Art, in der er Nicole geschlagen hatte, erinnerte. Doch wie Simon hoffte auch sie, daß die Markhams im Augenblick nicht viel unternehmen würden. Wenn sie klug waren, würden sie gute Miene machen und so tun, als statte Nicole mit ihrer Billigung einen Besuch bei Lord Saxon ab. Solange niemand Nachforschungen über den Verbleib von Nicoles Geldern anstellte, würde William Markham wahrscheinlich nicht auf eine Änderung der Situation drängen. Leider würden noch drei Jahre bis zur Klärung von Nicoles Vermögenslage vergehen, und mit Sicherheit würde es noch weitere häßliche Szenen bis zu Nicoles Volljährigkeit geben. Es sei denn, Nicole würde heiraten ...

Mitten in der Bewegung hielt Regina inne, ein Ausdruck plötzlicher Freude trat auf ihr Gesicht. Ja, das war es! Glücklich vor sich hinlächelnd, betrat sie ihr Zimmer, um ihre unterbrochene Morgentoilette zu beenden.

Fast eine Stunde verging, bevor sie wieder herunterkam. Sie war zufrieden mit sich und ihrem Aussehen; ihre von Silberfäden durchzogenen Haare waren zu einem eleganten Knoten zurückgesteckt, das lose braune Kleid aus feiner Seide schmeichelte ihrer hageren Figur. Vor Nicoles Zimmer blieb sie stehen und klopfte an, doch Miss Mauer, die ihr die Tür öffnete, erklärte, Nicole sei unten im Wintergarten. Regina fragte nach Nicoles Befinden, worauf Miss Mauer nach kurzem Zögern erwiderte: »Es wird noch ein paar Tage dauern, bis sie die häßliche Szene überwunden hat.«

Regina beschloß, Nicole vorläufig sich selbst zu überlassen, und ging in den kleinen Salon. Sie wußte nicht, was sie tun sollte – ein ungewohnter Zustand für eine Frau von Reginas Temperament. Doch bevor sie sich noch weitere Gedanken machen oder sich gar langweilen konnte, kehrten Mrs. Eggleston und Christopher zurück.

»Regina, sieh nur«, rief Mrs. Eggleston voll Begeisterung, »es ist mir gelungen, eine Ausgabe von Lord Byrons ›Korsar‹ zu bekommen. Das Buch ist gerade erst erschienen, weißt du.«

»Wie schön, meine Liebe. Die Werke dieses jungen Mannes interessieren mich zwar nicht, doch nach dem Erscheinen von ›Child Harold‹ vor einem oder zwei Jahren ist er sehr bekannt geworden, das gebe ich zu.«

»O ja, ich habe mir gleich nach meiner Ankunft in England ein Exemplar davon besorgt. Er ist ein großer Dichter.«

»Ich möchte nicht mit dir streiten, aber du warst lange Zeit fort von England und kannst daher nichts über sein Treiben wissen. Es ist unglaublich, wie er und Caro Lamb sich benommen haben. Obwohl«, fügte Regina mit einer gewissen Nachsicht hinzu, »ich glaube, daß diese Affäre inzwischen beendet ist. Ich habe gehört, daß er um Annabelle Milbankes Hand anhalten will.«

»Oh nein!« wunderte sich Mrs. Eggleston. »Woher erfährst du nur all diese Dinge?«

Christopher, der erkannte, daß die beiden sich gerne zu einem Plausch über dieses und jenes Skandälchen niederlassen wollten, bemerkte lächelnd: »Wenn die Damen mich entschuldigen würden? Ich habe eine Verabredung mit meinem Agenten, der sich um eine Wohnung für mich bemühen soll; ich möchte ihn nicht warten lassen.«

Mrs. Eggleston lächelte zustimmend und erklärte noch einmal, wie sehr sie seine Gesellschaft genossen habe, doch Regina zog ihn beiseite und sagte: »Ich möchte erst noch ein paar Worte mit dir reden, Christopher. Letitia, bitte entschuldige uns einen Augenblick.«

Verwundert, weil Regina offensichtlich ein vertrauliches Gespräch mit Christopher führen wollte, verließ Mrs. Eggleston den Raum.

Regina zögerte dann; sie wußte, daß sie es besser Simon hätte überlassen sollen, Christopher über die Ereignisse des Vormittags zu berichten, doch sie wollte selbst sehen, wie er die Nachricht vom Besuch der Markhams und vor allem von Williams Angriff auf Nicole aufnahm. Und so erzählte sie denn in kurzen Worten, was sich am Morgen zugetragen hatte. Ihre Neugier wurde aber nicht befriedigt; außer einem kurzen Zucken um seinen Mund und einem flüchtigen Aufflackern seiner bernsteinfarbenen Augen verriet keine andere Regung, daß ihn diese Nachricht auch nur berührte. In der Hoffnung, doch noch irgendeine Reaktion auf die Mitteilung, daß William Nicole geschlagen hatte, zu erkennen, blickte Regina eindringlich in sein hübsches dunkles Gesicht, aber er fragte nur in gleichmütigem Ton: »Und wo ist Nicole jetzt?«

Enttäuscht wollte sie es ihm erst gar nicht sagen, doch dann besann sie sich eines anderen und erwiderte mürrisch: »Ich weiß zwar nicht, warum dich das interessiert, aber sie ist im Wintergarten.«

Verwundert über ihren unwirschen Ton hob Christopher die Augenbrauen und steigerte ihre Enttäuschung noch, indem er gelassen erklärte: »Nun, wenn Nicole sich wohl genug fühlt, ihr Zimmer zu verlassen, dann kann der Besuch der Markhams sie nicht allzu sehr aufgeregt haben.« Und mit aufreizendem ironischen Lächeln fügte er hinzu: »Wie ich Nicole kenne, wird sie die Situation sogar genossen haben. Wenn Sie mich jetzt bitte entschuldigen wollen?«

Zu gern hätte Regina gewußt, was hinter seiner Stirn wirklich vorging, doch sie entdeckte kein Anzeichen, das ihr gezeigt hätte, was er wirklich empfand.

Als er aber seine Tante verlassen hatte, war seine scheinbare Gelassenheit dahin; ein harter, unerbittlicher Ausdruck lag auf seinem Gesicht. Zwei Stufen auf einmal nehmend, eilte er in sein Zimmer hinauf. Hastig kleidete er sich um und zog eine Wildlederhose und Reitstiefel an. Sekunden später stürmte er bereits wieder aus dem Zimmer und rief dem verdutzten Higgins über die Schulter zu: »Finde heraus, wo die Markhams in London wohnen! Sobald ich mit Nicole geredet habe, werde ich Mr. William Markham einen Besuch abstatten!«

Der Wintergarten, der sich im hinteren Teil des Hauses befand, war der ganze Stolz des Obstgärtners. Das gewölbte Dach war ganz aus Glas, eine Fülle von Grün und Blüten erfreute das Auge. In einer Ecke des riesigen Raumes waren ein winziger Springbrunnen und ein kleiner Fischteich, und an den scheinbar natürlichen Wegen standen steinerne Bänke. Seltsamerweise wurde diese Oase der Ruhe und des Friedens nur selten benutzt, doch Nicole hatte bald erkannt, daß sie hier meist ungestört blieb, und seitdem war der Wintergarten einer ihrer Lieblingsaufenthaltsorte.

Als Christopher den Wintergarten betrat, fand er Nicole auf einer der Steinbänke am Fischteich sitzend vor. Sie bemerkte ihn nicht, und so blieb er eine Weile stehen und beobachtete sie, wie sie gedankenverloren auf die rotgoldenen, im Wasser umherflitzenden Fische blickte. Sie trug noch immer das fliederfarbene Kleid, und ihr Haar, das sie diesmal offen trug, verdeckte einen Teil ihres Gesichts.

Als er leise ihren Namen aussprach, fuhr sie überrascht herum.

Sie blickte ihm forschend in die Augen und wußte sofort, daß er bereits von den Ereignissen des Vormittags erfahren hatte. Seine beherrschten Gesichtszüge verrieten ihr jedoch nicht, wie er die Nachricht aufgenommen hatte. Er hat sich ja stets vollkommen unter Kontrolle, dachte sie bitter. Nichts, rein gar nichts kann ihn aus der Fassung bringen.

Sie begrüßte ihn kühl – auch sie hatte gelernt, sich zu beherrschen. Wenn er mir jetzt auch noch eine Szene macht, weiß ich nicht, was ich tue, dachte sie grimmig.

Aber Christopher schien nichts dergleichen im Sinn zu haben. Als er sie betrachtete, fiel ihm sofort die unnatürliche Blässe ihrer Haut und der bittere Zug um ihren Mund auf. Dann hob er langsam ihr Kinn, und unendlich zart strichen seine Finger über die Wange, die geschlagen worden war, doch als Nicole zurückwich, wurden seine Lippen schmal, und ein ärgerlicher Ausdruck trat in seine Augen. Nicole war zu aufgewühlt und zu beschäftigt mit ihren eigenen Problemen, um seinen Gefühlen Rechnung zu tragen. Sie stieß seine Hand beiseite und fauchte ihn an: »Ich bin heute schon einmal geschlagen worden. Wollen Sie sich jetzt auch noch über mich lustigmachen?«

Ihre Worte schienen ihn unberührt zu lassen, und das Empfinden, daß ihm nichts naheging, empörte Nicole einmal mehr. Doch auch das schien ihm nichts auszumachen, denn mit spöttischem Lächeln erwiderte er: »Hat's wehgetan, Nick?«

Ihre Augen blitzten auf vor Wut, und zornige Röte überzog ihre Wangen, als sie entgegnete: »Zumindest bin ich daran gewöhnt, geschlagen zu werden – Sie selbst haben es oft genug getan.«

Einen Augenblick fürchtete Nicole, zu weit gegangen zu sein, doch er rührte sich nicht, sondern erwiderte nur mit beißender Stimme: »Ich habe dir vielleicht manchmal eine Ohrfeige gegeben, die du dann auch verdient hattest, doch ich kann mich nicht erinnern, dich so hart geschlagen zu haben, daß deine Wange jemals angeschwollen wäre, wie es jetzt der Fall ist.«

»Nein«, erwiderte sie honigsüß. »Statt dessen haben Sie mich verführt.«

Mit leiser Genugtuung stellte Nicole fest, daß sie ihn nun doch getroffen hatte, denn sie bemerkte, wie er erbittert die Lippen zusammenpreßte. Doch auch dieses Gefühl schien von kurzer Dauer zu sein, denn Christopher entgegnete gleichmütig: »Ja, das ist wahr. Ich glaube aber, du hast mir weit mehr angetan. Und woher sollte ich wissen, daß du nicht irgendein Flittchen oder Allens Geliebte gewesen bist? Jeder andere Mann in meiner Lage würde genauso gehandelt haben. Außerdem«, fügte er brutal hinzu, »kann ich mich erinnern, daß es dir Spaß gemacht hat.«

Aus Nicoles Gesicht war alle Farbe gewichen; ohne nachzudenken sprang sie auf und schlug ihm mit der flachen Hand auf den Mund.

Überrascht wich er zurück und schloß instinktiv schützend die Augen. Nicole wartete angriffslustig auf seine Reaktion; sie haßte sich selbst und ihn dafür, daß es ihm immer wieder so mühelos gelang, sie in Rage zu bringen. Was trieb sie nur dazu, ihn zu provozieren, bis er auch die Beherrschung verlor und ebenso unkontrolliert reagierte wie sie selbst?

Christopher sah sie lange schweigend an; schließlich sagte er mit hartem Lächeln: »Kein Wunder, daß dein Onkel dich geschlagen hat. Wenn du dich ihm gegenüber ebenso benommen hast wie mir gegenüber, sollte ich ihm wohl eher mein Verständnis zum Ausdruck bringen, anstatt ihn zu bekämpfen. Ich tue das aber nicht.«

Nicole blickte ihn aufmerksam an; sie kannte ihn zu gut, um nicht zu wissen, daß er trotz seines beherrschten Benehmens sehr wütend war und den Schlag, den sie ihm versetzt hatte, nicht einfach übergehen würde. »Was soll das heißen?« fragte sie mit gerunzelter Stirn.

Mit ausdruckslosem Gesicht erwiderte er: »Du glaubst doch wohl nicht, daß ich William so einfach davonkommen lasse?«

Nicoles Augen wurden groß vor Entsetzen, als sie mit kaum hörbarer Stimme fragte: »Sie wollen ihn doch nicht zum Duell fordern?«

Ein kaltes Lächeln zuckte um Christophers Mund, und in dem wild entschlossenen Ausdruck seiner Augen konnte sie die Antwort auf ihre Frage lesen. Sofort vergaß sie ihren Streit, legte bittend eine Hand auf seinen Arm und stieß atemlos hervor: »Oh,

Christopher, tun Sie es nicht. Er ist ein gefährlicher Mann, und er würde sich nicht mit Ihnen duellieren, ohne sich vorher abgesichert zu haben, daß er der Sieger sein wird. Er wird Sie töten. Es war nur ein Schlag – keine erwähnenswerte Verletzung. Lassen Sie es gut sein.«

Ungerührt schob Christopher ihre Hand von seinem Arm. »Es ist wohl an mir zu entscheiden, was ein erwähnenswerter Schlag ist oder nicht«, antwortete er.

»Aber –«

Sein Gesicht war dunkel vor kaum mehr unterdrückter Wut, als er sie bei den Schultern nahm und ihr ins Wort fiel: »Sei still, Nick. Du magst vielleicht bereit sein, sein Benehmen tatenlos hinzunehmen, doch ich nicht. Niemand soll sich herausnehmen, dich zu schlagen, solange du unter meinem Schutz stehst. *Ich* darf dich vielleicht schlagen, wenn du mich dazu herausforderst – dieses Stück Dreck jedoch nicht!« Als sie ihn ungläubig anstarrte, fügte er mit spöttischer Stimme hinzu: »O ja, nicht einmal dich lasse ich mißhandeln – außer vielleicht von mir selbst.«

Verzweifelt wünschte sie, ihn verstehen zu können, doch seine Züge verrieten nicht, was er wirklich dachte. Sie hatte Angst um ihn und sagte mit weicher Stimme: »Seien Sie vorsichtig, Christopher.«

Der Druck seiner Finger verstärkte sich schmerzhaft, und sein Mund verzog sich zu einem spöttischen Lächeln. »Du machst dir Sorgen um mich? Ich kann es nicht glauben.«

Sofort stieg die Wut wieder in ihr hoch, und sie versuchte krampfhaft, sich seinem Griff zu entwinden. »Sie gemeines Biest!« keuchte sie. »Lassen sie mich los!«

»O nein, meine Liebe. Ich schulde dir noch etwas für den Schlag von vorhin.« Fast so etwas wie Belustigung klang in seiner Stimme, als er in ihr wütendes Gesicht hinunterstarrte.

Nicole hob trotzig das Kinn und fauchte: »Na los, schlagen Sie mich! Es besteht offensichtlich kein großer Unterschied zwischen Ihnen und meinem Onkel.«

»O doch, meine kleine Füchsin«, widersprach er sanft. »Ein großer Unterschied sogar.« Damit preßte er sie an sich und verschloß ihren Mund mit einem brutalen Kuß.

Verzweifelt versuchte Nicole, das jäh in ihr aufsteigende Verlangen niederzukämpfen, doch obwohl sie wußte, daß er sie nur küßte, um ihr wehzutun und sie zu bestrafen, schmolz sie bei der Berührung seines warmen Körpers dahin und öffnete hingebungsvoll die Lippen. Christophers Körper erwiderte ihre Hingabe sofort, und mit Triumph spürte sie, wie auch sein Verlangen erwachte und stärker wurde, als sich ihre Körper aneinanderdrängten. Liebkosend wanderte seine Hand ihren Rücken hinunter, preßte sie noch enger an sich, glitt über ihre Hüften. Sein Kuß wurde fordernder und leidenschaftlicher; sie konnte sich kaum noch beherrschen, und sie wußte, daß sie sich nicht sträuben würde, wenn er sie haben wollte.

Langsam hob er den Kopf, und in seinen dunkel gewordenen Augen erkannte sie, daß er ebenso erregt war wie sie. Schwach kam ihm der Gedanke, daß sie jeden Augenblick entdeckt werden konnten, doch er war nicht mehr in der Lage, sich zurückzuhalten. Aufstöhnend zog er Nicole an sich, es war ihm egal, ob man sie entdeckte. Ihre Lippen vereinten sich zu einem leidenschaftlichen Kuß, und langsam glitten sie neben dem Fischteich auf den Boden.

Nicole sträubte sich kaum, als Christopher ihren Rock hob und das seidene Unterkleid beiseiteschob. Sie stöhnte leise auf, als sie die Wärme seiner Hand zwischen ihren Schenkeln spürte. Und als sein Finger sanft in das Zentrum ihrer Lust vordrang, war keiner von ihnen mehr in der Lage, einen klaren Gedanken zu fassen; sie spürten nur noch das übermächtige Verlangen, einander zu gehören.

Er nahm sie ohne langes Vorspiel, und das Gefühl, ihn wieder in sich zu spüren, raubte ihr fast die Sinne. Höchste Lust und tiefste Qual zugleich erfüllten sie, als ihre Körper auf den Gipfel der Leidenschaft zutrieben, doch keiner von beiden war bereit, sich einzugestehen, daß das, was sie füreinander empfanden, mehr war als bloßes körperliches Verlangen.

Christopher spürte nichts als ihren weichen, verführerischen Körper unter sich, und Nicole spürte nur noch die harte männliche Kraft, die sie ausfüllte. Die ersten wirbelnden Nebel der Erfüllung umfingen sie, und als die erlösende Lust ihren Körper überflutete und sie laut aufstöhnte, verschloß er ihren Mund wieder mit einem leidenschaftlichen Kuß. Glücklich und erschöpft und unfähig, sich zu bewegen, lag sie da und spürte voll seltsamer Zärtlichkeit, wie auch er den Gipfel der Lust erreichte.

Lange blieben sie so engumschlungen liegen, während ihre Lippen einander zärtlich liebkosten.

Doch dann schien er sich ihres vorausgegangenen Streits zu erinnern, und er sprang abrupt auf. Nachdem er rasch seine Kleidung geordnet hatte, zog er geistesabwesend auch ihr Kleid zurecht und half ihr aufzustehen. Er sagte jedoch noch immer nichts, sein Gesicht glich einer steinernen Maske.

Plötzlich schämte sich Nicole für das, was soeben geschehen war, und sie war wütend auf sich selbst, weil sie nicht mehr Willenskraft aufgebracht hatte. Und sie haßte sich und ihn mehr denn je. Mit zitternden Händen glättete sie ihr Kleid, und sie vermied es noch immer, ihn anzusehen aus Angst, in seinem Gesicht den gewohnten spöttischen Ausdruck zu entdecken. Als sie schließlich doch den Kopf hob und ihn anblickte, erfüllte der Ausdruck seiner Augen sie mit Wut und Verzweiflung.

Sein Gesicht wirkte leer und kalt. Sogar seine Stimme schien ohne Leben, als habe er einen entsetzlichen Kampf bestritten und ihn verloren. »Ich bitte um Entschuldigung für das, was passiert ist. Du brauchst keine Angst zu haben, daß es noch einmal vorkommen wird. Ich verspreche es dir.«

Seine Worte konnten Nicole nicht beruhigen. Sie erwartete mehr von ihm als eine einfache Entschuldigung, die ihr doch nur einmal mehr zeigte, daß ihm das alles nichts bedeutete. Ihre Augen schimmerten feucht, als sie beißend entgegnete: »Ich nehme Ihre Entschuldigung nicht an. Sie scheinen zu glauben, daß Sie tun können, was Sie wollen, und daß dann ein paar Worte genügen, Sie von allem freizusprechen. Nein, sie genügen nicht!« Ihre Erregung war so groß, daß ihr gar nicht in den Sinn kam, daß ihm das Ganze ebenso peinlich sein könnte wie ihr und er ebenso wütend auf sich selbst war wie sie.

Ihre Worte trafen ihn tief, und mit böse aufblitzenden Augen entgegnete er höhnisch: »Und du, meine Liebe? Du hast dich nicht allzusehr gewehrt. Verdammt noch mal, Nick, ich bin doch nur ein Mann! Es tut mir leid. Ich habe es nicht gewollt. Und du kannst versichert sein, daß ich es mehr bedaure, als du ahnen kannst. Ich hatte geschworen, dich nie wieder anzurühren, und ich habe meinen Schwur gebrochen. Was glaubst du, wie ich mich dabei fühle?« Und voll Bitterkeit fügte er hinzu: »Du bist die letzte Frau, mit der ich eine Affäre haben möchte.«

Böse starrten sie einander an, keiner von beiden wußte, was er sagte oder tat. Zutiefst verletzt und benommen von der Erkenntnis, daß er sie so sehr haßte, schlug Nicole ihm unvermittelt wieder ins Gesicht.

Christopher nahm den Schlag regungslos hin, doch seine Augen waren kalt wie Eis, als er mit leiser Stimme sagte: »Das dürfte genügen, glaube ich. Ich gebe zu, ich habe dich provoziert, aber treib es nicht zu weit.«

Nicole war entsetzt, daß sie sich so hatte gehenlassen. Beschämt drehte sie sich um und erwiderte resigniert: »Gehen Sie, Christopher. Wir scheinen nicht in der Lage zu sein, uns wie normale Menschen zu benehmen, wenn wir allein miteinander sind. Entweder wir streiten, oder« – sie stieß ein hysterisches kleines Lachen aus – »oder wir tun etwas, das so aussieht, als ob wir uns lieben.« Sie wandte sich ihm wieder zu und sagte traurig: »Aber wir lieben uns nicht, nein. Wir hassen uns.«

Christopher machte keinen Versuch, ihr zu widersprechen. Er nickte nur – ob zustimmend oder um sich zu verabschieden, hätte sie nicht zu sagen gewußt. Dann verließ er mit katzengleichen Schritten den Wintergarten.

Doch das, was zwischen ihnen geschehen war, konnte er nicht so einfach abschütteln. Er trug es mit sich herum, und die widerstreitenden Empfindungen, die ihn erfüllten, verschafften ihm auch keine Erleichterung. Sie ist wie Annabelle, dachte er. Ja, das ist sie. Sie ist ihre Tochter. Wie die Mutter, so die Tochter, hämmerte es in seinem Kopf. Zerrissen und aufgewühlt focht er einen fürchterlichen inneren Kampf aus, der ihn blind machte für die Realität, so daß er Liebe nicht von Haß und die Gegenwart nicht von der Vergangenheit unterscheiden konnte.

5

Das Haus wirkte verlassen, als Christopher, aus dem Wintergarten kommend, die Halle betrat. Auf seine Frage erklärte ihm Twickham, daß sein Großvater ausgegangen sei, um Richter White am Russell Square aufzusuchen. Lady Darby und Mrs. Eggleston hätten sich zu ihrer Schneiderin, Mrs. Bell, begeben. Einen Augenblick zögerte Christopher; er dachte daran, seinem Großvater zu folgen, doch dann beschloß er, Markham aufzusuchen. Das würde ihn auf andere Gedanken bringen. Er nickte Twickham zu und stieg die Treppe hinauf.

Higgins erwartete ihn bereits. »Die Markhams sind in einem Hotel in Piccadilly abgestiegen. Hier ist die Adresse«, teilte er Christopher mit und reichte ihm ein Stück Papier.

Christopher warf einen flüchtigen Blick auf den Zettel. »Danke«, erwiderte er knapp. Dann fiel ihm die Verabredung mit seinem Agenten ein, und er brummte: »Higgins, geh zu diesem Jenkins. Ich sollte ihn schon vor einer Stunde treffen. Entschuldige mich bei ihm. Denk dir irgend etwas aus und schau dir die Wohnung an, die er anzubieten hat. Ich überlasse die Entscheidung ganz dir. Aber um Gottes willen, finde eine Wohnung für mich, bevor ich hier verrückt werde.«

Erstaunt starrte Higgins seinen sonst so unerschütterlichen Herrn an. »Ist es so schlimm?«

Christopher warf ihm einen gequälten Blick zu. »Entsetzlich. Ich laufe Gefahr, den Verstand zu verlieren. Ich muß von hier weg, koste es, was es wolle.« Mit diesen Worten rannte er aus dem Zimmer und ließ einen ihm verdutzt nachblickenden Higgins zurück.

Es bereitete Christopher keine Mühe, William Markham zu finden. William war nicht überrascht, als Christopher gemeldet wurde. Er war auf eine erneute Begegnung mit einem der Saxons vorbereitet, doch Christophers einschüchterndes Auftreten irritierte ihn dann doch.

Als William Christopher mit gefährlich glitzernden Augen auf sich zukommen sah, wich er voll Unbehagen zurück.

In der Art, wie dieser große, breitschultrige junge Mann das Zimmer betreten hatte, lag etwas derart Bedrohliches, daß William augenblicklich von einem Unwohlsein und von Übelkeit befallen wurde und sich inständig wünschte, daß Edward nicht ausgerechnet an diesem Nachmittag ausgegangen wäre, um einen Wagen zu kaufen.

Christopher machte keinen Versuch, seine Gefühle gegenüber William zu verbergen. »Sie haben meinem Großvater heute morgen einen Besuch abgestattet«, herrschte er ihn statt einer Begrüßung an.

»Ja«, antwortete William ängstlich, doch dann erinnerte er sich an die Behandlung, die er im Hause am Cavendish Square erfahren hatte, und fuhr etwas energischer fort: »Und ich sage Ihnen, junger Mann, man hat sich dort einiges herausgenommen. Man vergaß, daß Miss Ashford mein Mündel ist. Ihr Großvater hat kein Recht, sich einzumischen, auch wenn er ein Lord ist.«

»Auch wenn Sie sie schlagen?« fragte Christopher mit seidenweicher Stimme.

William schluckte nervös. »Sie war unverschämt, und als ihr Vormund . . .« Er versuchte, seiner Stimme einen drohenden Klang zu geben. »Als ihr gesetzlicher Vormund habe ich das Recht, sie zu bestrafen. Sie war unverschämt, Sir!«

Fast liebevoll ließ Christopher die Reitpeitsche, die er in der Hand hielt, durch seine Hände gleiten, während er William unentwegt anblickte. »Sie irren sich«, erwiderte er kalt. »Sie haben mit Miss Ashford nichts mehr zu tun, seit sie vor fünf Jahren vor Ihnen davongelaufen ist.«

Williams Gesicht wurde dunkel vor Wut, doch Christopher übersah es. »Ich gebe Ihnen einen guten Rat, Mr. Markham«, fuhr er fort. »Vergessen Sie Nicole Ashford, kehren Sie auf Ihre Farm zurück. Nicole wird bei meinem Großvater gut aufgehoben sein. Wenn Sie meinen Rat jedoch nicht befolgen wollen . . .« Er hielt inne, und ein häßliches Lächeln spielte um seinen Mund. »Ich fürchte, dann wird es unsere leidige Pflicht sein, Nachforschungen darüber anzustellen, wie Sie Nicoles Gelder in den letzten Jahren verwaltet haben.«

William konnte sich nur mit Mühe beherrschen. »Wie können

Sie es wagen! Ich werde Sie aus dem Hotel werfen lassen, junger Mann. Und wenn ich meinen Rechtsanwalt erreiche, werden Sie erkennen, daß es unklug ist, einen ehrenwerten Menschen zu verdächtigen.«

»Ehrenwert?« rief Christopher höhnisch. »Das glaube ich kaum. Und ich bin sicher, daß sich unser Verdacht bestätigen wird.«

William wußte, daß er sich keine Untersuchung leisten konnte. »Nun – wir sollten in Ruhe darüber reden«, warf er daher das Steuer herum.

»Aber tun wir das nicht?« fragte Christopher trocken.

»Ja, ja.« William versuchte, das Gesicht zu wahren, und entgegnete in friedlicherem Ton: »Setzen Sie sich bitte. Vielleicht können wir zu einer Einigung kommen.«

»Es gibt nur eine Möglichkeit: Sie und Ihre Frau gehen zurück auf Ihre Farm und vergessen Nicole Ashford«, erklärte Christopher mit harter Stimme. »Außerdem werden Sie meinem Großvater Nicoles Vermögenslage darlegen. Falls Sie das nicht tun«, fügte er drohend hinzu, »werden Sie schon sehen, was passiert.«

Die Wut drohte William zu ersticken, sein Gesicht nahm eine beängstigend rote Farbe an, als er mit erstickter Stimme zustimmte: »Ja, ich bin einverstanden.« Er hätte wahnsinnig werden können, doch es durfte einfach nicht zu einer Überprüfung der Bücher durch Dritte kommen. Es war viel besser, auf Nicole und ihr Vermögen zu verzichten und zu versuchen, das zu behalten, was ihm rechtmäßig gehörte, als auch dies noch gegen die Saxons aufs Spiel zu setzen.

»Sehr schön«, sagte Christopher schneidenden Tones. Er drehte sich auf dem Absatz um, doch dann wandte er sich noch einmal zu William um. »Ach, noch etwas . . .« Und mit raschem Schlag zog er William die Reitpeitsche quer übers Gesicht. Seine Augen waren nur noch schmale Schlitze, als er drohend hinzufügte: »Legen Sie nie wieder Hand an Nicole Ashford. Das nächstemal würde ich Sie töten.«

Wortlos starrte William ihm nach, als er den Raum verließ. Er hätte vor Wut und Scham laut aufheulen mögen, doch dann sagte er sich, daß er froh sein müsse, daß es so für ihn abgegangen war.

Er suchte Agatha in ihrem Zimmer auf und teilte ihr mit, daß sie auf ihre Farm fahren würden, sobald sich Edward einfinden würde. Eine Erklärung für seinen Entschluß gab er ihr nicht, und als Agatha ängstlich fragte, was denn nun mit Nicole Ashford sei, fing er dermaßen zu brüllen an, daß sie sich schleunigst in eine Ohnmacht flüchtete.

William stürmte in sein Zimmer zurück, wo er seinen Kummer in mehreren Gläsern starken dunklen Bieres ertränkte. Und je länger er trank, desto ruhiger wurde er, bis er wieder in der Lage war, die Zukunft mit klaren Augen zu sehen. Seine Wut war zwar nicht abgeklungen, doch er erkannte die Vorteile ihrer Rückkehr auf ihre Farm, wo er versuchen konnte, noch soviel wie möglich von Nicoles Vermögen auf die Seite zu bringen.

Als er Edward über seine geänderten Pläne unterrichtete, sah dieser seinen Vater nur gelangweilt an und erklärte in gleichgültigem Ton: »Gut. Du gehst also mit Mutter zurück auf die Farm?«

»Und du?« fragte William.

»Oh, ich werde versuchen, den Goldfisch zu heiraten«, murmelte Edward mit süßlichem Lächeln, während er einen unsichtbaren Fussel von seinem Ärmel entfernte.

»Na, dann viel Spaß«, knurrte William. »Sie ist ein richtiger Drachen und wird dir das Leben zur Hölle machen – soviel könnte mir ihr ganzes Vermögen nicht wert sein.«

Edward sah seinen Vater ruhig an und entgegnete mit sanfter Stimme: »Vielleicht, aber ich bezweifle, daß meine junge Gattin die Flitterwochen überleben wird.«

William lief es kalt über den Rücken, als er seinen Sohn betrachtete. Manchmal kann man direkt Angst vor ihm haben, dachte er, sagte jedoch: »Tu, was du willst.«

»Das werde ich auch.«

Edward war ein gutaussehender junger Mann. Man hätte ihn fast schön nennen können mit seinen hellblonden Locken und den blauen, von seidigen Wimpern umrahmten Augen. Er besaß eine klassisch geformte Nase und einen vollippigen, leidenschaftlichen Mund. Er war überdurchschnittlich groß, sein Körper war schlank und durchtrainiert. O ja, Edward war ein erstaunlich schöner junger Mann, der sehr charmant und anziehend wirken konnte. Auf ihm ruhten die Hoffnungen vieler Mütter heiratsfähiger Töchter. Doch hinter seinem strahlenden Aussehen verbarg sich ein teuflischer Charakter; er war zügellos, sprunghaft und maßlos selbstsüchtig.

William, der sich dieser Eigenschaften seines Sohnes sehr wohl bewußt war, erhob sich langsam von seinem Stuhl und wiederholte: »Tu, was du willst. Doch vergiß nicht«, setzte er hinzu, »von jetzt an wachen die Saxons über Nicoles Vermögen. Ich möchte einen Rechtsstreit vermeiden. Deine Mutter und ich fahren morgen auf unsere Farm zurück.«

»Dann wünsche ich euch eine gute Reise«, entgegnete Edward und verließ den Raum.

In seinem eigenen Zimmer angekommen, überdachte Edward seine nächsten Schritte. Er brauchte eine richtige Wohnung, aber darum konnte sich ein Dienstbote kümmern. Der wichtigste Punkt war im Augenblick Nicole Ashford.

Mit den geschmeidigen Bewegungen einer Raubkatze ging er im Zimmer auf und ab. Einerseits hätte er Nicole gern sofort aufgesucht, andererseits wußte er, daß es klüger war, zu warten, bis etwas Gras über Nicoles unerfreuliche Begegnung mit seinen Eltern gewachsen war.

Schließlich aber beschloß er dennoch, ihr bald gegenüberzutreten. Er durfte nicht bis zu ihrem ersten Ball warten – reichen Erbinnen mangelte es nie an Bewerbern.

In Christopher sah er keine Bedrohung. Wenn bei diesem irgendwelche Absichten auf Nicole vorhanden gewesen wären, hätte er sie sicher schon vor seiner Heimkehr nach England gezwungen, seine Frau zu werden.

Christophers Angriff auf seinen Vater störte ihn nicht im geringsten und weckte auch keine Rachegefühle in ihm. Er war wütend über Williams törichtes Vorgehen und verwünschte überhaupt das ungeschickte Auftreten seiner Eltern.

Nach reiflichem Überlegen beschloß er also, seiner Cousine am nächsten Morgen einen Besuch abzustatten. Er würde natürlich vorgeben, gerade erst in London eingetroffen zu sein, und würde entsetzt und schockiert sein, wenn man ihm von der Auseinandersetzung mit seinen Eltern erzählte. Er trat vor den Spiegel und versuchte, bekümmert und schockiert auszusehen. Und er war sehr zufrieden mit sich. Sein Gesicht zeigte genau den Ausdruck der Verwirrung, der auf Frauen so anziehend wirkte.

Da er den bestmöglichen Eindruck auf Nicole machen wollte, kleidete er sich am nächsten Morgen mit besonderer Sorgfalt an. Er wählte einen tiefblauen Mantel, glänzende Schaftstiefel mit langen goldenen Quasten und eine weiße Krawatte, dazu einen breitkrempigen Hut und einen Spazierstock. Zufrieden betrachtete er sein Spiegelbild und begab sich dann zu seinen Eltern, um sich von ihnen zu verabschieden.

Er hauchte seiner Mutter einen flüchtigen Kuß auf die Wange, schüttelte seinem Vater kurz die Hand und begleitete sie zu ihrer Kutsche. Er blickte ihnen nach, bis sich die Kutsche aus seinem Blickfeld entfernt hatte. Dann wandte er sich langsam um und bestieg seinen eigenen Wagen, den er am Tag zuvor gekauft hatte. Es war bereits kurz nach elf, und so fuhr er direkt zum Cavendish Square. Er war so überzeugt von sich selbst, daß ihm niemals der Gedanke kam, im Hause Lord Saxons vielleicht gar nicht willkommen zu sein.

Twickham las Edwards Karte mit einiger Verwirrung, denn es bestand wenig Ähnlichkeit zwischen diesem jungen Adonis und seinem ungeschlachten Vater. Um keinen Fehler zu machen, wahrte er die Form und wies Edward mit einem Kopfnicken in einen kleinen Salon neben der Halle.

Edward vertrieb sich die Wartezeit damit, die Einrichtung des Raumes zu begutachten. Er war gerade zu der Erkenntnis gelangt, daß Lord Saxon ein sehr reicher Mann sein mußte, als Simon den Raum betrat.

»Wollen Sie etwa Miss Ashford sehen?« herrschte Simon ihn angriffslustig an.

Edward zeigte sein gewinnendstes Lächeln. »Ich bitte um Entschuldigung, Sir, aber wenn es nicht allzusehr stört, würde ich wirklich sehr gerne meine Cousine besuchen.« Sein Lächeln wich einem leicht gequälten Gesichtsausdruck. »Ich muß mich für den gestrigen Auftritt meiner Eltern entschuldigen. Ich bin erst heute morgen in London eingetroffen, sonst hätte ich sicher versucht, diese peinliche Szene zu verhindern. Ich hoffe nur, daß meine

Cousine sie nicht mir anlastet.«

Mit unguten Gefühlen betrachtete Simon den jungen Mann. Twickham hatte ihn gewarnt. Wie viele Männer seiner Generation mißtraute Simon solch offenkundiger männlicher Schönheit. Sein Eindruck wäre positiver gewesen, wenn Edward irgendeinen körperlichen Makel gehabt hätte, durch den die Perfektion seiner Züge ein wenig menschlicher geworden wäre. Doch Simon wollte fair sein, der Junge schien es ehrlich zu meinen. Außerdem war es Nicoles Cousin.

»Sie macht Ihnen sicher keinen Vorwurf«, knurrte Simon schließlich widerwillig. »Doch Sie können ihr nicht verübeln, wenn sie nicht besonders erpicht darauf ist, Sie zu sehen. Ihr Vater hat sich gestern in der Tat ziemlich grob benommen. Sie haben sicher gehört, was vorgefallen ist?«

Edward tat beschämt. »Ja, natürlich. Ich verstehe. Sie können ihr sagen, daß ich meine Eltern dazu überredet habe, aufs Land zurückzufahren. Das Ganze ist auch ihnen äußerst peinlich.«

»Das sollte es wohl auch sein«, sagte Simon. Da Christopher niemandem von seiner Begegnung mit William etwas erzählt hatte, konnte Simon auch nicht wissen, warum die Markhams wirklich abgereist waren. Simon glaubte Edward daher, daß sie auf dessen Zureden hin das Feld geräumt hätten, und damit hatte Edward zumindest etwas von dem ihm entgegengebrachten Mißtrauen abgebaut. Simon sah ihn noch einmal durchdringend an und erklärte dann: »Kommen Sie mit. Ihre Cousine hält sich mit Lady Darby, meiner Schwester, und Mrs. Eggleston im Morgensalon auf.«

Als Edward wenige Augenblicke später den Salon betrat, sprühte er förmlich vor Charme. Ehrfürchtig verbeugte er sich vor Lady Darby und Mrs. Eggleston. »Welch ein Glück, daß meine Cousine sich in Ihrer Obhut befand, Madam«, wandte er sich an Mrs. Eggleston. »Ich kann Ihnen gar nicht dankbar genug sein, daß Sie sie unversehrt nach London zurückgebracht haben. Ich möchte noch hinzufügen, daß wir Sie sehr vermißt haben, nachdem Sie Beddington's Corner damals verlassen hatten.«

Obwohl Mrs. Eggleston sich gut daran erinnern konnte, daß er als Junge nicht immer so freundlich zu ihr und Nicole gewesen war, neigte sie dazu, sich von seinen ausgezeichneten Manieren und seinem aufrichtig scheinenden Lächeln überzeugen zu lassen. Auch auf Regina wirkte sein angenehmes Wesen positiv. Nur Nicole sah ihm voller Mißtrauen entgegen, als er schließlich auf sie zutrat.

Sie stand neben dem geöffneten Fenster, und die hereinfallenden Sonnenstrahlen ließen ihr dunkles Haar aufleuchten. Sie trug ein blaßgelbes Musselinkleid, das unterhalb ihrer Brust in anmutigen Falten lose bis zu ihren Füßen herunterfiel, und wirkte darin wie eine junge Göttin.

So war Edwards Verblüffung nicht verwunderlich. Ihre schlanke, geschmeidige Figur, ihr makellos schönes Gesicht irritierten ihn. »Nicole?« fragte er unsicher.

Seine Verblüffung war so offensichtlich, daß Nicole unwillkürlich lachen mußte. »Ja, Cousin, ich bin es«, erwiderte sie.

Edward, dem der Gedanke an eine Ehe mit Nicole plötzlich gar nicht mehr so unangenehm war, sah sie erfreut an. »Ich kann es einfach nicht glauben. Ich hätte dich nicht wiedererkannt«, sagte er lachend.

»Eine Veränderung zu meinem Vorteil, hoffe ich.«

»Aber ja!« stieß Edward, diesmal wirklich aufrichtig, hervor. Er fand sie wunderschön, und er wußte, daß mancher Mann sich glücklich schätzen würde, sie zur Frau zu nehmen, auch wenn sie kein Geld gehabt hätte. Doch was ihn an ihr immer noch am meisten interessierte, war ihr Geld.

In der folgenden Stunde verwandte er all seinen Charme darauf, sich nicht nur bei seiner Cousine, sondern auch bei Lord Saxon und den beiden älteren Damen einzuschmeicheln. Und seine Bemühungen waren von Erfolg gekrönt, denn als er sich eine Stunde später verabschiedete, hatte er eine Einladung zu Nicoles Ball in der Tasche.

Nach Edwards Aufbruch unterhielten sich Lady Darby und Mrs. Eggleston noch eine Weile lebhaft über den aufregenden Besuch.

»Wirklich, ich hätte Simon für klüger gehalten«, meinte Regina. »Wie konnte er diese Begegnung zwischen Nicole und dem jungen Markham nur zulassen! Manchmal frage ich mich, ob er noch alle Sinne beisammen hat.«

»Ja, meine Liebe, er sieht verteufelt gut aus«, seufzte Mrs. Eggleston, fügte dann jedoch hinzu: »Christopher ist dagegen viel...« Sie suchte erfolglos nach den passenden Worten.

»Männlicher? Potenter? Sinnlicher?« fragte Regina trocken.

»Alles zusammen«, nickte Mrs. Eggleston errötend.

»Das ist zwar schön und gut, doch wohlerzogene junge Damen sollten so etwas nicht bemerken«, erklärte Regina entschieden.

»Ich weiß, ich weiß«, entgegnete Mrs. Eggleston nervös. »Aber manchmal frage ich mich...«

»Was fragst du dich?« wollte Regina wissen.

»Es ist nur, daß ich das Gefühl habe, daß...«, stammelte Mrs. Eggleston.

»Daß...«, drängte Regina ungeduldig.

»Daß sie intim miteinander waren«, stieß Mrs. Eggleston hervor und kam sich wie eine Verräterin an Christopher und Nicole vor. Ängstlich wartete sie auf einen Zornesausbruch Reginas.

»Das glaubst du also?« wiederholte Regina interessiert.

»Ja, das glaube ich«, nickte Mrs. Eggleston seufzend und registrierte voll Verwirrung das erfreute Lächeln auf Reginas Gesicht. »Bist du nicht empört darüber?«

»Natürlich bin ich das. Es wäre zwar, wenn es stimmt, eine Schande, hätte andererseits aber auch gewisse Vorteile. Dann hätten wir nämlich nichts mehr von Typen wie Edward Markham zu befürchten. Falls Christopher Nicole kompromittiert hat, dürfte es nicht allzu schwer sein, ihn dazu zu bringen, sie auch zu heiraten. Für einen Gentleman sollte das eine Selbstverständlichkeit sein.«

»Meinst du?« fragte Mrs. Eggleston zweifelnd. »Leider kann ich mir nicht vorstellen, daß Christopher sich zu irgend etwas zwingen läßt.«

Beruhigend legte Regina ihre Hand auf Mrs. Egglestons Arm. »Mach dir keine Sorgen und überlaß das ganz mir. Vergiß nicht, daß Christopher Nicole bisher für sich allein gehabt hat. Wenn er jetzt jedoch feststellt, daß auch andere Männer sich für sie interessieren – und sie heiraten wollen, wohlgemerkt –, wird er sicher rasch dazu bereit sein, um ihre Hand anzuhalten. Eifersucht«, fügte sie nachdenklich hinzu, »wirkt oft mehr als das heiligste Versprechen. Und es ist an uns, dafür zu sorgen, daß er eifersüchtig wird.«

»Oh, Regina, du bist so klug«, sagte Mrs. Eggleston voll Bewunderung.

»Natürlich bin ich das, meine Liebe.«

Die beiden hätten sich wegen Nicole keine Sorgen zu machen brauchen. Edward war zwar ein sehr attraktiver junger Mann mit ausgezeichneten Manieren, doch Nicole hatte ein gutes Gedächtnis. Das häßliche und gemeine Verhalten, das er während ihrer Kindheit ihr gegenüber an den Tag gelegt hatte, stand noch lebhaft vor ihren Augen. Und sie glaubte nicht, daß ein Mensch sich so sehr verändern konnte.

Nur allzugut erinnerte sie sich an die blutenden Wunden, die ihr Pferd nach Ausritten mit Edward aufgewiesen hatte. Und wie oft hatte er absichtlich einen Streit zwischen ihr und seinen Eltern herbeigeführt. Und auch seine schmutzige Affäre mit einem der Dienstmädchen von Ashland hatte sie nicht vergessen. Doch sie war klug genug, zu erkennen, daß es besser war, ihn vorläufig sein Spiel spielen zu lassen, als ihn mit groben Worten davonzujagen.

Dann wanderten ihre Gedanken wieder zu Christopher und ihrer deprimierenden letzten Begegnung mit ihm.

Was ist nur los mit mir? dachte sie verzweifelt. Sobald er mich auch nur berührt, ohne jede Liebe und Zärtlichkeit, schmelze ich dahin wie eine liebeskranke Närrin. Voller Qual dachte sie an die demütigende Weise, in der sie sich ihm hingegeben hatte. Er hält mich ja ohnehin für ein Flittchen, dachte sie bekümmert, und mein gestriges Verhalten bestätigt ihn nur in seiner Einschätzung.

Sie schloß die Augen und betete inständig: O Gott, laß das endlich aufhören zwischen uns. Laß mich endlich mein Leben in Ruhe und Frieden führen! Bitte!

Mit blinden Augen rannte sie zu ihrem Bett und warf sich aufschluchzend in die Kissen. Sie haßte Christopher für das, was er ihr antat, haßte ihn wegen der Macht, die er über sie hatte. Sie haßte ihn, weil er eine solch leidenschaftliche Liebe in ihr erweckte, nur um ihr diese im nächsten Moment achtlos vor die Füße zu werfen.

Doch sie besaß einen starken Willen, und es war nicht ihre Art, Dingen nachzujammern, die sie nicht ändern konnte. Seufzend richtete sie sich auf; ihre Wut war ebenso schnell verflogen, wie sie gekommen war. Mit unsicheren Händen ordnete sie ihre Frisur. Es soll das letzte Mal gewesen sein, daß ich meine Zeit mit ihm vergeudet habe, dachte sie müde. Nicht nur er kann herzlos und gleichgültig sein. Auch ich werde es sein, und eines Tages, eines Tages, schwor sie sich, werde ich immun sein gegen seinen falschen Charme.

Während Christophers Besuch bei William Markham hatte Higgins eine Wohnung für ihn ausgesucht, die auch Christophers Zustimmung fand. Etwa eine Woche später zog Christopher in sein neues Heim ein, und er war einigermaßen erleichtert, sich nun nicht mehr ständig in Nicoles Nähe aufhalten zu müssen.

Seit der totalen Hingabe, mit der er sie im Wintergarten geliebt hatte, war er innerlich aufgewühlt, und er wünschte sich verzweifelt, sich von diesen unerklärlichen Gefühlen, die sie beide verbanden, befreien zu können. Nur eine Möglichkeit sah er, der Erfüllung dieses Wunsches näherzukommen – sich so weit wie möglich von ihr entfernt zu halten.

Mit Simon konnte er sich in den Clubs treffen, oder er konnte den alten Herrn bei seinen Unternehmungen außer Haus begleiten. Es war auch nicht schwierig für ihn, herauszufinden, wann die Damen nicht zu Hause waren, und er konnte Simon dann besuchen, ohne das Risiko einzugehen, Nicole zu begegnen. Sollten sie sich trotzdem einmal zufällig begegnen, würde es ihm sicher möglich sein, Nicole gelassen gegenüberzutreten.

Regina, die – wie alle anderen – nichts von den wirklichen Gründen für Christophers Umzug wußte, war wütend über diese neue Entwicklung. Es fiel ihr aber auf, daß Christopher immer dann am Cavendish Square auftauchte, wenn Nicole nicht zu Hause war, und stets wenige Minuten vor ihrer Rückkehr das Haus wieder verließ. So sehr sie sich auch bemühte, die beiden zusammenzubringen, indem sie versuchte, ihn länger aufzuhalten, gelang es ihr nie, ihn zu überlisten.

Falls Christopher ahnte, was seine Großtante mit Nicole und

ihm vorhatte, so ließ er sich das nicht anmerken. Selbst als sie – als letztes Mittel – begann, ein Loblied auf Edward Markham zu singen und leise Andeutungen zu machen, daß Nicole ihm sehr zugetan zu sein scheine, reagierte Christopher nur mit einem gleichgültigen »Tatsächlich?«

Als Regina endlich erkannt hatte, daß er auf Edward nicht eifersüchtig zu machen war, versuchte sie ihr Glück mit Robert Saxon, obwohl sie diesen insgeheim verabscheute. Sie erzählte Christopher, wie sehr Robert sich um Nicole bemühe, und erging sich in Lobpreisungen seines Charmes, bis sie glaubte, es selbst nicht mehr ertragen zu können. Doch alles war umsonst. Christopher blieb gleichgültig und unberührt, er schien sich in keiner Weise für Nicole und ihre Bewerber zu interessieren.

Tatsächlich ging Christopher so selten wie möglich zum Cavendish Square. Seine Wohnung in der Ryder Street war sehr gemütlich, er besaß einen netten Freundeskreis und führte das angenehme Leben vieler junger Aristokraten. Allzu häufige Verwandtenbesuche paßten nicht zu diesem Lebensstil.

Und so vergingen die Wochen und Monate. Während Nicole sich weiter in die Londoner Gesellschaft einführen ließ, verbrachte Christopher seine Tage und Nächte damit, nach Hinweisen und Beweisen über die strategischen Pläne der Engländer zu suchen.

Im Mai fand Nicoles großer Ball statt – er wurde als *das* gesellschaftliche Ereignis des Jahres gepriesen, sogar der Prinzregent war als Gast zugegen. Nicole sah bezaubernder denn je aus in ihrem weißen, mit Gold besetzten Satinkleid; ihr Haar war hochgesteckt, kostbare Perlen schimmerten an ihrem Hals. Sie war unbestritten der bewunderte und begehrte Mittelpunkt des Festes.

Christopher war zwar auch anwesend, doch er gehörte nicht zu denen, die ihr den Hof machten, sondern forderte sie nur zu einem Pflichttanz auf, bevor er sich ins Spielzimmer zurückzog.

Im Mai ritt Wellington als britischer Botschafter in Paris ein, und schließlich trat auch Albert Gallatin als Mitglied der Friedensdelegation in Erscheinung.

Unterstützt von Alexander Baring hatten Gallatin und Bayard freundliche Aufnahme in privaten Kreisen gefunden und ihr Bestes getan, um einen baldigen Beginn der Friedensgespräche in Gent herbeizuführen. Nach vielen tatenlosen Wochen nominierten endlich auch die Engländer ihre Kommission – drei Männer von solch geringen Fähigkeiten, daß selbst Gallatin entsetzt war. Zu dieser Kommission gehörten der unbedeutende Rechtsanwalt William Adams, Henry Coulburn, ein unbekannter Unterstaatssekretär aus dem Kriegsministerium, und Vize-Admiral Lord Gambier, der die Kommission leitete. Zu guter Letzt wurde noch der in Washington sehr unbeliebte Anthony St. John Baker zum Sekretär ernannt.

Die Erfolgsaussichten für die Friedensgespräche waren demnach als denkbar gering anzusehen.

Im Juni legte die ›Impregnayble‹ in Dover an. An Bord befand sich eine Reihe gekrönter Häupter, Staatsmänner und militärischer Oberbefehlshaber. Der Zar von Rußland, gekleidet in eine flaschengrüne, goldbesetzte Uniform, der preußische König, dessen kräftiges Hinterteil in enge weiße Reithosen gezwängt war, der österreichische Fürst Metternich, der preußische Feldmarschall von Blücher, sie alle gingen gemessenen Schrittes von Bord und nahmen am Kai die militärische Parade ab. Es war ein herrlicher Anblick, und die Massen schrien vor Begeisterung. Christopher jedoch empfand nichts als Ungeduld.

Im Juni erhielt Christopher das erste verschlüsselte Schreiben von Jason Savage. Überrascht und erfreut öffnete er es, doch seine Freude verwandelte sich in Niedergeschlagenheit, als er den Brief las. Jason teilte ihm mit, daß Pierre Lafitte im April von einer Dragonerabteilung verhaftet worden war; die Steuerbehörden hatten dafür gesorgt, daß Lafittes Gesuch, gegen eine Bürgschaft freigelassen zu werden, abgelehnt wurde. Christopher fragte sich, wie Jean wohl auf die Verhaftung seines Bruders reagiert haben mochte – immerhin war der Brief schon zwei Monate alt.

Das besonders hartnäckige Gerücht, daß fünfundzwanzigtausend britische Soldaten sich auf dem Seeweg nach Amerika befänden, veranlaßte Christopher, noch einmal Albert Gallatin aufzusuchen. Die Begegnung verlief in sehr düsterer Stimmung, und fußend auf Christophers Informationen, teilte Gallatin Monroe mit, daß diese Truppen seiner Meinung nach Angriffe auf Washington, Baltimore und New York durchführen würden. Gallatin und Christopher waren übereinstimmend der Meinung, daß es äußerst unklug wäre, wenn Amerika auf irgendwelchen außergewöhnlichen britischen Zugeständnissen bei den Friedensverhandlungen bestünde. Die Engländer waren zu stark und hielten sich nach dem erfolgreichen Krieg gegen Napoleon für unschlagbar. Schließlich begab sich Gallatin, der erkannt hatte, daß er in England nichts mehr für sein Land tun konnte, am 6. Juli 1814 nach Gent zu den Friedensverhandlungen.

Nicole spielte weiter ihre Rolle als ungekrönte Ballkönigin. Daß Edward und Robert um sie warben, war nicht verborgen geblieben, und in den Herrenclubs wurden Wetten abgeschlossen, wer das Rennen um die Gunst der schönen Erbin gewinnen werde. Als sich auch der Erbe eines Herzogtitels dem Kreis ihrer Bewunderer anschloß, erreichte die Wettlust ein nahezu fieberhaftes Stadium. Sogar Christopher hatte sich in Waiters Wettenbuch eingetragen – er setzte auf den Herzogtitel.

Wochen vergingen, ohne daß Nicole und Christopher sich begegneten, und als sie sich schließlich doch einmal über den Weg liefen, war es nur für einen kurzen Augenblick, in dem sie sich lediglich kurz und höflich zunickten.

Am 8. August 1814 begannen die Friedensgespräche. Christopher fühlte sich erleichtert, doch seine Unruhe und Enttäuschung wuchsen von Stunde zu Stunde. Er war mehr denn je überzeugt davon, daß England einen Großangriff auf eine amerikanische Großstadt plante, aber er war nicht mehr so sicher, daß das Ziel New Orleans sein würde.

Eines Abends, als seine Stimmung auf den Nullpunkt gesunken war, ließ einer seiner neuen Bekannten, ein Hauptmann Buckley, der schon ziemlich angetrunken war, ein paar Bemerkungen fallen, die Christopher sofort hellwach werden ließen. Buckley sprach von großen Truppenverschiffungen und ging sogar so weit, anzudeuten, daß ein Großangriff im Gebiet der Great Lakes nur eine Finte darstellen und das wirkliche Angriffsziel New Orleans sein werde. Christopher verbarg seine Erregung und erklärte leichthin: »Was kümmert es mich, mein Freund! Ich bin hier in England. Noch ein Drink?«

Als er sich wenig später in seiner Wohnung befand, setzte er sich jedoch sofort hin und verfaßte eine Nachricht an Gallatin, in der Hoffnung, daß sie für die Verhandlungen von Nutzen sein konnte.

Mit der Zeit begannen die langen durchzechten Nächte in den verrauchten Spielsalons und den Vergnügungsetablissements ihre Spuren zu hinterlassen. Christophers Gesicht war schmal geworden, er selbst wurde von Tag zu Tag nervöser und erregbarer. Er hatte zwar eine Menge Gerüchte aufgefangen, doch noch immer keinen konkreten Beweis in Händen.

In seiner Verzweiflung suchte er immer wieder das Kriegsministerium auf, wo er inzwischen schon ein wohlbekannter Gast war. Scheinbar gelangweilt ging er durch die verschiedenen Büros und fragte sich, hinter welchen Türen die ersehnten Informationen verborgen waren. Es war eine wahrhaft deprimierende Tätigkeit.

Obwohl Christopher seine Freunde sehr geschickt in zwei Gruppen unterteilt hatte, geschah es hin und wieder, daß sich seine Interessen bei der einen oder anderen Person überschnitten. Er kam sich immer elender und erbärmlicher vor, denn er wurde sich bewußt, daß er ein Spion war, der seine Freunde skrupellos betrog.

Doch dann rief er sich ins Gedächtnis zurück, daß er alles für seine neue Heimat tat. Inzwischen war er auch zu der Überzeugung gekommen, daß sich der größte Teil der englischen Bevölkerung wenig für den Krieg gegen Amerika interessierte. Der schreckliche Krieg gegen Napoleon hatte die meisten derart mitgenommen, daß sie keine Gedanken mehr an die geringfügige Auseinandersetzung mit diesen heißblütigen Kolonisten verschwenden mochten. Sie betrachteten diesen Krieg mehr als eine Art harmlosen Familienstreits, den England schon beilegen würde.

Auch sein Großvater schien ähnlich zu denken, denn als Christopher einmal das Gespräch auf dieses Thema brachte, fragte Simon erschrocken: »Haben wir Krieg mit Amerika?«

Christopher verdrehte verzweifelt die Augen. »Ja, und zwar seit zwei Jahren.«

Simon rutschte unbehaglich auf seinem Stuhl hin und her und

brummte: »Ja, ja, ich erinnere mich, daß da irgend etwas vorgeht.«

Und diesen Ausspruch konnte man als typisch für den größten Teil der Bevölkerung ansehen.

Mitte August war Christopher fast bereit, aufzugeben. Er war jetzt nahezu fünf Monate in England, doch er hatte noch immer nichts erreicht. Keinen einzigen Beweis! Dieser Gedanke ließ ihn nicht los, er hämmerte Tag und Nacht in seinem Kopf. Er wußte, daß er diesen Zustand nicht mehr lange würde ertragen können, ohne den Verstand zu verlieren.

6

Mit der Zeit glaubte Nicole selbst daran, daß die seltsame Anziehungskraft, die zwischen ihr und Christopher bestanden hatte, ein für allemal gestorben sei. Sie konnte ihm jetzt unbefangen gegenübertreten, wann immer sie sich auf einer Gesellschaft begegneten.

Für diese Veränderung war zu einem großen Teil Robert Saxon verantwortlich. Er war gebildet und geistreich und unterschied sich auf angenehme Weise von ihren glühenden jugendlichen Verehrern. Trotz seiner Zurückhaltung war sich Nicole durchaus bewußt, daß sie das Ziel seiner Wünsche war.

Roberts Gesellschaft war ihr durchaus angenehm. Mit seinen schlagfertigen Bemerkungen brachte er sie immer wieder zum Lachen, und wenn er sie mit seinen meergrünen Augen ansah, begann ihr Blut ein wenig schneller zu pulsieren, und sie fragte sich manchmal, wie es wohl sein würde, wenn er sie küßte.

Edward hingegen hielt sie sich lieber vom Leib. Sie wollte ihn nicht ermuntern, doch sie mochte ihn auch nicht verärgern – allzu gut waren ihr noch aus ihrer Kindheit seine Racheakte in Erinnerung. Edward ließ sich freilich von ihrer ablehnenden Haltung nicht beeindrucken. Um häßliche Szenen zu vermeiden, ertrug sie seine Werbung. Mitunter kostete es sie aber sehr viel Überwindung, seine aufdringlichen Schmeicheleien ohne Protest hinzunehmen. Er war ihr etwas zu charmant, zu glatt und zu offensichtlich darum bemüht, einen aufrichtigen Eindruck auf sie zu machen. Er war über alle Maßen eitel und putzte sich lächerlich heraus. Auch hielt er sich für sehr mutig und glaubte, mit seinem albernen Spazierstock den Eindruck des ritterlichen Beschützers auf sie zu machen. Nicole erkannte sein Bestreben und hätte beinahe laut herausgelacht – glaubte er wirklich, Lord Saxon und Lady Darby würden zulassen, daß sie irgendwohin ging, wo auch nur die geringste Gefahr für sie bestand? Es war einfach lächerlich. Da Edwards eitles Gehabe und seine belanglosen Gespräche sie langweilten, war es kein Wunder, daß sie sich lieber von Robert auf seine amüsante Art den Hof machen ließ.

Ihm gegenüber brauchte sie nicht auf der Hut zu sein. Sie konnte sich unbefangen mit ihm unterhalten und ertappte sich immer häufiger dabei, daß sie sich auf die kurzen Augenblicke freute, in denen sie mit ihm allein war. In seinen Augen lag ein Versprechen, das Nicole sehr deutlich daran erinnerte, daß sie eine Frau und Robert Saxon ein ungewöhnlich attraktiver und faszinierender Mann war.

Faszinierend und unverschämt, dachte sie belustigt, als er sie eines Abends im Vauxhall Garden sehr entschieden auf einen verschwiegenen schmalen Pfad drängte.

Sie sah an diesem Abend besonders bezaubernd aus in einem weiten, duftigen Kleid; ihr Haar fiel in weichen Locken auf ihre zarten Schultern herab. Ihre Hand ruhte leicht auf Roberts Arm, und ihre braunen Augen funkelten vor Vergnügen, als sie fröhlich feststellte: »Sie benehmen sich unmöglich! Lady Darby wird sehr wütend auf uns sein.«

»Solange *Sie* nicht wütend auf mich sind, stört mich das wenig«, erwiderte Robert. Das Mondlicht ließ seine silbernen Haarsträhnen aufleuchten, und in seinem dunklen Anzug mit den goldenen Knöpfen sah er sehr vornehm aus.

»Oh, ich bin nicht wütend«, antwortete Nicole wahrheitsgemäß. »Manchmal fühle ich mich so eingeengt, daß ich laut schreien möchte. Ich sehe nicht ein, warum wir zwei nicht einmal einen Spaziergang ohne Aufsichtsperson machen dürften.«

Nicole war an Freiheit in einem Maße gewöhnt gewesen, das

diejenigen, welche sie jetzt kannten, sicher in Erstaunen versetzt hätte. Die steifen Konventionen von Englands oberen Zehntausend machten sie oft traurig. Sie haßte die ständige Beaufsichtigung durch Lady Darby oder Mrs. Eggleston. Sie konnte nicht einmal allein im Hyde-Park spazierengehen oder ohne Begleitung die Bücherei oder ihre Schneiderin aufsuchen. Wenn sie an die uneingeschränkte Freiheit, die sie auf der ›Belle Garce‹ genossen hatte, zurückdachte, wuchs ihr Unwille ins Unermeßliche.

Robert schien ihre Gedanken lesen zu können, und als er in ihr liebliches Antlitz blickte, zog sich sein Herz schmerzhaft zusammen, und er nahm sie, ohne nachzudenken, in seine Arme. »Eine so schöne junge Frau wie Sie braucht immer eine Aufpasserin, meine Liebe. Sie lassen Sie nie aus den Augen, weil sie befürchten, daß so etwas passieren könnte.« Damit preßte er seinen Mund auf ihre Lippen.

Es war ein fragender Kuß, der nicht die wilde Erregung in ihr weckte wie Christophers Kuß, doch sie genoß ihn trotzdem.

Als er den Kopf hob, fragte sie mit scheuem Lächeln: »Und was ist so schrecklich daran?«

Robert hatte geglaubt, sich in der Gewalt zu haben, doch ihr süßer, hingebungsvoller Kuß ließ ihn alle Vernunft vergessen.

»Daß es dazu führt«, murmelte er und preßte sie leidenschaftlich an sich, während sein Mund hungrig den ihren suchte.

Nicole gab sich seiner Umarmung bereitwillig hin, ihr geschundenes Herz schien unter seinen ungestümen Küssen aufzuleben. Als er sie endlich losließ, waren seine Augen dunkel vor Erregung und Zärtlichkeit. Heftig atmend, murmelte er heiser: »Ich liebe dich, Nicole. Ich bete dich an, mein süßer Liebling.« Wieder zog er sie an sich und übersäte ihr Gesicht mit kleinen Küssen, bis sich ihre Lippen wieder zu einem langen, verzehrenden Kuß fanden. In diesem Augenblick erschien Regina.

Sie war zunächst schockiert, dann wütend und starrte ungläubig die engumschlungen Dastehenden an. Dann schrie sie: »Bist du verrückt geworden, Robert? Was hat das zu bedeuten?«

Langsam lösten sich die beiden voneinander. Nicole, der die Erkenntnis, daß ein solch attraktiver, kluger Mann wie Robert sie lieben könnte, ungeheuer schmeichelte, blickte Lady Darby verwirrt an, während Robert lächelnd auf diese zutrat und beschwichtigend erklärte: »Ich weiß, ich weiß, liebe Tante, es ist sehr ungewöhnlich, aber Nicole und ich . . .«

Regina herrschte ihn an: »Mit dir rede ich gleich. Nicole, du gehst sofort zu Lord Saxon und Mrs. Eggleston zurück. Ich werde zu Hause mit dir sprechen. Du bist wirklich eine Enttäuschung für mich, mein Kind, das darfst du mir glauben. Also geh jetzt!«

Schlagartig kehrte Nicole in die Realität zurück, doch sie war bereit zu kämpfen und hob trotzig den Kopf. Ehe sie aber etwas entgegnen konnte, sagte Robert zu ihr: »Geh, mein Liebes. Es ist besser, wenn Lady Darby und ich allein sprechen.«

Nicole warf Lady Darby einen vielsagenden Blick zu, ehe sie sich über den schmalen Weg entfernte. Sie war kaum außer Sichtweite, als Robert sich kühl an seine Tante wandte: »War es nötig, in diesem Ton mit meiner zukünftigen Frau zu sprechen?«

Diese Mitteilung verschlug Regina vorübergehend die Sprache. »Mit deiner zukünftigen Frau?« wiederholte sie nach einer Weile dümmlich.

»Ja. Ich habe zwar noch nicht mit meinem Vater gesprochen, wie es sich gehört hätte, doch er wird gewiß keine Einwände haben«, erklärte Robert. »Wenn du es wünschst, werde ich warten, bis ich mit ihm gesprochen habe, bevor ich Nicole einen offiziellen Antrag mache. Doch das ist nur eine Formsache. Ich habe vor, sie zu heiraten, und ich bin sicher, daß auch sie ja sagen wird.«

»Da irrst du dich«, entgegnete Regina mit eisiger Stimme und erhobenem Kopf. »Christopher und Nicole sind einander schon lange versprochen – und dein Vater hat bereits sein Einverständnis gegeben.« Es war eine ausgemachte Lüge, doch solche Kleinigkeiten störten Regina wenig. Sie hatte beschlossen, daß Christopher und Nicole ein Paar werden sollten, und nichts anderes kam für sie in Frage.

Roberts Gesicht hatte sich gerötet. »Das glaube ich nicht«, platzte er zornig heraus. »Er ließ sich doch in diesem Sommer kaum bei ihr blicken? *Ich* war es, der ständig an ihrer Seite war, nicht *er*. Sie trifft sich mit *mir*, nicht mit *ihm*.«

Regina blickte ihn nur gelangweilt an. »Das hat nichts zu bedeuten, mein lieber Neffe. Wenn du dich lächerlich machen willst mit einem Mädchen, das jünger ist als deine Tochter, so ist das deine Sache. Schlag dir Nicole Ashford aus dem Kopf – sie ist nicht für dich bestimmt. Sie wird Christopher heiraten, du kannst mich beim Wort nehmen.«

Robert verbeugte sich mit einem häßlichen Lächeln auf den Lippen. »Wir werden sehen, liebe Tante, wir werden sehen.«

Regina blickte ihm nach, als er wütend davonstürmte. Er wird Schwierigkeiten machen, dachte sie ärgerlich. Zu dumm, daß Nicole auf seinen Charme hereingefallen ist. Doch dann zuckte sie gleichgültig die Schultern – ein Rückschlag würde ihm sicher guttun. Wenn aber ihr Plan gelingen sollte, mußte sie sofort mit Simon reden. Sie mußte ihn von der Notwendigkeit ihrer Notlüge überzeugen, und sie hoffte nur, daß er es ihr nicht zu schwer machen würde.

Er machte es ihr nicht schwer. Jedem fiel auf, wie kühl Regina Nicole behandelte, und als dann auch Robert unerwartet plötzlich aufbrach, ahnten Mrs. Eggleston und Simon, daß etwas geschehen war.

Kurzangebunden wies Regina Nicole an, auf ihr Zimmer zu gehen, bevor sie sich mit Mrs. Eggleston und Simon, wie jeden Abend, noch für eine Weile in den blauen Salon begab. Dann erzählte sie ihnen alles – einschließlich ihrer Notlüge bezüglich Christophers und Nicoles Heiratsabsichten.

Erschrocken und bestürzt schrie Mrs. Eggleston auf, als sie von Nicoles leichtfertigem Verhalten hörte. »Hast du deine Zustimmung zu der Heirat gegeben?« fragte sie Simon, als Regina geendet hatte.

»Natürlich hat er das nicht«, stieß Regina ungeduldig hervor. »Aber ich!«

»Oh!«

Simon sagte zunächst gar nichts, sondern blickte lange schweigend auf seinen Brandy hinunter. Schließlich hob er die Augen und sah seine Schwester durchdringend an. »Ist dir nie der Gedanke gekommen, daß das Mädchen Robert den Vorzug vor Christopher geben könnte?« fragte er ruhig.

Regina starrte ihn entsetzt an. »Simon! Du willst damit doch nicht etwa sagen, daß du Nicole lieber als Roberts Frau sehen würdest? Ich möchte dich nicht verletzen – er ist schließlich dein Sohn –, aber du kannst nicht leugnen, daß seine erste Frau die Hölle mit ihm erlebt hat. Ich denke manchmal, daß sie nur gestorben ist, um Ruhe vor ihm zu haben.«

Simon nickte. Er machte sich keine Illusionen über seinen Sohn, doch er fühlte, daß er etwas zu seiner Verteidigung sagen mußte. »Robert hatte dieses farblose Ding nie heiraten wollen. *Ich* habe darauf bestanden. *Ich* habe ihn zu dieser Ehe gezwungen«, bekannte er mit schmerzlichem Lächeln. »*Ich* wollte damit allerdings nur das Beste für ihn.« Sein Gesicht wurde plötzlich traurig, als er sich Mrs. Eggleston zuwandte. »Du denkst sicher, ich sollte aus meinen eigenen Fehlern lernen, nicht wahr?«

»Quäl dich nicht. Das ist Vergangenheit«, entgegnete Mrs. Eggleston sanft.

Regina betrachtete die beiden nachdenklich. Sollte sie sich zurückziehen und sie allein lassen, um ihnen die Möglichkeit zu einem offenen Gespräch zu geben? Oder sollte sie bleiben und für Nicole kämpfen, auch wenn das kleine Luder das vielleicht gar nicht wollte? Schließlich entschloß sie sich für letzteres, denn jeder Narr konnte sehen, daß Letitia und Simon eines Tages von selbst zusammenkommen würden.

»Das ist alles schön und gut, Simon«, erklärte sie daher brüsk. »Doch auch dadurch wird Robert kein besserer Ehemann für Nicole.«

»Hm. Ja, da hast du recht. Aber ich möchte das Mädchen trotzdem nicht zu einer Ehe mit meinem Enkel zwingen, nur weil wir das für die bessere Idee halten. Wenn sie Robert heiraten will, werde ich mich ihr nicht in den Weg stellen«, erklärte Simon bedächtig.

Regina hätte ihn durchschütteln mögen. »Begreifst du denn nicht, Simon – Nicole liebt Robert überhaupt nicht. Sie glaubt das nur. Sogar Letitia ist sicher, daß Nicole und Christopher sich lieben, daß sie aber zu dumm und zu stolz sind, es sich einzugestehen.«

Simon warf Mrs. Eggleston einen fragenden Blick zu. »Ist das wahr, Letty?«

Mrs. Eggleston glättete nervös ihr blaßblaues Satinkleid, während sie leise antwortete: »Ja, das glaube ich. Auch wir beide waren einmal wie sie und haben uns von unserem Stolz in die Irre leiten lassen.«

Simon errötete zutiefst; noch nie hatten sie so direkt über ihre eigene unglückliche Liebesbeziehung gesprochen. Leise sagte er: »Ich will euch soweit entgegenkommen, daß ich Robert gegenüber weder abstreiten noch bekräftigen werde, daß dieses Eheversprechen zwischen Nicole und Christopher besteht. Und ich werde vorläufig mein Einverständnis zu einer Ehe zwischen Nicole und Robert nicht geben.«

Mehr konnte Regina nicht erwarten, und sie mußte zufrieden sein damit. Wenigstens wird er im Augenblick einer Ehe zwischen Nicole und Robert nicht zustimmen, versuchte sie sich selbst Mut zu machen.

Christopher begann seinen Tag mit der morgendlichen Fechtstunde bei Angelo. Nachdem er ein paar Monate lang in Jacksons Salon geboxt hatte, ging er jetzt wieder seinem Lieblingssport, dem Fechten, nach.

An diesem Morgen hatte er sich mit Hauptmann Buckley und Leutnant Kettlescope zum Fechten verabredet. Er ging mit dem Hauptmann in den Umkleideraum, während der Leutnant, ein schlanker junger Mann mit schläfrigen blauen Augen, sich müde in seinen Sessel neben dem Fenster setzte.

Hauptmann Buckley warf Christopher einen fröhlichen Blick zu. »Anthony ist ein ziemlich fauler Bursche, fürchte ich. Ich frage mich, wie er überhaupt seinem Dienst an Bord nachkommen kann.«

Christopher zuckte nur die Achseln. Das Bewußtsein, daß er Buckley und Kettlescope als amerikanischer Spion für seine Zwecke einspannte, machte es ihm manchmal schwer, sich an ihrer unbeschwerten Unterhaltung zu beteiligen. Auch heute traf dies wieder zu, doch seine Niedergeschlagenheit verschwand, als er wenig später die Fechtbahn betrat.

Christopher war ein hervorragender Fechter, den sich nur wenige als Gegner in einem echten Kampf gewünscht hätten. Der ein paar Jahre ältere Hauptmann Buckley war selbst auch kein Anfänger, allerdings erheblich kleiner als Christopher, und was ihm an Größe fehlte, versuchte er mit seinem Mundwerk wettzumachen.

Sie verbeugten sich voreinander, dann berührten sich kurz die Spitzen ihrer Rapiere, und ›En garde!‹ In der nächsten halben Stunde war die Luft erfüllt von dem Geräusch ihrer durch die Luft sausenden und gegeneinander klirrenden Stahlklingen.

Schwer atmend und hilflos gegenüber Christophers Waffe bat Hauptmann Buckley schließlich um eine Pause. »Zum Teufel, Christopher, warum senken Sie niemals Ihre Deckung? Ein paarmal glaubte ich, ich könnte einen Treffer landen, doch Sie sind einfach zu schnell für mich.«

Im Augenblick waren sie die einzigen auf dem hölzernen Fechtboden. Alle anderen standen lachend und schwatzend an der Vorderseite des Hauses beisammen.

Hauptmann Buckley ging zu der Gruppe hinüber und fragte neugierig: »Was fesselt denn Ihre Aufmerksamkeit dermaßen, meine Herren?«

»Es ist Daventry. Er erzählt eine urkomische Geschichte vom Hof. Hören Sie zu«, sagte einer.

Christopher interessierte sich nicht allzusehr für den Hofklatsch und hörte nur mit halbem Ohr zu, bis sein Blick plötzlich an Robert hängenblieb.

Robert war offensichtlich erst zusammen mit Daventry gekommen, denn Christopher hatte ihn vorher nicht bemerkt.

Er schien sich ebensowenig wie Christopher für Daventrys Geschichte zu interessieren, denn als sich ihre Blicke trafen, schlenderte er langsam auf Christopher zu.

Robert war nur zufällig hier; er war aus dem Alter heraus, in dem man sich solchen sportlichen Vergnügungen hingab. Er war jedoch immer noch ein exzellenter Fechter und hatte Christopher und Buckley in den letzten fünf Minuten interessiert beobachtet.

Robert hatte eigentlich zuerst mit Nicole ins reine kommen wollen, ehe er seine Fehde mit Christopher wieder aufnahm, aber die gestrige Auseinandersetzung mit Regina hatte ihm schmerzhaft klargemacht, daß Christopher noch immer seine Pläne durchkreuzen konnte. Die Vorstellung, daß Nicole Christophers Frau werden könnte, ließ den alten Haß und seine Wut auf Christopher erneut auflodern. Und als er den Gegenstand seines Hasses, der soviel jünger war als er und so gut aussah, heute entdeckt hatte, konnte er sich kaum mehr beherrschen.

»Für einen, der so offensichtlich untrainiert ist wie du, bist du recht gut mit ihm fertiggeworden«, begrüßte er Christopher, halb wahnsinnig vor Eifersucht.

Christopher sah ihn kühl an. »Woher willst du wissen, daß ich untrainiert bin? Ich denke, gut gekämpft zu haben.«

Robert zuckte die Achseln und griff spielerisch nach einem der vielen Rapiere, die an der Wand des Studios lehnten. »Nun ja, du hast zweifellos ein paar gute Tricks angewandt«, sagte er geringschätzig und ließ die blitzende Klinge des Rapiers durch seine Hand gleiten. »Ich jedoch habe meinen Gegner in einem Duell getötet, mein Lieber.«

»Wie?« fragte Christopher spöttisch. »Von hinten?«

»Du Schwein!« stieß Robert zwischen zusammengepreßten Zähnen hervor, und ohne nachzudenken, zog er die Schutzkappe von der Klinge und griff Christopher mit der nun ungeschützten Klinge an. En garde!

Schnell wie eine Katze wich Christopher Roberts plötzlichem Angriff aus. Robert stieß wild mit der Klinge nach ihm, doch konzentriert, wachsam und ohne Hast, beinahe träge, parierte Christopher den Angriff. Er wartete eine Weile, bis er erkannte, daß Robert den ungleichen Kampf weiter fortsetzen wollte, dann erklärte er ruhig: »Die Schutzkappe deines Rapiers ist ab. Oder hast du das nicht bemerkt?«

Robert grinste satanisch. »Tatsächlich? Ich fürchte, ich weiß nicht, wovon du redest.« Wieder unternahm er einen Angriff, dem Christopher jedoch abermals ohne Mühe ausweichen konnte.

Christophers Zorn erreichte nun ein gefährliches Stadium, und er höhnte: »Du wirst dich etwas mehr anstrengen müssen, Onkel. Oder bleibst du nur über die Schwachen und Dummen Sieger?«

Wilder Haß stand in Roberts Augen. »Diese Worte wirst du noch bereuen, das verspreche ich dir«, stieß er hervor.

»Oh! Vielleicht wieder ein Treffen mit einer Erpresserbande, oder hast du diesmal etwas noch ... Unehrenhafteres im Sinn?«

Klirrend trafen sich ihre Klingen, und Robert startete mit kalten, haßerfüllten Augen eine Serie tödlicher Angriffe.

Kühl überblickte Christopher die Situation. Er konnte nicht glauben, daß Robert den Versuch wagen würde, ihn hier vor so vielen Menschen zu töten, doch in den haßerfüllten Augen seines Onkels stand ein Ausdruck, der ihn erkennen ließ, daß Robert nicht mehr Herr seiner Handlungen war. Christopher warf einen schnellen Blick zu den noch immer schwatzend beisammenstehenden Männern hinüber, aber im Augenblick schenkte ihnen niemand Beachtung. Er hätte natürlich um Hilfe rufen können, doch er verwarf diesen Gedanken sofort wieder – sein Stolz verbot es ihm.

Sie kämpften erbittert weiter, als Kettlescope plötzlich schrie: »Mein Gott, Mr. Saxon! Sie haben keine Kappe an Ihrem Rapier! Vorsicht! Vorsicht!«

Kettlescope hatte träge eine über die Fensterscheibe laufende Fliege beobachtet, als das laute Kampfgeräusch seine Aufmerksamkeit weckte. Es kam gelegentlich vor, daß die Schutzkappen sich von den Rapieren lösten, und Kettlescope, ebenso wie die anderen, die jetzt zu den beiden Fechtern herüberschauten, nahmen natürlich an, daß das auch dieses Mal der Fall gewesen sei.

Christopher glaubte, daß Robert den Kampf jetzt, nachdem man auf sie aufmerksam geworden war, aufgeben würde, und senkte die Deckung. Prompt konnte Robert der Versuchung nicht widerstehen und setzte einen gezielten, todbringenden Stich an, aber Christophers schnelle Reaktion verhinderte, daß er voll getroffen wurde. Immerhin streifte die Klinge seinen Arm und hinterließ einen breiten Schnitt, aus dem das Blut hervorquoll.

Kettlescope war als erster bei ihnen, Buckley nur zwei Schritte hinter ihm. Auch die anderen, die den Ernst der Lage jetzt erkannt zu haben schienen, eilten herbei.

Trotzdem wollten alle noch an einen Zufall glauben – einen schrecklichen Zufall, der jedem von ihnen hätte passieren können. Es hatte zwar so ausgesehen, als ob Robert, der sich seiner nackten Klinge offensichtlich nicht bewußt war, vorsätzlich seinen letzten Angriff nicht abgebrochen hatte. Und Roberts Selbsterhaltungstrieb überwog seinen Haß auf Christopher, deshalb zog er schnell seinen Vorteil aus dieser falschen Einschätzung der

Lage durch die anderen, schleuderte entsetzt die Klinge von sich und rief: »Um Gottes willen! Ich hatte keine Ahnung! Bist du verletzt, Neffe?«

Christopher mußte an sich halten, um Robert nicht an die Kehle zu springen. Seine Verletzung war nicht so leicht, wie sie aussah. Er verlor Blut in einem beängstigenden Ausmaß. Kettlescope band seinen Arm gerade mit einem Taschentuch ab, als Christopher mit leiser, tiefer Stimme zu Robert sagte: »Ich werde überleben. Pech für dich.«

Kettlescope sah beide scharf an, doch Robert, der sich bereits zum Gehen gewandt hatte, erklärte besorgt: »Ich muß einen Arzt finden. Wo ist der nächste Chirurg? Mein Neffe muß sofort behandelt werden.«

Christopher überhörte die beschwörenden Bitten der herumstehenden Männer und zog seinen Straßenanzug an. Das einzige, wozu er sich bereit erklärte, war, sich bis zur Ankunft des Arztes ruhig zu verhalten.

Der Arzt blickte besorgt, als er die lange, tiefe Wunde Christophers untersuchte, doch nachdem er sie desinfiziert und verbunden hatte, erklärte er, es sei alles in Ordnung, Christopher brauche nur ein paar Wochen Ruhe. Er gab Christopher noch Instruktionen für die weitere Behandlung. In den ersten beiden Tagen müsse zweimal täglich der Verband gewechselt und der Arm so lange in einer Schlinge getragen werden, bis die Wunde gut genug verheilt sei, um nicht mehr aufplatzen zu können. Dann packte er seine Tasche ein und verabschiedete sich wieder.

Robert hatte die Zeit inzwischen gut für sich genutzt; sein Gesicht trug einen derart besorgten Ausdruck, daß Christopher nur erbittert die Zähne zusammenbeißen konnte. Niemand stellte Roberts offensichtliche Besorgnis in Frage, und nachdem sich Christopher, begleitet von seinen beiden Freunden, entfernt hatte, war der ganze Vorfall vergessen – es war schließlich nur ein unglücklicher Zufall, oder?

Die Nachricht von Christophers Verletzung traf noch vor dem Mittagessen am Cavendish Square ein, und als Nicole sie vernahm, spürte sie einen scharfen Stich in der Herzgegend. Einen kurzen Augenblick kam ihr der Gedanke, daß sie an dem Vorfall schuld sein könne, doch dann sagte sie sich auch, daß es sicher nur ein solch unglücklicher Zufall gewesen war, wie alle behaupteten. Sie gewann aber immerhin die niederschmetternde Erkenntnis, daß Christopher noch die Macht besaß, ihr Herz zu bewegen, ob sie es wollte oder nicht.

Lord Saxon machte sich sofort auf den Weg in die Ryder Street, um sich persönlich nach dem Befinden seines Enkels zu erkundigen. Robert, der sich bei seinem Vater für den Vorfall entschuldigen wollte, hatte ihm die Nachricht überbracht, und nach einer heftigen Auseinandersetzung mit ihm hatte Simon keine Zweifel mehr daran, daß Robert für den Vorfall verantwortlich war.

Christopher lag im Bett, als sein Großvater eintraf. Er war blaß durch den hohen Blutverlust, seine Augen waren schwer und fiebrig, doch als er den besorgten Ausdruck in Simons Gesicht sah, richtete er sich auf und lächelte ihn an.

»Was für eine blöde Geschichte!« erklärte er mit Bedauern. »Ich weiß nicht, wer von uns beiden sich dümmer angestellt hat – Robert, weil er nicht bemerkt hat, daß die Kappe ab war, oder ich, weil ich nicht schnell genug ausgewichen bin.«

Die leichthin gesprochenen Worte erreichten ihren Zweck, sie beruhigten den alten Mann. Christopher hätte nie gewollt, daß Simon von Roberts absichtlichem Angriff auf ihn erfuhr. Das Wissen darum hätte Simon nur unglücklich gemacht, und so setzte Christopher alles daran, seinen Großvater zu überzeugen, daß es wirklich nur ein unglücklicher Zufall gewesen war. Mit Robert würde er später abrechnen.

Regina war recht erfreut über die veränderte Situation. Nach diesem Vorfall hatte Robert jede Chance auf Nicoles Hand eingebüßt, denn Simon würde jetzt sein Einverständnis zu dieser Verbindung nicht mehr geben. Und auch Nicole, die zarte Seele, würde voller Mitgefühl an den armen, verwundet im Bett liegenden Christopher denken. Doch Regina wußte auch, daß es nicht genügte, darauf zu hoffen, daß Christophers Krankheit Nicoles Herz rühren würde. Sie selbst mußte zusätzlich etwas unternehmen, damit Robert nicht weiter ungehindert Nicole den Hof machen konnte.

Zwei Tage später, am Donnerstag, erfuhr Nicole, daß sie Robert in Zukunft nicht mehr so oft sehen durfte. Es gehörte zu ihren lieben Gewohnheiten, mit ihm auszureiten, und so erklärte sie beiläufig während des Frühstücks: »Das wird wieder ein schöner Tag heute. Ich werde mit Robert ausreiten.«

»Ich fürchte, du wirst in der nächsten Zeit nicht mehr mit Robert ausreiten«, entgegnete Regina kühl.

»Wie bitte?« fragte Nicole betroffen. Sie wußte, daß Regina sehr verärgert war wegen des Vorfalls im Vauxhall Garden, doch nachdem sie ihre Strafpredigt erhalten und Regina zwei Tage lang die Schmollende gespielt hatte, war Nicole des Glaubens gewesen, daß die Angelegenheit nun vergessen sei.

»Ihr beide habt es in empörendem Maße an gutem Benehmen fehlen lassen. Man kann dir ja offensichtlich nicht vertrauen«, erwiderte Regina ungeduldig. »Wir haben daher beschlossen, daß es besser ist, wenn du meinen Neffen nicht mehr so oft siehst.«

Nicoles Augen verengten sich, ihr Mund wurde hart. »Sie verbieten mir, ihn zu sehen?« fragte sie in aufsässigem Ton.

»Aber nein«, lenkte Mrs. Eggleston ein. »Nicht für immer. Wir finden nur, daß er dich ein wenig zu offenkundig umwirbt und du daher nicht mehr so oft mit ihm zusammen sein solltest. Es ist nicht schicklich, verstehst du?«

Wütend und empört beendete Nicole das Frühstück; der Toast schmeckte plötzlich trocken, der Tee wie abgestandenes Wasser. Wenn sie sich bisher schon eingeengt gefühlt hatte, so machte ihr das heutige Gespräch noch deutlicher, wie wenig Freiheit man einer jungen Dame ihres Standes zugestand. Ihre Finger zitterten vor unterdrückter Wut, als sie ihre Tasse absetzte. Ihren Ärger nur mühsam unterdrückend, fragte sie hölzern: »Wenn ich also nicht ausreiten darf, was soll ich dann tun?«

Mrs. Eggleston lächelte sie freundlich an. »Aber, mein Liebes, hast du vergessen, daß Lord Lindley uns heute morgen einen Besuch abstatten wollte?«

Nicole schnitt eine wenig damenhafte Grimasse. Sie hatte es vergessen, und sie war sich auch gar nicht so sicher, ob sie Lord Lindley in seinem offenkundigen Interesse für sie bestärken wollte. Als er jedoch wenig später zusammen mit einem Bekannten in den Morgensalon geführt wurde, begrüßte sie die beiden jungen Männer äußerst herzlich.

Normalerweise war Lord Lindley ein sehr schüchterner junger Mann, doch heute war er voller Unternehmungsgeist und Übermut. Das schien ausschließlich an dem jungen Mann, der sich in seiner Begleitung befand, zu liegen. »Ich hoffe, Sie verzeihen mir, daß ich Jennings-Smythe einfach mitgebracht habe. Doch er ist gerade erst aus Amerika zurückgekommen, und ich möchte, daß er sich hier möglichst wohlfühlt. Er ist auf dem besten Weg, ein Held zu werden, müssen Sie wissen.« Als Nicole ihn mit einem fragenden Blick ansah, fuhr er fort: »Wirklich. Erst vergangenes Jahr griff ein berüchtigter Pirat, ein gewisser Kapitän Saber, sein Schiff an und nahm ihn gefangen. Doch Jennings-Smythe gelang es zu fliehen.«

Bemüht, ihre Erregung und den Schrecken zu verbergen, der ihren Körper bei der Erwähnung von Sabers Namen durchzuckt hatte, lächelte Nicole den zurückhaltenden jungen Mann an Lord Lindleys Seite vage an. In der verzweifelten Hoffnung, sich verhört zu haben, fragte sie dümmlich: »Ist das wahr? Hat dieser Mann Sie gefangengenommen?«

Jennings-Smythe lächelte eifrig. »O ja. Kapitän Saber von der ›Belle Garce‹ hat mein Schiff beinahe versenkt, und wir waren gezwungen, uns zu ergeben. Ich wurde mit all den anderen auf irgendeine kleine Insel gebracht, wo es mir dann aber gelang, zu fliehen. Es war kein Gefängnis, in dem ich festgehalten wurde, sondern nur eine Art Schmugglerlager.«

»Tatsächlich?« erwiderte Nicole mit ausdruckslosem Lächeln und fügte hinzu: »Haben Sie ihn gesehen, diesen Kapitän Saber?«

Jennings-Smythe blickte sie an. »Nun – nur einmal, aber ich kann Ihnen versichern, ich würde ihn wiedererkennen. Er ist kein Mann, den man vergißt.«

Nicole murmelte irgend etwas Unverständliches und war über die Maßen erleichtert, als Regina und Mrs. Eggleston sich zu ihnen gesellten.

Als sie sich endlich zurückziehen konnte, lief sie auf ihr Zimmer – sie hatte nur den einen Gedanken, daß sie Christopher warnen mußte. Und da sie keine Lust hatte, einen langen Brief zu schreiben, beschloß sie, es ihm persönlich zu sagen. Sie schrieb also eine kurze Notiz, in der sie ihm nur mitteilte, daß sie ihn sofort sprechen müsse, und ließ diese durch Miss Mauer zu ihm bringen.

Sie hatte lange überlegt, wie sie unterschreiben sollte, um Christopher die Dringlichkeit ihres Besuches klarzumachen. Schließlich hatte sie nur ›Nick‹ daruntergesetzt in der Hoffnung, daß er daraus die richtigen Schlüsse ziehen würde.

Wenn es Jennings-Smythe gelungen ist, zu fliehen, vielleicht hat dann auch Allen entkommen können, dachte sie mit einer Mischung aus Freude und Angst. Zum ersten Mal empfand sie Gewissensbisse; sie war so sehr mit Christopher beschäftigt gewesen, daß sie kaum mehr an Allen gedacht hatte. Daß er frei sein könnte, erfüllte sie mit ungeheurer Freude, doch der Gedanke, daß er dann vielleicht auch in England auftauchen würde, flößte ihr Angst ein.

Oh, Allen, vergib mir, dachte sie reumütig. Ich gönne dir die Freiheit – aber bitte nicht hier in England, wo du Christopher wiedererkennen könntest.

Unruhig und nervös ging sie in ihrem Zimmer auf und ab und wartete ängstlich auf Christophers Antwort. Als sie sie dann bekam, war sie erleichtert und enttäuscht zugleich. Mr. Saxon, so hieß es, halte sich mit Higgins für unbestimmte Zeit in Sussex auf.

7

Der Entschluß, nach Sussex zu fahren, war Christopher nicht schwergefallen. Es war die geeignetste Gegend, um sich von seiner Verletzung zu erholen.

Die Vorstellung, von seiner Großtante und Mrs. Eggleston bemuttert und von seinem besorgten Großvater tagtäglich besucht zu werden, war ihm ein Greuel gewesen. Auch seine Freunde waren ihm eher ein Anlaß, zu verschwinden, als in seiner Wohnung zu verbleiben. In dem Bestreben, ihn aufzuheitern und abzulenken, waren sie scharenweise in seine Wohnung gestürmt und hatten seinen Brandy getrunken. Nein, London war nicht der richtige Ort, um zu genesen.

Vor allem war ihm auch klargeworden, daß er hinter einer Fata Morgana herjagte. Es war ein Wunschtraum von ihm und Jason gewesen, zu glauben, er könne irgendwelche Hinweise von Bedeutung finden. Jetzt hatte er diese Hoffnung aufgegeben und war zu der Erkenntnis gelangt, daß er genug Zeit in England verschwendet hatte. In New Orleans gab es mehr für ihn zu tun als hier. Es war eine bittere Entscheidung, doch sein Entschluß stand fest, und um nach New Orleans zurücksegeln zu können, mußte er zunächst einen günstigen Ort für seine Abreise finden. Und dieser Ort war Sussex.

Seine Verletzung bot ihm einen erstklassigen Vorwand, die Stadt zu verlassen – niemandem würde es seltsam erscheinen, wenn er an der Küste ein paar Tage der Ruhe und Erholung suchte. Trotz der Schmerzen, die ihm seine Wunde noch immer bereitete, nutzte er die Zeit gut, indem er ein einsames Landhaus am Strand mietete.

Nur noch einen letzten Versuch wollte er unternehmen, um an die ersehnten Informationen heranzukommen. Er mietete das Haus bis zum ersten Oktober, denn der dreißigste September war einer der Termine, die er und Jason für ein Treffen mit dem Piratenschiff festgelegt hatten. Wenn er bis zu diesem Termin erfolglos bleiben sollte, würde er das vereinbarte Signal geben und England mit leeren Händen verlassen.

Die Zeit in Sussex verging schnell, Christopher erholte sich zusehends. Higgins und er verbrachten die Tage mit langen Wanderungen an der Küste entlang. Christopher wagte es sogar, in dem kalten Wasser zu schwimmen; manchmal verbrachte er ganze Nachmittage damit, auf einem der ins Meer ragenden Felsen zu liegen. Dank der frischen Seeluft war sein Schlaf tief und ruhig. Das einzige, was seinen Frieden trübte, war, daß er eines Tages ein paar Meilen entfernt ein hübsches Strandhaus entdeckte und es sofort als dasjenige wiedererkannte, welches Robert sich gemietet hatte.

Er hatte dieses Haus völlig vergessen, und nun kehrten Erinnerungen an seine Kindheit zurück. Häufig hatte er damals mit seinem Großvater die Spätsommer in Brighton verbracht, und dann hatten sie Robert und seine Familie in diesem Haus besucht. Seltsam, daß er das vergessen hatte. Doch er schob diese Reminiszenzen entschieden beiseite; er wollte sich durch die Gedanken an Robert seinen Frieden nicht vergällen lassen.

Jetzt hatte er viel Zeit nachzudenken. Während er träge im Sand lag, stellte er erstaunt fest, daß es nicht viel in seinem Leben gab, das er bereute. Vielleicht wünschte er sich, sich nicht so töricht in Annabelle verliebt zu haben – doch allzusehr bedrückte ihn das nicht. Auch seinen Widerwillen gegen seine Rolle als amerikanischer Spion versuchte er abzubauen. Wenn ihm dieser Auftrag wirklich so verhaßt gewesen wäre, hätte er ihn sicher nicht übernommen.

Seine Gedanken wanderten auch zu Nicole. Sie sollte mir eigentlich dankbar sein, sagte er sich; schließlich habe ich ihr mehr Abenteuer und Aufregung geboten, als jede andere Frau sie je erleben wird. Wenn sie erst einmal mit einem langweiligen, ehrenhaften Ehemann verheiratet ist und eine Schar Kinder an ihrer Schürze hängen hat, wird sie sicher gerne an diese Zeit zurückdenken. Bei dieser Vorstellung mußte er unwillkürlich laut auflachen. Nicole als brave Hausfrau und besorgte Mutter! Doch was kümmerte es ihn? In weniger als einem Monat würde er nach Amerika zurücksegeln, und Nicole – nun, Nicole würde sich für einen ihrer vielen Verehrer entscheiden.

Plötzlich stieg das Bild ihres schönen Körpers vor seinem geistigen Auge auf, und sofort spürte er wieder das alte Verlangen. Fluchend sprang er auf, zog sich aus und sprang ins Wasser. Es war eiskalt, und sein verletzter Arm bereitete ihm Schmerzen, doch mit wütenden Zügen schwamm er trotzdem weiter hinaus, bis seine Vernunft zurückkehrte und er wieder umdrehen konnte. Geistesabwesend ging er zu seinen Kleidern zurück und warf sich auf sein Handtuch. Der Sprung in die kalte See hatte die Gedanken an Nicole vertrieben, und als er jetzt wieder aufs Meer hinausstarrte, wanderten seine Gedanken zu seinem Großvater.

Angestrengt überlegte er, wie er ihm seinen Entschluß, nach Amerika zurückzukehren, plausibel machen sollte. Er konnte nicht ohne Abschied wie ein Dieb in der Nacht verschwinden. Er dachte nicht gerne über diese unangenehmen Dinge nach, doch er mußte ihnen ins Auge sehen. Er konnte nicht einfach sagen: »Es war schön bei Ihnen, Großvater, aber jetzt muß ich nach New Orleans zurückkehren.« Seufzend beschloß er schließlich, die Dinge auf sich zukommen zu lassen. Wenn es soweit war, würde ihm schon etwas einfallen.

Die langen Wanderungen in der nur von gelegentlichen Schreien der Möven unterbrochenen friedlichen Stille taten ihm gut. Der Seewind schien die durchzechten Nächte aus seinem Körper zu blasen, die Sonne vertiefte die Bräune seiner Haut, und seine Augen verloren den traurigen, deprimierten Ausdruck.

Aus einer Woche wurden zwei, und Christopher stellte verwundert fest, daß er sich nach dem hektischen Treiben in der Stadt sehnte. Die ganze Zeit über war er mit Higgins allein gewesen, nur manchmal hatte sich letzterer in das nahegelegene Rottingdean begeben, um ihre Lebensmittelvorräte aufzufrischen.

Am Ende der zweiten Woche faßte er den Entschluß, nach London zurückzukehren. Seine Wunde war gut verheilt und verursachte ihm keine Beschwerden mehr. Und da er sich einen festen Termin für seine Abreise nach Amerika gesetzt hatte, drängte es ihn, einen letzten Versuch zu unternehmen, um seine glücklose Mission vielleicht doch noch zum Erfolg zu führen.

Als er am nächsten Tag bei Einbruch der Dunkelheit in seiner Wohnung in London eintraf, fand er einen Stapel von Briefen, Karten und Einladungen vor. Er blätterte sie flüchtig durch und nahm sich vor, sie sich nach dem Essen genauer anzusehen. Er badete, zog seinen Hausmantel aus Brokat an und nahm in aller Ruhe das ausgezeichnete Essen, das seine Wirtin ihm zubereitet hatte, ein. Erst als er, genüßlich eine Zigarre rauchend, in einem bequemen Sessel Platz genommen hatte, griff er wieder zu den Briefen. Es war schon nach zehn Uhr, als er Nicoles Nachricht entdeckte.

Nachdenklich las er ihr Schreiben. Was, zum Teufel, hatte das zu bedeuten? Als sein Blick auf ihre Unterschrift fiel, wurde er noch nachdenklicher. Es konnte nur einen Grund geben, warum sie mit ›Nick‹ unterzeichnet hatte. Was immer sie ihm zu sagen hatte, es mußte mit ›Kapitän Saber‹ zusammenhängen. Und die verdammte Nachricht war schon zwei Wochen alt!

Er warf die halbgerauchte Zigarre in den Kamin, rief nach Higgins, kleidete sich hastig an und befand sich wenig später auf dem Weg zum Cavendish Square. Doch zu seiner Enttäuschung war Nicole nicht zu Hause. Miss Ashford, so wurde ihm erklärt, befinde sich mit Lady Darby und Mrs. Eggleston auf einer Gesellschaft bei Almack.

Unterdrückt vor sich hinfluchend, eilte Christopher die Treppe hinunter und warf einen Blick auf seine Uhr. Es war noch nicht ganz elf, mit etwas Glück würde er in der King Street sein, bevor man die Türen schloß und keine Nachzügler mehr einließ. Nach elf Uhr wurde niemandem mehr Zutritt gewährt, nicht einmal dem großen Wellington persönlich. Zum Glück trug Christopher Kniebundhosen, denn nur diese waren dort zugelassen.

Eine Minute vor elf war Christopher bei Almack. Er gab seinen Hut und Mantel ab und betrat wenig später die Empfangshalle. Suchend blickte er sich nach Nicole um und entdeckte sie ohne Schwierigkeit. Wie immer war sie von einer Schar von Bewunderern umringt. Ihre nackten Schultern schimmerten rosig über der goldenen Seide ihres Kleides, ihr Haar glänzte rötlich im Schein des riesigen Kristallüsters.

Eine Weile starrte Christopher zu Nicole hinüber, und es traf ihn wie ein Schock, als er plötzlich erkannte, daß sie mehr als eine bezaubernde, begehrenswerte Frau für ihn war. Und wieder sagte er sich, daß er ein Narr war, sich von ihr zurückgezogen zu haben. Doch dann zuckte er die Achseln – Frauen sind alle gleich. In diesem Moment bemerkte er Robert, der neben Nicole stand und lachend in ihr Gesicht blickte. Seine Augen verengten sich. Seine Nasenflügel bebten wie die einer Raubkatze, die ihr Territorium gegen einen Eindringling verteidigen will. Ein überwältigendes Gefühl durchströmte ihn. Er hatte nur den einen Wunsch, diesen verlockenden Körper in seinen Armen zu halten.

Mit langen Schritten eilte er über das Parkett und kam gerade in dem Augenblick bei Nicole an, in dem Robert sie zu einem Walzer auf die Tanzfläche führen wollte. Spöttisch lächelnd trat er den beiden in den Weg, verbeugte sich und murmelte: »Ich glaube, das ist mein Tanz.« Und bevor Robert oder Nicole seine Absicht erkennen konnten, zog er Nicole auf die Tanzfläche.

Sein unerwartetes Auftauchen und die vertraute Berührung seiner Hände ließen Nicoles Herz schneller schlagen. Als sie den verwegenen Ausdruck in seinen Augen bemerkte, mußte sie unwillkürlich lachen. In belustigtem Ton sagte sie: »Christopher! Wie konnten Sie? Robert wird wütend sein.«

Doch er zuckte nur lächelnd die Schultern. »Was kümmert es mich, solange du mir nicht böse bist. Bist du es?«

Verwirrt blickte sie in sein dunkles Gesicht. Irgend etwas, das sie nicht definieren konnte, war anders an ihm, und während sie ihn weiter ansah, trat ein seltsamer Ausdruck in seine Augen, der ihren Puls noch mehr ansteigen ließ. »Nein«, erwiderte sie schließlich. »Ich bin nicht böse.« Und sie schenkte ihm ein solch warmes, glückliches Lächeln, daß eine heiße Woge der Freude ihn durchströmte und er mit belegter Stimme entgegnete: »Wenn du mich so ansiehst, ist es gut, daß wir unter so vielen Menschen sind. Ich glaube, ich könnte sonst nicht mehr für mich garantieren.«

Nicole warf ihm einen verführerischen Blick unter ihren dichten gebogenen Wimpern zu. »Oh! Ich habe keine Ahnung, was Sie meinen«, antwortete sie.

Der Blick, mit dem er ihr Gesicht umfing, steigerte ihre Verwirrung, und als der Druck seiner Arme sich verstärkte, sah sie hastig zur Seite. Zum Glück erinnerte sich Christopher rechtzeitig daran, daß sie sich auf der geheiligten Tanzfläche von Almack befanden, und lockerte seinen Griff wieder. Mit trägem Lächeln antwortete er: »Du weißt genau, was ich meine, du kleine Wildkatze.«

Eine Zeitlang tanzten sie schweigend weiter, und Nicole war sich der Nähe seines Körpers deutlich bewußt. Plötzlich kehrten Erinnerungen an die Stunden zurück, in denen seine Hände zärtlich und fordernd zugleich über ihren Körper geglitten waren, und sie versteifte sich unwillkürlich. Als könne er ihre Gedanken erraten, meinte Christopher sanft: »Du brauchst keine Angst zu haben, ich werde dir nichts tun.« Und trocken fügte er hinzu: »Hier bist du sicher.«

»Aber nicht im Wintergarten Ihres Großvaters«, konnte Nicole sich nicht verkneifen, zu antworten.

Auf sein Gesicht trat ein kühler, verschlossener Ausdruck. »*Du* warst es doch, die mich damals nicht entschieden genug zurückgewiesen hat«, antwortete er.

Beschämt schluckte Nicole seine Worte und erwiderte, dem aggressiven Blick seiner Augen ausweichend: »Warum sprechen wir über etwas, das wir beide lieber vergessen sollten?«

»Weil ich es nicht vergessen kann!« stieß er hervor. »Kein Mann kann dir widerstehen, und ich bin nun einmal ein Mann.«

Beide schwiegen, bis Christopher unvermittelt fragte: »Warum wolltest du mich sprechen?«

»Jennings-Smythe von dem englischen Schiff, das Sie voriges Jahr gekapert haben, ist in London.«

Eingedenk der vielen Augenpaare, die auf sie gerichtet waren, unterdrückte Christopher seine Erregung. »Bist du sicher?« fragte er.

Nicole nickte. »O ja«, erwiderte sie und fügte ängstlich hinzu: »Er ist auch hier in diesem Saal. Ich habe ihn vorhin gesehen.«

»Verdammt!«

»Sie müssen verschwinden.«

Plötzlich grinste er. »Würde es dir denn etwas ausmachen, Nick, wenn ich hier hochginge?«

All ihre mühsam aufrechterhaltene Selbstbeherrschung, ihre scheinbare Verliebtheit in Robert bröckelten dahin. Ja, es wäre himmlisch, wenn ich deine Frage verneinen könnte, dachte sie verzweifelt. Doch ich würde sterben, wenn dir etwas zustieße. Schließlich nahm sie sich zusammen und erwiderte leichthin: »Es wäre schrecklich für mich, würde sich doch jeder über meine Beziehung zu Ihnen Gedanken machen müssen.«

Sein Gesicht gefror zu einer steinernen Maske; ein kalter Ausdruck trat in seine Augen. Fortan schwieg er.

Als der Tanz beendet war, brachte Christopher sie zu Robert zurück und verbeugte sich wortlos. Schon im Fortgehen begriffen, drehte er sich noch einmal nach ihr um. »Danke, daß du mir gesagt hast, daß Leutnant Jennings-Smythe hier ist. Ich werde gleich zu ihm gehen.«

»Sind Sie verrückt?« rief Nicole entsetzt.

Aber Christopher lächelte nur, es war ein häßliches Lächeln.

Dieser sture, eigensinnige Esel, dachte Nicole voller Wut. Gleichzeitig jedoch dachte sie entsetzt: O Gott, Christopher, tu's nicht!

Doch sie konnte ihn nicht zurückhalten und blickte ihm unglücklich nach, als er auf Jennings-Smythe zuging. Sie hielt den Atem an, als sie sah, wie er dem erstaunten jungen Mann die Hand schüttelte.

Sie konnte zwar nicht verstehen, was die beiden miteinander sprachen, doch es schien ihr, als sei ihre Angst unbegründet. Jennings-Smythe erkannte den großen schlanken Mann, der da so lässig vor ihm stand, nicht.

Wütend und erleichtert zugleich blickte Nicole schließlich weg. Robert Saxon, dem ihre Angst nicht entgangen war, bemerkte beiläufig:

»Mein Neffe scheint dich erzürnt zu haben?«

Sie wußte, daß es klüger gewesen wäre, Roberts Mißtrauen zu zerstreuen und ihn von diesem Thema abzulenken, doch sie war zu aufgewühlt, um irgend etwas sagen zu können, und so fühlte sie sich unsagbar erleichtert, als Lady Darby kurze Zeit später auf sie zutrat und in einem Ton, der keinen Widerspruch duldete, erklärte, daß sie jetzt aufbrechen müßten. Ergeben verließ sie hinter der alten Dame den Ballsaal. Zu Hause lehnte sie die angebotene Schokolade ab und zog sich auf ihr Zimmer zurück.

Miss Mauer, die ihr beim Auskleiden behilflich war, bemerkte ihre Zerstreutheit und Schweigsamkeit natürlich, doch sie machte sich keine Gedanken darüber. Wahrscheinlich hat das Mädchen Kopfschmerzen und fühlt sich nicht wohl, dachte sie nur. Als sie gegangen war, lief Nicole noch lange unglücklich in ihrem Zimmer auf und ab. Tausend Gedanken gingen ihr durch den Kopf, und sie konnte keinen Schlaf finden.

Was für ein verdammter Narr er doch ist, die Gefahr so leichtsinnig heraufzubeschwören, dachte sie zornig. Und ich bin verrückt genug, mir Sorgen um ihn zu machen. Laß ihn doch in sein Unglück rennen. Mögen sie ihn doch hängen. Mir soll es egal sein.

Auch Christopher hatte den Ballsaal bald nach Nicole verlassen. Nachdem seine Wut über Nicoles Worte verraucht war, wurde ihm klar, wie leichtsinnig er gehandelt hatte, als er Jennings-Smythe begrüßt hatte. Doch obwohl dieser ihn nicht erkannt hatte, nahm Christopher sich vor, den jungen Mann in Zukunft zu meiden. Wenn Jennings-Smythe ihn öfter und länger sah, bestand doch noch die Möglichkeit, daß er ihn eines Tages erkannte, und darauf wollte Christopher es nicht ankommen lassen.

Es war schon spät, doch er hatte noch keine Lust, schlafen zu gehen, und so machte er sich auf die Suche nach Buckley und Kettlescope.

Nachdem er mehrere Clubs ohne Erfolg nach ihnen abgeklopft hatte, fand er sie schließlich in Kettlescopes Wohnung. Sie saßen mit zwei Angehörigen der Horse Guards zusammen, und alle vier waren schon ziemlich angetrunken.

Kettlescope sah ihn aus trüben Augen an und bot ihm ein Glas Wein an. Christopher fühlte sich nicht sehr wohl in der angeheiterten Runde, doch er war sofort hellwach, als Buckley erklärte: »Wir haben Anlaß zu feiern – Kettlescopes Schiff verläßt bald den Hafen.«

»Wirklich? Wohin soll's denn gehen?« fragte Christopher beiläufig.

Kettlescope warf ihm einen schläfrigen Blick zu. »Das ist streng geheim. Doch ich wurde aufgefordert, mich abreisebereit zu halten.«

Buckley nahm einen Schluck und kicherte: »Ich wette, die Reise geht nach Amerika. Jedermann weiß, daß wir einen Angriff planen.«

»Man weiß aber nicht, wer die Offensive befehligen wird«, erklärte einer der beiden Angehörigen der Horse Guards, ein untersetzter, dicklicher Mann.

Nachdenklich in sein Weinglas blickend, murmelte Christopher: »Ich frage mich, ob überhaupt jemand etwas Genaues über diesen Angriff auf Amerika weiß. Ich habe schon vor Monaten gehört, daß ein solcher Angriff geplant ist, doch niemand scheint genau zu wissen, wann und wo.« Mit entwaffnendem Lächeln fügte er hinzu: »Ich glaube, meine Freunde, ihr sucht lediglich einen Vorwand, um euch betrinken zu können.«

»Das ist nicht wahr«, widersprach Buckley. »Ich habe gestern zufällig das Memorandum auf Major Blacks Schreibtisch gesehen.«

»Oh, noch solch ein berühmtes Memorandum«, entgegnete Christopher spöttisch, doch seine Augen blickten wachsam, und seine Gedanken überschlugen sich. Buckley war betrunken genug, um Geheimnisse auszuplaudern, und die Unterhaltung war auf ganz zufällige, natürliche Weise bei diesem Thema angelangt, so daß Christopher hoffen konnte, noch mehr zu erfahren. Die Umstände waren günstig.

»Es ist so! Es stand alles in dem Memorandum, die Truppen, das Angriffsziel und das Datum«, sagte Buckley.

»Tatsächlich?« fragte Christopher mit skeptischer Miene. »Wenn das wirklich stimmt, was ich freilich bezweifle, dann sagen Sie uns doch, was Sie gelesen haben.«

Buckley öffnete den Mund, schloß ihn jedoch sogleich wieder. »Das ist geheime Staatssache«, rief er sich selbst in Erinnerung. »Ich hätte überhaupt nicht darüber sprechen dürfen.«

»Sie haben es aber getan«, sagte Christopher und fügte spöttisch hinzu: »Wenn Major Black das Memorandum derart leichtsinnig herumliegen läßt, dann wundert es mich überhaupt, daß es nicht gänzlich verlorengeht.«

Einer der beiden Männer von den Horse Guards lachte laut auf. »Weiß Gott, Saxon, da haben Sie recht! Beim Kriegsministerium gehen andauernd solche Memoranden verloren. Vorigen Monat verschwand eines, und es verflossen zwei Wochen, bis es wiedergefunden wurde. Einer der zuständigen Offiziere hatte lautstark verkündet, es sei gestohlen worden, bis man es schließlich auf seinem Schreibtisch entdeckte.«

Auch Christopher stimmte in das allgemeine Gelächter ein, innerlich jedoch verfluchte er diese Unterbrechung. Jetzt mußte er, ohne sich verdächtig zu machen, das Gespräch unauffällig wieder auf das Memorandum Blacks zurückführen. Es war der erste konkrete Hinweis, auf den er seit seiner Ankunft in England gestoßen war, und er würde diese Gelegenheit um keinen Preis der Welt ungenutzt verstreichen lassen. »Dann bleibt wohl nur zu hoffen, daß Major Blacks Memorandum nicht das gleiche Schicksal erleidet«, meinte er daher achselzuckend.

Und das Glück war ihm hold, denn Buckley griff den Faden auf. »Da besteht keine Gefahr. Major Black hat es inzwischen so sicher eingeschlossen wie eine Jungfrau im Kloster.«

»Oh«, entgegnete Christopher ironisch, »ich habe schon von so mancher Jungfrau gehört, die aus solch einem Kloster ausgebrochen ist.«

Buckley warf ihm ein belustigtes Lächeln zu. »Mag sein, doch in diesem Fall ist das Kloster ein eiserner Safe in Blacks Büro.«

Offensichtlich das Interesse verlierend, zuckte Christopher die Achseln. »Ja dann . . .«

Er zwang sich, noch eine Stunde zu bleiben und mit den anderen zu lachen und zu trinken, doch insgeheim entwickelte er bereits einen Plan. Während er in den frühen Morgenstunden langsam nach Hause ging, war er längst entschlossen, das Memorandum an sich zu bringen. Ja, er würde es stehlen, und zwar bald. Aber auch nicht zu bald, dachte er enttäuscht, als ihm einfiel, daß das nächste amerikanische Schiff erst am dreißigsten September eintreffen würde.

Erregt und aufgewühlt betrat er seine Wohnung und kleidete sich tief in Gedanken versunken aus. Wenn er das Memorandum sofort stahl, würde er ein Dokument mit sich herumtragen müssen, das ihn den Kopf kosten konnte. Es dreißig Tage lang bei sich zu behalten, wäre Wahnsinn gewesen.

Aber auch noch lange zu warten, konnte verhängnisvoll sein. Er wußte, wo sich das Memorandum im Augenblick befand, doch würde es auch noch in ein oder zwei Wochen dort sein?

In dieser Nacht fand er keinen Schlaf; ruhelos wälzte er sich im Bett herum und suchte nach einer Möglichkeit, sein Wissen um das Memorandum zu seinem Vorteil auszunutzen. Ohne Frage würde er noch ein, zwei Tage warten müssen, ehe er dem Kriegsministerium wieder einen seiner häufigen Besuche abstattete, um sich in Major Blacks Büro umzusehen. Der Safe bereitete ihm wenig Kopfzerbrechen – er traute sich zu, jedes Schloß zu knacken.

Das Stehlen des Memorandums war das geringste Problem, das schwierigste war das Zeitproblem. Wütend verfluchte er die Tücke des Schicksals, das ihm diese Entdeckung zwei Tage nach dem August-Treffen mit dem Piratenschiff beschert hatte. Er wußte, er durfte seinen Plan nicht zu lange hinausschieben. Was konnte in diesen dreißig Tagen bis zur Ankunft des nächsten Schiffes alles geschehen?

8

Die schlaflose Nacht brachte keine Lösung, und am nächsten Morgen zerbrach Christopher sich noch immer den Kopf über einen Ausweg aus dem Dilemma. Lediglich eines stand für ihn fest – daß er noch vor Ende dieser Woche das Memorandum in seinen Besitz bringen mußte. Und es gab nur eine Möglichkeit, die Entdeckung des Diebstahls zu verhindern. Er mußte das echte Memorandum gegen eine Fälschung austauschen. Um aber diese Fälschung herstellen zu können, war er auf die Hilfe einer zweiten Person angewiesen, und dieser Gedanke widerstrebte ihm über alle Maßen.

Das Naheliegendste war, Higgins einzuweihen. Nicht nur, daß Christopher sich der Treue Higgins zu den Vereinigten Staaten absolut sicher war – er wußte auch, daß Higgins ein Meister im Fälschen war. Dieser Begabung verdankte Higgins auch seine Berufung in die Britische Marine.

Obwohl sich Christopher Higgins' nie anvertraut hatte, vermutete er doch, daß dieser sehr genau wußte, warum sie wirklich nach England gekommen waren. Da er aber niemanden in dieses gefährliche Unternehmen mit hineinziehen wollte, hatte er seinen Diener und Freund im unklaren über die wahren Gründe ihrer Reise gelassen.

Am Ende erkannte Christopher, daß er keine andere Wahl hatte, als Higgins einzuweihen.

Wenn die Engländer den Verlust des Memorandums entdeckten, würden sie zweifellos ihre Pläne ändern – dann wiederum würde das gestohlene Memorandum wertlos sein. Es *mußte* einfach eine Fälschung in diesem verdammten Safe liegen.

In einer ersten Aufwallung wollte er Higgins sofort ins Vertrauen ziehen, dann jedoch beschloß er, noch etwas zu warten, in der Hoffnung, doch noch eine andere Lösung zu finden. Wenn ihm bis zu dem Zeitpunkt, an dem er das Memorandum stehlen wollte, nichts Besseres eingefallen sein würde, dann, und erst dann, würde er Higgins einweihen.

Als ihm Higgins später beim Ankleiden half, wechselte er nur wenige belanglose Worte mit ihm. Higgins, der, wie immer, die Stimmung seines Herrn erkannte, fragte: »Liegt etwas in der Luft?«

Christopher bedachte ihn mit einem ärgerlichen Blick. »Nichts, was dich jetzt schon etwas anginge. Vielleicht werde ich es dir später erzählen. Heute besuche ich erst einmal meinen Großvater. Er wird inzwischen erfahren haben, daß ich wieder in der Stadt bin, und wenn ich eine Standpauke vermeiden will, muß ich mich lieber gleich zu ihm begeben.« Er zog seine Jacke an und fügte hinzu: »Sag der Wirtin, daß ich zum Abendessen nicht zu Hause sein werde. Du kannst unterdessen tun, was du willst. Und erwarte mich nicht vor Mitternacht.«

Christopher traf lange vor der üblichen Besuchszeit am Cavendish Square ein, und so traf er Simon und Nicole noch am Frühstückstisch an. Regina und Mrs. Eggleston waren noch nicht heruntergekommen.

Simon war hocherfreut, ihn zu sehen, vor allem auch seine offensichtlich gute körperliche Verfassung festzustellen. Er wollte ein weiteres Gedeck auftragen lassen, doch Christopher lehnte ab. »Seien Sie mir nicht böse, aber ich habe schon gefrühstückt. Eine Tasse Kaffee würde ich allerdings nicht verschmähen.«

Nicole übersah ihn demonstrativ und widmete sich krampfhaft ihrem Frühstück. Daß ihr Herz bei seinem unerwarteten Erscheinen wieder schneller zu schlagen begann, versetzte sie in Wut und bestärkte sie nur in ihrem Entschluß, nichts mehr mit ihm zu tun haben zu wollen.

Dummerweise konnte sie nicht einfach aufspringen und das Frühstückszimmer verlassen; damit würde sie Simon vor den Kopf stoßen. Obwohl Simon Reginas Versuche, sie und Robert auseinanderzubringen, unterstützte, mochte sie den alten Herrn sehr gern und wollte ihn nicht verärgern. Also blickte sie weiter stur an dem dunkelhaarigen Teufel ihr gegenüber vorbei.

Christopher hingegen beobachtete sie, während er seinem Großvater mit halbem Ohr zuhörte, mit Interesse. Sie trug ein aprikosenfarbenes Baumwollkleid mit weißem Spitzenbesatz und sah mit ihren glänzenden dunklen Haaren, die ihr trotziges Gesicht umrahmten, besonders reizvoll aus. Und plötzlich empfand er das ungestüme Verlangen, sie in seine Arme zu reißen, damit sie ihn endlich wahrnahm. Während er sie anstarrte, blieb sein Blick gegen seinen Willen an ihrem verführerischen Mund hängen, und von dem Moment an war es ihm unmöglich, den Worten seines Großvaters noch länger zu folgen.

Simon entging das natürlich nicht; er zögerte, redete dann weiter und beobachtete die beiden mit wachsender Aufmerksamkeit. Voll Zufriedenheit erkannte er, wie sehr die beiden jungen Menschen sich zueinander hingezogen fühlten. Doch so offensichtlich ihre Gefühle füreinander waren, so offensichtlich war es auch, daß sie entweder zu halsstarrig waren, es sich einzugestehen, oder zu dumm, es zu erkennen. Was für törichte Narren sie doch sind, dachte er mißbilligend. Ich frage mich, ob ich ...

Doch hastig verwarf Simon diesen Gedanken. Nein, er würde sich hüten, sich einzumischen. Sollten sie doch allein mit ihren Problemen fertigwerden, er würde nicht in ein Wespennest treten. Es erfüllte ihn freilich mit Genugtuung, zu sehen, daß Regina mit ihrer Behauptung, die beiden seien einander nicht gleichgültig, recht hatte. So fiel es ihm leichter, Robert gegenüber weiterhin als der verstimmte Vater aufzutreten, der er seit dem Vorfall beim Fechten ja auch war. Und solange er verärgert über Robert war, konnte dieser ihn schlecht nach der wahren Beziehung zwischen Christopher und Nicole fragen. Außerdem wünschte Simon selbst, daß Nicole und Christopher ein Paar wurden. Tief in seinem Inneren mußte er sich eingestehen, daß es ihm gar nicht gefallen hätte, wenn Nicole ihr Herz an Robert verloren hätte.

Christopher, dem plötzlich bewußt wurde, daß er Simon gar nicht mehr zuhörte, riß seinen Blick von Nicole los und sagte: »Ich bitte um Verzeihung. Was haben Sie gesagt? Ich fürchte, ich war mit meinen Gedanken nicht bei der Sache.«

Mit schelmischem Lächeln erwiderte Simon: »Nun, ich habe

dich gefragt, ob du den Rest der Saison mit uns in Brighton verbringen willst. Wir reisen am nächsten Montag ab, und ich glaube nicht, daß wir vor Frühlingsbeginn wieder in London sein werden.« Als er Christophers überraschten Blick bemerkte, fügte er erklärend hinzu: »Nach ein paar Monaten an der Küste pflege ich den Rest des Winters in Beddington's Corner zu verbringen. Und jedesmal schwöre ich mir, es nie mehr zu verlassen. Doch wenn der Frühling kommt, wird die Sehnsucht nach London jedesmal übermächtig, und ich finde mich am Cavendish Square wieder. Dann beginnt der ganze verdammte Zirkus von vorn. Dir wird es später wahrscheinlich ähnlich ergehen.«

Christopher, der diese Neuigkeit erst verarbeiten mußte, lächelte vage.

Brighton war der bevorzugte Zufluchtsort des Prinzregenten an der Küste, und da dieser deshalb die kleine Stadt seit Jahren gefördert und finanziell unterstützt hatte, war sie auch für die Mitglieder des Adels zum bevorzugten Aufenthaltsort während der Herbstmonate geworden. Brighton, so erinnerte sich Christopher mit gemischten Gefühlen, war nicht weit entfernt von Rottingdean, wo sein Treffen mit dem amerikanischen Piratenschiff stattfinden sollte. »Ich habe ein Landhaus in Rottingdean, müssen Sie wissen«, erwiderte er aus seinen Gedanken heraus. »Da war ich auch in den vergangenen beiden Wochen. Ich werde wohl lieber dort wohnen und täglich nach Brighton reiten.«

»Das kommt nicht in Frage. Deinen Wunsch, hier in London eine eigene Wohnung zu mieten, habe ich ja noch verstanden, Christopher, aber es ist albern, jeden Tag von deinem lächerlichen Landhaus aus zu uns herüberzureiten, wenn für dich Platz genug bei uns ist. Ich freue mich darauf, dich für ein paar Monate bei mir zu haben.«

Seinem Großvater zuliebe war Christopher schon fast bereit nachzugeben, aber dann lehnte er doch höflich ab. »Ich danke Ihnen für Ihre Einladung, Großvater, indes, ich möchte wie bisher lieber allein wohnen. Wenn Sie mich unbedingt haben möchten«, fügte er lächelnd hinzu, »werde ich gern ab und zu auch über Nacht bei Ihnen bleiben. Sind Sie damit zufrieden?«

Simon starrte ihn eine Weile schweigend an, dann sagte er

knapp: »Tu, was du willst.« Damit vertiefte er sich wieder in seine Zeitung.

Nachdem Nicole mit äußerster Beherrschung ihr Frühstück beendet hatte, legte sie die Serviette auf den Tisch und erhob sich. »Entschuldigen Sie mich bitte«, sagte sie ruhig. »Ich habe ein paar Dinge mit Miss Mauer zu besprechen.«

Christopher sah sie an und fragte sie zu ihrer Überraschung: »Läßt sich das nicht verschieben? Ich hatte gehofft, dich zu einer Spazierfahrt überreden zu können. Es ist ein so schöner Morgen, und ich habe einen neuen Wagen, den ich gerne ausprobieren möchte. Kommst du mit?«

Ihr Gesicht verriet nichts von dem Aufruhr der Gefühle, den seine Worte in ihr entfachten. Sie hatte schon ein erfreutes ›Ja‹ auf den Lippen, doch sie bezwang sich und schluckte das Wort hinunter. Nein! Ich werde mich nicht von dem zärtlichen Ton seiner Stimme einfangen lassen, dachte sie wütend. Sie entsann sich der Angst, die sie sich um ihn gemacht hatte, als er Jennings-Smythe gegenübergetreten war. Nein! Sie würde sich nicht ein zweites Mal zum Narren machen – ein gebranntes Kind scheut das Feuer. Doch sie bemerkte, daß Simon, auch wenn er so tat, als ob er in seine Zeitung vertieft sei, ihrer Unterhaltung voll Interesse lauschte. Sie legte also einen leichten Ton des Bedauerns in ihre Stimme, als sie mit höflichem Lächeln antwortete: »Oh, es tut mir leid, aber ich muß diese Angelegenheit heute vormittag erledigen, und für den Nachmittag habe ich schon andere Pläne.«

Christopher erwiderte enttäuscht: »Nun, dann ein andermal. Vielleicht in Brighton.«

Während sie ihn anlächelte, spürte sie, daß sie einen ersten Schritt getan hatte, um sich aus seiner dunklen Faszination zu lösen. »Vielleicht«, erwiderte sie vage.

Bevor er noch einmal etwas erwidern konnte, betrat Mrs. Eggleston den Raum; sie sah besonders nett aus an diesem Morgen in einem hübschen blauen Batistkleid und mit einer kleinen Spitzenhaube auf den silbergrauen Locken. Als sie Christopher sah, erschien ein warmes, herzliches Lächeln auf ihrem Gesicht, und sie begrüßte ihn erfreut: »Wie schön, dich zu sehen, Christopher! Außer auf Bällen und Gesellschaften begegnen wir uns ja nur noch selten. Ich freue mich, daß du uns besuchst. Du solltest es wirklich häufiger tun.«

Simon, der die Zeitung bei ihrem Eintritt gesenkt hatte, knurrte: »Du weißt doch, daß der Junge erst gestern abend nach London zurückgekehrt ist. Und er kann uns nicht mehr oft besuchen, weil wir am Montag nach Brighton abreisen.« Er warf seinem Enkel einen düsteren Blick zu und fuhr ironisch fort: »Er hat sich freundlicherweise bereit erklärt, uns dort manchmal die Ehre zu geben.«

Mrs. Eggleston ließ sich durch Simons schlechte Laune die eigene gute nicht verderben, sondern sah Christopher wohlwollend an. »Wie schön! Dann werden wir dich also doch wieder häufiger sehen.«

Nicole nutzte die günstige Gelegenheit, um sich zurückzuziehen. »Wenn Sie mich bitte entschuldigen wollen«, sagte sie hastig, warf den dreien ein vages Lächeln zu und verließ den Raum. Christopher sah ihr gedankenverloren nach. Ihre Ablehnung seiner Einladung erfüllte ihn mit Unzufriedenheit. Nach einer Weile jedoch korrigierte er seine Ansicht. Es war eigentlich ganz gut, daß sie abgelehnt hatte. Schließlich bedeutete sie ihm ja nichts mehr.

Mrs. Eggleston erkundigte sich nach seinem Befinden und erklärte dann: »Nicole erzählte mir, daß du auch bei Almack warst. Es tut mir leid, daß ich dich nicht gesehen habe. Warst du lange dort?«

Christopher, der nicht gern über den gestrigen Abend reden wollte, gab nur eine ausweichende Antwort, doch Mrs. Eggleston schien entschlossen zu sein, über nichts anderes zu sprechen, und plapperte unbekümmert weiter. Christopher hörte mit halbem Ohr zu, bis die Erwähnung von Lord Lindley ihn aufhorchen ließ.

»Lord Lindley war zwar gestern abend nicht da«, sagte Mrs. Eggleston, »doch er hat Nicole in letzter Zeit sehr auffällig den Hof gemacht. Ich würde mich nicht wundern, wenn er sie bald um ihre Hand bäte.«

Seine Erregung verbergend, fragte Christopher beiläufig: »Der Sohn des Herzogs von Strathmore?« Und als Mrs. Eggleston zustimmend nickte, fügte er hinzu: »Nun, dann sollte Nicole sich sehr geschmeichelt fühlen. Man stelle sich vor, Nicole als

Herzogin!«

»Ich bin überzeugt, sie würde eine bezaubernde Herzogin sein«, erklärte Mrs. Eggleston mit falschem Eifer.

Christopher lächelte; er kannte die Gründe für Mrs. Egglestons Einsatz sehr genau. Er stand auf und meinte spöttisch: »Aber setzen Sie nicht zu viele Hoffnungen darauf. Vielleicht sticht irgendein anderer – vielleicht sogar ich selbst – den hochedlen Herzog noch aus?«

Simon und Mrs. Eggleston blickten ihn erstaunt an, und er wünschte, er hätte den Mund gehalten. Ärgerlich über sich selbst entschuldigte er sich und brach kurz darauf auf. Die völlig verwirrte Mrs. Eggleston warf Simon einen unsicheren, fragenden Blick zu.

Regina hätte, wäre sie anwesend gewesen, bestimmt gewußt, wie sie Christophers Verhalten deuten sollte. In diesen Tagen waren ihre Gedanken allerdings viel mehr mit Simon und Letty beschäftigt, denn in den letzten Monaten hatte die Beziehung zwischen Lord Saxon und Mrs. Eggleston, sehr zu Reginas Enttäuschung, keinerlei Fortschritte gemacht. Und es regte sie maßlos auf, daß ihr Bruder jetzt, wo Letty unter seinem Dach lebte, offensichtlich damit zufrieden zu sein schien, die Dinge so zu lassen, wie sie waren. Wenn nur Letty sich etwas mehr bemühen würde, Simon dahin zu bringen, sich ihr zu erklären, dachte sie ärgerlich, als sie endlich auch zum Frühstück erschien.

Mrs. Eggleston war weder besonders eitel, noch sehr ehrgeizig, und oberflächliches Flirten lag ihr nicht. Es war ihr nie in den Sinn gekommen, wieder zu heiraten, oder daß Simon vorhaben könnte, sie zu ehelichen. Wenn sie sich morgens im Spiegel betrachtete, war alles, was sie sah, eine alte, kleine Frau mit silbergrauen Haaren. Ihr Blick hatte den Glanz, ihr Mund den verführerischen Schwung verloren. Doch noch heute, mit ihren fast siebzig Jahren, trug ihr feines Gesicht Spuren ihrer einstigen Schönheit. Jedenfalls hatte Regina nun einmal beschlossen, daß dieser unbefriedigende Zustand zwischen Simon und Letty nicht länger andauern durfte.

»Oh, meine Liebe, ich habe das Gefühl, daß Christopher sich nun doch um unseren Liebling bemühen wird«, platzte Mrs. Eggleston heraus. »Er war gerade hier, und aus seinen Worten schließe ich, daß er ernsthaft an eine Ehe mit Nicole denkt.« Schwärmerisch fügte sie hinzu: »Eine Hochzeit im Dezember wäre ideal, findest du nicht auch?«

Simon blickte schweigend in seine Zeitung. Regina betrachtete Mrs. Eggleston mit einem abwägenden Blick. Sie sieht heute morgen besonders nett aus, dachte sie. Die Aufregung über Nicole und Christopher hatten Lettys Wangen mit einem leichten Rot überzogen und ihren Augen neuen Glanz verliehen. Sie ist wirklich eine reizende Person, dachte Regina, und dieser alte Trottel verkriecht sich hinter seiner Zeitung, anstatt ihr den Hof zu machen.

Und plötzlich kam ihr ein verwegener Gedanke. »Ja, das wäre schön. Gerade auch für dich, denn du wärst sicher froh, nicht mehr ständig um Nicole herumspringen zu müssen und wieder mehr Zeit für dich selbst zu haben.«

Regina wußte, daß ihre Worte nicht den Tatsachen entsprachen, denn Letty wurde keineswegs wie Nicoles Bedienstete, sondern wie ein liebes Familienmitglied behandelt. Doch Regina hatte sich ein wenig nach Lettys finanzieller Lage erkundigt.

Und sie hatte einige Ungereimtheiten in Mrs. Egglestons Lebensgeschichte entdeckt. Wie war es möglich gewesen, daß sie ein Kind wie Nicole bei sich gehabt hatte, wenn sie absolut kein Geld besaß? Sie mußte sehr viel Glück gehabt haben, daß ihre Vorgesetzten ihr erlaubt hatten, das Kind bei sich zu behalten. Regina wußte, daß Mrs. Eggleston sich in einer äußerst bedrängten finanziellen Lage befand und ohne jede Mittel dastehen würde, wenn sie nicht mehr Nicoles und Christophers Unterstützung genoß. Regina wußte auch, daß weder Nicole noch Christopher noch sie selbst Letty im Stich lassen würden. Und Simon, nun Simon würde Himmel und Hölle in Bewegung setzen, um Letty zu helfen. Doch Regina wußte auch, daß Letty Simon um keinen Preis der Welt von ihrer finanziellen Notlage erzählen würde.

Ihre Bemerkung ließ Simon hochfahren.

»Was soll dieser Unsinn?« rief er und knallte die Zeitung auf den Tisch. »Es besteht keinerlei Anlaß für Letty, an eine Veränderung ihrer Situation zu denken.«

»Du Narr!« entgegnete Regina hitzig. »Ein jung verheiratetes Paar wird sicher nicht ständig eine alte Frau um sich haben wollen, ganz gleich, wie gern sie sich haben. Meinst du nicht auch, Letty?« wandte sie sich an Mrs. Eggleston.

Das Lächeln auf Mrs. Egglestons Gesicht verschwand bei dem Gedanken, Christopher und Nicole zu verlieren und Simon nicht mehr täglich zu sehen. Doch sie riß sich zusammen und erwiderte leise: »Ja, das glaube ich auch.«

Sie hat ja recht, dachte Mrs. Eggleston jämmerlich. Ich kann den Honigmond eines jungen Paares nicht stören, und ich kann auch nicht allein hier bei Simon leben. Ihre Hoffnung auf eine sorglose Zukunft zerbröckelte, übrig blieben Angst und Ungewißheit. Was sollte sie tun?

Regina übersah den bekümmerten Ausdruck auf Mrs. Egglestons Gesicht und fuhr fort: »Siehst du, Simon? Auch Letty ist meiner Meinung. Sie hat sicher schon ihre eigenen Pläne, wenn dieser Fall eintritt. Hast du vor, ins Ausland zu gehen, meine Liebe? Fährst du nach Amerika zurück? Ich bin fast sicher, daß du nicht in England bleiben willst.«

Simons Stirn umwölkte sich, seine Augen wurden angriffslustig, während Mrs. Eggleston sich tapfer um eine gelassene Haltung bemühte. Doch ihr Herz war von Angst erfüllt; sie mochte nicht glauben, daß die liebe Regina so grausam sein konnte. Irgendwie hatte sie sich darauf verlassen, daß Regina sich um sie kümmern würde, wenn Nicole sie eines Tages nicht mehr brauchen sollte. Dieser ferne Tag stand nun plötzlich vor ihr, und Regina hatte offensichtlich nicht vor, sich um ihr weiteres Schicksal zu kümmern. Ihre letzten Kräfte zusammennehmend, antwortete sie heiter: »Ja, ich glaube, genau das werde ich tun.« Aus Angst, in Tränen auszubrechen, erhob sie sich hastig und murmelte: »Entschuldigt mich bitte, ich habe noch einiges zu erledigen.« Mit diesen Worten floh sie aus dem Zimmer; ihre Verzweiflung war offensichtlich.

Scheinbar unberührt biß Regina genüßlich in einen gebutterten Toast und wartete auf den Wutausbruch ihres Bruders. Sie brauchte nicht lange zu warten.

»Nun?« explodierte Simon nach Augenblicken düsteren

Schweigens. »Ich hoffe, du bist zufrieden mit dir. Ich hätte nie für möglich gehalten, daß du so grausam zu einer alten Freundin sein könntest. Ich schäme mich für dich, Regina. Du hättest ihr ebensogut sagen können, sie solle ihre Koffer packen und auf der Stelle verschwinden. Wie konntest du nur!«

»Ach was!« erwiderte Regina unbeirrt. »Letty versteht das schon. Außerdem – was soll sie sonst tun? Nicole braucht sie sicher nicht mehr, wenn sie verheiratet ist.«

»Ha! Die Tatsache, daß Christopher ein paar belanglose Bemerkungen fallenließ, ist noch kein Grund, anzunehmen, daß er Nicole heiraten will. Und dieser Unsinn mit dem Dezember und so!«

»Letty war es, die den Dezember vorgeschlagen hat«, erinnerte ihn Regina in süßestem Ton.

Simon war sichtlich wütend und erregt. Regina verschränkte verstohlen die Finger und hoffte, daß er jetzt endlich erkannt hatte, daß die traute Gruppe von Menschen am Cavendish Square eines vielleicht gar nicht mehr so fernen Tages auseinanderfallen konnte.

Verdammte Gina! dachte Simon wütend. Warum konnte sie sich nicht um ihre eigenen Angelegenheiten kümmern? Alles war so schön und angenehm gewesen, und was drohte nun daraus zu werden? Zum Teufel mit den Weibern! Wütend nahm er seine Zeitung wieder zur Hand, doch Regina hatte nicht vor, die vielversprechende Unterhaltung einschlafen zu lassen.

»Vielleicht messen wir Christophers Worten zuviel Bedeutung bei, doch Letty sollte sich in jedem Fall Gedanken darüber machen, was sie tun wird, wenn unsere süße Nicole eines Tages heiratet. Jedermann kann sehen, daß Nicole das neue Jahr, wenn nicht schon verheiratet, so doch auf jeden Fall verlobt, begehen wird.«

»Das bestreite ich ja gar nicht. Aber ist das ein Grund, Letty einzureden, daß sie deshalb in der Weltgeschichte umherziehen muß?« antwortete Simon hitzig.

Mit großen, unschuldsvollen Augen und wohlberechnetem Erstaunen fragte Regina: »Nun, was soll sie sonst tun? Sie hat niemanden hier in England. Ich glaube zwar, daß sie mich und Nicole ab und zu besuchen wird. Aber sie ist doch nicht an uns gebunden, Simon?«

Simon sah seine Schwester mit offenem Widerwillen an und fauchte: »Das weiß ich. Doch ich sehe nicht ein, warum sie nicht ein gemütliches kleines Haus in deiner Nähe in Essex finden soll.« Diese Idee schien ihm zu gefallen, und er fuhr fort: »Du weißt, ich habe mir nie viel Gedanken über dein Leben gemacht, Gina, aber es wäre doch nett, wenn Letty bei dir wäre.«

»Das denkst du!« entgegnete Regina und dachte dabei: Nein, nein, mein Lieber, wenn Letty bei mir lebte, würden noch Monate vergehen, bis du dich erklären würdest, und das kommt nicht in Frage. »Das denkst du!« wiederholte sie. »Aber nicht ich! Ich mag Letty zwar sehr gern, doch Tag für Tag nur noch mit ihr zusammenzusein, würde gewiß Schwierigkeiten aufwerfen. Du weißt, wie sehr ich meine Unabhängigkeit liebe. Vor allem würde es aber auch die arme Letty mit mir nicht aushalten.«

Simon blickte seine Schwester widerwillig an und erwiderte angriffslustig: »Seltsam! Du hast dich doch die ganze Zeit gut mit Letty vertragen?«

»Das lag nur daran, daß mich die aufregende Ballsaison sosehr in Atem gehalten hat«, entgegnete Regina, und wieder drohte das Gespräch zu versanden. Simon griff mit düsterem Blick zu seiner Zeitung. Regina spielte also ihren letzten Trumpf aus und sagte zerknirscht: »Mein Gott, Simon, was bin ich doch für eine Gans! Daran denke ich jetzt erst. Du hast ja recht. Die arme Letty! Wie grausam muß sie mich finden!«

»Das merkst du früh.«

Regina setzte einen zerknirschten Gesichtsausdruck auf und murmelte: »Sie ist ja völlig mittellos, weißt du das überhaupt? Der Colonel hat ihr nur Schulden hinterlassen, und sie mußte sich in den vergangenen Jahren ihren Lebensunterhalt selbst verdienen. Und ich dumme Gans frage sie, ob sie ins Ausland gehen will. Was muß sie nur von mir denken?« Regina seufzte. »Es ist ein Jammer, aber sie wird sich nach einer Stellung umsehen müssen. Ich werde ein paar Freunden schreiben – vielleicht braucht jemand eine Gouvernante oder eine Gesellschafterin.«

Simon öffnete den Mund, doch Regina schien zu ahnen, was er

sagen wollte, und fuhr deshalb schnell fort: »Leider kann ich ihr eine solche Stellung bei mir nicht anbieten. Sie würde sofort argwöhnen, daß ich es nur aus Großherzigkeit tue. Du weißt, welch empfindsamen Stolz sie besitzt.« Sie legte die Hand an die Stirn. »Laß mich nachdenken. Oh, ich hab's! Das ist die Lösung! Mrs. Baldwin erwähnte erst letzte Woche, daß sie eine Gesellschafterin sucht.« Sie stand auf und fuhr fort: »Ich werde es Letty sofort sagen. Armes Ding! Sie muß von mir sehr enttäuscht gewesen sein...«

»Setz dich!« Dröhnend erfüllte Simons Stimme den Raum. »Mrs. Baldwin?« fuhr er dann widerwillig fort. »Dieser alte Drachen ist die unerträglichste Frau in ganz London, und der willst du Letty ausliefern?«

»Aber, Simon, was können wir sonst tun?« fragte Regina scheinbar bedrückt. »Mrs. Baldwin wird sie gut bezahlen, dessen dürfen wir sicher sein.«

»Ja, und sie wird sie wie eine Sklavin behandeln. Unvorstellbar!«

Regina blickte erschreckt. »Das könnte allerdings sein. Nun, vielleicht finden wir auch noch eine andere Lösung. Schließlich brauchen wir heute noch nichts zu entscheiden.«

»Ja!« schrie Simon und stürmte mit erstaunlich jugendlichen Schritten, die Tür hinter sich ins Schloß knallend, aus dem Zimmer.

Regina blieb, mit unschuldsvollem Lächeln ihren Tee trinkend, am Frühstückstisch sitzen.

Simon ging nicht sofort zu Letty. Er suchte zunächst sein Arbeitszimmer auf, um über das, was Regina ihm gesagt hatte, in Ruhe nachzudenken. Der Gedanke, daß seine zarte Letty in den letzten Jahren ihren Lebensunterhalt selbst hatte verdienen müssen, verursachte ihm Qualen, und daß sie gezwungen sein sollte, es noch einmal zu tun, fand er schlicht unerträglich.

Simon war seit über fünfundzwanzig Jahren Witwer und hatte in der ganzen Zeit nicht einmal daran gedacht, wieder zu heiraten. Seine Ehe war nicht unglücklich gewesen, doch er hatte ihr auch nicht nachgetrauert. Und Mrs. Eggleston, die einzige Frau, die seine Einstellung vielleicht hätte ändern können, hatte das Land verlassen gehabt.

Reginas Enthüllungen riefen stürmische Empfindungen in Simon wach, und er fürchtete, daß Letty Cavendish Square wieder ebenso unvermittelt verlassen könnte wie damals Beddington's Corner. Während er ruhelos in seinem Zimmer auf und ab ging, erinnerte er sich wieder des Schmerzes und der Bestürzung, die ihre damalige plötzliche Abreise in ihm hervorgerufen hatten.

Er wußte, daß die Lösung nur eine Heirat sein konnte. Schon als er siebzehn und sie sechzehn Jahre alt gewesen war, hatte er Letty heiraten wollen, und dieser Wunsch war stets in ihm wachgeblieben. Doch jetzt, wo der Augenblick gekommen war, wurde er von den gleichen Zweifeln und Bedenken heimgesucht, die jedem Mann in dieser Lage zu schaffen machten. Liebte sie ihn? Würde sie ja sagen?

Sie muß mich heiraten, dachte er. Er hatte sie immer geliebt, und er wollte die ihm noch verbleibenden Jahre nicht ohne sie verbringen.

Mit entschlossenen Schritten machte er sich schließlich auf die Suche nach ihr und fand sie nach einer Weile in einem kleinen Raum im hinteren Teil des Hauses. Sie hatte ihm den Rücken zugewandt und starrte mit blinden Augen zum Fenster hinaus; ihre ganze Haltung drückte Verzweiflung und Hoffnungslosigkeit aus. Als Simon sie so sah, wurde er von einer liebevollen Zärtlichkeit ergriffen. Doch er zögerte immer noch; seine Ängste und Zweifel überlagerten seine gewohnte Selbstsicherheit. Dann aber drang ein schwacher Seufzer an sein Ohr, und sofort waren alle Ängste vergessen, und er eilte an ihre Seite.

»Letty, Letty, meine Liebe, du darfst nicht weinen«, bat er sie. Seine sonst so harten Züge waren weich und aufgewühlt, als er sie zu sich herumdrehte. Seine großen, starken Hände umschlossen sanft ihre zerbrechlichen Schultern.

»Oh, mein Lieber«, stammelte sie und bemühte sich, ihre Fassung wiederzugewinnen. Doch es gelang ihr nicht; sie fühlte sich so überflüssig, so unerwünscht und allein, daß der Anblick seines lieben, besorgten Gesichts ihr die letzte Beherrschung nahm. Sie warf sich aufschluchzend in seine Arme. »Oh, Simon! Ich bin so entsetzlich unglücklich! Was soll ich nur tun?«

Simon legte tröstend seine Arme um sie und murmelte zärtlich in die weichen Locken, die seine Brust streiften: »Ach, Letty!« Und als er sie nach all den sinnlos vertanen Jahren endlich in seinen Armen spürte, kehrte auch sein Selbstvertrauen wieder zurück, und er fuhr beinahe aggressiv fort: »Nun, du wirst mich heiraten. Das hättest du schon vor Jahren tun sollen. Und ich werde nicht zulassen, daß du nein sagst.« Unglaublich zärtlich fügte er hinzu: »Wir haben soviel Zeit versäumt, mein Liebes. Laß uns nicht auch noch die letzten Jahre versäumen, die uns noch bleiben.«

»Nein, Simon, das werden wir nicht. Ich habe dich immer geliebt, und ich könnte es nicht ertragen, noch einmal von dir getrennt zu sein. Ich glaube, ich würde sterben«, sagte Letty ernst.

Simon konnte nicht widerstehen; er beugte sich zu ihr hinunter und küßte seine Letty zum ersten Mal seit den Tagen seiner Jugend.

Vielleicht besaß der Kuß nicht mehr das Feuer und die Leidenschaft wie vor fünfzig Jahren, doch er war so süß und voller Hingabe, wie es ein Kuß zwischen Liebenden nur sein konnte.

»Oh, Letty, ich liebe dich so, wir waren beide so dumm«, sagte Simon schließlich, sie noch immer in den Armen haltend.

Sie hob die Hand und strich zärtlich über seine Wange. »Ja, Simon, das waren wir, doch jetzt haben wir uns endlich gefunden«, flüsterte sie, und ihre blauen Augen strahlten vor Glück. Plötzlich aber schien ein neuer Gedanke sie zu ängstigen. Sie blickte ihn angstvoll an und fragte: »Hat Regina irgend etwas zu dir gesagt, Simon?«

Scheinbar erstaunt antwortete Simon mit einer Gegenfrage: »Regina? Hätte sie mir etwas sagen sollen?«

Mrs. Eggleston lachte leise auf; jetzt war sie sicher, daß nicht Mitleid oder bloßes Verantwortungsbewußtsein ihn zu diesem Schritt getrieben hatten. »Nein, nichts, Simon, mein Lieber, gar nichts.«

Sie sah ihn beinahe schüchtern an, und Simon konnte nicht anders, als sie wieder zu küssen. Unterschwellig quälte ihn aber die Angst, daß Letty erfahren könnte, daß Regina ihm doch etwas erzählt hatte. So drückte er sie sanft auf ein Sofa nieder und erklärte entschieden: »Wir werden sofort heiraten. Ich werde eine Sondergenehmigung erwirken, und am Sonntag erledigen wir das.«

»Aber, Simon, ist das denn richtig so? Was werden die Leute denken?« wandte Mrs. Eggleston, aufrichtig entsetzt über diese Hast, ein.

Simon ergriff ihre Hand und entgegnete mit leisem Vorwurf: »Letty, spielt das eine Rolle? In unserem Alter?«

»Nein, Simon, natürlich nicht«, erwiderte sie atemlos, und in ihren Augen stand ihre ganze Liebe zu ihm.

Und was konnte er anderes tun, als sie wieder zu küssen?

9

Nicole hatte das Frühstückszimmer ohne ein bestimmtes Ziel verlassen; sie wollte nur Christophers Nähe entkommen. Nachdem sie eine Weile ziellos durch das Haus gelaufen war und nichts die Erinnerung an Christophers spöttisches Gesicht hatte verdrängen können, läutete sie nach Miss Mauer und erklärte ihr, daß sie einen Spaziergang im Hyde Park unternehmen wolle. Wie immer, wenn sie das Haus verließ, wurde sie von einer Dienstbotin begleitet – eine Maßnahme, die ihr zutiefst verhaßt war. Doch da es meist Galena war, die mit ihr ging, bemühte sie sich, diese ihren Ärger nicht allzusehr spüren zu lassen. Schließlich tat Galena nur ihre Pflicht.

So ging Nicole, tief in Gedanken versunken und dicht gefolgt von Galena, langsam einen der vielen hübschen Wege des Parks entlang. Sie hatte weder Augen für die spät blühenden Kornblumen, noch die Gänseblümchen, welche die saftige grüne Wiese bedeckten. Was für ein entsetzliches Durcheinander habe ich doch aus meinem Leben gemacht, dachte sie niedergeschlagen.

Sie hatte Amerika verlassen, um einem Übel zu entgehen, doch sie war vom Regen in die Traufe gekommen. Dinge, die sie sonst widerspruchslos hingenommen hätte, störten und quälten sie, so daß sie glaubte, verrückt zu werden. Der Mangel an Freiheit, die ständige Aufsicht, die Tatsache, daß jeder ihrer neuen Bekannten zuerst von Lord Saxon und Lady Darby begutachtet werden mußte, das ständige ›Das tut man nicht‹ – all das hing ihr zum Hals heraus.

So wanderte sie denn gedankenverloren dahin, bemerkte weder die vielen bewundernden Blicke, die ihr galten, noch die Schönheit des strahlenden Spätsommertages.

Ihr wurde plötzlich bewußt, daß sie nicht länger in dieser nach starren gesellschaftlichen Normen gefügten Welt leben konnte. Sie empfand eine immer stärker werdende Sehnsucht nach Freiheit. Sie wollte die Fesseln, die der Erbin Nicole Ashford angelegt waren, abwerfen und wieder Nick sein, die ungestüme, keinen gesellschaftlichen Zwängen unterworfene Nick, die anziehen konnte, was sie wollte, und die mögen durfte, wen sie mögen wollte.

Und sie erkannte, daß der einzige Ausweg aus dieser Situation eine Heirat war. Verheiratete Frauen genießen wesentlich mehr Freiheit, sagte sie sich nachdenklich, und wenn ich auf dem Land leben sollte, wo das tägliche Leben natürlicher und weniger verkrampft verläuft, würde ich sicher nicht so eingeengt sein.

Ein bitteres Lächeln spielte um ihren Mund. Wen sollte sie heiraten? Es gab nur einen Mann, an den in diesem Zusammenhang zu denken es sie drängte, doch eine Ehe mit Christopher war unvorstellbar. Wenn sie noch in diesem schwärmerischen Traum mit Robert leben könnte! Doch sie hatte inzwischen erkannt, daß ihre Gefühle für ihn nichts anderes als eben Schwärmerei waren. Und eine Ehe mit einem Mann, den sie nicht liebte, kam nicht in Frage. Außerdem, so erinnerte sie sich, war Robert nahe daran gewesen, Hausverbot für Cavendish Square zu bekommen. Man würde also einer Ehe mit ihm bestimmt nicht so ohne weiteres zustimmen. Und was ihre übrigen Verehrer betraf, so zählte Edward überhaupt nicht, und wenn sie die Gesellschaft Lord Lindleys auch genoß, so hatte sie doch keine Lust, den Rest ihres Lebens mit ihm zu verbringen. Es gab zwar noch einige andere, doch keinen, auf dessen Gesellschaft sie nicht, ohne eine Träne zu vergießen, verzichten konnte.

Vielleicht ist in Brighton alles anders, dachte sie. Doch dann seufzte sie resigniert. Wen glaubte sie überzeugen zu können? Christopher würde dort sein, und wann immer er in ihrer Nähe war, gab es keinen Frieden für sie. Wenn ich ihn doch nur aus ganzem Herzen lieben oder hassen könnte, dachte sie verzweifelt. Aber dann schüttelte sie die unliebsamen Gedanken ab. Brighton liegt vor mir, und ich sollte mich darauf freuen, entschied sie. Was für einen Sinn hat es, ständig über Dinge nachzugrübeln, die ich doch nicht ändern kann?

Sie wollte Galena gerade sagen, daß sie nach Hause gehen würden, als Roberts Stimme in ihr Ohr drang.

»Bei allem, was heilig ist! Nicole!« Aus seiner Stimme sprach seine ganze Freude, sie zu sehen, und Nicole blickte lächelnd zu ihm hinauf, als er geschickt seinen Wagen neben sie lenkte.

»Hallo, Robert! Wie geht es dir?« erwiderte sie fröhlich seinen Gruß, und ihr wurde plötzlich bewußt, daß es das erste Mal war, daß sie sich seit damals, als sie sich geküßt hatten, alleine sahen.

Auch Robert war sich dessen bewußt, und er entgegnete, ohne zu zögern: »Machst du eine Spazierfahrt mit mir? Dein Mädchen kann am Südausgang auf uns warten. Und wenn meine Tante es nicht billigt, daß ich mit dir ausreite, so wird sie vielleicht nichts gegen eine Spazierfahrt haben.«

Nicole stimmte bereitwillig zu; eine Anwandlung von Aufsässigkeit gegenüber Lord Saxon und Lady Darby trieb sie, sich in Selbständigkeit zu üben. Als sie wenig später neben Robert in der Kutsche saß, erklärte sie lachend: »Du weißt, daß wir in Lady Darbys Augen jetzt als anstands- und ehrlos gelten.«

Ein warmer Glanz lag in Roberts meergrünen Augen, als er erwiderte: »Und was kümmert uns das? Es ist ein herrlicher Tag, und wir sind zusammen – nur das zählt.«

Früher hätte Nicole soviel Offenheit vielleicht gefallen, nicht jedoch an diesem Morgen, nicht jetzt, wo sie wußte, daß sie seine Gefühle nicht erwidern konnte. Plötzlich erkannte sie, daß diese Spazierfahrt mit Robert nicht das Klügste war, und sie wünschte, sie hätte seine Einladung nicht angenommen. Ziemlich reserviert entgegnete sie daher: »Ja, es ist wirklich ein herrlicher Tag, und es war sehr freundlich von dir, mich einzuladen.«

Robert bemerkte ihre Zurückhaltung, und er verlor etwas von

seinem Überschwang. »Würdest du mich lieber nicht begleiten?« fragte er.

Nicole schluckte verlegen, denn ihr war sehr wohl bewußt, daß sie Robert lange genug zu seinen Aufmerksamkeiten ermuntert hatte. Und jetzt hatte sie die unangenehme Aufgabe, ihm klarzumachen, daß sie ihn zwar mochte und auch gerne mit ihm zusammen war, er ihr jedoch nie mehr als ein guter Freund sein konnte.

Robert spürte das schnell, doch er ließ ihr keine Zeit zu breiten Erklärungen, sondern fragte brüsk: »Es stimmt also? Du willst Christopher heiraten?«

Nicole wurde bleich, und ihre Augen waren groß und weit, als sie tonlos sagte: »Christopher heiraten?«

Robert blickte starr geradeaus auf die Ohren seiner Pferde und erklärte schonungslos: »Möchtest du mir das verheimlichen? Meine liebe Tante hat es mir damals im Vauxhall Garden schon gesagt.«

Ein paar Sekunden lang war Nicole, hin- und hergerissen zwischen blinder Wut und freudiger Hoffnung, sprachlos. Schließlich gewann die Wut die Oberhand, und sie fragte, Roberts Arm umklammernd: »Wovon redest du? Christopher ist der letzte, den ich heiraten würde. Glaub mir das.«

Robert musterte sie abschätzend. Seine Augen wanderten von ihrem wütenden Gesicht zu ihrem heftig wogenden Busen, und so etwas wie Befriedigung und neue Hoffnung erfüllten ihn.

»Und Regina?« erwiderte er. »Sie sagte, es sei schon alles klar.«

»Das werden wir sehen!« rief Nicole wütend. »Bring mich zu Galena. Ich will sofort wissen, was sich hinter meinem Rücken abspielt. Deine Tante und dein Vater werden mir genau erklären müssen, was sie vorhaben, und es wird mir eine besondere Freude sein, ihnen zu sagen, daß sie die Rechnung ohne den Wirt gemacht haben.«

Robert war darüber erfreut und wendete rasch den Wagen. Er beneidete Regina und seinen Vater um die bevorstehende Unterredung nicht. Nicoles Wut und Überraschung waren echt gewesen. Sie hatte ganz offensichtlich nichts von diesen Plänen gewußt, und ebenso offensichtlich war sie nicht gewillt, sich ihnen zu fügen. Robert hatte sich lange nicht mehr so wohl und so beschwingt gefühlt wie jetzt, als er der sich in Richtung Cavendish Square entfernenden Nicole nachblickte.

Wildentschlossen eilte Nicole die Straße entlang; sie war so außer sich vor Zorn, daß sie Galenas inständiger Bitte, doch langsamer zu gehen, überhaupt kein Gehör schenkte. Sie glaubte, noch nie so wütend gewesen zu sein, und fauchte den unschuldigen, sie an der Tür in Empfang nehmenden Twickham an: »Wo ist Lord Saxon? Ich will ihn sofort sprechen.«

Leicht verwirrt von dieser streitbaren Amazone mit den blitzenden Augen erwiderte Twickham: »Lord Saxon ist mit Mrs. Eggleston zum Bischof gegangen.« Und strahlend fügte er hinzu: »Sie werden heiraten, Miss – am Sonntag.«

Zuerst mochte Nicole ihm nicht glauben, dann jedoch verdrängte eine Woge der Freude ihren Zweifel, und sie vergewisserte sich: »Lord Saxon will Mrs. Eggleston heiraten?«

Twickham nickte heftig und fuhr eifrig fort: »Gewiß, Miss. Ist das nicht romantisch? Vor knapp einer Stunde hat er ihr den Antrag gemacht, und sie hat ja gesagt. Ich kann Ihnen gar nicht sagen, wie ich mich freue.« Sich hastig zur Ordnung rufend, fuhr er in würdevollem Ton fort: »Sie wollen um eine Sondergenehmigung ersuchen, und Lady Darby ist zu einem Buchdrucker gegangen, um Heiratsanzeigen setzen zu lassen.« Dann vergaß er wieder seine reservierte Haltung und ließ sich zu einem Tadel hinreißen: »Es wird leider nur eine kleine Hochzeit sein, wissen Sie. Es bleibt angeblich keine Zeit für große Vorbereitungen. Es werden nur wenige Freunde und Verwandte eingeladen.«

Nicole nickte leicht benommen und ging dann wie in Trance die Treppe zu ihrem Zimmer hinauf. Lord Saxon und Mrs. Eggleston wollten heiraten! Es war eigentlich keine Überraschung, und doch versetzte sie diese Mitteilung in Erstaunen. Der Gedanke, daß zwei Menschen in diesem Alter sich noch einmal verlieben konnten und heirateten, war schwer zu verarbeiten; es erschien andererseits jedoch auch wieder logisch. Was konnte verständlicher sein, als daß Lord Saxon seine verlorene Liebe heiratete? Was hatte Liebe mit dem Alter zu tun? Wenigstens für diese beiden liegt die Zukunft klar und strahlend vor ihnen, dachte Nicole aufseufzend, und plötzlich fiel ihr wieder ein, weshalb sie eigentlich hergekommen war.

Wieder wütend schritt sie in ihrem Zimmer auf und ab. Wie konnten sie es wagen? Und Christopher! Er sollte nur warten, bis sie sich wiedersahen! Plötzlich wurden ihre Augen schmal, und sie verhielt den Schritt. Lord Saxon und Lady Darby waren im Moment nicht erreichbar, aber, bei Gott, Christopher war zu sprechen!

Ihr Entschluß war schnell gefaßt; sie läutete nach Miss Mauer, kleidete sich um und eilte an dem protestierenden Twickham vorbei aus dem Haus.

Mit trotzig erhobenem Kinn hastete sie durch die Straßen. Christophers Heimtücke versetzte sie in maßloße Wut. Daß er, der sie auf solch spöttische, demütigende Art behandelt hatte, der ihr monatelang aus dem Weg gegangen war, der sich ihr gegenüber benommen hatte, als sei sie eine billige kleine Hure, daß er die Frechheit besaß, einer Heirat mit ihr zuzustimmen, brachte sie zur Weißglut. In dieser bis zum äußersten angespannten Stimmung kam sie bei seiner Wohnung in der Ryder Street an.

Ein völlig verblüffter Higgins öffnete ihr die Tür und führte sie in die Wohnung.

»Aber, Miss Nicole, was machen Sie hier? Sie sollten nicht hier sein. Und schon gar nicht ohne Begleitung. Ist niemand bei Ihnen, kein Diener, kein Mädchen?«

Nicole warf ihren Mantel auf einen der tiefen Ledersessel. »Ich will Christopher sprechen. Und ich will ihn jetzt sprechen. Was ich ihm zu sagen habe, ist streng vertraulich. Ich bin es leid, ständig und überallhin begleitet zu werden.« Mit funkelnden Augen fügte sie hinzu: »Wie Sie wissen, bin ich durchaus in der Lage, meinen Weg allein zu finden. Also, wo ist Christopher?«

Der Wahrheit entsprechend, erwiderte Higgins: »Ich habe keine Ahnung. Er ging heute früh aus dem Haus, um seinen Großvater zu besuchen, und er machte keine Andeutung, wo er danach hingehen wollte. Er sagte, er werde zum Abendessen nicht zu Hause sein, also erwarte ich ihn erst spät zurück.«

Ein wenig gefaßter, doch noch immer sehr wütend fragte Nicole: »Was wissen Sie von der absurden Abmachung, daß Christopher mich heiraten will?«

Higgins' Augen wurden groß, sein Gesicht trug den Ausdruck größter Verblüffung, als er sie fassungslos anstarrte. »Sie und Christopher werden heiraten?« fragte er aber schließlich mit unverhohlener Freude in der Stimme.

Nicole warf ihm einen zornigen Blick zu. »Keineswegs! Robert Saxon erzählte mir heute morgen, daß eine entsprechende Vereinbarung getroffen worden sei. Ich will deshalb hier klarstellen, daß ich dem auf keinen Fall zustimmen werde. Wissen Sie etwas von einer solchen Vereinbarung?«

Higgins gewann seine Fassung schnell zurück, und bei der Erwähnung von Roberts Namen umwölkte sich seine Stirn. »Der hat Ihnen das erzählt?«

»Ja, ich traf ihn heute morgen zufällig im Hyde Park, und er hat es mir berichtet.«

»Und Sie glauben ihm?« fragte Higgins mißbilligend.

Leise Zweifel regten sich in Nicole, und sie erwiderte mit leicht unsicherer Stimme: »Warum nicht? Warum sollte er mir eine solche Lüge auftischen? Schließlich ist er Christophers Onkel.«

Higgins betrachtete sie nachdenklich; die neue Entwicklung der Dinge behagte ihm sehr. Einen Augenblick hatte er geglaubt, daß Christopher ihn nicht in seine Heiratspläne eingeweiht hätte, doch als Roberts Name fiel, wußte er es besser. Und er faßte den Entschluß, Nicole über ein paar Dinge aufzuklären. Ihr die Wahrheit über ihre Mutter zu sagen, war schwierig, doch es mußte sein. Schließlich war Annabelle inzwischen schon seit sieben Jahren tot. Nicole war damals noch ein Kind gewesen und hatte den Verlust ihrer Eltern sicherlich überwunden.

Die Autorität des ehemaligen Ersten Steuermanns der ›Belle Garce‹ hervorkehrend, befahl er Nicole, das pausenlose Umherwandern aufzugeben und sich hinzusetzen. Nicole focht einen inneren Kampf aus, doch schließlich setzte sie sich steif auf das bequeme, weiche Sofa. Ihre Augen blitzten noch immer voller Angriffslust, als sie spröde fragte: »Warum sollte ich Robert Saxon nicht glauben? Er war stets freundlich zu mir – etwas, das ich von Christopher nicht behaupten kann.«

Higgins nahm ihr gegenüber Platz. Seine Hände lagen auf seinen Schenkeln. Dann beugte er sich vor und erklärte mit ernstem

Ausdruck in den sonst so fröhlichen Augen: »Ich werde Ihnen jetzt etwas erzählen, das Sie wahrscheinlich nicht wissen. Es wird Ihnen nicht gefallen und Ihnen eventuell weh tun. Es geschah vor vielen Jahren, und wenn Sie die Geschichte kennen, werden Sie keine so hohe Meinung mehr von Robert Saxon haben und nicht mehr so schlecht über Christopher denken.«

Nicoles Gesichtsausdruck war voller Skepsis, doch der Respekt vor dem Mann ihr gegenüber war nicht klein. Sie vertraute Higgins. Er hatte sie nie belogen und sie stets anständig und gerecht behandelt. Und so wartete sie geduldig auf das, was er ihr zu sagen hatte, denn sie wußte, daß er ihr keine Unwahrheiten erzählen würde. Doch als er zum ersten Mal ihre Mutter und Robert erwähnte, zog sie scharf die Luft ein. Sie mochte nicht glauben, daß ihre Mutter und der Mann, den zu heiraten sie selbst in Betracht gezogen hatte, ein Liebespaar gewesen sein sollten. Higgins' Eröffnung hinterließ einen häßlichen Geschmack in ihrem Mund, doch nach einem erbitterten inneren Kampf akzeptierte sie seine Worte.

Sie mußte sie akzeptieren, erklärten sie doch Roberts unvermittelte Werbung, seine leidenschaftliche Liebeserklärung im Vauxhall Garden und das seltsame Glitzern seiner meergrünen Augen, wenn er sie manchmal gedankenverloren anstarrte. Der Gedanke, nur ein Ersatz für Roberts verbotene Leidenschaft für ihre Mutter gewesen zu sein, deprimierte sie zutiefst, und sie blickte unglücklich in Higgins' vertrautes Gesicht. Ihre Stimme klang klein und jämmerlich, als sie ihn aufforderte: »Fahren Sie fort. Ich nehme an, es kommt noch schlimmer.«

»In der Tat, Nick, in der Tat«, antwortete Higgins traurig und strich sich mit einer unsicheren Gebärde über das schon etwas schüttere braune Haar, als wisse er nicht, wie er fortfahren solle. Schließlich sah er Nicole gerade in die Augen und erzählte ihr ohne Umschweife den Rest der Geschichte – wie seine Mutter Christopher verführt hatte, wie sie und Robert den Jungen für ihre selbstsüchtigen Zwecke benutzt hatten, wie Robert vor seiner letzten schändlichen Tat nicht zurückgeschreckt war.

Schweigen senkte sich über die beiden, nachdem Higgins geendet hatte. Als Higgins den Anblick ihres erstarrten, verzweifelten

Gesichts nicht mehr ertragen konnte, stand er auf, machte sich am Schreibtisch zu schaffen und sagte: »Jetzt werden Sie begreifen, warum man Robert Saxon nicht trauen kann. Und verstehen Sie nun auch, warum Christopher sich Ihnen gegenüber so seltsam benimmt?«

In seiner Stimme lag keine Kritik, nur Bedauern und Mitleid, doch in ihrer tiefen Verzweiflung hörte Nicole ihn kaum. Sie wollte sprechen, indes, ihre Stimme versagte ihr den Dienst. Sie schluckte, wollte die entsetzlichen Eröffnungen über ihre Mutter und über Roberts grausame Handlungen beiseiteschieben. Doch die schrecklichen Gedanken kehrten zurück, quälten sie und ließen ihr keine Ruhe, als sie Higgins mit bleichem, schmerzverzerrtem Gesicht anstarrte, als wolle sie ihn bitten, die fürchterlichen Worte zu widerrufen. Die Tatsache, daß ihre eigene Mutter mit Christopher geschlafen und den Zauber seines dunklen Körpers gekannt hatte, ließ sie fröstelnd erschauern. Mit zitternden Lippen versuchte sie erneut zu sprechen und Higgins' Mitteilungen in Abrede zu stellen, doch die Worte wollten ihr nicht von den Lippen. Ich werde es nicht ableugnen können, dachte sie kläglich, denn tief in ihrem Herzen wußte sie, daß Higgins die Wahrheit gesprochen hatte. Es war die Erklärung für so viele unbegreifliche Dinge – die kaum verhohlene Feindschaft zwischen Christopher und Robert, die Augenblicke, in denen Christopher sie ansah, als haßte er sie. Es enthüllte auch die Ursache für Christophers häufige Grausamkeit ihr gegenüber ... er hatte sie für die Taten ihrer Mutter bestrafen wollen.

Angstvoll aufstöhnend vergrub sie das Gesicht in ihren Händen, worauf Higgins, den ihre offensichtliche Verzweiflung sehr bedrückte, ihr ein Glas Brandy einschenkte und sie mit rauher Herzlichkeit dazu zwang, es auszutrinken.

»Es besteht keine Veranlassung, sich jetzt deshalb dermaßen zu grämen, Nick«, versuchte er sie sanft zu beruhigen, und bereute schon, ihr das Ganze erzählt zu haben. »Das alles geschah vor vielen Jahren. Ihnen kann man doch keine Vorwürfe machen.«

Nicole starrte ihn mit stumpfem Blick an und erklärte traurig: »Christopher macht mir aber Vorwürfe.«

Higgins seufzte. »Nun, das bestreite ich nicht«, gab er zu.

»Aber vielleicht sehen Sie ihn jetzt mit anderen Augen. Und wenn Sie ihn besser verstehen, wird es Ihnen auch leichterfallen, ihn richtig zu behandeln. Und er – das können Sie nicht abstreiten, wenn Sie ehrlich sind, Nick –, er ist bereit, Ihnen auf halbem Wege entgegenzukommen.«

Die Benommenheit fiel langsam von ihr ab, und sie fragte zögernd: »Versuchen Sie etwa zu kuppeln, Higgins?«

Higgins setzte eine schuldbewußte Miene auf. »Nun ja, Nick, Sie können nicht abstreiten, daß Sie und Christopher ein äußerst attraktives Paar wären.«

Nicole erhob sich und erwiderte abweisend: »Mag sein, aber Sie müssen doch zugeben, daß wir nicht sehr . . . herzlich miteinander umgehen. Ich glaube, Sie haben zuviel von Christophers Wein getrunken, Higgins.«

Als er nichts erwiderte, fügte sie müde hinzu: »Schon gut, Higgins. Ich hätte mich nicht so gehenlassen dürfen. Ich weiß nicht, ob ich Ihnen danken oder Sie verwünschen soll. Für den Augenblick bin ich Ihnen jedenfalls dankbar, denn Ihre Eröffnungen machen mir zumindest vieles verständlicher.« Sie hielt inne und runzelte nachdenklich die Stirn, dann fügte sie in fast entschuldigendem Ton hinzu: »Ich sehe, daß man Roberts Worten nicht trauen kann, aber in diesem besonderen Fall glaube ich, daß er die Wahrheit gesprochen hat, Higgins. Die Wahrheit, soweit er sie kennt, und ich will der Sache auf den Grund gehen. Irgend jemand muß ihm von diesen Eheplänen erzählt haben.« Sie machte eine Pause und versuchte sich Roberts genaue Worte in Erinnerung zu rufen. ›Lady Darby‹, sagte sie schließlich.

Sie waren so in ihr Gespräch und ihre Gedanken vertieft, daß sie nicht merkten, wie die Tür aufging. Perplex fuhren sie daher herum, als sie plötzlich Schritte vernahmen und Christopher vor ihnen stand.

Wer von den dreien am meisten erschrocken war, hätte man nicht sagen können. Nicole und Higgins hatten nicht mit Christophers Rückkehr gerechnet, und dieser war ebenso erstaunt, Nick in seiner Wohnung vorzufinden.

»Was, zum Teufel, machst du hier?« herrschte er Nicole an und blickte sich suchend um. Er schien überzeugt, auch Lady Darby oder Mrs. Eggleston zu entdecken.

Nicole befeuchtete ihre Lippen, und Higgins suchte krampfhaft nach einem Vorwand, sich zurückziehen zu können, und verließ schließlich, eine unverständliche Erklärung murmelnd, den Raum. Eine Zeitlang starrten sich Nicole und Christopher schweigend an, bis letzterer seine Frage wiederholte: »Nun? Würdest du mir freundlicherweise erklären, was du hier willst?«

Nicole wünschte verzweifelt, daß sie sich seiner Gegenwart als Mann nicht so deutlich bewußt wäre; sie zögerte, aber als sie den eindringlichen Blick seiner bernsteinfarbenen Augen nicht mehr ertragen konnte, schrie sie: »Ich habe heute morgen mit Robert gesprochen, und er sagte mir, daß es beschlossene Sache sei, daß Sie mich heiraten!«

Fassungslos starrte Christopher sie an. Die wildesten Gedanken überschlugen sich in seinem Kopf. »Mach keine Witze«, knurrte er schließlich. »Glaub mir, es gibt keine solche Vereinbarung; zumindest weiß ich nichts davon«, fügte er wahrheitsgemäß hinzu.

»Aber Robert sagt, es sei alles arrangiert«, beharrte sie störrisch. »Sogar Ihr Großvater hat sein Einverständnis erklärt.«

»Das wage ich zu bezweifeln«, bemerkte Christopher skeptisch. »Simon mag sehr eigenwillig sein, doch er ist kein Dummkopf, und es würde ihm nie in den Sinn kommen, eine Heirat zwischen uns zu arrangieren.«

Nicole schluckte die scharfe Antwort, die ihr auf der Zunge lag, hinunter und entgegnete ruhig: »Das, was Robert mir sagte, klang sehr glaubwürdig. Er hatte es von Regina.«

Christopher ergab sich in das Unvermeidliche und bat Nicole, Platz zu nehmen. Dann meinte er gleichmütig: »Ich schlage vor, du beginnst von Anfang an und erzählst mir, was du weißt. Wann hat Regina Robert davon erzählt?«

Nicole zögerte; sie hatte plötzlich keine Lust mehr, das Gespräch fortzusetzen. Seinem Blick ausweichend, erwiderte sie verdrossen: »Vor ein paar Wochen waren wir im Vauxhall Garden. An diesem Abend war Lady Darby kurze Zeit mit Robert allein und hat es ihm gesagt.«

Christophers Augen wurden schmal.

»Warum, glaubst du, hat sie das getan?« fragte er in gefährlich sanftem Ton.

»Ich habe keine Ahnung.«

Diese Antwort schien ihn nicht zu befriedigen; er streckte die Hand aus, hob ihr Kinn und zwang sie, ihn anzusehen. »Ihr beide habt nicht zufällig unter einer Decke gesteckt?«

Die flammende Röte, die ihre Wangen überzog, war Antwort genug. Er ließ ihr Kinn ebenso abrupt los, wie er es ergriffen hatte, fast so, als hätte er sich an ihrer Haut verbrannt. Seine Stimme war kalt, als er sagte: »Ich kenne meine Großtante, und falls Regina euch bei Intimitäten ertappt hat, wäre sie durchaus in der Lage zu lügen, wenn das ihren Zielen entgegenkommt. Schon seit ein paar Wochen merke ich, daß sie uns aus irgendwelchen Gründen gern verheiratet sähe. Und ich vermute, daß sie Robert das erstbeste sagte, was ihr gerade einfiel. Doch du kannst versichert sein, daß ich im Augenblick nicht die Absicht habe, dich zu heiraten. Du kannst Roberts Geschichte also getrost vergessen.« Sein Blick war hart und spöttisch, als er fortfuhr: »Glaube mir, wenn ich die Absicht hätte, dich zu heiraten, würdest du es wissen – ich würde es dir schon klarmachen.«

Wütend sprang Nicole auf; sie umklammerte ihre Handtasche so fest, daß die Knöchel ihrer Finger weiß hervortraten, und fauchte ihn an: »Vielen Dank! Es erleichtert mich ungeheuer zu wissen, daß ich keine Angst zu haben brauche, je ein solches Ungeheuer wie Sie heiraten zu müssen.«

Er blickte sie an, und ein seltsamer Ausdruck trat in sein Gesicht, als er in beinahe drohendem Ton entgegnete: »Ich sagte, ›im Augenblick‹ hätte ich nicht die Absicht, dich zu heiraten.«

Nicole geriet außer sich vor Wut. Sie vergaß, daß eine Ehe mit Christopher ihr sehnlichster Wunsch war und sie ihn noch vor kurzer Zeit wegen des großen Unrechts, das ihm von Robert und ihrer Mutter zugefügt worden war, bedauert hatte, und schrie ihn zornig an: »Sie Biest! Glauben Sie im Ernst, daß Sie nur Ihre Meinung zu ändern bräuchten und ich gar nichts dazu zu sagen hätte?«

Mit einem trägen Lächeln auf den Lippen tat er einen Schritt auf sie zu, und ehe sie seine Absicht erraten konnte, zog er sie in seine Arme. Sein Mund war nur Zentimeter von dem ihren entfernt, als er spöttisch erwiderte: »Oh, ich bin sicher, daß du eine Menge dazu zu sagen hättest, doch es gibt verschiedene Möglichkeiten, mit einem widerspenstigen jungen Mädchen umzugehen, das nicht weiß, was es will.«

Nicole zuckte zurück, aber Christopher verstärkte nur seinen Griff und küßte ihren Mund hart und fordernd und schien auf eine Erwiderung zu warten. Sein Kuß war wild und zärtlich in einem, wie immer, und mit einem leisen Aufstöhnen der Scham und Lust zugleich gab sie sich seinem Kuß hin. Sie war sich seines wilden, männlichen Verlangens fast schmerzhaft bewußt, des harten Drucks seiner Schenkel und der Kraft seiner Arme, die sie hielten, und kämpfte verzweifelt gegen den übermächtigen Drang an, seine Zärtlichkeiten zu erwidern und die hungrige Umarmung so enden zu lassen, wie die Natur es wollte – indem er sie hochhob und zu seinem Bett im angrenzenden Zimmer trug.

Doch als ihre Hände seinen dunklen Kopf zu liebkosen begannen, kam die Erinnerung an das, was Higgins ihr erzählt hatte, zurück wie eine giftige Schlange aus einer schwarzen Höhle. Sie dachte daran, daß auch ihre Mutter diesen Zauber kennengelernt hatte, und entwand sich energisch seinen Armen.

Christopher machte keinen Versuch, sie wieder an sich zu ziehen, sondern sah sie nur aus schmalen Augen an und sagte mit eisiger Stimme: »Wenn du dich Robert gegenüber so verhalten hast und Regina euch dabei erwischte, wundert es mich nicht, daß sie zu dieser Notlüge griff.«

»Zumindest hatte Robert soviel Anstand, sich nicht einer Frau aufzudrängen, die ihn nicht will«, erwiderte Nicole mit funkelnden Augen.

»Die nicht will?« scheute sich Christopher nicht zu antworten. »Du hast ebenso gewollt wie ich.«

»Schluß damit!« sagte Nicole ärgerlich. »Ich bin nicht hergekommen, um mit Ihnen zu streiten. Glauben Sie mir, ich habe nicht die Absicht, mich von Ihnen verführen zu lassen, auch wenn es vielleicht anders aussieht. Und wenn Sie nur für einen Penny Anstand hätten, würden Sie mich nicht in eine solch unwürdige Situation bringen.«

Ein bedauerndes Lächeln zuckte um seinen Mund. »Da magst

du recht haben, aber wir haben ja bereits übereinstimmend festgestellt, daß ich kein Gentleman bin und daß du, mein kleiner Feuerkopf, keine Dame bist. Ich glaube, an dieser Situation sind wir beide gleichermaßen schuld.«

Plötzlich war alle Kampfeslust von ihr abgefallen, seine Offenheit hatte sie wieder einmal entwaffnet. »Wenigstens stimmen wir in diesem einen Punkt überein. Und jetzt sollte ich, glaube ich, lieber gehen, bevor wieder etwas unsere augenblickliche Harmonie stört.«

Eine scheinbar endlose Minute lang starrte Christopher sie an; er sah sehr wohl den gepeinigten Ausdruck in ihren Augen. Und er verspürte wieder den Drang, sie tröstend in die Arme zu nehmen. Dann jedoch schalt er sich einen Narren, zuckte die Schultern und sagte laut: »Ich werde einen Wagen rufen lassen und dich zum Cavendish Square zurückbringen. Wenn wir Glück haben, wird niemand erfahren, daß du hier warst. Was hast du gesagt, als du das Haus verlassen hast?«

»Ich habe gar nichts gesagt, bin einfach nur weggegangen«, erwiderte Nicole; sie war sich nicht ganz sicher, ob sie seine Hilfe begehrte oder nicht. Sie fühlte sich wegen des Verhaltens ihrer Mutter in seiner Schuld, und zum ersten Mal im Laufe ihrer Beziehung schämte sie sich, weil sie so schlecht von ihm gedacht hatte. Durch Higgins' Eröffnungen hatte sie ein neues Bild von Christopher gewonnen, und sie mußte sich erst an den Gedanken gewöhnen, daß auch er verletzbar war. Eine seltsame Welle von Zärtlichkeit für ihn überflutete sie, und einen kurzen Moment war sie versucht, ihm ihre widersprüchlichen Empfindungen mitzuteilen. Doch nach einem Blick in sein Gesicht erstarb dieser Impuls, und sie vertraute sich ergeben seiner Führung an.

Ohne Zwischenfall kamen sie am Cavendish Square an. Nicoles ungewohntes gehorsames Verhalten reizte Christopher, so daß er in ärgerlichem Ton sagte: »Hör bitte mit diesem entsagungsvollen Getue auf. Es steht dir nicht, glaub mir. Wo sind mein Großvater und die Damen?« setzte er hinzu.

Erst jetzt dachte Nicole wieder an das, was Twickham ihr mitgeteilt hatte. Ihr Zorn verflog, und ihre Augen strahlten vor Freude, als sie erwiderte: »Oh, Christopher, das habe ich Ihnen ja noch gar nicht gesagt. Ihr Großvater und Mrs. Eggleston wollen heiraten. An diesem Sonntag.«

Wenn sie geglaubt hatte, ihn mit dieser Neuigkeit überraschen zu können, so sah sie sich enttäuscht, denn er zeigte sich überhaupt nicht erstaunt. »Ich habe mich schon lange gefragt, wann er sich dazu aufraffen würde«, entgegnete er gelassen.

»Sie haben es erwartet?« fragte Nicole beinahe vorwurfsvoll.

»Natürlich«, antwortete er mit spöttischem Lächeln. »Jeder, der Augen im Kopf hatte, mußte erkennen, daß es nur eine Frage der Zeit war, bis Simon sich erklären würde. Und es bestand keinerlei Zweifel, daß Mrs. Eggleston ja sagen würde.«

Ihre Enttäuschung verbergend, erwiderte Nicole mürrisch: »Sie brauchen nicht darüber zu spotten. Ich freue mich jedenfalls über diese Entwicklung, und ich lasse mir mein Vergnügen nicht durch Ihren Zynismus zerstören.«

Ungläubig sah Christopher sie an und fragte trocken: »Könnte ich dir wirklich die Stimmung verderben?«

Voll Entsetzen hörte Nicole sich antworten: »Sie wissen genau, daß Sie es können, Christopher. Sie wissen es schon lange.«

Christopher erstarrte; seine Augen sahen ihr forschend ins Gesicht, doch sie wich seinem Blick aus. Die Luft schien vor Spannung zu knistern, als Christopher über ihre spontane Entgegnung nachdachte; er schien nicht glauben zu wollen, was ihre Worte andeuteten. Nicole konnte seinen Blick nicht länger ertragen; sie fürchtete, er könne auf den Grund ihres Herzens sehen, und erklärte beunruhigt: »Ich möchte nicht ewig Streit mit Ihnen haben, insbesondere nicht mehr, seit ich im Haus Ihres Großvaters lebe. Außerdem verdanke ich Ihnen viel. Ich möchte, daß wir unsere Beziehungen normalisieren, daß wir das Vergangene vergessen und höflich und nett wie gute Bekannte miteinander umgehen.«

»Gute Bekannte?« wiederholte er schneidend, und seine verrückte, sehnsüchtige Hoffnung, ihre Worte hätten ihm mehr offenbaren wollen, erstarb abrupt. Den Raum mit langen Schritten durchmessend, packte er brutal ihren Arm und zwang sie, ihn anzusehen. »Freunde?« schleuderte er ihr ins Gesicht. »Zwischen uns kann es niemals Freundschaft geben! Vergiß nicht, daß du in meiner Schuld stehst, Nick! Erinnere dich daran, wenn dein schmutziges kleines Gewissen dich wieder einmal quälen sollte!«

Mit einer verächtlichen Bewegung ließ er ihren Arm los und sagte in arrogantem Ton, als er zur Tür ging: »Nachdem ich dich beruhigt habe, daß du mich nicht zu heiraten brauchst, ist es wohl das beste, wenn ich gehe. Bitte richte dem glücklichen Paar meine Gratulation aus, wenn es zurückkommt.«

Mit wilden Schritten stürmte er hinaus, als wolle er ganz London zwischen sich und Nicole legen, doch an der Haustür hielt ihn Regina auf.

»Oh, Christopher, hier bist du! Hast du die Neuigkeit schon gehört? Ist das nicht aufregend?« plapperte sie und fragte sich insgeheim, was der düstere Ausdruck seines Gesichts zu bedeuten hatte.

»Ja, ich habe es gehört«, antwortete er kurzangebunden. »Nicole hat es mir soeben erzählt.«

Regina ignorierte, daß er gerade hatte aufbrechen wollen. Er hatte also Nicole besucht, und sie plapperte weiter: »Bleib noch ein wenig, ja? Ich habe tausend Pläne für die Hochzeit, und du bist sein Enkel. Ich möchte mit dir darüber reden.«

Beinahe unhöflich erwiderte Christopher: »Ich bin sicher, Sie können seine Hochzeit sehr gut allein organisieren, liebe Tante. Wenn Sie mich jetzt entschuldigen wollen?«

Regina sah ihn ernüchtert an und schimpfte: »Du bist wirklich der sturste junge Mann, den ich kenne. Es ist ein Jammer, daß Robert nicht etwas mehr von deinem heißen Blut mitbekommen hat.«

Christopher verbeugte sich provozierend. »Soll ich zu ihm gehen, Madam, und ihn bitten, diesen Fehler zu korrigieren?«

»Sei nicht albern. Du weißt, ich habe es nicht so gemeint«, antwortete Regina beschwichtigend. »Wirklich, Christopher, du bringst es fertig, jeden gegen dich aufzubringen. Wie geht es deinem Arm?«

»Sehr gut, danke. Es war nur ein Kratzer.« Sein Blick wurde plötzlich scharf. »Vielleicht sollte ich doch bleiben«, sagte er dann. »Es gibt da noch etwas, das ich Nicole gern fragen würde.«

Er betrat den blauen Salon so plötzlich wieder, daß Nicole erschrocken aufblickte. Noch immer unter dem Eindruck der vorausgegangenen Auseinandersetzung, sah sie ihm mißtrauisch entgegen, als er auf sie zukam.

Mit einem spöttischen Lächeln auf den Lippen sagte er: »Lauf nicht weg, meine Liebe. Ich möchte mit dir noch einmal reden, und wir haben nicht viel Zeit.« Nach kurzer Pause fügte er hinzu: »Regina ist zurück und wird uns Gesellschaft leisten.«

Seine Arroganz und sein herablassender Ton ärgerten sie. »Ich meine, wir beide haben heute schon genug miteinander geredet«, fauchte sie.

»Nun, vielleicht solltest du mir trotzdem lieber noch einmal zuhören.«

»Warum?«

»Ganz einfach. Ich halte es für ratsam, daß wir nichts von dem, was Robert dir gesagt hat, erwähnen.« Als er ihren zweifelnden Blick bemerkte, fuhr er fort: »Regina hat das Robert gegenüber meiner Ansicht nach ganz spontan erwähnt, weil ihr nichts anderes einfiel. Wenn wir jetzt darüber reden, wird es nur Komplikationen geben.« Und mit entwaffnender Offenheit fügte er hinzu: »Ich habe keine große Lust, ihr oder meinem Großvater zu erklären, wie abwegig der Gedanke an eine Heirat zwischen uns ist. Wenn wir uns Ärger ersparen wollen, ist es das beste, dieses Gerücht zu ignorieren. Und mehr als ein Gerücht ist es nicht, glaub mir.«

Nicole zögerte einen Augenblick, dann nickte sie. »Gut, ich werde schweigen«, stimmte sie zu. Sie hatte nur den einen Wunsch, allein zu sein, um über die Ereignisse dieses alptraumhaften Nachmittags nachdenken zu können. Doch Christopher schien es nicht eilig zu haben, und als sie ihn fragend ansah, meinte er: »Da ist noch etwas, das ich dich fragen möchte. Kannst du mir genau sagen, an welchem Abend Regina das in die Welt gesetzt hat?«

Nicole runzelte die Stirn und erwiderte: »Warum wollen Sie das wissen?«

»Weil ich glaube, daß es mir helfen wird, etwas zu verstehen, über das ich mir schon vierzehn Tage lang den Kopf zerbreche.«

Nicole blickte ihn nachdenklich an; sie hätte gern gewußt, warum dieses Datum für ihn so wichtig war. Dann plötzlich glaubte sie, die Erklärung gefunden zu haben, und ihre Augen wurden weit vor Entsetzen, als sie tonlos antwortete: »Es war an dem Abend vor deiner Verletzung beim Fechten.«

Christopher nickte erbittert. »Danke, meine Liebe. Das sagt mir alles.«

»Oh, Christopher! Das kann nicht sein! Er hat es nicht absichtlich getan, nicht wahr?« Es klang beschwörend, aber in Wirklichkeit erwartete sie, nichts anderes zu hören als das, was auch kam.

»Das wird sich zeigen«, erwiderte Christopher mit gefährlich leiser Stimme, und seine Augen waren kalt und unergründlich.

10

Nachdem er erfahren hatte, was er wissen wollte, wäre Christopher am liebsten sofort aufgebrochen, doch er wußte, daß er das nicht tun konnte, ohne unhöflich zu erscheinen. So ergab er sich in sein Schicksal, und es gelang ihm sogar, ein gewisses Vergnügen an dem seltsamen Nachmittag zu gewinnen, so daß er schließlich auch Reginas Einladung zum Abendessen annahm. Er vergaß darüber sogar für eine Weile das Memorandum.

Wegen des Memorandums war er auch am Nachmittag so plötzlich in seine Wohnung zurückgekehrt. Nach der Unterhaltung am Abend zuvor wollte er Buckleys Gesellschaft im Augenblick lieber meiden, und da er keinen anderen Ort fand, wo er in Ruhe hätte nachdenken können, kehrte er in die Ryder Street zurück. Doch Nicoles unerwartetes Auftauchen in seiner Wohnung hatte seine Pläne durchkreuzt, und nachdem er endlich Roberts Angriff beim Fechten mit dem, was Nicole ihm erzählt hatte, in Verbindung gebracht hatte, wollte er das Haus seines Großvaters nicht verlassen, bevor er seine Schlußfolgerung bestätigt fand.

Eine Weile spielte er mit dem Gedanken, Robert über das Täuschungsmanöver Reginas aufzuklären, doch dann verwarf er diese Idee wieder. Die Vorstellung, welche Qualen Robert deswegen durchlitten hatte, verschaffte ihm ein gewisses Vergnügen.

Das Abendessen verlief in angenehmer Stimmung; Robert und

Christopher waren die einzigen Gäste. Robert nahm die Nachricht von der bevorstehenden Heirat seines Vaters ziemlich interesselos auf und murmelte seine Glückwünsche in einem Ton, der seine Gleichgültigkeit kaum verbarg. Christopher hingegen sprach seine aufrichtigen Glückwünsche aus. Diese Heirat paßte ausgezeichnet in seine Pläne – mit Letitia als seiner Frau würde Simon seinen Enkel nach dessen Abreise nicht allzusehr vermissen, und das wiederum erleichterte Christophers Gewissen ganz wesentlich.

So wenig Interesse Robert für die Eheschließung seines Vaters zeigte, so sehr bemühte er sich während des ganzen Abendessens um Nicole. Diese hingegen begegnete ihm reserviert. Nachdenklich betrachtete Robert sie, nachdem sie auch seinem zweiten Versuch, ein Gespräch unter vier Augen mit ihr zu führen, ausgewichen war. Er fragte sich, ob ihr plötzliches reserviertes Verhalten etwas mit ihrem Gespräch am Vormittag zu tun haben konnte. Sie hatte eine mögliche Verbindung zu Christopher so entschieden und energisch bestritten, daß ihr jetziges Benehmen ihn einigermaßen verwirrte. Existierten die Heiratspläne vielleicht doch? Hatten sein Vater und Regina soviel Druck auf Nicole ausgeübt, daß sie ihren Forderungen schließlich nachgegeben hatte? Dieser Gedanke behagte ihm ganz und gar nicht, und so schob er ihn nach einer Weile entschieden beiseite. Warum aber mied sie ihn dann? Warum benahm sie sich so, als sei ihr seine Gesellschaft zuwider?

Als er seinem Rivalen einen mißtrauischen Blick zuwarf, fing er den Funken wissender Belustigung auf, der in Christophers Augen glomm, und heiße Wut stieg in ihm auf. Es war offensichtlich, daß Christopher den Grund für Nicoles seltsames Verhalten kannte, und wieder empfand Robert den blinden Haß auf seinen Neffen. Eines Tages, so schwor er sich, werde ich dich beiseiteschaffen, ebenso, wie ich deinen Vater beiseitegeschafft habe.

Als könne er Roberts Gedanken lesen, warf Christopher ihm ein grimmiges Lächeln zu und hob ihm spöttisch sein Glas entgegen.

Nach dem, was Nicole über Robert erfahren hatte, konnte sie seinen Anblick kaum mehr ertragen. Der Gedanke, daß sie einmal daran gedacht hatte, ihn zu heiraten, erfüllte sie mit Abscheu, und während sie die beiden Männer unter gesenkten Lidern hervor beobachtete, fragte sie sich, wie es Christopher fertigbrachte, Robert gelassen zu begegnen.

In dieser Fähigkeit hatte sich aber Christopher seit Jahren geübt; er hatte gelernt, des wilden, finsteren Hasses Herr zu werden, der an seiner Seele fraß. Er hatte jahrelang mit seinen Rachegedanken gelebt, doch wie ein jagender Tiger konnte er warten.

Es bestand kein Zweifel für ihn, daß Robert eines Tages ihm gehörte, und dann würde er keine Gnade walten lassen. Und so lächelte er seinem Onkel beherrscht zu und leitete, nachdem der letzte Toast auf das Brautpaar ausgebracht war, seinen Aufbruch in die Wege. Natürlich versprach er, der Hochzeit am Sonntag beizuwohnen.

Erst als er sich in der Halle von seinem Großvater verabschiedete, kam die Rede noch einmal auf ihre baldige Reise nach Brighton: »Unsere diesbezüglichen Pläne ändern sich durch unsere Heirat nicht. Allerdings werden Letty und ich erst gegen Ende September dort sein«, bemerkte Simon. »Wir beide fahren am Montag nach Beddington's Corner. Ich halte es für besser, ein paar Wochen mit Letty allein zu sein, bevor wir zu Regina und Nicole nach Brighton fahren.«

Christopher lachte belustigt auf und erwiderte keck: »Sie können es nicht erwarten, richtig zu flittern?«

»Nun ja«, meinte der alte Herr etwas verlegen, »zu einer Vermählung gehören nun einmal Flitterwochen; außerdem hat Letty den Wunsch, Beddington's Corner wiederzusehen, und ich möchte ihr das nicht verweigern. Sie hat dort viele Freunde, denen sie seit Jahren nicht mehr begegnet ist. Vergiß nicht, daß Letty und ich dort zusammen aufgewachsen sind.«

Seine Augen bekamen plötzlich einen verträumten Glanz, als er leise hinzufügte: »Beddington's Corner birgt eine Menge Erinnerungen für uns beide.«

Christopher erwiderte nichts, denn darauf gab es nichts zu erwidern. Nach kurzem Schweigen fuhr Simon in leicht verdrossenem Ton fort: »Edward Markham und Robert werden Gina und

Nicole nach Brighton begleiten. Willst du dich ihnen anschließen?«

Bei der Erwähnung von Roberts Namen erstarb in Christopher jegliche Lust, nach Brighton zu fahren. Der Hauptgrund für seine Zusage war Simon gewesen; ohne diesen sah er keine Veranlassung, den Badeort aufzusuchen. Auch schien es ihm klüger zu sein, bis zur Ankunft des amerikanischen Piratenschiffes in London zu verbleiben, wo er vielleicht noch weitere Einzelheiten über die britischen Pläne in Erfahrung bringen konnte. Er antwortete also beiläufig: »Nein. Ich habe zu viele Verpflichtungen hier in London, um für längere Zeit verreisen zu können.« Als er Simons verärgerten Blick bemerkte, fügte er hastig hinzu: »Sie können versichert sein, daß ich in Brighton sein werde, wenn Sie und Mrs. Eggleston die Flitterwochen beendet haben.«

»Zu viele Verpflichtungen, so, so?« knurrte Simon. »›Eine kleine blonde Balletteuse‹ wäre wohl der richtige Ausdruck, nicht?«

Christopher biß sich nervös auf die Lippen und fragte sich, wie Simon von dieser Geschichte erfahren hatte. Verlegen erwiderte er: »Vorige Woche wäre das zutreffend gewesen. Aber Sonia und ich haben uns inzwischen getrennt. Sie war... nun, ein wenig habgierig.«

»Ich nehme also an, ich muß dir dankbar sein, daß du nach Brighton kommen willst, wenn ich dort bin«, knurrte Simon ärgerlich, als Christopher sich der Tür zuwandte.

»Aber nein«, beteuerte er grinsend.

»Sieh zu, daß du am Sonntag hier bist.«

Christopher ging, und da es erst kurz nach zehn Uhr und ein schöner Abend war, fühlte er sich noch sehr munter und unternehmungslustig, als sein Wagen vor seinem Haus hielt. Seine Wohnung betretend, erkannte er zu seiner Überraschung Buckley, der wie ein eingesperrter Tiger im Zimmer auf und ab ging und ausrief: »Da sind Sie ja endlich! Ich fürchtete schon, Sie kommen überhaupt nicht. Ihr Diener sagte mir, daß Sie bei Ihrem Großvater seien, doch daß das so lange dauern würde, dachte ich nicht.«

Christopher befahl Higgins, eine Flasche Brandy zu bringen,

und fragte Buckley, ihn eindringlich musternd: »Was führt Sie zu mir?«

Buckley wirkte nervös und zerfahren, und Christophers Wachsamkeit wuchs. Was, zum Teufel, beunruhigte den Hauptmann?

Er kam nicht dahinter, so sehr er sich auch den Kopf zerbrach, während sie sich über Belanglosigkeiten unterhielten.

Higgins erschien mit dem Brandy, schenkte den beiden ein und machte sich dann im hinteren Teil des Raumes zu schaffen. Er tat zwar, als interessiere ihn nicht, was die beiden zu besprechen hatten, doch in Wirklichkeit spitzte er seine Ohren. Christopher mochte ihm zwar ständig versichern, es sei alles in Ordnung, doch er wußte es besser.

Buckley blickte kurz zu Higgins hinüber, dann beugte er sich vertraulich zu Christophers Ohr und sagte mit leiser, drängender Stimme: »Ich hoffe, Sie vergessen unsere Unterhaltung von gestern abend. Wir hatten alle zuviel getrunken, und ich glaube, ich habe Dinge gesagt, die ich besser verschwiegen hätte.«

Christopher blickte ihn mit ausdrucksloser Miene an. »Wovon reden Sie, mein lieber Buckley?«

Buckleys rosiges Gesicht wurde noch röter, als er voll Unbehagen erwiderte: »Ich hätte dieses verdammte Memorandum nicht erwähnen dürfen. Und ich bitte Sie um Ihr Ehrenwort, daß Sie nichts darüber verlauten lassen.«

Christopher sah ihn bewußt herablassend an und entgegnete betont förmlich: »Wofür halten Sie mich? Ich bin kein Klatschweib. Warum sollte ich mit jemandem darüber reden? Es war ein vertrauliches Gespräch, und es ist nicht meine Art, mir anvertraute Dinge auszuplaudern.«

Christophers Entrüstung schien Buckley ungeheuer zu erleichtern, und er murmelte einige beschwichtigende Entschuldigungen. Christopher fragte sich, ob Buckley sich eigentlich bewußt war, wie töricht er sich verhielt. Selbst wenn er kein so großes Interesse an dem Memorandum gehabt hätte, würde Buckleys Benehmen am gestrigen Abend seine Neugier geweckt haben, und einen Augenblick dachte Christopher an die Möglichkeit, daß man ihm absichtlich einen Köder hatte zuwerfen wollen, daß also irgend jemand sein ganz persönliches Interesse an den Vorgängen in

Whitehall wecken wollte. Nein, entschied er dann, das kann nicht sein. Buckley bemühte sich zu intensiv, seine Fahrlässigkeit auszubügeln. Buckleys einziger Wunsch war es gewesen, sich Christophers Verschwiegenheit über das Memorandum zu versichern, und nachdem er diese Versicherung erhalten hatte, machte er bald darauf Anstalten, aufzubrechen. Als Christopher ihn zur Tür begleitete, fragte er beiläufig: »Werde ich Sie morgen abend auf Lady Bagelys Ball sehen?«

»Nein, mein Freund. Die nächsten vierzehn Tage werde ich nicht in der Stadt sein.«

Auf Christophers fragenden Blick hin fügte er hinzu: »Meine Mutter liegt krank darnieder, und sie fürchtet, daß es mit ihr zu Ende geht. Da mein Kommandeur ein guter Freund unserer Familie ist, hat er mich für ein paar Wochen nach Hause beordert, damit ich ihr beistehe.« »So schlimm ist es?«

Buckley grinste plötzlich. »O nein! Sie hat das mindestens dreimal im Jahr, und ich glaube, sie wäre höchst beleidigt, wenn sie einmal ernsthaft krank wäre – sie genießt die Aufmerksamkeit, die man ihr schenkt, viel zu sehr, um wirklich krank zu werden.«

Christophers Lächeln verschwand, als Buckley außer Sichtweite war. Er sagte sich, daß er seine Wahl gut getroffen hatte, als er Buckley und Kettlescope als Informanten über einen möglichen Angriff auf New Orleans ausgesucht hatte. Und er dankte Gott, daß es Buckley offenbar so schwerfiel, den Mund zu halten.

Er wünschte Higgins kurz eine gute Nacht und ging ins Bett. Doch er schlief nicht, sondern starrte stundenlang an die Decke und zerbrach sich den Kopf darüber, wie er am besten an das Memorandum herankommen konnte. Daß er es stehlen mußte, stand außer Frage, und er glaubte, daß er allein eine größere Chance, zu entkommen, hatte, als mit einem Helfershelfer. Er würde Higgins also nichts sagen, sondern ihn vor vollendete Tatsachen stellen. Er hegte zwar keine Zweifel, daß Higgins vertrauenswürdig war, doch er fürchtete die endlosen Diskussionen, wenn er ihn schon vor der Tat einweihte. Hatte er das Memorandum erst einmal in Händen, war noch immer Zeit genug, Higgins' Talente als Fälscher in Anspruch zu nehmen. Auch für den Fall, daß er entdeckt und geschnappt wurde, war es besser, Higgins so lange wie möglich aus der Sache herauszuhalten.

Am folgenden Morgen stand er noch vor Higgins auf, verzichtete auf eine Rasur und zog hastig einen alten abgetragenen Anzug an. Dann machte er sich schnell auf den Weg in die Newton und Dyott Street im St.-Giles-Viertel. Ursprünglich hatte er vorgehabt, die berüchtigte Gegend von Whitechapel aufzusuchen, hatte sich dann jedoch für St. Giles als den Platz, der seinen Zwekken am weitesten entgegenkam, entschieden. In der Newton und Dyott Street befanden sich die Hauptquartiere der Einbrecher, auf deren Werkzeuge für das Knacken des Safes in Major Blacks Büro er angewiesen war. Bald hatte er gefunden, was er suchte, kaufte noch ein paar Schlösser unterschiedlicher Größe dazu und machte sich wieder auf den Heimweg.

Sorgfältig versteckte er seine seltsamen Einkäufe in der obersten Schublade der Eichenkommode in seinem Schlafzimmer und entledigte sich seiner Kleidung. Dann läutete er nach Higgins, um sich saubere Sachen und heißes Wasser für eine Rasur bringen zu lassen.

Eine Stunde später hätte niemand mehr den elegant gekleideten jungen Herrn, der sich auf dem Weg zu einigen Schreibwarenhändlern befand, mit dem abgerissenen, abenteuerlich aussehenden Kerl in Verbindung bringen können, der sich kurz zuvor im St.-Giles-Viertel herumgetrieben hatte. In verschiedenen Geschäften kaufte er eine Reihe von verschiedenen Federn und Tinten sowie Papier von unterschiedlicher Beschaffenheit. Pünktlich zum Mittagessen war er wieder in der Ryder Street, verstaute hastig seine Schreibutensilien in einem Fach des Sideboards und läutete nach Higgins, um sich das Essen servieren zu lassen.

Sofort nach dem Essen ging er in sein Schlafzimmer und steckte ein Paar Handschuhe in die Innentasche seiner Jacke, informierte Higgins, daß er zum Abendessen wieder zurück sein werde, und machte sich auf den Weg nach Whitehall, wo sich das Kriegsministerium befand. Dort erkundigte er sich nach Blacks Büro.

Er hatte den Major ein- oder zweimal gesehen, kannte ihn also flüchtig, war aber noch nie in seinem Büro gewesen. Vor der Tür des Büros angelangt, nahm er allen Mut zusammen, setzte sein charmantestes Lächeln auf und trat ein. »Entschuldigen Sie, Sir«, sagte er, sich im Zimmer umsehend. »Ich dachte, Hauptmann Buckley wäre bei Ihnen.«

Der Major, ein großer, kräftiger Mann, entgegnete: »Nein, den können Sie momentan nirgends finden. Er hat nämlich zwei Wochen Urlaub bekommen. Kann *ich* Ihnen helfen?«

Christopher, dessen scharfer Blick sofort den in einer Ecke stehenden Safe entdeckt hatte, sah ihn lächelnd an. »Nicht nötig, danke. Es handelt sich um nichts Besonderes. Er hat gestern abend seine Handschuhe bei mir liegenlassen, und da ich gerade in der Gegend war, wollte ich sie ihm vorbeibringen.«

»Sie können sie hier lassen, wenn Sie wollen«, bot Major Black ihm an.

»Danke, aber ich werde Buckley wahrscheinlich noch vor Ihnen wiedersehen. Vielen Dank.«

Christopher steckte die Handschuhe wieder in seine Jackentasche, und da der Major offenbar in Gesprächslaune war, blieb Christopher noch eine Weile. Er nutzte die Zeit gut und betrachtete, sooft es ging, prüfend den Safe. Soweit er es beurteilen konnte, würde der Kasten kein Problem für ihn sein.

In die Ryder Street zurückgekehrt, schickte er Higgins mit ein paar Aufträgen in die Stadt. Er wollte in der nächsten Stunde nicht gestört werden. Er holte die erstandenen Werkzeuge heraus und legte sich einen genauen Plan zurecht, wie er den Safe öffnen wollte. Higgins' Rückkehr setzte dieser Tätigkeit ein Ende. Christopher begutachtete wortreich Higgins' Einkäufe, doch dieser war nicht dumm. Er wußte genau, daß Christopher ihn kreuz und quer durch London geschickt hatte, um allein zu sein.

In den nächsten beiden Tagen verbrachte Christopher etliche Stunden damit, die verschiedenen Schlösser, die er gekauft hatte, aufzubrechen. Nach dem Abendessen schlüpfte er in einen dunklen Mantel, begab sich in die Nähe des Kriegsministeriums und beobachtete die Wachtposten. Der Zeitpunkt der Wachablösung war von äußerster Wichtigkeit für ihn.

Schließlich war die Nacht gekommen, in der er zuschlagen wollte. Er gab Higgins für den Rest des Abends frei und verbrachte die Zeit bis zwei Uhr früh damit, ruhelos in seiner Wohnung umherzulaufen. Als es Zeit war, aufzubrechen, zog er hastig seinen eleganten Anzug aus und schlüpfte in eine dunkle Reithose und einen enganliegenden schwarzen Pullover. Nachdem er etwas Feuerstein, eine Kerze und die Einbruchswerkzeuge in seine Tasche gesteckt hatte, verließ er sein Haus.

Als er beim Kriegsministerium ankam, schwärzte er in einer dunklen Ecke mit Ruß sein Gesicht und wartete, bis die Wache um die Ecke verschwunden war. Dann öffnete er eines der Fenster und schlüpfte katzengleich hinein. Er war sicher, daß sein Eindringen unbemerkt geblieben war, und huschte durch den langen, verlassenen Korridor zu Major Blacks Büro.

Die Tür war verschlossen, doch das hatte er erwartet. Er kniete nieder und begann, immer wieder vorsichtig um sich blickend, das Schloß zu öffnen. Als ihm das gelungen war, trat er ein und stellte schnell einen Stuhl unter die Türklinke. Falls jemand ihn stören sollte, würde er dadurch wenigstens etwas Zeit gewinnen, um sich durchs Fenster in Sicherheit zu bringen. Er durchquerte den Raum und warf einen Blick auf die von Gaslaternen erhellte Straße unter ihm. Drei Stockwerke – notfalls würde das ein böser Sprung werden, dachte er bedrückt.

Der Safe war rasch geöffnet. Er enthielt nur einen einzelnen Bogen Papier, doch für Christopher bedeutete dieser alles. Das Memorandum. Als Christopher es hastig überflog, preßte er erbittert die Lippen zusammen, doch er wollte keine Zeit verschwenden, steckte das Memorandum in seine Jackentasche, schloß den Safe wieder und stellte den Stuhl an den alten Platz zurück. Dann trat er in den Gang hinaus und zog die Tür hinter sich zu.

Geräuschlos schlich er die Treppe hinunter und verließ das Gebäude auf demselben Weg, auf dem er gekommen war.

Zu Hause angekommen, legte er das Memorandum auf den Tisch und begann sein Gesicht abzuwaschen. Doch das Memorandum lockte mit unwiderstehlicher Macht, und so setzte er sich mit noch immer halbschwarzem Gesicht an den Tisch und fing an zu lesen.

General Sir Edward Pakenham sollte die Offensive befehlen. Als Christopher das las, stieß er einen leisen Pfiff aus. Also Pakenham würde es sein, der Schwager des großen Wellington. Irgendwann in der ersten Novemberwoche würde er mit seinen Truppen in geheimem Auftrag von Spithead aus losgegeln.

Ihr erstes Ziel würde Jamaika sein, wo sie in der Negril Bay mit Admiral Cochranes Flotte zusammentreffen sollten, um gemeinsam unter General John Lamberts Führung ihr endgültiges Ziel New Orleans anzusteuern.

Nachdenklich ließ Christopher das Memorandum auf den Tisch sinken. Falls er Glück hatte, konnte er schon in New Orleans sein, wenn Pakenham nach Jamaika aufbrach, vorausgesetzt, daß alles nach Plan verlief. Ging alles gut, hatte er noch sechs Wochen Zeit, um sich auf den Angriff vorzubereiten. Das müßte genügen, sagte sich Christopher.

Das leise Geräusch der aufschwingenden Schlafzimmertür machte ihm klar, daß er nicht mehr allein war. Er fuhr herum und blickte in Higgins' erstauntes, ja entsetztes Gesicht.

»Christopher!« schrie Higgins, offenbar beeindruckt von dem Ruß auf Christophers Gesicht.

Nun ist es also soweit, dachte Christopher gereizt. Jetzt mußte er Higgins die wahren Gründe für ihren Aufenthalt in England erklären.

Ein paar Sekunden lang starrten sich die beiden Freunde an, dann brach Higgins das Schweigen, indem er ruhig fragte: »Hast du das Memorandum gefunden?«

Christophers Augen wurden weit, doch er fing sich schnell wieder. »Wie lange weißt du es schon?«

Mit unschuldsvoller Miene erwiderte Higgins: »Erst seit Hauptmann Buckleys kürzlichem Besuch, als ich ihn zufällig von einem gewissen Memorandum reden hörte.« Grinsend fuhr er fort: »Ich kenne dich so gut, Christopher, und mir war sofort klar, daß es dein sehnlichster Wunsch war, an das Memorandum heranzukommen.«

Erschrocken stöhnte Christopher auf. »Ich bete zu Gott, daß niemand sonst meine Gedanken so gut lesen kann wie du.«

»Nein, das steht nicht zu befürchten. Es ist nur – wir haben zu oft gegen die Engländer gekämpft und zu viele gefährliche Situationen gemeinsam durchgestanden, als daß ich es nicht geahnt hätte.«

Ein liebevolles Lächeln huschte über Christophers Gesicht.

»Das haben wir, mein Freund, das haben wir.«

In der nächsten Stunde weihte Christopher Higgins in alles ein und sprach dann den wichtigsten Punkt, die Fälschung, an.

Higgins nickte. »Ich habe mir schon so etwas Ähnliches gedacht. Hast du wirklich geglaubt, ich würde dich im Stich lassen?«

»Nein. Ich wollte dich nur nicht in etwas hineinziehen, das uns beide an den Galgen bringen kann.«

»Mal den Teufel nicht an die Wand. Wir werden es schon schaffen«, entgegnete Higgins zuversichtlich und fügte mit einem fröhlichen Aufblitzen seiner braunen Augen hinzu: »Ich war einer der Besten in dem Geschäft, bis die Bow Street sich für mich zu interessieren begann.«

Christopher klopfte Higgins auf die schmächtigen Schultern und fragte: »Nun, mein Freund, glaubst du, daß du noch immer gut bist?«

»Aber sicher, verdammt noch mal! Ich werde es dir beweisen.«

Als Christopher einige Stunden später die beiden Papiere miteinander verglich, sah er zu seiner großen Freude, daß sie völlig identisch waren. Alles, was jetzt noch zu tun blieb, war, das falsche Memorandum wieder in den Safe zu legen.

Die beiden Männer hatten diesen Punkt bis ins kleinste Detail durchgesprochen. Es war gefährlich, ebenso gefährlich wie das Stehlen des echten Memorandums. Schließlich kamen sie überein, daß es klüger wäre, den riskanten Weg von heute nacht nicht noch einmal zu wiederholen. Statt dessen sollte Christopher am Tag darauf abermals Major Blacks Büro aufsuchen und in einem günstigen Augenblick, der sich sicher bieten würde, das gefälschte Memorandum unter die Papiere auf Blacks Schreibtisch mischen. Nicht ganz so einfach würde es sein, einen Vorwand für seinen erneuten Besuch in Blacks Büro zu finden, doch Christopher meinte, es würde ihm schon etwas einfallen, und wenn es die unschuldige Frage nach der Heimatadresse von Buckley war.

Am nächsten Tag suchte Christopher, wie geplant, Major Black auf und erkundigte sich nach Buckleys Heimatadresse. Er versuchte, soviel Zeit wie möglich zu gewinnen, ohne sich verdächtig zu machen, doch es bot sich keine Gelegenheit, das Memorandum auf Major Blacks Schreibtisch zu deponieren. Er hatte sich schon verabschiedet und zerbrach sich den Kopf nach einer anderen Möglichkeit, als er mit dem Adjutanten des Majors zusammenstieß, der das Büro mit einem Stapel Akten unter dem Arm betreten wollte. Die Akten fielen auf den Boden, und während Christopher, Entschuldigungen murmelnd, beim hastigen Aufsammeln half, gelang es ihm, das Memorandum aus seiner Tasche zu holen und unter die Papiere zu mischen.

Er entschuldigte sich immer noch, doch der Adjutant, ein sehr gutaussehender junger Mann, murmelte nur: »Es war meine Unachtsamkeit, Sir. Ich war in zu großer Eile.«

Christopher drückte ein letztes Mal sein Bedauern aus und ging zufrieden davon, ein triumphierendes Lächeln auf den Lippen. Das Memorandum würde gefunden werden, und niemand würde mit Sicherheit sagen können, wo es gewesen war.

Nun hieß es nur noch warten. Er und Higgins würden London erst einen Tag vor dem Treffen mit dem Piratenschiff verlassen. Sie würden morgens nach Brighton fahren, und irgendwann im Laufe des Tages würde er seinen Großvater besuchen. Vor dieser Begegnung fürchtete er sich schon jetzt, denn er konnte ihm weder eine Erklärung noch eine Entschuldigung anbieten.

Was, zum Teufel, sollte er sagen? Einen Augenblick dachte er daran, ihm lediglich einen Brief zu schreiben, doch er verwarf diesen Gedanken sofort wieder. Nein, er würde sich nicht davonschleichen – irgendwie mußte er Simon auf seine Abreise vorbereiten, er durfte ihm jedoch keinen Hinweis auf den wahren Grund seiner Rückkehr nach Amerika geben.

An Nicole wollte er nicht denken. Der Gedanke an sie erfüllte ihn mit Sehnsucht und Verlangen, doch er wollte sich nicht in dem Netz verfangen, das sie so kunstvoll um ihn spann. Der Gedanke, sie zu heiraten, ging ihm nicht aus dem Kopf, so daß er fürchtete, den Verstand zu verlieren. Um nicht noch mehr an sie gebunden zu sein, war es sicher das Beste für ihn, einen Ozean zwischen sie und ihn zu bringen. Er konnte sie doch nicht bitten, auf ihn zu warten – oder doch? Entschieden schob Christopher diesen Gedanken beiseite. Bei Gott, das würde er nie tun, niemals!

Und während er sich an diesem Abend von einer blonden Tänzerin verwöhnen ließ, war er sicher, die richtige Entscheidung getroffen zu haben. Eine Frau war so gut wie die andere, und die Zeit würde schon die seltsame, fast schmerzhafte Sehnsucht ersterben lassen, die ihn erfüllte, wann immer er an eine Zukunft ohne braunäugiges Mädchen in seinen Armen dachte.

11

Die Trauung von Lord Saxon und Mrs. Eggleston war auf ein Uhr angesetzt. Wie geplant, wohnten nur etwa zwanzig Gäste der Feier bei. Simon selbst wollte eigentlich nur eine standesamtliche Trauung in den Amtsräumen von Richter White, mit Regina und Christopher als Trauzeugen, doch Regina hatte diesem Unsinn, wie sie es nannte, schnell ein Ende gesetzt.

Also wurde die Zeremonie in dem eleganten Salon ihres Hauses am Cavendish Square vollzogen. Der Raum war festlich geschmückt mit gelben und weißen Chrysanthemen, späten Kornblumen, tiefroten Rosen, deren schwerer Duft die Luft schwängerte, weißen Nelken und hohen Gladiolen. Die Glastüren standen weit offen, so daß man den kleinen Vorgarten sehen konnte. Auch die angrenzende Terrasse war über und über mit Blumen dekoriert.

Die Zeremonie selbst war kurz. Als Nicole sah, wie Simon seiner Letty liebevoll, ja beinahe ehrfürchtig den goldenen Ring über den Finger streifte, mußte sie an sich halten, um nicht wie Lady Darby in Tränen auszubrechen.

Als die abschließenden Worte gesprochen waren, hatte Lady Darby sich wieder gefaßt und gab ihrer Freude über das jungvermählte Paar Ausdruck.

Das anschließende Festbankett verlief in fröhlicher, gelöster Stimmung.

Während Stunde um Stunde verging, wünschte Nicole sich mehr und mehr, daß drei der männlichen Gäste endlich aufbrechen würden. Es waren dies Robert, den sie aus verständlichen Gründen mied, und Christopher, dessen Augen jedesmal spöttisch aufblitzten, wann immer ihre Blicke sich trafen, und Edward, dessen eitles, lächerliches Gehabe ihr auf die Nerven ging. Wie eine von Hunden gejagte Füchsin gesellte sie sich bald zu der einen, bald zu der anderen Gruppe, stets ein wachsames Auge auf ihre drei Peiniger habend.

Christopher aus dem Weg zu gehen, fiel ihr am leichtesten, denn er machte keinen Versuch, ihre Gesellschaft zu suchen. Und doch war es gerade er, der in seiner schmalgeschnittenen lila Jacke und dem gestärkten weißen Hemd, das sein Gesicht noch dunkler wirken ließ, blendend aussah und sie am meisten verwirrte. So sehr sie sich auch dagegen wehrte – ihre Blicke wanderten immer wieder, wie magnetisch angezogen, zu ihm hin. Sie ärgerte sich über sich selbst, über ihre Schwäche und über Christopher, der sie so leicht aus dem Gleichgewicht bringen konnte.

Auch Edward hatte bemerkt, daß Nicole sich in Roberts Gesellschaft nicht mehr so wohl zu fühlen schien, und freute sich über die offensichtliche Niederlage seines Rivalen. Nun würde sie sicher bald seinen Schmeicheleien zugänglicher sein, dachte er hoffnungsvoll, und seine ständig wachsende Angst, im Schuldgefängnis zu landen, minderte sich.

Edward befand sich in einer verzweifelten Lage. Gewohnt, von Nicoles Vermögen zu leben, unternahm er keinen Versuch, seinen Lebensstil den ihm zur Verfügung stehenden geringeren Mitteln anzupassen. Weder sein Schneider noch der Schuster waren bereit, ihm länger Kredit zu gewähren, und seine Wirtin hatte ihm unmißverständlich erklärt, daß sie, wenn er nicht umgehend die ausstehende Miete für die letzten drei Monate zahlte, seine Sachen beschlagnahmen lassen und ihn selbst in Gefängnis bringen würde. Die Forderungen seiner Gläubiger wurden immer drängender, und der Hinweis auf seine baldige Heirat mit einer reichen Erbin erzielte nicht länger aufschiebende Wirkung. Eine sofortige Eheschließung mit Nicole war die einzige Möglichkeit, ihn vor dem Ruin zu bewahren.

Doch Nicole zeigte sich nach wie vor wenig entgegenkommend, und seine Angst vor einer Katastrophe wuchs. Gewiß, es gab noch andere reiche Erbinnen in London, doch seit seine finanzielle Situation sich geändert hatte, achteten deren besorgte Mütter sehr darauf, daß ihre Töchter nicht mehr in seine Nähe gerieten.

Während Nicole seine schmachtenden Blicke in ihre Richtung konsequent ignorierte, wünschte sie sich zum wiederholten Male, daß man ihn nicht zu den Feierlichkeiten eingeladen hätte. Er klebte ihr an den Fersen und spielte derart übertrieben ihren ergebenen Sklaven, daß sie ihn am liebsten ins Gesicht geschlagen hätte. Und sie schwor sich, daß sie es beim nächsten Mal auch tun würde, wenn er noch einmal auf eine beiläufige Bemerkung von ihr erklären würde: »Wie klug von dir, Cousine! Daß eine solche Schönheit wie du auch noch so viel Geist besitzt, verschlägt einem schier den Atem.«

In ihrer Verzweiflung, ihm endlich zu entkommen, bat sie ihn, als sie mit ihm allein in einer Ecke stand, ihr ein Glas Limonade zu holen. Und als er davoneilte, zog sie sich schnell in den Garten zurück.

Es war eine herrliche Nacht, warm, doch mit einem angenehm kühlen Wind, der blies. Der Garten war mit bunten Laternen geschmückt, deren warmes Licht schimmerte. Ein paar junge Paare schlenderten über die gepflegten Wege.

Als Nicole eine kleine, von rankendem Wein halb verdeckte Steinbank entdeckte, setzte sie sich erleichtert hin. Sie konnte nur hoffen, daß Edward nicht auf die Idee kommen würde, sie hier zu suchen. Während sie still, mit geschlossenen Augen, dasaß, erfaßte sie plötzlich eine solch heftige Sehnsucht nach der See, daß sie glaubte, das sanfte Rollen des Schiffes zu spüren, das leise Plätschern der Wellen zu hören und die würzige Seeluft zu riechen.

Doch Edwards Stimme unterbrach ihre Träumereien, als er plötzlich mit einem großen Glas Limonade auf sie zukam.

»Danke, Edward«, sagte sie, als sie das Glas entgegennahm. Dann fügte sie hinzu: »Ich bin erstaunt, wie lange sie alle bleiben. Ich wünschte, sie wären schon fort.«

Er schien den Wink mit dem Zaunpfahl nicht zu verstehen, sondern nahm neben ihr Platz, sorgfältig darauf achtend, daß seine Bügelfalten nicht in Mitleidenschaft gezogen wurden. »Oh nein, meine Liebe«, erwiderte er. »Sie amüsieren sich viel zu sehr, um ans Aufbrechen zu denken. Und man kann es ihnen nicht verübeln – Lord Saxon hat so viele Köstlichkeiten aufgefahren. Du mußt zugeben, daß es eine Hochzeit wie diese nicht oft gibt.«

»Mag sein«, sagte Nicole ungeduldig, »doch es ist bereits neun Uhr, und niemand hat auch nur davon gesprochen, nach Hause zu gehen. Vergiß nicht, daß wir morgen früh nach Brighton fahren wollen, sobald Lord Saxon und Mrs. Eggleston ... Lady Saxon nach Beddington's Corner aufgebrochen sein werden. Ich habe noch einiges zu packen, und ich kann mir vorstellen, daß auch du noch ein paar Vorbereitungen zu treffen hast.«

Edward stellte sich noch immer taub. »Ich habe mit meiner Wirtin alles besprochen. Meine Koffer sind gepackt. Keine Angst, ich werde morgen früh pünktlich um zehn Uhr hier sein.«

Die Reise nach Brighton kam Edward sehr entgegen. Nicht nur, daß er auf diese Weise seinen Gläubigern für eine Weile entgehen konnte, auch Nicoles Bewunderer würden vorerst aus dem Feld geschlagen sein. Edward war fest entschlossen, Nicole zu heiraten, bevor sie aus Brighton zurückkehrten. Skrupellos wie er war, dachte er sogar daran, sie zu verführen, und als er sich jetzt prüfend in dem verlassenen Garten umsah, faßte er den Entschluß, eine kompromittierende Situation zu schaffen.

Mit einem maliziösen Lächeln auf den Lippen fragte er daher wie beiläufig: »Wollen wir einen kleinen Spaziergang machen, Cousine? Es ist so schön hier im Garten.«

Es lag ihr schon auf der Zunge, zu sagen, daß er seinen Spaziergang allein machen solle, doch sie unterdrückte diesen Impuls und gab seinem Drängen nach. Schließlich war es wirklich eine schöne Nacht.

In überraschender Harmonie durchschritten sie den mondüberglänzten Garten – die bunten Laternen schienen ihn zu verzaubern, die sanfte Nachtluft wirkte betäubend. Als sie sich dem kleinen weißen Pavillon näherten, sagte Edward voll übertriebener Begeisterung: »Wie klug von Lord Saxon, einen solch hübschen Pavillon in seinem Garten zu haben! Wollen wir ein Weilchen hineingehen?«

Nicole sah keine Gefahr darin, obwohl sie sich über Edwards plötzliches Interesse für das Gebäude wunderte. Doch sie mußte schnell erkennen, daß ihre Vertrauensseligkeit ein Fehler gewesen war, denn kaum hatte sie den Pavillon betreten, riß er sie abrupt in seine Arme.

»Bist du verrückt geworden?« rief Nicole und hämmerte gegen seine Schultern.

Edward, der spürte, daß ihm nicht viel Zeit blieb, murmelte: »Ja, ich bin verrückt, verrückt nach dir.« Und er begann, an den Bändern, die ihr Kleid über den Schultern zusammenhielten, zu zerren. Mehr wütend als ängstlich wehrte Nicole sich gegen seine Umarmung, doch er war stärker, als sie vermutet hatte.

Ihre kunstvolle Frisur begann sich aufzulösen, als sie ihn mit zornig funkelnden Augen anschrie: »Laß mich los! Hast du denn völlig den Verstand verloren?«

Doch Edward starrte wie gebannt auf ihre weißen Schultern und die sanfte Rundung ihrer Brüste, die jetzt zu sehen waren, und war plötzlich von echter Leidenschaft erfaßt. Er achtete nicht mehr darauf, ob die Schritte, die er Augenblicke zuvor gehört hatte, näher kamen oder nicht, und stieß heiser hervor: »Ja, du hast mich um den Verstand gebracht, liebes Cousinchen, und ich fürchte, du wirst die Konsequenzen tragen müssen.«

Er preßte seinen Mund auf ihre Lippen, und einen Augenblick war Nicole sprachlos über seine Unverschämtheit und nicht in der Lage, sich zu wehren. Als sie sich jedoch wieder gefaßt hatte, kämpfte sie voll Wut und Empörung gegen seine Umarmung. Edward lockerte aber seinen Griff nicht, ihr Widerstand stachelte seine Erregung nur noch mehr an. Er drückte sie brutal auf eines der Sofas und warf sich auf sie.

Nicole war noch immer fassungslos und völlig verwirrt. Edward war zu stark für sie; ihre einzige Chance, ihm zu entkommen, war, zu schreien, aber damit würde sie nur unerwünschte Zeugen dieser häßlichen Szene herbeirufen. Und einen Skandal wollte sie auf alle Fälle vermeiden. Es ist mir schon des öfteren gelungen, Edward auszutricksen, es wird mir auch diesmal wieder gelingen, dachte sie erbittert. Also tat sie, als gebe sie ihren Widerstand auf. Edward spürte es triumphierend. Er glaubte, schon gesiegt zu haben. Der Druck seiner Hände lockerte sich, seine Lippen lösten sich von ihrem Mund und suchten die zarte Haut ihrer

Brust, Nicole erschauerte bei seiner Berührung, doch sie konzentrierte sich auf das, was sie vorhatte, und würgte ihren Ekel hinunter.

In dem fahlen Licht, das den Pavillon erhellte, konnte sie eine halbvolle Flasche und zwei Gläser auf einem nahe stehenden Tischchen entdecken. Zweifellos die Überreste eines zärtlichen Rendezvous, dachte sie mit gemischten Gefühlen. Doch jetzt, nachdem ein Verteidigungsmittel in Sicht war, konnte sie sich dazu überwinden, Edward scheinbar zärtlich über den Kopf zu streichen. Langsam hob sie ein Bein, als wolle sie sich seinen tastenden Händen öffnen. Dann jedoch schlug sie unvermittelt zu wie eine Tigerin. Während sie kräftig in sein Ohrläppchen biß, stieß sie ihm mit dem Knie heftig und gezielt zwischen die Beine.

Edward schrie laut auf; der betäubende Schmerz zwischen seinen Beinen löschte sein Verlangen mit einem Schlag aus. Er rappelte sich hoch und hielt seine Hände schützend vor die schmerzenden Hoden. Nicole trat noch einmal mit dem Fuß nach ihm, stieß ihn von sich und sprang auf die Beine. Schnell ergriff sie die Champagnerflasche, zerschmetterte sie am Tisch und hielt den zersplitterten Hals Edward drohend entgegen. »Wage es, mich noch einmal anzurühren, und du wirst dein Leben lang an mich zurückdenken«, zischte sie.

Edward stand unter einem fürchterlichen Schock – darüber, daß es eine Frau gab, die ihm widerstehen konnte, darüber, daß Nicole nicht vor Scham im Boden versank, und darüber, daß sich das Schicksal so grausam gegen ihn gewandt hatte. So konnte er nichts anderes tun, als stöhnend und mit bleichem Gesicht dazuliegen. Nicole sah ihn verächtlich an und sagte dann in höhnischem Ton: »Reiß dich zusammen, du Idiot! Setz dich auf, ich habe dich nicht umgebracht, du Schlappschwanz!«

»Nein, das hast du nicht, doch ich bin sicher, dein armer Cousin fühlt sich, als hättest du es getan«, bemerkte Christopher trocken von der Tür her.

Seltsamerweise war Nicole erleichtert, daß gerade er es war, der sie gefunden hatte. Beinahe gelangweilt ließ sie den Flaschenhals fallen und sagte: »Meinem Cousin ist der Wein nicht bekommen.

Ich schlage vor, Sie bringen ihn zu seinem Wagen, während ich ins Haus zurückgehe und mein Kleid in Ordnung bringe.«

Edward, der seine Chancen dahinschwinden sah, sprang auf und schrie heiser: »Nein! Ich werde sie heiraten!« Als er sah, wie wenig seine Worte Christopher beeindruckten, fuhr er stammelnd fort: »Sie . . . Sie können nicht wollen, daß es zu einem Skandal kommt. Ich werde sie heiraten, sobald ich eine Sondergenehmigung erhalten habe, und niemand wird je erfahren, was heute nacht passiert ist. Ihre Ehre wird gerettet sein.«

»Und deine Existenz auch!« schrie Nicole ärgerlich. »Ich habe aber nicht die Absicht, dich zu heiraten!«

Christopher trat weiter in den Pavillon hinein und fragte besorgt: »Ist alles in Ordnung, meine Kind?«

Nicole schob ihr zerzaustes Haar zurück und erwiderte: »Ja. Ich bin nur ein bißchen durcheinander.«

»Dann schlage ich vor, daß du ins Haus gehst und dich ein bißchen zurechtmachst. Ich werde mich währenddessen um Mr. Markham kümmern.«

Nicole kam sich vor wie ein ungezogenes kleines Kind, das weggeschickt wird, und stieß unwillig hervor: »Sie brauchen mir nicht zu sagen, was ich tun soll. Dasselbe habe ich soeben vorgeschlagen, wenn Sie sich erinnern.«

»So ist es. Warum tust du es dann nicht?« erwiderte Christopher kalt, und Nicole erkannte plötzlich, daß er trotz seines beherrschten Benehmens sehr wütend war. Und gefährlich. Als sie den Blick auffing, den er Edward zuwarf, umklammerte sie voll böser Vorahnungen seinen Arm, zerrte ihn nach draußen und flüsterte eindringlich: »Mein Cousin hat mich zwar belästigt, aber er hat mich nicht verletzt. Ich bin zusammen mit ihm aufgewachsen, Christopher, und weiß, wie ich ihn zu behandeln habe. Was Sie eben gesehen haben, war nichts als das übliche Ende all unserer Auseinandersetzungen als Kinder.«

Christopher betrachtete angelegentlich seine Fingernägel und fragte mit ausdrucksloser Stimme: »Soll ich ihn töten?«

Entsetzt starrte sie ihn an. »Würden Sie das fertigbringen?« fragte sie, ohne nachzudenken, und ihr Mund wurde trocken. Sie konnte die Antwort in seinen Augen lesen und fuhr fort: »Um

Gottes willen, nein, Christopher! Er ist dumm, ich kann ihn nicht ausstehen, aber verschonen Sie ihn.«

Kühl blickte Christopher sie an und erwiderte gepreßt: »Du erinnerst dich vielleicht, daß er darauf besteht, dich zu heiraten. Wenn er Simon erzählt, was hier passiert ist, wirst du an ihn gekettet sein. Mein Gott!« stieß er verärgert hervor. »Wenn jemand anderer euch gefunden hätte, wäre dir nichts anderes übriggeblieben, als Edward zu heiraten.«

Entsetzt über diese unerwartete Möglichkeit wandte Nicole den Blick ab. »Daran habe ich nicht gedacht«, murmelte sie und starrte auf ihre seidenen Schuhe hinab. »Aber es hat uns niemand anderer gefunden«, sagte sie schließlich und sah ihm wieder ins Gesicht. »Lassen Sie mich nach Hause gehen und es Simon selbst sagen.«

»Simon wird dir vielleicht glauben, aber wie willst du deinen Cousin dazu bringen, den Mund zu halten? Auf welche Weise willst du dich absichern, nicht zum Tagesgespräch in jedem Club zu werden? Das würde dich in der Gesellschaft unmöglich machen.« Er ergriff ihre Schultern und schüttelte sie. »Ist dir nicht bewußt, daß er dich ruinieren kann?«

»Was kümmert Sie das?« erwiderte Nicole widerborstig; seine Besorgnis und die Nähe seines warmen Körpers verwirrten sie.

Christopher sah sie zornig an, ließ sie los und antwortete finster: »Das weiß der Himmel.« Sich durch die dunklen Haare streichend, knurrte er: »Geh nach Hause und sag zu niemandem ein Wort. Edward überlaß mir. Und schau nicht so besorgt – ich werde ihn nicht umbringen.«

Nicole gab sich zufrieden und verschwand wie ein Geist in der Dunkelheit. Christopher sah ihr mit ausdruckslosem Gesicht nach. Dann wandte er sich schnell um und ging in den Pavillon zurück.

Edward hatte sich wieder etwas gefangen; er stand wachsam neben einem der Tische, als Christopher eintrat. »Ich weiß, es war ein Fehler, Saxon, aber ich liebe sie«, stammelte er sofort. »Ich will sie heiraten, glauben Sie mir.«

Die Augen waren nur noch schmale Schlitze in Christophers dunklem Gesicht, als er gefährlich leise erwiderte: »Das werden

Sie nicht, mein Freund, nicht, wenn Sie noch länger leben wollen. Ich lasse Sie laufen, und Sie werden kein Wort über das, was heute nacht hier geschehen ist, verlauten lassen. Aus irgendwelchen Gründen möchte Ihre Cousine Sie schützen, aber lassen Sie sich eines sagen: Wenn Nicole nicht wäre, wären Sie ein toter Mann. Und jetzt gehen Sie mir aus den Augen, und halten Sie den Mund. Sollte ich erfahren, daß Sie auch nur ein Wort, eine Andeutung über das, was hier geschehen ist, fallenlassen, werde ich Sie töten. Seien Sie sich darüber im klaren, Markham, und machen Sie keinen Fehler.«

Heldentum war nicht gerade Edwards Stärke, also schlich er wie ein geprügelter Hund aus dem Pavillon, unendlich froh, mit dem Leben davongekommen zu sein. In diesem Augenblick war es ihm ganz egal, ob er nun alle Chancen, Nicole zu heiraten, verspielt hatte.

Leider hielt diese Stimmung nicht lange an, und als er in die Geborgenheit seiner Wohnung zurückgekehrt war und ein paar Gläser Brandy getrunken hatte, war er wieder davon überzeugt, daß Nicole sich nur deshalb für ihn eingesetzt hatte, weil sie eine zärtliche Zuneigung für ihn empfand. Außerdem glaubte er, daß Christophers Drohungen nichts weiter als leere Drohungen waren. Nein, er kann mir nichts tun, dachte er selbstsicher, und ließ seine Hand liebevoll über die Klinge des Messers gleiten, das er für gewöhnlich bei sich trug. Heute war das nur nicht der Fall gewesen, weil er einen Abendanzug getragen hatte. Wenn ich es bei mir gehabt hätte, wäre Saxon nicht so überheblich und aggressiv gewesen, ermunterte er sich. Als er sich selbst überzeugt hatte, daß er mit Christopher Saxon jederzeit fertig werden konnte und seine Aussichten auf Nicole noch immer zur Hoffnung Anlaß gaben, nahm er sich vor, weiterzumachen, als sei nichts geschehen.

Nachdem Edward gegangen war, blieb Christopher noch eine Weile in dem Pavillon. Er kämpfte gegen den übermächtigen Wunsch an, Edward nachzueilen und ihm alle Knochen zu brechen. Wie konnte der Kerl es wagen, Hand an Nicole zu legen, dachte er wütend. Und doch vermochte er auch ein belustigtes Lächeln nicht zu unterdrücken, als er sich daran erinnerte, wie heldenhaft Nicole ihre Ehre verteidigt und wie lächerlich Edward ge-

tember wahrzunehmen, um das Memorandum zu Jason nach New Orleans zu bringen. Das war das Wichtigste. Sollte er verhaftet werden, würde Higgins diese Aufgabe übernehmen müssen. Und wenn er dann nicht geschickt genug war, jedermann zu überzeugen, daß Jennings-Smythe irrte, dann, nun, dann verdiente er nichts anderes als den Galgen. Das sagte er sich sogar selbst. Insoweit waren seine Folgerungen logisch, doch was er nicht bedachte, war die Möglichkeit, daß Jennings-Smythe seinen Verdacht Robert mitgeteilt haben könnte.

Robert hatte Jennings-Smythes auffälliges Benehmen im Garten sehr wohl registriert. Und da er sicher war, eines Tages auf etwas zu stoßen, das Christopher das Genick brechen würde, schwieg er, bis Christopher sich verabschiedet hatte. Dann wandte er sich beiläufig an Jennings-Smythe: »Sie sagen, mein Neffe sei ein Pirat. Ein gewisser Kapitän Saber. Warum haben Sie ihn nicht darauf angesprochen?«

Die Vorstellung, daß Kapitän Saber und der Enkel Lord Saxons ein und dieselbe Person sein könnten, war so absurd, daß Jennings-Smythe sich lächerlich vorkam und in um Verzeihung bittendem Ton antwortete: »Ich muß mich geirrt haben und komme mir wie ein Narr vor. Es muß eine optische Täuschung gewesen sein, denn nachdem ich ihn im vollen Licht gesehen hatte, erkannte ich, daß nur eine sehr oberflächliche Ähnlichkeit zwischen den beiden besteht.«

Jedem anderen als Robert hätte Jennings-Smythes Erklärung genügt, doch Robert war begierig auf alles, was Christopher in Mißkredit bringen konnte, sogar auf eine Lüge. Als er später wieder zu Hause war, ließ er die neugewonnenen Erkenntnisse an sich vorüberziehen und empfand zum ersten Mal seit Monaten ein gewisses Triumphgefühl.

Am liebsten hätte er sofort mit den Nachforschungen begonnen, doch alles war schon für seinen Aufenthalt in Brighton vorbereitet, und es blieb ihm nicht mehr genügend Zeit, die Admiralität aufzusuchen – nicht, wenn er Nicole und seine Tante nach Brighton begleiten wollte. Er hatte gewiß nicht die Absicht, Nicole auf dieser Reise Edward allein zu überlassen.

Robert hatte lange auf seine Rache gewartet – er konnte nun

wirkt hatte. Diese kleine Füchsin! Unter ihm selbst würde Edward weniger zu leiden gehabt haben als unter ihr. Ich hätte ihn nur getötet, während Nicole ihn für sein ganzes Leben verstümmelt hätte. In sich hineinlachend, blieb er, lässig an den Türrahmen gelehnt, stehen und starrte den Weg hinunter, über den Edward verschwunden war.

Doch wie es das Schicksal so wollte, schlenderten gerade in diesem Augenblick Robert und Leutnant Jennings-Smythe, der Freund Lord Lindleys, auf den Pavillon zu, ohne daß Christopher sie bemerkte. Er hatte ihnen das Profil zugewandt. Während der untere Teil seines Gesichts im Schatten lag, waren sein schwarzes Haar, seine dunklen Augenbrauen und seine ausgeprägte Nase deutlich im Mondlicht zu sehen. Die Ähnlichkeit mit Kapitän Saber war unverkennbar.

Tief in Gedanken versunken, bemerkte Christopher die beiden Männer nicht, und Jennings-Smythe hatte Zeit, ihn zu betrachten. Er wollte seinen Augen nicht trauen und war so entsetzt, daß er aufschrie: »Kapitän Saber! Der Pirat!«

Jetzt hörte Christopher die Stimme, doch er war zu weit entfernt von den beiden, um die Worte verstehen zu können. Als er die zwei Männer erkannte, stieß er einen leisen Fluch aus. Er hatte Jennings-Smythe aus dem Weg gehen wollen, denn er war sich klar darüber gewesen, daß dieser ihn früher oder später wiedererkennen würde. Bis jetzt war es ihm auch gelungen, doch nun schien ihn das Glück verlassen zu haben. Er stieß sich von der Tür ab und ging auf die beiden Männer zu.

»Genießen Sie die Nachtluft?« fragte er leichthin.

Als Jennings-Smythe Christophers edelgeschnittenes Gesicht näher betrachtete, wurde er plötzlich wieder unsicher und murmelte eine unverständliche Erwiderung.

Und Christopher zog sich nach ein paar höflichen Worten schnell zurück und ging ins Haus.

Dort begab er sich in einen kleinen Raum im hinteren Teil des Gebäudes, um in Ruhe nachdenken zu können. Er würde einen neuen Plan ausarbeiten müssen für den Fall, daß Jennings-Smythe ihn erkannt hatte. Higgins oder er mußten in der Lage sein, das vereinbarte Treffen mit dem amerikanischen Piratenschiff im Sep-

auch noch etwas länger warten, zumal es im Augenblick für ihn vorrangig war, mit Nicole wieder ins reine zu kommen. Das war wesentlich wichtiger, als in London zu bleiben und abträglichen Informationen über seinen Neffen nachzujagen. Dafür blieb später noch genügend Zeit.

2. Teil

Spuren der Liebe

> »Le coeur a ses raisons que la raison
> ne connait point.«
>
> »Das Herz folgt seinen eigenen Gesetzen, die oft
> bar aller Vernunft sind.«
> *Französisches Sprichwort*

12

Mit Brighton verbanden sich für Nicole keine glücklichen Erinnerungen. Hier waren ihre Eltern und ihr Bruder ertrunken, und als sie und Regina eines Tages an dem hübschen Landhaus der Ashfords vorbeifuhren, konnte sie nicht verhindern, daß eine Welle des Schmerzes sie bei der Erinnerung an jenen Tag überflutete. Regina hatte vorgeschlagen, einen Rundgang durch das Haus zu machen, um festzustellen, ob die Markhams während ihrer Abwesenheit irgendwelche Veränderungen vorgenommen oder Schäden angerichtet hatten. Nicole hatte jedoch heftig abgelehnt. Sie glaubte, es nicht ertragen zu können, dieses Haus noch einmal zu betreten.

Die neue Lady Saxon fehlte Nicole sehr, obwohl Regina die Freundlichkeit in Person war und ihr ihren Ausrutscher mit Robert verziehen hatte. Doch Reginas Sympathie war kein Ersatz für Lady Saxons warme, verständnisvolle Art und für Lord Saxons liebevoll-brummiges Wesen. Das Haus wirkte öde und leer ohne die Neuvermählten.

Aber es gab auch Schönes für sie in Brighton. Sie liebte das Tosen der gegen die Kaimauer rollenden Brandung, und sie fand Vergnügen darin, begleitet von Galena am Strand spazierenzugehen, während die frische Seeluft ihre blassen Wangen rötete und ihr Haar zerzauste. Obwohl sich auch hier die Angehörigen der oberen Zehntausend in Massen tummelten, herrschte eine gelockerte Atmosphäre, und Nicole genoß ihre etwas großzügiger bemessene Freiheit. Vielleicht habe ich mich ja schon an dieses Dasein gewöhnt und werde zeit meines Lebens auf solche Weise dahinvegetieren, ohne mich gegen die starre Gesellschaftsordnung aufzubäumen, dachte sie unglücklich.

Als sie eines Septembernachmittags allein in ihrem Zimmer saß, wanderten ihre Gedanken zu Robert und ihrer seltsamen Beziehung zu ihm. Sie ertrug seine Gesellschaft ebenso, wie sie die Gesellschaft Edwards ertrug, doch ihre kühle, abweisende Haltung schien ihn, im Gegensatz zu Edward, nicht zu stören. Edward umwarb sie nach wie vor, aber er schien es jetzt mehr darauf angelegt zu haben, ihr seine ehrlichen Absichten zu beweisen. Wenn Nicole seine Aufforderungen zum Tanz ablehnte und die Gesellschaft anderer der seinen vorzog, gab er sich daher betont bedrückt und unglücklich.

Mit Robert war das anders. Er nahm ihre Absagen mit Charme und Eleganz hin und lächelte sie fröhlich an; seine Augen jedoch fragten, warum sie sich ihm gegenüber so verändert benahm. Sie konnte ihm nicht sagen, daß sie ihm nicht mehr vertraute, oder daß sie nie zu vergessen vermochte, daß er der Geliebte ihrer Mutter gewesen war und Christopher so niederträchtig behandelt hatte. Robert setzte sie nie unter Druck, doch wie Edward hörte auch er nie auf, sie zu umwerben.

Nach außenhin schien ihn ihre abweisende Haltung nicht zu bedrücken, doch innerlich war er rasend eifersüchtig. Er hatte versucht, Jennings-Smythe nähere Einzelheiten über Kapitän Saber zu entlocken, doch dieser hatte stets nur lächelnd abgewinkt. Er erfuhr zwar noch die eine oder andere Kleinigkeit, doch nichts, was Christopher in engere Verbindung zu Kapitän Saber gebracht hätte. Schließlich gelangte Robert zu der Einsicht, daß seine einzige Chance der Einsatz eines Detektivs war.

Am vierundzwanzigsten September trafen Simon und Letitia in

Brighton ein; beide wirkten unglaublich glücklich. Mit ihrer Ankunft in der Kings Road kehrte auch wieder Leben in das stille Haus ein. Freunde und Bekannte kamen, um ihre Glückwünsche auszusprechen und sie in Brighton willkommen zu heißen.

Mit ihrer Ankunft endete auch Nicoles Passivität; jetzt plötzlich konnte sie Edwards ständige und immer aufdringlicher werdende Werbung ertragen, und sie brachte es sogar fertig, auch Robert hin und wieder ein Lächeln zu schenken. Sie redete sich zwar ein, daß ihr plötzlicher neuer Unternehmungsgeist mit Simons und Letitias Rückkehr zusammenhing, doch in ihrem Inneren wußte sie, daß ihre Unruhe in Christophers bevorstehendem Erscheinen in Brighton begründet lag.

Auch Simon und Letitia hatten sofort bemerkt, daß Nicole Robert nicht mehr mit der gleichen Wärme und Herzlichkeit begegnete wie früher, und sie hätten beide gern gewußt, wovon diese Veränderung in Nicoles Verhalten bewirkt worden war. Simon, der glaubte, das sei das Werk seiner Schwester, nahm Regina deshalb bei der ersten sich bietenden Gelegenheit beiseite.

»Nun, Gina, was war hier los?« fragte er sie. »Wie hast du Nicole dazu gebracht, Robert aus dem Weg zu gehen? Ich habe dir gesagt, du sollst sie selbst entscheiden lassen, und ich habe es auch so gemeint. Es ist nicht mein Wunsch, daß sie Robert heiratet, doch ich habe aus meinen eigenen Fehlern gelernt, und ich werde nicht zulassen, daß man sie gewaltsam auseinanderbringt.«

»Du tust mir unrecht«, empörte sich Regina. »Ich weiß nicht, wovon du redest. Ich habe Nicole jedenfalls nichts gesagt, was sie gegen Robert einnehmen könnte. Das brauchte ich auch gar nicht. Schon vor deiner Hochzeit hatte sie ihre Haltung ihm gegenüber geändert.«

»Du hast dich also nicht eingemischt?« fragte er.

»Eingemischt?« wiederholte Regina gereizt. »So etwas würde ich nie tun!«

»Hab dich nicht so«, knurrte Simon. »Du bist durchaus zu solchen Dingen in der Lage, wenn es dir nötig zu sein scheint.« Als er bemerkte, wie seine Schwester zusehends wütender wurde, fügte er begütigend hinzu: »Nun, lassen wir das. Vielleicht kann Letty herausbekommen, woher das Mädchen diese offensichtliche

Aversion gegen Robert hat.«

Nicole schüttete Letitia tatsächlich ihr Herz aus, und zwar während Regina ihrer engen Freundin Lady Unton einen Besuch abstattete und Simon eine Besprechung mit seinem Agenten hatte. Nicole und Letitia saßen ungestört unter einer schattigen Ulme, die neben dem Haus stand, und tranken ein Glas Limonade, als Nicole stockend berichtete, was Higgins ihr erzählt hatte.

Sie wollte es eigentlich niemandem sagen, doch auf Letitias sanftes Drängen hin löste sich ihre Verkrampfung, und nach und nach erzählte sie ihr mit zitternder Stimme die ganze Geschichte.

Letitias Augen wurden groß vor Entsetzen, während sie Nicole schweigend zuhörte. »Oh Gott! Wie schrecklich!« war ihr ganzer Kommentar.

»Ja, es ist schrecklich. Der Gedanke, daß meine Mutter derart schlecht war, tut sehr weh.« Nicole wandte sich ab und fuhr mit stockender Stimme fort: »Ich habe versucht, Entschuldigungen für sie zu finden, habe versucht, sie so in Erinnerung zu behalten wie bisher. Doch alles, was ich denken kann, ist, daß nicht nur Robert, sondern auch Christopher ihr Geliebter war.« Ihre ganze innere Qual stand in ihren Augen, als sie in Letitias mitleidiges Gesicht sah und schrie: »Wie war das möglich? Wie konnte Robert sie mit Christopher teilen? Ja, ich weiß, es geschah, um meinen Vater abzulenken, doch wenn Robert sie wirklich geliebt hat, wie konnte er sie dann mit Christopher teilen wollen?«

Mit leiser Stimme erwiderte Letitia vorsichtig: »Vielleicht hat Robert es nicht gewußt.«

Nicole starrte sie eine Zeitlang schweigend an, bis sie schließlich mit dumpfer Stimme fragte: »Sie meinen, Mutter hat auch Robert hintergangen? Er sollte glauben, daß diese Treffen völlig harmlos und nur Mittel zum Zweck waren?«

»Ja, mein Liebes, das meine ich.« Letitia tätschelte Nicoles Hand. »Hör mir zu, mein Liebes. Deine Mutter war ein übermütiges, verwöhntes kleines Kind. Ich kannte sie, seit sie ein Baby war. Sie brauchte einfach die Bewunderung aller Männer, denen sie begegnete, ob jung oder alt. Ich glaube nicht, daß sie jemals richtig geliebt hat. Aber deshalb war sie nicht böse, sie hat diese Dinge einfach getan, weil sie ihr Spaß machten.« Traurig fuhr sie fort:

»Christopher war ihr in so hündischer, knabenhafter Liebe ergeben, daß sie der Versuchung, ihn zu verführen, einfach nicht widerstehen konnte. Sie und Robert wollten ihn wahrscheinlich nur als ahnungsloses Mittel zum Zweck benutzen, doch ihre Eitelkeit trieb sie dazu, die Lügen, die sie deinem Vater erzählte, Wahrheit werden zu lassen.«

»Mrs. Eggleston!« schrie Nicole auf; sie war so entsetzt, daß sie vergaß, Letty mit ihrem neuen Namen anzureden. »Wie können Sie so etwas sagen! Wollen Sie etwa entschuldigen, was die beiden getan haben?«

Entsetzt schlug Letitia die Hände zusammen. »O nein! Was ich sagen wollte, ist, daß deine Mutter egoistisch und gedankenlos war und Menschen für ihre Zwecke benutzte, daß ihr aber gar nicht klar war, was sie Christopher antat. Sie und Robert suchten einen Sündenbock, und Christopher bot sich dafür geradezu an. Sie dachte nur soweit über etwas nach, wie es sie selbst betraf. Verstehst du, was ich meine?«

Nicole starrte sie eine Weile nachdenklich an. »Ich glaube, ja«, sagte sie dann. »Aber das ändert nichts an dem, was sie getan hat.«

»Nein, das wollte ich auch nicht sagen. Ich wollte dir nur verständlichmachen, wie deine Mutter die Dinge sah. Es kam ihr wahrscheinlich nie der Gedanke, daß sie deinen Vater verletzen könnte, wenn sie ihn betrog, oder daß sie Robert untreu war, wenn sie Christopher zu ihrem Geliebten machte. Sie dachte einfach niemals nach.«

»Und Robert?« fragte Nicole müde.

»O Gott«, murmelte Letitia unglücklich. »Ich möchte nicht grausam sein, aber er wäre nicht der Richtige für dich gewesen. Er ist eifersüchtig und eigensinnig wie ein Kind, und ich muß gestehen, daß ich ihn noch nie mochte. An dem, was du mir erzählt hast, gebe ich ihm die Hauptschuld. Es war wahrscheinlich seine Idee, Christopher zu benutzen, und er war es sicher auch, der ihn aus England vertrieben hat. Ich glaube sogar, daß er noch Schlimmeres geplant hat. Er wollte Christophers Tod, und . . .« Sie brach plötzlich ab, als glaube sie, zu weit gegangen zu sein.

»Das alles können wir Ihrem Mann wohl kaum erzählen«, sagte Nicole mit einem traurigen Lächeln.

»Um Gottes willen, nein! Robert hat Simon ohnehin schon genug Kummer bereitet. Das ist aus und vorbei, und keiner von uns kann daran noch etwas ändern. Alles, was wir tun können, ist, es zu vergessen.« Lettys Augen waren feucht, als sie sich vorbeugte und ernst meinte: »Nimm es nicht so schwer, mein Liebes. Versuch es, wie gesagt, zu vergessen.«

Nicole lächelte sie traurig an. »Ich hoffe, daß ich das jetzt kann, nachdem ich mich Ihnen anvertraut habe. Ich fühle mich doch sehr erleichtert und bin nicht mehr so durcheinander und wütend. Vielleicht gelingt es mir, es mit der Zeit objektiver zu sehen.«

»Ja, mein Liebes, versuche es«, meinte Letitia liebevoll.

Wenn dieses Gespräch Nicoles Qualen ein wenig gelindert hatte, so war das durchaus nicht bei Lady Saxon der Fall. Was Letty über Robert erfahren hatte, erfüllte sie mit düsterer Wut, und ohne sich dessen bewußt zu sein, warf sie ihm einen finsteren Blick zu, wann immer er Nicole auch nur ansah. Sie litt entsetzlich, und der Gedanke an das, was Robert den Menschen, die sie liebte, angetan hatte, war ihr unerträglich.

Auch in der Nacht nach dem Gespräch mit Nicole verfolgten diese Gedanken Letty noch immer, und sie konnte keinen Schlaf finden. Und plötzlich wurde ihr klar, daß sie Robert zur Rede stellen mußte, doch sie wußte nicht, wie sie es anstellen sollte, ohne Simon mit hineinzuziehen.

So lag sie stundenlang mit offenen Augen im Bett, bemüht, ihren schlafenden Ehemann nicht zu stören, und sie war vor Schreck ganz starr, als seine Stimme plötzlich durch die Dunkelheit drang. »Was ist los, Letty? Seit Stunden wälzt du dich im Bett von einer Seite auf die andere.«

»Oh, nichts, Simon. Ich habe entsetzliche Kopfschmerzen und kann nicht schlafen. Ich hatte gehofft, dich nicht zu stören«, erwiderte sie mit leicht zitternder Stimme.

Doch Simon merkte, daß sie log, und nahm sie in die Arme. »Was ist es, mein Liebes? Was bedrückt dich?«

Entschlossen, ihm die Wahrheit zu verschweigen, machte sie ein paar belanglose Bemerkungen, aber Simon gab sich damit nicht zufrieden und fragte, als könne er ihre Gedanken lesen: »Hat es etwas mit Robert zu tun? Mir ist aufgefallen, daß du dich gestern in seiner Gesellschaft ziemlich feindselig benommen hast.«

Letitias Körper versteifte sich abwehrend; Simon spürte es und bohrte weiter: »Sag mir, was er ausgefressen hat. Und speise mich nicht länger mit Ausflüchten ab. Ich kenne dich zu gut, es ist offensichtlich, daß Robert etwas getan hat, was dich erregt. Also raus mit der Sprache!«

Letitia zögerte noch immer, doch dann küßte Simon sie zart auf die Wange und bat drängend: »Komm, mein Liebes, sag es mir.«

Was sonst konnte sie tun, als es ihm zu erzählen?

Als sie ihren Bericht beendet hatte, schwieg Simon lange Zeit, und Letitias Herz krampfte sich vor Mitgefühl zusammen. Sie sanft von sich schiebend, sagte er schließlich traurig: »Ich habe schon lange so etwas geahnt. Ich habe es befürchtet, doch ich wollte es nicht glauben. Warum? Warum ist er so? Ich habe mich immer bemüht, ihn gerecht zu behandeln, und, bei Gott, ich habe ihn auch immer geliebt und mich schützend vor ihn gestellt. Einen Jungen derart zu behandeln! Seinen eigenen Neffen in den sicheren Tod schicken zu wollen!« Voll innerer Qual schrie er auf: »Ich kann seinen Anblick nicht mehr ertragen, Letty! Dieses Mal kann ich ihm nicht mehr vergeben!«

»Simon! Mach dich nicht selbst kaputt. Versuch zu schlafen. Es ist doch schon so lange her.«

Verstört zog er sein Bettzeug zurecht, seine Bewegungen waren voller Qual, und Letitias Herz blutete, als sie das spürte. Jetzt war sie es, die ihn tröstend in die Arme nahm und ihre Lippen zärtlich gegen seine Schläfen drückte. »Hör zu, Simon. Robert ist, wie er ist, und du brauchst dir keine Vorwürfe zu machen. Du hast alles für ihn getan, was du tun konntest. Er ist ein erwachsener Mann, und er war ein erwachsener Mann, als er und Annabelle diese Schändlichkeiten planten. Du hast versucht, ihn gut zu erziehen. Wenn er trotzdem mißriet, ist es nicht deine Schuld, denk nicht mehr daran.«

»Ich werde es versuchen, Letty, ich werde es versuchen. Doch ich fürchte, ich kann nicht so schnell verzeihen wie du, oder wie auch Christopher es getan zu haben scheint.«

»Ich glaube nicht, daß Christopher ihm verziehen hat, Simon«, entgegnete Letitia voll Unbehagen. »Manchmal habe ich das Gefühl, daß er nur wie ein Tiger darauf wartet, daß sein Opfer einen Fehler begeht.«

Christopher hatte aber im Moment andere Sorgen. Das Warten fiel ihm nicht leicht, und die Vorstellung, daß Jennings-Smythe ihm doch noch zum Verderben werden konnte, machte es ihm auch nicht leichter.

Er hatte bereits verlauten lassen, daß er London bald verlassen würde. Er hatte seine Schulden bezahlt und seine Wirtin von seiner Abreise unterrichtet; auch seine Koffer waren schon gepackt. Das Memorandum trug er in einem kleinen Lederbeutel an seiner Taille. Er war bereit.

Der September verging nur langsam. Christopher wußte noch immer nicht, was er seinem Großvater sagen sollte, und das bedrückte ihn mehr und mehr. Er schämte sich nicht für das, was er getan hatte, aber würde Simon es verstehen, wenn er davon erfuhr? Er war sich seiner häßlichen Rolle als Spion mehr und mehr bewußt, doch das Schlimmste kam am Morgen des achtundzwanzigsten September.

Nach einem ausgedehnten Abschiedsgelage mit Hauptmann Buckley und Leutnant Kettlescope war er spät aufgestanden. Er hatte Kopfschmerzen und einen faden Geschmack im Mund. Er hatte gerade seine vierte Tasse Kaffee getrunken, als Higgins eintrat und die Londoner Times mit den Worten »Sie haben Washington niedergebrannt!« auf den Tisch knallte.

Ungläubig sah Christopher die dickgedruckten Schlagzeilen. Washington niedergebrannt? Mit blassem Gesicht las er den Artikel.

Kapitän Harry Smith war aus Amerika zurückgekehrt – in der erstaunlich kurzen Zeit von einundzwanzig Tagen hatte er diese Strecke zurückgelegt – und hatte die Nachricht von der Eroberung Washingtons mitgebracht. Mitte April hatten die Engländer die amerikanischen Truppen zurückgedrängt. Danach waren britische Tuppen plündernd in die Hauptstadt eingedrungen. General Robert Ross persönlich hatte den Befehl erteilt, das Weiße Haus, das Capitol, die Schatzkammer und ebenfalls das Kriegsministerium zu zerstören.

Voll Erbitterung las Christopher den Bericht über die Brandschatzung der amerikanischen Hauptstadt, und alle Gewissensbisse, die er vielleicht empfunden hatte, schwanden.

Außer sich vor Wut schrie er: »Bei Gott, diesen infamen Angriff werden sie bereuen! Laß sie nur nach New Orleans kommen – dort werden wir ihnen zeigen, daß man unsere Hauptstadt nicht ungestraft angreifen kann!«

Früh am nächsten Morgen brachen Christopher und Higgins auf und trafen kurz nach Mittag in Brighton ein. Simon freute sich riesig.

»Wie schön, dich zu sehen, mein Junge!« rief er dröhnend, als Christopher die Bibliothek betrat, wo Simon bei der Lektüre der neuesten Renn-Nachrichten saß.

»Auch ich freue mich, Sir. Das Eheleben bekommt Ihnen wohl gut. Sie sehen glücklich und zufrieden aus, und Lady Saxon ist regelrecht aufgeblüht.«

»Nicht wahr?« entgegnete Simon voller Freude. »Es war eine schöne Zeit in Beddington's Corner. Wir haben beschlossen, am ersten Oktober wieder dorthin zu fahren. Gina kann Nicole die Sehenswürdigkeiten von Brighton zeigen, falls das Kind keine Lust hat, hier auf dem Land zu versauern.«

Christopher lächelte verstohlen; er überlegte, ob er die günstige Stimmung ausnutzen und seinem Großvater sagen sollte, daß er morgen nacht abreisen wolle. Er suchte nach Worten, doch seine Kehle war wie zugeschnürt. Er konnte nicht gleich nach der Begrüßung dem alten Mann sagen, daß er abreisen wollte. Also beschloß er, damit noch zu warten und die kostbaren Augenblicke, die er mit seinem Großvater allein war, zu genießen.

Auch Simon suchte nach Worten – er hätte Christopher gern gesagt, daß er wußte, was damals wirklich geschehen war, doch irgendwie gelang es ihm nicht, das Gespräch auf dieses Thema zu bringen. Christopher hatte offensichtlich nicht gewollt, daß er, Simon, von den häßlichen Geschehnissen erfuhr, und so war er auch nicht sicher, wie Christopher die Tatsache aufnehmen würde, daß Letitia es ihm erzählt hatte. Ihm wurde plötzlich bewußt, daß die Vergangenheit zu einem unüberwindlichen Hindernis zwischen

Nicole und Christopher werden konnte, und seine Erbitterung gegen seinen Sohn wuchs. Nicht nur, daß Robert beinahe Christophers Tod verursacht hätte, er schien jetzt auch noch das Glück von Nicole und Christopher zerstören zu wollen. Ach, verdammt, warum mußte alles so kommen, dachte Simon grimmig.

»Ist irgend etwas nicht in Ordnung, Sir?« fragte Christopher, Simon aufmerksam ins Gesicht sehend.

»Hm?« brummte Simon und riß sich zusammen. »Doch, doch, alles. Meine Gedanken sind nur etwas abgeschweift.« Mit dümmlichem Lächeln fügte er hinzu: »In letzter Zeit fällt es mir immer schwerer, meine Gedanken zusammenzuhalten. Das muß mit meinem Alter zusammenhängen. Ich bin auf dem besten Wege, senil zu werden.«

»Wohl kaum«, erwiderte Christopher, den Simons Worte nicht ganz zufriedenstellten. Doch er ließ es dabei bewenden. Wenn es etwas Wichtiges war, würde er es schon noch erfahren.

Nicole hörte erst von Christophers Ankunft, als sie sich zu den von Regina zum Tee eingeladenen Gästen gesellte. Als sie ihn so plötzlich sah, tat ihr Herz einen schmerzhaften Sprung. Sie zwang sich zu einem höflichen Lächeln.

»Nun, mein Kind«, begrüßte er sie mit leicht spöttischer Miene, während seine Augen ihre liebreizende Erscheinung aufnahmen. »Du siehst sehr hübsch aus. Brighton scheint dir gutzutun.«

Gewollt kühl erwiderte sie: »Brighton? Ja, das ist möglich, weil ich da nicht in Ihrer Nähe zu sein brauche.«

Seine Augen wurden dunkel, und einen Moment glaubte sie, er würde aufbrausen, doch er zuckte nur die Achseln. »Noch immer eine solch spitze Zunge, Nick?« fragte er mit hochgezogenen Brauen und schlenderte ohne ein weiteres Wort davon.

In diesem Augenblick sah sie Edward auf sich zukommen, und in dem Bemühen, ihrem Cousin zu entgehen, verlor sie Christopher aus den Augen.

Edwards Lage wurde immer verzweifelter. Seine Schulden wurden größer und größer, und er war inzwischen ohne alle finanziellen Mittel. Und während er seine Situation wieder und wieder überdachte, kam er einmal mehr zu der Erkenntnis, daß es für ihn nur eine Möglichkeit gab, aus diesem Dilemma herauszukommen: Er mußte eine reiche Erbin heiraten. Doch die, die in Frage kam, hatte ihn abgewiesen. »Verdammte Nicole!« fluchte er vor sich hin, während er ruhelos in seinem Zimmer auf und ab ging. Vor dem Zwischenfall in dem Pavillon hatte er geglaubt, es würde ihm ein leichtes sein, sie zu erobern, doch jetzt wußte er, daß er sie falsch eingeschätzt hatte.

Wieder verwünschte er Nicole, aber noch mehr verfluchte er das folgenschwere Kartenspiel, zu dem er sich gestern nacht hatte hinreißen lassen. Er war sicher gewesen, daß das Glück ihm letztlich doch noch hold sein und er genügend Geld gewinnen würde, um seine Gläubiger zu befriedigen. Statt dessen hatte er mehrere tausend Pfund verloren. Wenn er dem sicheren Ruin entgehen wollte, mußte er seine Spielschulden binnen einer Woche bezahlen.

Seine Aggressionen gegen Nicole wurden so groß, daß er sogar daran dachte, sie umzubringen. Eine tote Nicole nützte ihm aber nichts, und so kam er doch wieder zu der Erkenntnis, daß es besser sei, sie zu heiraten – sie zu zwingen, ihn zu heiraten.

Nachdem sein Entschluß wieder einmal feststand, ging er hastig daran, einen Plan auszuarbeiten. Das Mieten eines Wagens würde seine letzten Geldreserven verbrauchen, aber in Anbetracht seiner Lage war er bereit, etwas zu riskieren.

Doch wie sollte er Nicole in den Wagen bringen? Er konnte sie kaum am hellichten Tag entführen, und einem Treffen mit ihm würde sie sicher nicht zustimmen. Also mußte es jemand anderer sein. Doch wer? Und warum ein geheimes Treffen? Verzweifelt zerbrach er sich den Kopf, aber er kam zu keiner Lösung. Nicole würde sich mit niemandem treffen, und schon gar nicht im geheimen. Und doch mußte es ihm gelingen, sie zu einem verschwiegenen Ort zu locken. Orte dieser Art kannte er zur Genüge. Aber das Hauptproblem blieb – wie, zum Teufel, brachte er sie dorthin, und zwar allein?

Schließlich hatte er eine Idee, deren Erfolgsaussichten allerdings ziemlich ungewiß waren. Nicole pflegte jeden Nachmittag einen Spaziergang im Park zu unternehmen, meist in Begleitung eines Dienstboten. Wenn sie sich auf den Heimweg machte, mußte er ihr mit der bösen Nachricht, daß Lord Saxon einen schweren Anfall erlitten habe, in den Weg treten und sie, ehe sie zum Nachdenken kam, in seinen Wagen drängen, und zwar ohne das Mädchen. Wenn Nicole dann merken würde, daß er nicht zur Kings Road fuhr, würde es zu spät sein. Er war recht zufrieden mit diesem Plan. Der einzige Unsicherheitsfaktor war die Frage, ob sie wirklich allein mit dem Mädchen sein würde. Doch das mußte er dem Schicksal überlassen, ebenso wie die Möglichkeit, daß sie an diesem Nachmittag vielleicht auf ihren Spaziergang verzichtete. Natürlich hoffte er, daß das nicht der Fall sein würde. Das Schicksal konnte nicht ständig gegen ihn sein.

13

Christopher sah seinem letzten Tag in England mit einiger Aufregung entgegen. Auch mit Angst. Am meisten fürchtete er das Gespräch mit seinem Großvater – der Gedanke an diesen Abschied war ihm unerträglich. Er wußte noch immer nicht, wie er Simon erklären sollte, daß er irgendwann zwischen Einbruch der Dunkelheit und Mitternacht nach Amerika abreisen müsse.

Bereits jetzt freute sich der alte Mann auf das fröhliche Weihnachtsfest, das sie, wie er glaubte, gemeinsam in Beddington's Corner verbringen würden. Er hatte sogar schon vage Andeutungen gemacht, daß sein Haus in London bald ganz Christopher gehören würde, da er und Letitia das ruhige Beddington's Corner vorzogen.

Ruhelos lief Christopher im Haus umher. Einmal mußte er sogar laut auflachen bei dem Gedanken, daß er sich wie ein kleiner Schuljunge vor dem Gespräch mit Simon fürchtete. England hat mich verändert, dachte er ein wenig traurig. Ich bin nahe daran, ein braver Bürger zu werden. Warum sonst geht mir das alles so nahe, und warum sonst habe ich soviel Angst, mit Großvater zu reden? Und Nicole ...

Nicole saß gerade in der Bibliothek, bemüht, sich in ein Buch zu vertiefen. Doch wie immer, wenn sie allein war, wanderten ihre Gedanken auch jetzt zu Christopher. Aufseufzend klappte sie das Buch zu. Welchen Sinn hatte es, an ihn zu denken? Sich wegen etwas zu quälen, das sie nicht ändern konnte?

Plötzlich ertrug sie das Alleinsein nicht mehr und wandte sich entschlossen zur Tür. Sie hatte sie beinahe erreicht, als die Tür aufschwang und sie fast getroffen hätte.

»Mein Gott, Nicole, ich hätte dich verletzen können«, stieß Christopher erschrocken hervor und blieb in der offenen Tür stehen.

Sein Gesicht wirkte schmaler, härter als sonst, und in seinen Augen lag ein Ausdruck, den sie sich nicht erklären konnte – eine innere Unruhe, und sie wußte nicht, was der Anlaß für seinen Besuch in Brighton war. Schließlich gelang es ihr, gelassen zu fragen: »Bleiben Sie länger?«

Christopher zögerte einen Moment, doch dann erwiderte er achselzuckend: »Ich kann leider gar nicht bleiben.« Als er ihren erstaunten Blick bemerkte, fügte er hinzu: »Higgins und ich werden heute in meinem Haus in Rottingdean übernachten.« Und mit einem sorglosen Lächeln schloß er: »Wer weiß, was morgen ist.« Mehr konnte und wollte er nicht sagen.

Doch Nicole kannte ihn zu gut; ihn eindringlich ansehend, fragte sie voll böser Ahnungen: »Sie reisen ab, nicht wahr? Sie fahren zurück nach Louisiana.«

Ohne es zu wollen, antwortete Christopher: »Ja, Nick. Ja, das werde ich.«

Er war über sich selbst entsetzt. Er hatte es ihr nicht sagen wollen, schon gar nicht, ehe er nicht mit seinem Großvater gesprochen hatte. Doch als sie ihn so direkt gefragt hatte, war es ihm eben herausgerutscht.

Nicole war erstarrt; ihr ganzer Körper schien von Entsetzen und Trauer erfaßt. Er reiste ab. Kein Christopher mehr, der sie verhöhnte und sie verrückt machte vor Leidenschaft und Wut. Ich sollte froh sein, versuchte sie sich einzureden. Ihr Stolz kehrte zurück, und sie entgegnete kühl: »Wie schön!« Ihre großen topasbraunen Augen schimmerten unter den langen Wimpern, ein erzwungenes Lächeln lag um ihren Mund, als sie betont fröhlich fortfuhr: »Sie müssen glücklich sein, mich endlich loszuwerden. Ich habe Ihnen nie gedankt für all das, was Sie für mich getan haben. Ich hoffe also, daß Sie mir jetzt, wo unsere Wege sich endgültig trennen, erlauben werden –«

»Hör auf, Nick!« fuhr Christopher sie an; seine Wangenmuskeln zuckten vor unterdrückter Erregung.

Doch Nicole schüttelte den Kopf und fuhr eigensinnig fort: »Nein! Lassen Sie mich! Ich muß Ihnen sagen –«

Christopher unterbrach sie auf die einzige ihm mögliche Art und Weise. Er ergriff ihre schlanken Arme, zog sie an sich und verschloß ihren Mund mit seinen Lippen. Es war ein langer Kuß, hungrig und drängend, der sie beide bis ins Innerste aufwühlte. Er barg ihren Kopf an seiner Schulter und küßte ihre langen Locken.

»Sag nichts mehr«, murmelte er. »Worte bedeuten nichts zwischen uns. Wir sagen Dinge, die wir nicht meinen, und wir lassen uns von unseren Stimmungen zu sehr hinreißen. Vielleicht werden wir eines Tages in der Lage sein, wie vernünftige Menschen miteinander zu reden, aber, der Himmel verzeih mir, was dich betrifft, kann ich nicht vernünftig sein.«

Erstaunt hob sie den Kopf und starrte ihn an. Sie öffnete den Mund, doch kein Ton kam über ihre Lippen. Christopher, der ständig daran denken mußte, daß sich ab morgen in wachsender Ausdehnung ein Ozean zwischen sie legen werde, konnte der Verlockung ihres Körpers nicht länger widerstehen. Wieder zog er sie an sich, seine Hände glitten liebkosend über ihren Rücken und ihre Hüften und ließen Nicole spüren, wie sehr er sie begehrte. Doch dann erinnerte er sich daran, wo er sich befand, und schob sie sanft von sich. »Du bist anregender als jeder Wein, Nick«, sagte er mit gequältem Lächeln. »Du kannst einen Mann dazu bringen, den Kopf zu verlieren und Dinge zu tun, die er später bereut.«

Nicole mißverstand seine Worte, und ihr Körper versteifte sich, doch Christopher ließ ihr keine Gelegenheit, etwas zu erwidern, sondern zwang sie mit sanfter Gewalt, sich auf eines der Sofas zu setzen. Dann hockte er sich neben sie auf die Lehne des Sofas und schlug lässig die Beine übereinander. Er sah Nicole mit einem seltsamen Blick an, einem Blick voll Bedauern und harter Entschlossenheit, und sagte: »Ich habe dich nicht immer richtig behandelt, doch ich will mich nicht für das, was ich getan habe, entschuldigen.« Er hielt inne, um achselzuckend fortzufahren: »Doch ich glaube, ich würde alles noch einmal genauso machen. Ich habe dich begehrt, und ich begehre dich noch immer, und ich muß gestehen, daß mich noch nie eine Frau so erregt und verwirrt hat wie du. Glaube mir, ich bin froh, wenn ich dich nicht mehr sehe.«

Die grausam dahingesprochenen Worte trafen sie wie Schläge ins Gesicht. Sie hatte immer gewußt, daß er glücklich sein werde, sie nicht mehr zu sehen, doch dieses unverhohlene Eingeständnis verletzte sie tief. Nervös spielte sie mit dem Stoff ihres Kleides, um das Zittern ihrer Hände zu verbergen; das Gesicht hatte sie abgewandt aus Angst, ihm zu verraten, wie tief er sie getroffen hatte.

Christopher beobachtete sie eindringlich; er war sich bewußt, wie häßlich er sich benahm, doch er war nicht in der Lage, es zu ändern. Im Umgang mit Nicole fehlte ihm jegliches Taktgefühl. Er sagte die falschen Worte, tat die falschen Dinge. Und ein allgemeiner, höflicher Umgangston schien auch nicht das Richtige zu sein, wie er aus ihrem verschlossenen Gesicht ersehen konnte.

Nicole spürte Christophers forschenden Blick und wußte, daß sie irgendeine abschwächende Bemerkung machen, ein belustigtes Lachen von sich geben sollte, doch die Worte schienen ihr im Hals steckenzubleiben. Zum Glück kam ihr ihr Stolz zu Hilfe, und sie entgegnete mit freundlichem Lächeln: »Nun, ich nehme an, es sollte mir eine gewisse Befriedigung verschaffen, Sie – wie Sie sagen – verwirrt zu haben.«

»Verdammt, Nicole! Wir führen doch nicht Krieg gegeneinander«, knurrte Christopher. Er wollte mehr von ihr hören als nur eine ironische Bemerkung, wußte aber nicht genau, worauf er wartete.

Doch Nicole war zu sehr mit ihrem eigenen Schmerz beschäftigt, um das seltsame Drängen in seiner Stimme wahrzunehmen. Alles, was sie bemerkte, war der kaum verhüllte Ärger in seinem Gesicht. Und voll schmerzlicher Resignation erkannte sie, warum es nie etwas anderes als böse Worte zwischen ihnen geben konnte – wegen ihrer Mutter. Ihr Magen zog sich schmerzhaft zusammen, wenn sie an den grausamen Betrug dachte, den ihre Mutter an ihm begangen hatte. Konnte sie es ihm verübeln, wenn er sie dafür haßte? Ihr weh tat?

Resigniert sagte sie daher: »Ja, Christopher, hören wir auf damit. Ich weiß, was vor vielen Jahren geschehen ist, und ich weiß deshalb auch, warum Sie mich so hassen. Sie sagen, es gibt keinen Krieg zwischen uns, doch Sie lügen.« Ein Anflug ihres alten Temperaments kehrte zurück, und sie fuhr leidenschaftlich fort: »Es wird immer Krieg zwischen uns herrschen. Dafür hat meine Mutter gesorgt. Ich könnte mich tausend Jahre lang darum bemühen, es Sie vergessen zu lassen, könnte mich von Ihnen mit Füßen treten lassen – es wäre mir doch nie möglich, den Haß zu besiegen, der Sie erfüllt.«

Christopher wurde still, sehr still; steil hoben sich seine schwarzen Augenbrauen über den schmal gewordenen Augen. »Wovon sprichst du?« fragte er.

Nicole sprang auf und erwiderte: »Higgins hat mir von Ihnen und meiner Mutter erzählt. Wie sie und Robert Sie hintergangen haben, und wie Robert Sie an die Marine verkauft hat.«

Christopher war von eiskalter Wut erfüllt. Seine Stimme klang drohend, als er fragte: »Und bist du deshalb so verständnisvoll? So entgegenkommend, wenn ich dich küssen will? Weil diese alte, traurige Geschichte dein Mitleid errregt hat? Bitte, erspare mir das.«

Er stand abrupt auf, warf Nicole einen verächtlichen Blick zu und knurrte: »Du scheinst vergessen zu haben, was in der Vergangenheit geschehen ist. Ich nicht. Ich brauche das Mitleid von Annabelles Tochter nicht.«

Nicole war außer sich. Jedes Bedauern über das, was ihre Mutter getan hatte, sogar ihr eigener Schmerz wegen seiner Abreise schwand. Mit weißem Gesicht und funkelnden Augen sprang sie auf ihn zu und schlug ihm, ehe er noch ihre Absicht erkennen konnte, ins Gesicht. »Sie gemeiner Bastard!« schrie sie mit Tränen der Wut in den Augen.

Nun selbst wütend, umklammerte Christopher ihre Schultern mit eisernem Griff. »Das reicht, glaube ich«, preßte er hervor. »Wir haben uns alles gesagt, was zu sagen ist, und ich werde mich jetzt verabschieden. Wenn wir Glück haben, werden wir uns vor meiner Abreise nicht mehr sehen. Sei versichert, ich werde mich verdammt bemühen, dir aus dem Weg zu gehen.«

Nicole war undeutlich bewußt, daß sie sich hinter ihrer Wut versteckte; sie sah ihn mit einem Blick voll unverhohlener Verachtung an und schrie: »So, werden Sie das? Bei Gott, ich segne den Tag, an dem Sie fortsegeln! Je früher, desto besser!«

Ein seltsamer Glanz stand in seinen Augen, mit denen er ihr aufgewühltes Gesicht betrachtete. Als wolle er sich jeden Zug darin einprägen, dachte Nicole seltsam berührt. Doch dann verzog er seinen Mund zu einem spöttischen Lächeln und entgegnete kühl: »Das ist die Nick, die ich kenne. Und hier ist noch etwas, das dich an mich erinnern soll.«

Abrupt zog er sie in seine Arme, verschloß ihren Mund mit einem leidenschaftlichen Kuß und preßte ihren Körper an sich. Sein Kuß war wie eine verzehrende Flamme. Hart und fordernd zwang er sie, sein bewußt kaltblütiges Verlangen zu erwidern. Verzweifelt kämpfte Nicole gegen das jäh in ihr aufkeimende Verlangen an, doch seine Lippen gaben ihr keine Möglichkeit, zu entrinnen; unerbittlich forderten sie, daß sie dem Verlangen, das jeden Nerv ihres Körpers durchströmte, nachgab. Unbewußt drängte sie sich näher an ihn. Zum Teufel mit ihm! dachte sie. Zum Teufel mit ihm, daß ich mich so nach seiner Liebe sehne! Zum Teufel mit ihm!

Christopher focht seinen eigenen Kampf; sein Verlangen nach ihr war nahezu unerträglich – einmal noch wollte er sich in ihr verlieren, einmal noch ihren bebenden Körper unter sich spüren, ihren weichen Mund fühlen, ihren ureigenen Duft in sich aufnehmen. O Gott, fragte er sich voll dumpfer Wut, warum gerade sie unter allen Frauen der Welt? Hatte er nicht schon einmal erfahren, welch unselige Macht eine Ashford besaß, aus wieviel Lüge und Lust, Hinterhältigkeit und Leidenschaft diese schöne Hexe bestand? Entschlossen, das verlockende seidene Netz zu zerreißen, das sie um ihn spann, löste Christopher seinen Mund von Nicoles Lippen und schob sie von sich. Schwer atmend und mit noch immer vor Leidenschaft brennenden Augen sagte er: »Ich glaube, für uns beide wird es einiges geben, an das wir uns erinnern werden, Nick – ob wir es wollen oder nicht.« Er wandte sich zur Tür, drehte sich jedoch noch einmal halb nach ihr um und sagte über die Schulter hinweg: »Ich habe noch keine festen Reisepläne und habe auch noch nicht mit meinem Großvater gesprochen. Ich wäre dir dankbar, wenn du mit niemandem darüber reden würdest, bevor ich es selbst tue.«

Nicole wagte nicht, ihn anzusehen, aus Angst vor ihren eigenen Gefühlen. Sie nickte benommen und konzentrierte sich darauf, die törichten Tränen zurückzuhalten, die in ihren Augen schimmerten. Sie sah kaum mehr, wie er mit steifen Schritten den Raum verließ.

Das Geräusch der ins Schloß fallenden Tür noch immer in den Ohren, sank Nicole auf das Sofa nieder. Er ist fort, dachte sie dumpf. Nein, das stimmt nicht, erst in ein paar Tagen wird er fort sein. In ein paar Tagen, in denen ich mich normal benehmen, scherzen und lachen und verbergen muß, daß ich innerlich sterbe. Voll seelischer Qual schloß sie die Augen. Ich werde es schaffen, dachte sie verzweifelt. Eines Tages werde ich ihn vergessen. Ich werde ihn vergessen müssen.

Robert Saxon hatte in ganz London Nachforschungen über den berüchtigten Kapitän Saber anstellen lassen und herausgefunden, daß auf den Kopf dieses amerikanischen Piraten immer noch eine Belohnung ausgesetzt war. Doch außer Jennings-Smythes Überraschungsschrei hatte er nichts, das ihm weiterhelfen konnte. Er selbst zweifelte nicht daran, daß Christopher Kapitän Saber war, und er fieberte danach, Simon diese Tatsache ins Gesicht zu schleudern. Er würde dafür sorgen, daß jedermann die Wahrheit über Christopher erfuhr; was für ein Schurke er in Wirklichkeit war.

Am Nachmittag machte Robert sich auf den Weg zur Kings Road in der Hoffnung, Nicole zu einer Spazierfahrt überreden zu können. Daß es schon fast fünf Uhr war, störte ihn nicht. Es wurde nicht vor sieben Uhr dunkel, und bis dahin würde er Nicole längst wieder nach Hause gebracht haben.

Doch er wurde enttäuscht. Nicole, so sagte man ihm, sei in den Park gegangen und würde erst in etwa einer halben Stunde wieder zurückkommen. Unschlüssig, ob er sich auf den Weg machen sollte, um sie zu suchen, blieb er in der Halle stehen, als Simon auf ihn zutrat und sagte: »Ich möchte mit dir reden.«

Ärgerlich sah Robert ihn an. »Muß das jetzt sein? Ich wollte mich gerade nach Nicole umsehen.«

»Das kann warten!« erklärte Simon mit Bestimmtheit. »Ich habe dir etwas zu sagen, und zwar sofort.«

Robert zuckte die Achseln und folgte seinem Vater ins Arbeitszimmer. Simon setzte sich hinter den Ahornschreibtisch im englischen Stil, während Robert ungeduldig in der Mitte des Raumes stehenblieb.

»Nun«, fragte Robert gereizt. »Was ist los? Ich habe nicht viel Zeit.«

»Setz dich«, sagte Simon und wies mit kaltem, verächtlichem Blick auf einen Stuhl. Widerstrebend folgte Robert der Aufforderung; das merkwürdige Verhalten seines Vaters machte ihm klar, daß etwas nicht in Ordnung war.

Nachdem Simon von Letty das erfahren hatte, was zwischen seinem Sohn und seinem Enkel vorgefallen war, hatte er zwei Tage völlig apathisch dahingelebt. Trotz der vielen Enttäuschungen, die ihm von Robert in all den Jahren schon bereitet worden waren, hatte er seinen Sohn immer noch geliebt, doch dessen niederträchtiges Verhalten Christopher gegenüber konnte er ihm nun nicht mehr verzeihen. Als das erste Entsetzen und der Abscheu ein wenig abgeklungen waren, hatte Simon geglaubt, daß er, wenn er Robert auch nie mehr wie bisher würde lieben können, imstande sein werde, ihm auch in Zukunft mit einer gewissen Zuneigung zu begegnen. Doch nach zwei schlaflosen Nächten wußte er, daß er dazu nicht in der Lage war. Alle Liebe zu seinem Sohn war gestorben, und er hielt es nur für fair und anständig, Robert zu erklären, warum er im Haus seines Vaters nicht mehr willkommen war. Diese Entscheidung war für Simon die schwerste seines Lebens, doch tief in seinem Herzen hatte er erkannt, daß Robert durch und durch verdorben war und daß man ihn nicht ändern konnte. Simon vermochte die schändlichen Taten seines Sohnes aber auch nicht zu ignorieren. Es war eine schmerzliche, bittere Erkenntnis gewesen, doch jetzt, wo der gefürchtete Augenblick gekommen war, stellte Simon erstaunt fest, wie wenig ihn das alles noch berührte. Er hatte befürchtet, daß er nicht in der Lage sein würde, seinen Entschluß durchzuführen, doch er konnte es.

Mit kaltem, versteinertem Gesicht sagte er ungerührt: »Dies wird das letzte Mal sein, daß du in meinem Haus bist – in irgendeinem meiner Häuser. Ich habe in all den Jahren vieles hingenommen, einen Skandal nach dem anderen geschluckt. Ich habe deine Schulden beglichen und mich unzählige Male für dich eingesetzt. Doch das ist nun vorbei. Du bist zu weit gegangen, Robert, mit dem, was du Christopher angetan hast. Der Himmel möge mir vergeben, aber ich kann dich nicht dafür bestrafen. Es war schlimm genug, daß du und Annabelle Ashford ihn benutzt habt, um euer schamloses Verhältnis zu verdecken, aber dann hast du ihn auch noch verkauft, ihn in den beinahe sicheren Tod geschickt! Das kann ich nicht mehr akzeptieren.« Jetzt verlor Simon doch seine Selbstbeherrschung und fragte in fast flehendem Ton: »Warum, Robert? Großer Gott, warum? Er war ein solch lieber Junge, er hat niemandem etwas zuleide getan. Wirklich, ich werde nie verstehen, wie du so etwas tun konntest.« Simon hielt inne, sein Gesicht wirkte plötzlich sehr alt. »Es hätte seinen Tod bedeuten können. Weckt nicht einmal das Reue in dir?«

Robert war bleich geworden, seine schlimmsten Befürchtungen hatten sich bewahrheitet. Christopher hatte es fertiggebracht, seinen eigenen Vater gegen ihn aufzubringen. Wut und Erbitterung erfüllten ihn, und er erwiderte trotzig: »Es hat ihm nicht geschadet. Jedermann kann sehen, daß er davon profitiert hat.«

Ungläubig starrte Simon ihn an; voll Schmerz und Empörung erkannte er, daß Robert in dem, was er getan hatte, nichts Unrechtes sah. Ein Gefühl der Leere breitete sich in ihm aus, als er müde zugab: »Ja, es scheint so. Doch das lag nicht in deiner Absicht, oder?« Er wartete nicht auf eine Antwort – er kannte sie. Barsch sagte er daher: »Leb wohl, Robert. Dem Himmel sei Dank, daß Christopher trotz allem, was er durchmachen mußte, zu einem so anständigen jungen Mann geworden ist. Dadurch habe ich zumindest einen Enkel, auf den ich stolz sein kann.«

Außer sich vor Wut sprang Robert auf und schrie mit wildem Augenausdruck: »Da irrst du dich! Du hältst ihn für edel und rein!

Aber er ist nichts anderes als ein gewöhnlicher Pirat! Ein Schurke, der von der Admiralität gesucht wird wegen der Verbrechen, die er gegen sein eigenes Land begangen hat! Frag doch deinen braven Christopher nach Kapitän Saber! Frag ihn, und du wirst sehen, daß er nicht das reine Wesen ist, für das du ihn hältst! Er war ein gemeiner Pirat!«

»Schweig!« rief Simon mit dröhnender Stimme; sein Gesicht war dunkel vor Wut. »Du lügst, um dich selbst reinzuwaschen! Ich werde das nicht zulassen! Verschwinde sofort aus meinem Haus! Sofort, sage ich, oder ich lasse dich hinausprügeln!«

Nicht mehr fähig, vernünftig zu denken, stemmte Robert die Hände auf den Schreibtisch, beugte sich dicht zu seinem Vater vor und schrie: »Das ist ungerecht! *Ihn* solltest du so behandeln! Er war ein Pirat! Leutnant Jennings-Smythe hat ihn erkannt!« Leichtfertig spann er seine Geschichte weiter und fuhr voll Leidenschaft fort: »Es ist wahr. Der Leutnant hat es mir gesagt. Wenn du mir nicht glaubst, frag ihn selbst, dann wirst du es hören.«

Lange starrte Simon ihn an. Robert wirkte so sicher, daß Simon nachdenklich wurde, doch voll Entsetzen erkannte er, daß Roberts Anschuldigungen ihn nicht störten. Mochte Christopher ruhig ein Pirat gewesen sein – es spielte keine Rolle für ihn. Trotzdem wollte er, sozusagen als letzte Konzession an seinen Sohn, mit Christopher reden. Ruhig sagte er: »Ja, ich werde mich informieren. Doch ob er ein Pirat war oder nicht, es ändert nichts an der Beziehung zwischen dir und mir. Wenn ich mit ihm gesprochen habe, wirst du dieses Haus verlassen. Erspar es mir, dich bis dahin noch einmal zu sehen.« Damit erhob er sich und ging aus dem Zimmer.

Ein böses Lächeln auf den Lippen, ließ sich Robert auf einen Stuhl nieder. Nun soll Christopher sehen, wie er sich da herauswindet, dachte er. Mag man mich verachten und verbannen, Christopher wird mein Schicksal teilen.

Simon mochte nicht durch einen der Dienstboten Christopher zu sich rufen lassen, sondern er eilte direkt in dessen Zimmer hinunter. Als er, ohne anzuklopfen, hineinstürmte, blickten ihm Christopher und Higgins erstaunt entgegen.

Simon herrschte Higgins an: »Sie verschwinden! Ich möchte mit meinem Enkel allein sprechen.«

Higgins sah Christopher fragend an, und als dieser zustimmend nickte, verbeugte er sich und verließ den Raum.

»War es nötig, ihn so anzufahren?« fragte Christopher ruhig. »Ich schätze Higgins sehr, müssen Sie wissen.«

»Hör zu. Was ich dir zu sagen habe, geht nur uns beide etwas an. Wenn du es wünschst, werde ich mich später bei ihm entschuldigen.«

Christopher zog ironisch die Augenbrauen hoch. »Entschuldigen? Das würde ich gern sehen. Sie haben sich noch nie bei jemandem entschuldigt.«

»Hör zu«, wiederholte Simon ungeduldig. »Unten in meinem Arbeitszimmer sitzt Robert. Er hat schwere Anschuldigungen gegen dich erhoben.« Simon hielt inne und sah seinen Enkel forschend an. Dann sagte er geradeheraus: »Er behauptet, du warst ein Pirat. Es fiel der Name eines Kapitän Saber. Die Admiralität sucht dich. Ist das wahr?«

Christopher nickte. »Ja, das stimmt«, erwiderte er knapp. Weiter nichts. Was hätte er sagen sollen? Wortreich sein Bedauern ausdrücken? Hinausschreien, daß es nicht seine Schuld gewesen sei, sondern die Umstände ihn dazu getrieben hätten? O nein! dachte er erbittert.

Dieses offene Eingeständnis war jetzt doch ein harter Schlag für Simon. Er hatte es nicht wirklich geglaubt – hatte es nicht glauben wollen. In seinen bernsteinfarbenen Augen lag ein müder Ausdruck, als er sich schwer auf einen nahe stehenden Stuhl sinken ließ. »Großer Gott!« sagte er dumpf.

Vor diesem Augenblick hatte Christopher sich stets gefürchtet. Er hatte gehofft, England verlassen zu können, ohne daß Simon von Kapitän Saber erfuhr. Er hatte ihm diesen Schlag ersparen wollen. So oft er sich in Gedanken diese Szene auch vorgespielt hatte – der Anblick des schmerzgebeugten alten Mannes war für ihn nun schlimmer als alles, was er sich vorgestellt hatte. Mit traurigen Augen starrte er seinen Großvater an, krampfhaft nach Worten suchend, die dessen Schmerz lindern konnten.

Endlich sagte er mit tonloser Stimme: »Ich hätte Ihnen das

gerne erspart, wenn ich gekonnt hätte. Doch ich kann meine Vergangenheit nicht mehr ändern.« Er ließ sich auf die Knie fallen und strich sanft über Simons von blauen Adern durchzogene Hände. »Ich kann Sie nicht einmal um Vergebung bitten für das, was ich getan habe.« Ein flehender Ton lag in seiner Stimme, als er fortfuhr: »Jeder muß zusehen, wie er zurechtkommt. Ich erwarte nicht, daß Sie meine Handlungen billigen, doch verdammen Sie mich nicht für das, was ich war – ein amerikanischer Pirat, anfangs von den Umständen dazu gezwungen, später aus freien Stücken.«

Bei Christophers letzten Worten war Simons Kopf in die Höhe geflogen, seine Augen bohrten sich in die seines Enkels.

»Ein Amerikaner?« rief Simon dröhnend.

Christopher nickte. »Ja«, sagte er, »New Orleans ist meine neue Heimat. Mein Glück, meine Zukunft – alles liegt in den Vereinigten Staaten. Ja, ich war ein Pirat. Ich war dieser Kapitän Saber. Ja, ich habe britische Schiffe angegriffen. Ich habe sie sogar versenkt«, bekannte er seufzend. »Sie müssen wissen, es gab einmal eine Zeit, in der ich alles gehaßt habe, was mit England zusammenhing. Ich habe mein Leben nach meinen eigenen Gesetzen gelebt, und ich kann nicht einmal behaupten, daß es mir leid täte.«

»Bewunderungswürdig«, erwiderte Simon sarkastisch.

Christophers Körper versteifte sich, und er stand auf. »Ich wollte Sie nicht belustigen«, sagte er unangenehm berührt.

»Du belustigst mich weiß Gott nicht, Junge«, polterte Simon, »aber, hol's der Teufel, du magst ein Amerikaner sein, du magst ein Pirat gewesen sein – vor allem bist du mein Enkel und mein Erbe.«

Christopher blickte ihn forschend an. Simons Worte ließen ihn neue Hoffnung schöpfen, doch er war sich noch immer nicht sicher, wie tief sein Geständnis den Großvater getroffen hatte. Jedenfalls schien sich Simon langsam zu erholen, obwohl das, was er soeben erfahren hatte, ein fürchterlicher Schlag für ihn gewesen sein mußte. »Was mich hauptsächlich interessiert«, fuhr er fort, »ist, ob du jemandem Schaden zugefügt hast. Damit meine ich nicht diejenigen, die bei den Kämpfen mit deinem Piratenschiff Schaden genommen haben. Das war wohl unvermeidlich.« Er zögerte und bedachte Christopher mit einem vorwurfsvollen Blick. »Das heißt nicht, daß es mir nicht lieber wäre, du wärst nicht dieser Kapitän Saber gewesen und du hättest dich England gegenüber nicht so illoyal verhalten. Es hat aber keinen Sinn, etwas zu bejammern, das man nicht mehr ändern kann. Du bist nun einmal, wie du bist, und ich möchte dich nicht verdammen, nur weil wir nicht der gleichen politischen Meinung sind.«

Christopher verzog das Gesicht zu einem zweifelnden Grinsen. »Glauben Sie, daß auch Robert Ihre Einstellung teilen wird?«

»Das überlaß mir«, sagte Simon. »Ich werde schon dafür sorgen, daß er aufhört, seine Greuelgeschichten zu verbreiten.«

»Das wird nicht so einfach sein, Sir. Es besteht eine« – Christopher hielt inne und wählte bedachtsam seine nächsten Worte – »eine gewisse Feindschaft zwischen uns, und ich glaube nicht, daß er den Mund halten wird, nur weil Sie es wünschen.« Er zögerte; er wußte nicht, wie er fortfahren sollte. In wenigen Stunden würde das amerikanische Schiff erscheinen. Das war jetzt die Minute, in der er Simon über seine Abreise unterrichten konnte. Doch er durfte ihm nicht einfach sagen: »Ich gehe nach Amerika zurück.« In Simon würde sofort der Verdacht wach werden, daß er, Christopher, aus persönlichen Gründen nach England zurückgekehrt war, und das würde dem alten Mann noch mehr Kummer bereiten. Einen ›Kapitän Saber‹ konnte er ja noch verzeihen, aber einen ›Spion‹? Sicher nicht. Plötzlich kam Christopher der erlösende Gedanke – er konnte Robert als Grund für seine Abreise vorschieben.

»Ich glaube, es wäre das Beste, wenn ich nach Amerika zurückginge«, sagte er daher. »Noch heute nacht. Ehe Robert Ärger machen kann. Wenn dieser Krieg erst einmal vorüber ist, wird meine Vergangenheit keine Gefahr mehr für mich darstellen, und dann werde ich zurückkommen. Doch bis dahin, fürchte ich, kann ich es nicht riskieren, hier zu bleiben, Sir.«

Als er Simons verstörten Blick bemerkte, fügte er hinzu: »Jennings-Smythe ahnt, wer ich bin. Er kann mich zu jeder Zeit als Kapitän Saber identifizieren.«

»Aber wie willst du von hier wegkommen?« fragte Simon. »Es fahren keine Schiffe nach Amerika.«

»Ich kann heute nacht nach Frankreich segeln. Von dort aus nehme ich ein Schiff nach Westindien oder Kuba. Vielleicht gelingt es mir auch, ein Schiff zu erreichen, das die Blockade durchbrechen will. Machen Sie sich diesbezüglich keine Sorgen – ich werde es schon schaffen.«

Simon gefiel Christophers Vorhaben ganz und gar nicht, doch er erkannte auch die Gefahr, in der der Junge hier schwebte.

»Der Teufel hole den ganzen Krieg!« knurrte er und schwieg verbissen, als ihm Christopher auseinandersetzte: »Es ist doch kein Abschied für immer. Und dieses Mal wissen Sie, wo ich bin und daß ich wiederkomme. Ich werde bald wiederkommen, das verspreche ich Ihnen.«

Langsam stand Simon auf. Er konnte jetzt nicht Lebewohl sagen. Sie würden noch einmal allein miteinander reden können, bevor Christopher aufbrach. Vielleicht war er dann in der Lage, dem Jungen Adieu zu sagen ohne diesen verräterischen Glanz in den Augen.

Christophers Blick ausweichend, sagte er: »Nach dem Abendessen werden wir beide uns in meinem Arbeitszimmer noch einmal zusammensetzen. In der Zwischenzeit spreche ich mit Robert. Ich werde ihm sagen, ich hätte dich nicht gefunden. Vorläufig habe er das Maul zu halten. Das wird ihn zumindest bis morgen zum Schweigen bringen. Du kannst dann schon in Dover sein.«

Christopher nickte. »Und die Damen? Was werden Sie denen sagen?«

»Ganz einfach: daß du in dringenden Geschäften nach Frankreich fahren mußtest und sie nicht darüber reden sollen. Jeder andere, der nach dir fragt, wird dieselbe Antwort erhalten. Früher oder später werden sie aufhören zu fragen.« Auf seine Stiefel hinuntersehend, fügte Simon streng hinzu: »Du kommst zurück, sobald du kannst!«

Christopher umfing seinen Großvater mit einem liebevollen Blick; er bemühte sich nicht, seine Gefühle zu verbergen. Ein warmes Lächeln erhellte seine Züge, und seine ganze Zuneigung stand in seinen sonst so harten Augen, als er langsam sagte: »Es tut mir leid, daß alles so kommen mußte. Und es tut mir leid, daß Sie wegen mir lügen müssen. Das nächste Mal wird es keinen Grund mehr für eine solche überstürzte Abreise geben, das verspreche ich Ihnen.«

»Das möchte ich mir auch ausbitten«, knurrte Simon und wandte sich zur Tür. »Ich weiß gar nicht, warum ich mit dir meine Zeit verschwende. Robert wartet unten auf mich.«

Lange, lange Zeit starrte Christopher auf die Tür, durch die Simon verschwunden war. Traurigkeit erfüllte ihn, dumpfer Schmerz stach in seinem Herzen. Energisch rief er sich zur Ordnung und läutete nach Higgins. Ich benehme mich wie ein dummes kleines Mädchen, dachte er ärgerlich und zwang seine Gedanken in eine andere Richtung. Wie Robert wohl Simons Anweisungen aufnehmen würde?

Zu seinem Verdruß fand Simon das Arbeitszimmer leer vor. Auf seine Frage gab Twickham die verwirrende Erklärung, daß Robert zusammen mit Nicoles Mädchen Galena das Haus verlassen habe.

»Mit Galena?«, wiederholte Simon. »Warum das?«

»Ich habe keine Ahnung, Sir«, erwiderte Twickham achselzuckend. Als er das ärgerliche Aufblitzen in Simons Augen bemerkte, fügte er hinzu: »Ich hörte sie von Miss Nicole sprechen, und von Edward Markham. Es hattte etwas mit dem Park zu tun. Vielleicht hat Miss Nicole Galena hergeschickt, um eine Kutsche zu rufen, die sie und Mr. Markham abholen sollte, und Mr. Robert beschloß, sie selbst zu holen.«

»Das kann sein«, entgegnete Simon nachdenklich. Es schien unwahrscheinlich, doch Robert hatte davon gesprochen, daß er Nicole sprechen wollte. Vielleicht unternahmen sie eine Spazierfahrt. Aber um diese Zeit? Mit Edward Markham? Das klang merkwürdig, äußerst merkwürdig.

14

Edward Markham hatte die Durchführung seines Plans, Nicole zu entführen, in Angriff genommen – und das Glück schien ihm dabei hold zu sein.

Einen Wagen zu mieten, war ein leichtes gewesen. Nicole war mit Galena in den Park gegangen, und triumphierend sah Edward sie über einen der hübschen, schmalen Wege des Parks verschwinden. Voller Ungeduld wartete er vor dem Park darauf, daß die beiden ihren Spaziergang beendeten; den Gedanken, daß Nicole möglicherweise Freunde getroffen haben könnte, schob er entschieden beiseite.

Nicole war länger unterwegs als gewöhnlich; ihre Gedanken weilten bei Christopher und der Szene in der Bibliothek. Die frische Luft tat ihr gut und schien ihre unglücklichen Gedanken zu vertreiben.

Ich bin froh, daß er fortgeht, redete sie sich ein. Wenn er sich auf der anderen Seite des Ozeans befindet und sicher auch eine Reihe neuer weiblicher Eroberungen macht, werde ich endlich befreit sein von dieser törichten Sehnsucht nach ihm.

Galena war es, die dem Spaziergang schließlich ein Ende setzte. Sie liebte das Herumrennen, wie sie es nannte, nicht und hielt ihre Herrin für verrückt, zu laufen, wenn sie reiten konnte. Nach einer ihr endlos erscheinenden Zeit wagte Galena vorzuschlagen: »Meinen Sie nicht, daß wir nach Hause gehen sollten, Miss Nicole? Es ist gleich fünf Uhr, und Sie haben niemanden beauftragt, einen Wagen zu schicken.«

»Ich glaube, du hast recht, Galena. Also gut, kehren wir um.«

Kurz darauf erreichten sie den Hauptausgang des Parks und machten sich auf den weiten Weg zur Kings Road. Sie hatten aber gerade erst ein paar Schritte getan, als Edward sie, offensichtlich sehr aufgeregt, beinahe umrannte.

»Meine Liebe!« rief er. »Ich habe schreckliche Nachrichten. Ich weiß gar nicht, wie ich es dir sagen soll.«

Nicole erblaßte jäh; ihr erster Gedanke galt Christopher. Nackte Angst verdunkelte ihre Augen, als sie Edwards Arm umklammerte. »Was ist los? Sprich!«

»Lord Saxon!« antwortete Edward dramatisch. »Er ist tot! Vor ein paar Minuten erlitt er einen schweren Herzanfall. Komm, sie brauchen dich. Rasch!«

Nicole war geschockt; völlig benommen ließ sie sich von Edward über die belebte Straße zu seiner wartenden Kutsche führen. Sie bemerkte nicht einmal, daß Edward die verwirrte Galena vor dem Park hatte stehenlassen. Sie machte sich auch keine Gedanken darüber, warum gerade Edward als Überbringer der entsetzlichen Nachricht auftrat. Wie kam es dazu?

Nicole war wie betäubt und achtete kaum darauf, wohin sie fuhren. Mit blinden Augen starrte sie aus dem Fenster und bemerkte zunächst nicht, daß sie die falsche Richtung einschlugen.

Edward beobachtete sie verstohlen. Dieses Mal, liebe Cousine, wirst du mir nicht entkommen, dachte er boshaft. In höchstens zwei Tagen werden wir verheiratet sein. Dann wirst du auch keine Jungfrau mehr sein. Dafür werde ich sorgen. Ein häßliches Lächeln zuckte um seinen Mund, als er an die Freuden dachte, die ihm bevorstanden. Nun habe ich Zeit genug, dich mir gefügig zu machen, dachte er, und ein verächtlicher, triumphierender Ausdruck trat auf sein Gesicht.

Nicole bemerkte diesen Ausdruck und wurde sich nun doch verschiedener Dinge bewußt – Galena war nicht bei ihr; sie hätten schon vor ein paar Minuten in der Kings Road sein müssen; und als sie sich aufrichtete und nach draußen blickte, erkannte sie, daß sie nicht in die richtige Richtung fuhren. Sie fuhren nach Norden!

Langsam sank sie in den Sitz zurück, doch ihr Gesicht verriet nichts von ihren Gedanken. Obwohl sie innerlich vor Wut kochte, arbeitete ihr Verstand klar und präzise. Edward hatte sie überlistet, und sie verfluchte ihre eigene Dummheit. Sie hätte ihm so etwas zutrauen müssen – wahrscheinlich plante er eine Hochzeit in Gretna Green, wenn er sie nicht gar umbringen wollte. Sie konnte diese Möglichkeit nicht völlig ausschließen und beobachtete ihn prüfend. Nein, entschied sie schließlich, für einen Mord ist er zu feige. Aber auch Feiglinge können zu Mördern werden, wenn sie in die Enge getrieben werden, dachte sie schaudernd, und Edward muß wirklich sehr verzweifelt sein, wenn er sich auf ein solches

Spiel einläßt.

Plötzlich durchzuckte sie ein anderer Gedanke. Wenn er nun doch die Wahrheit gesagt und Lord Saxon wirklich einen Herzanfall erlitten hatte und ihm, Edward, dieses tragische Ereignis gelegen kam, es für sich auszunutzen? Es war ein schrecklicher Gedanke, und ihre Ängste und Sorgen wurden noch größer.

»Edward«, sagte sie schließlich, »ich sehe, daß wir nicht zu Lord Saxon fahren. Ich nehme an, wir sind auf dem Weg nach Gretna Green. Doch sag mir die Wahrheit. Ist Lord Saxon wirklich tot, oder hast du das nur gesagt, um mich in die Kutsche zu locken?«

Edward hatte alles mögliche erwartet, Flüche, Drohungen und Verwünschungen, aber nicht diese Ruhe und schon gar nicht ihre Besorgnis um Lord Saxon. Und da sie ihn mit ihrer Frage überrumpelt hatte, erwiderte er wahrheitsgemäß: »Soviel ich weiß, erfreut er sich bester Gesundheit.«

Auf ihren empörten Blick hin verteidigte er sich: »Ich mußte dir etwas sagen, das dich aus der Fassung brachte. Was hätte ich sonst tun sollen?«

»Du widerliche Kröte!« schrie Nicole außer sich. »Halte sofort an! Dann werde ich so tun, als wäre nichts geschehen. Wenn du das nicht machst, sage ich dir etwas anderes, Cousin« – sie zog die Worte voll beißender Verachtung in die Länge – »und zwar dies, daß mich nichts dazu bringen wird, dich zu heiraten. Du wirst dich sehr lächerlich machen, wenn ich mich weigere, ein gewisses Wort nachzusprechen.«

Ein häßlicher Ausdruck lag in seinen blauen Augen, als er mit höhnischer Stimme entgegnete: »Ich würde an deiner Stelle nicht so überheblich daherreden. Wenn wir Gretna Green erreichen, wirst du mehr als glücklich sein, mich heiraten zu können – weil du dann nämlich vielleicht schon ein Kind in dir trägst. Ich werde gewiß das Meine dazu beitragen, daß das der Fall sein wird. Und rechne nicht auf die Hilfe der Saxons. Nicht einmal der alte Lord wird sich mehr hinter dich stellen, wenn er erfährt, daß du keine Jungfrau mehr und möglicherweise schwanger bist.«

Erbittert schluckte Nicole die zornige Antwort hinunter, die ihr auf der Zunge lag, denn sie wollte ihn nicht in Wut bringen – nicht jetzt. Edward war ein Narr, zu glauben, auf diese Weise etwas zu erreichen. Sie würde ihn nie heiraten. Nie! Und sie würde sich mit allen Kräften gegen eine Vergewaltigung wehren. Und selbst wenn er Erfog haben und sie schwanger werden sollte, würde sie ihn nicht heiraten. Lieber würde sie einen Skandal, Gerede und Verachtung hinnehmen, und irgendwie würde sie auch das ungeborene Kind loswerden.

»Hast du nichts zu sagen, meine Liebe?« unterbrach Edward ihre Gedanken.

Nicole zuckte die Achseln; sie hatte einen Plan gefaßt und wollte sich nicht mit ihm streiten. Beinahe gleichgültig sagte sie daher: »Was gibt es da zu sagen? Du hast offensichtlich an alles gedacht.«

»Das habe ich«, nickte er selbstzufrieden. »Das habe ich. Und es wäre klug von dir, dich nicht zu widersetzen. Es wird alles viel einfacher für dich sein, wenn du dich fügst.« Und mit überheblichem Lächeln fügte er hinzu: »Man sagt, ich sei ein ausgezeichneter Liebhaber, und ich bin sicher, es wird dir viel besser gefallen, wenn du dich nicht wehrst. Wie du weißt, gibt es eine ganze Reihe von Frauen, die gerne an deiner Stelle wären.«

»Ach, wirklich?« erwiderte Nicole scheinbar neugierig und blickte sich suchend im Wagen nach irgendeinem Gegenstand um, den sie als Waffe benutzen konnte. Doch auf den ersten Blick entdeckte sie nichts. Der Wagen war leer; was immer Edward an Gepäck mit sich führte, er hatte es auf dem Dach der Kutsche verstaut. Ihre Handtasche lag neben ihr auf dem Sitz, aber nach kurzem Überlegen wußte sie, daß nichts darin war, das ihr helfen konnte. Sie biß sich auf die Lippen und sah sich ein letztes verzweifeltes Mal in der Kutsche um – und da sah sie es! Edwards Messer! Sehnsüchtig betrachtete sie das todbringende Instrument, das neben ihm auf dem Sitz lag. Leider konnte sie es nicht erreichen. Es lag auf der von ihr abgewandten Seite Edwards.

Nicole hatte sich noch nie so hilflos und allein gefühlt, und während sie Kilometer um Kilometer zurücklegten und schließlich die Abendsonne dem Mond wich, wurde sie immer niedergeschlagener. Sie hatte keine Angst vor Edward, doch sie wußte, daß ihre Chancen, zu entkommen, mit jeder verstreichenden Minute geringer wurden. Bald würde Edward seine Drohung wahrmachen und sie gewaltsam nehmen. Ihr wurde fast schlecht bei der Vorstellung, daß seine Hände ihren Körper berühren und seine Lippen die ihren küssen würden.

Als könne er ihre Gedanken lesen, lächelte Edward sie in dem schwachen Licht in der Kutsche an. »Nervös, meine Liebe?« fragte er spöttisch. »Keine Sorge, du hast noch ein wenig Zeit.«

»Worauf wartest du noch?« fragte sie. »Brauchst du noch mehr Mondlicht, um deine Liebeskünste entfalten zu können?«

»Nein, an sich nicht, aber vor uns liegt noch ein besonders schlechter Streckenteil, und ich möchte nicht im unpassenden Augenblick im Wagen hin- und hergeschleudert werden. Du wirst mich verstehen, wenn wir dort sind.«

Nicole machte keinen Versuch mehr, ihre Wut und Verachtung zu verbergen. »Wie vorausschauend von dir, daran zu denken!« höhnte sie, und beinahe im Plauderton fuhr sie fort: »Du weißt, daß du bei dem, was du tust, dein Leben riskierst, Edward. Glaubst du etwa, daß die Saxons dich nicht zur Rechenschaft ziehen werden, nur weil du mit mir verheiratet sein wirst?« Sie lachte auf, als sie seine Unsicherheit bemerkte. Daran hatte er offensichtlich nicht gedacht. Sie fuhr fort: »Da wäre zunächst einmal Lord Saxon selbst – er kann noch immer sehr gut mit einer Pistole umgehen. Dann käme Robert. Er ist ein hervorragender Fechter. Und was Christopher betrifft, nun, von dem weiß ich, daß er perfekt im Umgang mit jeder Waffe ist.« Ihre Stimme wurde plötzlich hart und triefend vor Abscheu, als sie ihm ins Gesicht schleuderte: »Glaubst du wirklich, daß sie dich so einfach davonkommen lassen werden?«

Edward lachte nervös. »Sei nicht albern! Niemandem bist du wichtig genug, daß er sich mit mir duellieren würde.«

In diesem Augenblick gab es einen gewaltigen Ruck, so daß Edward gegen die Tür geschleudert wurde und Nicole sich haltsuchend an die Armlehne klammerte. In nächsten Moment erschütterte ein weiterer schwerer Schlag die Kutsche. Edward rutschte fluchend über den Boden des Wagens, während es Nicole gerade noch gelang, sich festzuhalten und so zu vermeiden, ebenfalls zu Boden geschleudert zu werden. Als sie sah, wie ihr Cousin sich bemühte, wieder auf die Beine zu kommen, verschwendete sie keine Sekunde, sondern beugte sich herunter, hob das ebenfalls zu Boden gefallene Messer auf und ließ es in den Falten ihres langen Mantels verschwinden.

Nach einem entsetzlichen Knirschen der Räder und einem dritten schweren Schlag kam die Kutsche in starker Schräglage abrupt zum Stehen. Von draußen hörte Nicole die aufgeregten Flüche des Kutschers, und Edward, dem es endlich gelungen war, sich wieder aufzurichten, stieß die Tür auf. Durch die extreme Schräglage der Kutsche war das Aussteigen nicht einfach.

»Was zum Teufel, geht hier vor?« fragte Edward in wütendem Ton, als er endlich draußen war.

Dem erregten Wortwechsel der zwei Männer entnahm Nicole, daß ein unerwartet tiefes Loch in der Straße den Kutscher zum Ausweichen gezwungen hatte und die Kutsche dabei in den Straßengraben geraten war. Eines der Hinterräder hatte sich dabei tief in den weichen Boden gegraben.

Nicole lächelte in sich hinein. Sie wußte zwar nicht, ob irgend jemand von den Saxons ihnen nachfuhr, doch jede Verzögerung konnte nur von Vorteil für sie sein. Sie war ziemlich sicher, daß man sie verfolgte, denn wenn Galena in der Kings Road eingetroffen war und festgestellt hatte, daß Lord Saxon wohlauf war, mußte ihr das genügt haben, um sofort Alarm zu schlagen. Und irgend jemand – Nicoles Herz tat einen verrückten Sprung, als sie an Christopher dachte – irgend jemand würde schon darauf kommen, was geschehen war. Sie befanden sich auf der Hauptverbindungsstraße nach Schottland.

Während die Minuten verstrichen und die Männer sich bemühten, die Kutsche wieder auf die Straße zu bekommen, kehrten Nicoles Lebensgeister zurück. Edward machte sich bei dem Kutscher nicht gerade beliebt. Er beschimpfte den Mann und verwünschte fortwährend dessen Versuche, die Kutsche flottzumachen. Während Nicole auf die vom Mond beschienene Landschaft hinausblickte, wünschte sie inständig, daß sie die ganze Nacht hier festgehalten würden. Das würde Edwards infamen Plan zunichte machen. Doch ihre Hoffnungen wurden enttäuscht, denn plötzlich tat die Kutsche einen holprigen Ruck, dann hatte sie die Straße wieder erreicht.

Nicole ließ sich demprimiert in den Sitz zurücksinken, als sich die Kutsche wieder aufgerichtet hatte. Doch dann tastete sie ein wenig beruhigt nach dem Messer unter ihrem Mantel. Edward wird eine böse Überraschung erleben, dachte sie grimmig.

Einen Augenblick später kletterte er wieder in die Kutsche und erklärte in wütendem Ton: »Diese unfähigen Idioten! Man sollte meinen, daß sie verstünden, eine Kutsche zu lenken – aber nein, sie sind zu blöd dazu!«

Nicole erwiderte nichts; ihr Herz schlug wie rasend in ihrer Brust. Sie mußte sofort handeln, jetzt gleich, wo die Aufregung über den unvorhergesehenen Unfall ihm noch in den Gliedern saß. Sie wartete, bis er sich hingesetzt hatte, dann sprang sie ihm, noch bevor er ahnen konnte, was sie vorhatte, mit gezogenem Messer entgegen. Die tödliche Klinge nur Zentimeter vor seinem Gesicht entfernt haltend, befahl sie in gefährlich leisem Ton: »Rühr dich nicht, Edward, sonst erstech ich dich!«

Edward blieb wie erstarrt sitzen. Nicole hatte bewußt seine Visage als Angriffsziel gewählt, denn sie kannte seine Eitelkeit und wußte, daß er alles tun würde, um sein schönes Gesicht vor Schaden zu bewahren.

Verächtlich betrachtete sie ihn, wie er sich in den Polstern der Kutsche verkroch. »Sag dem Kutscher, er soll den Wagen wenden. Es geht zurück nach Brighton«, fuhr sie fort.

Als Edward alle seine Hoffnungen auf eine rosige Zukunft dahinschwinden sah, vergaß er sein Gesicht und fuhr wütend in die Höhe. Doch die nackte Klinge, die seine Wange ritzte, ließ ihn auf seinen Sitz zurückfallen. »Verdammtes Luder!« zischte er wütend und betupfte den winzigen Kratzer mit einem zarten weißen Taschentuch. »Wehe dir, wenn du mich entstellt hast!«

Mit schmalen Augen erwiderte Nicole: »Und was hast du mit mir vorgehabt? Jetzt laß die Kutsche wenden, oder ich werde dich wirklich für dein Leben entstellen. Also los, mach schon!«

Widerwillig gehorchte Edward und klopfte gegen die Wand, damit der Kutscher anhielt. Einen Augenblick später blieb die Kutsche stehen, und mit heiserer Stimme gab Edward Anweisung, nach Brighton zurückzufahren.

Der Kutscher sandte einen Blick empor zum Himmel – die sogenannten feinen Leute! Sie sind überheblich und wissen nie, was sie wollen. Doch da er bereits sein Geld für die Fahrt nach Gretna Green in der Tasche hatte, zeigte er sich ohne weiteres dazu bereit, die Tour abzubrechen und wieder Brighton anzusteuern.

Die Kutsche wendete. Nicole ließ Edward keinen Moment aus den Augen, wußte sie doch, daß er jetzt gefährlicher war als zuvor. Falls er auf irgendeine Weise wieder die Oberhand gewinnen sollte – dann gnade ihr Gott! Instinktiv umschlossen ihre Finger fester den Griff des Messers. Ja, sie würde ihn töten, falls es nötig sein sollte.

Schweigend fuhren sie dahin. Nicole wußte nicht, wie spät es war, doch der Mond stand schon hoch am dunklen Nachthimmel. Sie vertraute darauf, daß Hilfe unterwegs war. Galena hatte sicher Alarm geschlagen. Bestimmt hatte Christopher oder Robert inzwischen die Verfolgung aufgenommen. Für den Augenblick hatte sie Edward eingeschüchtert, aber sie kannte ihren Cousin. Die Waffe verlieh ihr zwar eine gewisse Überlegenheit, doch sie wünschte trotzdem sehnlichst, daß die Saxons auftauchten. Wie abhängig ich doch von ihnen geworden bin, dachte sie.

Das eintönige Holpern und Rattern der Räder der Kutsche übte eine beruhigende Wirkung auf Nicole aus, doch sie ließ nach wie vor den nervös auf seinem Sitz hin und her rutschenden Edward keine Sekunde aus den Augen; das Messer folgte jeder seiner Bewegungen.

Gereizt sagte er: »Nimm doch das verdammte Ding weg. Es genügt, daß du es in der Hand hältst. Solange das der Fall ist, werde ich schon nichts unternehmen. Ich bin schließlich kein Narr.«

Nicole lächelte kalt: »Und ob du einer bist! Nur ein Narr kann versuchen, auf diese Weise seine Probleme zu lösen. Hast du wirklich geglaubt, daß das ginge? Wie konntest du nur so töricht sein?«

Blanker Haß stand in seinen Augen, als er wütend erwiderte: »Weil ich die Lage, in der ich stecke, dir zu verdanken habe. Es gehörte alles mir, und dann kamst du zurück. Ich brauche das Geld – du nicht! Du könntest ohne weiteres einen reichen Mann heiraten.«

»Die Entscheidung über mein Vermögen bleibt mir überlassen. Deiner Familie ist es in den letzten Jahren durch mich mehr als gut gegangen. Aber du willst natürlich alles haben. Vergiß nicht, wir sind in keiner Weise miteinander verwandt. Daß ich dich Cousin nenne, ist nichts als reine Gewohnheit. Ich habe dich nicht um dein Vermögen gebracht – ich beanspruche nur, was von Rechts wegen mir gehört. Du tätest gut daran, dir das ins Gedächtnis zurückzurufen.«

Darauf gab es nichts zu erwidern. Edward starrte wütend zum Fenster hinaus und verfluchte das Schicksal, das ihm so grausam mitspielte. Warum läßt es zu, daß mir ein dämliches Weib einen Strich durch die Rechnung machte? dachte er wütend. Wenn ich ihr doch nur das verdammte Messer entreißen könnte – dann sähe alles anders aus. Dann würde ich sie lehren, daß es nicht klug ist, meine Pläne zu durchkreuzen.

Ein Teil seines Selbstvertrauens kehrte zurück, und er beobachtete sie verstohlen.

Wachsam wie eine gejagte Füchsin erkannte Nicole sofort die Veränderung, die mit ihm vorging. Sie erhöhte ihre Wachsamkeit. Kalt blickte sie ihn an; ihr schönes Gesicht verriet nichts von ihren Gedanken, und als er seine Haltung änderte, sagte sie drohend: »Ich würde an deiner Stelle nichts unternehmen, Edward. Ich bin keine furchtsame Frau, der beim Anblick von Blut schlecht wird. Ich habe schon viele Männer sterben sehen. Ich kann und ich werde dich töten, wenn es sein muß – du hast die Wahl. Zwingst du mich dazu, werde ich dich, ohne mit der Wimper zu zucken, umbringen.«

Edward schluckte; ihr entschiedener Ton dämpfte seine Angriffslust. Doch seine Situation war zu verzweifelt, als daß er ihre Warnung hätte beachten können. Wenn Nicole ihm entkam, würde er nicht nur noch immer mit seinem Schuldenberg dastehen – der Skandal, den das Bekanntwerden seiner wahnwitzigen Entführung auslösen würde, wäre sein endgültiger Ruin. Er mußte sogar mit einer Anzeige der Saxons rechnen. Seine Aktion war kein Dummer-Jungen-Streich mehr, über den man lachend hinweggehen konnte. Wenn er erst einmal in Brighton war, würde er den Folgen seiner Handlungen ins Auge sehen müssen – etwas, das er in seinem ganzen Leben noch nicht getan hatte ... und das zu tun er auch in Zukunft nicht beabsichtigte. Er würde dieser dummen kleinen Hexe eine Lektion erteilen – seine Gelegenheit würde kommen, noch bevor sie Brighton erreicht hatten.

Seine Gelegenheit kam kaum fünf Minuten später, wenn auch auf ganz andere Art, als er erwartet hatte. Das Rad, das im Boden steckengeblieben war, hatte bei dem Unfall Schäden davongetragen. Auf Dauer konnte es der Last des Wagens nicht standhalten, und in einer scharfen Kurve zerbrachen die Speichen wie Strohhalme. Krachend kippte die Kutsche um. Die Fahrt war zu Ende.

Draußen herrschte das reinste Chaos – die Pferde zerrten und rissen an ihren Strängen, die beiden vorderen hatten sich in ihrem Zaumzeug verfangen. Im Inneren der Kutsche kämpften Nicole und Edward einen erbitterten Kampf um das Messer. Gleich beim ersten Ruck hatte Edward Nicole angegriffen, doch Nicole kämpfte wie eine Löwin. Die unberechenbaren Bewegungen der Kutsche verschafften Edward einen leichten Vorteil, und er nutzte ihn sofort aus, indem er sich, dem Messer der um ihr Gleichgewicht ringenden Nicole ausweichend, auf sie warf. Es war ein häßlicher Kampf, und Edward fluchte, als Nicole sich seiner Umklammerung zu entwinden versuchte. Sein Körper lag schwer auf ihr, während er sie auf den Sitz preßte. Sein Gesicht war nur Zentimeter von dem ihren entfernt, und Nicole schauderte vor Ekel und Abscheu, als sie seinen heißen Atem auf ihrer Wange spürte. Edward hielt ihre beiden Hände umklammert und preßte mit aller Kraft ihr rechtes Handgelenk, damit sie das Messer fallen ließ. Der Schmerz war unerträglich, doch Nicole biß die Zähne zusammen, und unter Aufbietung ihrer letzten Kraft gelang es ihr schließlich, ein Knie zwischen ihre Körper zu bringen. Mit aller Macht stieß sie ihm in den Unterleib, und ein triumphierendes Lächeln zuckte um ihren Mund, als er vor Schmerz aufheulte. Einen Augenblick lockerte sich der Druck auf ihr Handgelenk, worauf ihm Nicole ihre Hand mit der Schnelligkeit einer Schlange entwand und das Messer tief in seine Schulter stieß.

Er fiel, eine Hand gegen seine Schulter, die andere gegen den Unterleib gepreßt, auf seinen Sitz zurück. Ungläubig starrte er Nicole an, die mit funkelnden Augen vor ihm stand, bereit, erneut zuzustechen. Als er ein paar Blutflecken auf ihrem Mantel entdeckte, stöhnte er auf: »Ich sterbe. Ich weiß es. Du hast mich umgebracht.«

»Wohl kaum«, erwiderte Nicole trocken. »Du bist verletzt, aber nicht tödlich, das darfst du mir glauben. Du kannst mir keinen Vorwurf machen, ich habe dich gewarnt. Sei dankbar, daß ich dich nicht getötet habe – ich wäre dazu imstande gewesen.«

Das plötzliche Geräusch eines näherkommenden Wagens ließ sie aufhorchen. Sie beugte sich angestrengt lauschend vor. Bald erkannte sie Roberts vertraute Stimme. Sie schleuderte das Messer auf den Boden und kletterte gewandt wie eine Katze aus der umgekippten Kutsche.

»Robert! Ich bin es, Nicole!« rief sie, beinahe übermütig vor Erleichterung über die Rettung. Es wäre ihr nicht angenehm gewesen, mit dem verletzten Edward in der Kutsche noch länger allein zu sein, während der Kutscher Hilfe holte. Jeden anderen als Robert hätte sie allerdings als Retter lieber gesehen, doch sie wollte sich jetzt nicht ärgern.

»Bist du es wirklich, meine Liebe?« rief Robert, als er sie im silbernen Schein des Mondes auf sich zukommen sah. »Ich hätte nicht geglaubt, dich so bald einzuholen.«

Nicole lachte. »Wir hatten ein paar Unfälle; dies ist der letzte.« Nicht ganz ehrlichen Herzens fügte sie hinzu: »O Robert, ich bin so froh, daß du hier bist. Bitte, bring mich nach Hause. Machen sie sich große Sorgen in der Kings Road?«

Robert wollte etwas erwidern, doch Galena, die neben ihm saß, konnte nicht länger an sich halten; sie sprang von Roberts Wagen herunter und rannte auf Nicole zu. »Miss Nicole! Ich hatte solche Angst. Ich bin sofort, nachdem Sie und Mr. Edward verschwunden waren, nach Hause gelaufen. Dort traf ich in der Halle Mr. Robert und erfuhr, daß Lord Saxon lebt.« Sie warf Robert einen Blick zu und setzte hinzu: »Als ich ihm erzählte, was geschehen war, vermutete er sofort, daß Mr. Edward sie entführen und zur Heirat zwingen wolle, und wir folgten Ihnen. Niemand weiß, wo wir sind, denn Mr. Robert meinte, wir dürften keinen Augenblick versäumen.«

Nicole blickte lächelnd in Galenas bekümmertes Gesicht. »Du

hast richtig gehandelt, Galena. Laßt uns diesen häßlichen Ort verlassen und nach Hause fahren. Ich bin über alle Maßen erschöpft.«

Robert half Nicole beim Einsteigen. Sie warf einen letzten Blick auf die zertrümmerte Kutsche. Gott sei Dank bin ich Edwards Klauen entkommen, dachte sie erleichtert.

Dann wollte Robert sich der verunglückten Kutsche zuwenden, doch Nicole rief ihn zurück: »Nein, Robert, laß ihn!«

Auf Roberts ungläubigen Blick hin bat sie: »Er ist außer Gefecht gesetzt. Ich habe ihn mit seinem eigenen Messer verletzt. Komm, fahren wir.«

»Ich kann den Gedanken nicht ertragen, daß dieser Schuft mit nichts als einer Verletzung davonkommen soll, die ihm eine Frau beigebracht hat. Er muß sich einem Mann stellen.«

»Das soll er auch, Robert. Aber bitte erst morgen. Es wird immer später, und da niemand weiß, wo ich bin, werden sie sich schreckliche Sorgen machen. Bitte, bitte, bring mich nach Hause.«

Er hatte den Kopf abgewandt, und so konnte sie den eigenartigen Ausdruck auf seinem Gesicht nicht erkennen. »Also gut, meine Liebe, wenn du es wünschst. Ich werde mich später mit ihm befassen. Du kannst mir das nicht verweigern.«

»Das würde ich auch gar nicht wollen, Robert.«

Er kletterte endlich auf den Wagen, wendete die Pferde, und bald verschwendete Nicole keinen Gedanken mehr an Edward; sie war nur froh, daß sie relativ glimpflich davongekommen war.

Was Edwards Verfassung anbelangte, irrte sich Nicole. Sie hätte erkennen müssen, wie verzweifelt er war. Als Edward Roberts Stimme erkannt hatte, hatte er das Messer ergriffen, war aus dem Wagen geklettert und hatte sich hinter diesem versteckt. Einem wütenden Saxon gegenüberzutreten, war mehr, als er sich in seiner augenblicklichen Verfassung zugetraut hätte. Er brauchte Zeit, um Kräfte zu sammeln. Oh, er würde um Nicole kämpfen, aber nicht hier auf der Hauptstraße.

Aus seinem Versteck heraus beobachtete er, wie Robert sich auf den Wagen schwang und dieser sich in Bewegung setzte. Als der Wagen außer Sichtweite war, trat Edward hinter der Kutsche hervor. Er kümmerte sich nicht um seine schmerzende Schulter und verlangte eines der Pferde. Er wolle Hilfe holen. Er habe nicht die Absicht, die ganze Nacht hier zu verbringen und darauf zu warten, daß etwas geschähe, sagte er.

Nach kurzer Überlegung nickte der Kutscher sein Einverständnis, und wenig später ritt Edward davon.

Doch er hatte nicht die Absicht, Hilfe zu holen. An eine Heirat mit Nicole war jetzt nicht mehr zu denken – wohl aber daran, sie umzubringen. Es würde eine Tragödie sein, dachte er triumphierend, eine geheimnisvolle Tragödie. Lord Saxons Sohn, Miss Nicole und ihr Mädchen ermordet von einem unbekannten Täter. Ausgezeichnet! Es durfte keine Zeugen geben. Wie er die drei allerdings dazu bringen wollte, sich widerstandslos von ihm abstechen zu lassen, war ihm noch nicht ganz klar. Im schlimmsten Fall würde er sich, unkenntlich gemacht durch ein vors Gesicht gebundenes Taschentuch, auf Nicole werfen und sie noch einmal entführen.

Ahnungslos fuhren Robert und die zwei Mädchen auf der Straße nach Brighton dahin. Doch auch Robert hatte andere Pläne. Als er zur Verfolgung Edwards aufgebrochen war, hatte er nichts anderes im Sinn gehabt, als Nicole zu retten. Erst als sie sicher in seinem Wagen saß, faßte er den Entschluß, nicht nach Brighton zurückzukehren. Statt dessen wollte er sie in das kleine Haus in der Nähe von Rottingdean schaffen. Dort wollte er sie von seiner Liebe überzeugen und sie dazu bringen, ihn zu heiraten.

Nicole ahnte nichts von Roberts Plänen. Er hatte sie aus einer äußerst gefährlichen Situation gerettet, und sie war ihm dankbar dafür. Während sie über die vom Mond beschienene Straße dahinfuhren, lenkte er sie mit höflicher, zwangloser Unterhaltung von dem Trauma dieser Nacht ab, und sie mußte sich eingestehen, daß er sehr nett zu ihr war.

Doch als er nach etwa einer halben Stunde die Pferde von der Hauptstraße nach links auf eine Seitenstraße lenkte, fragte sie alarmiert: »Wohin fahren wir? Nach Brighton geht es geradeaus.«

»Das weiß ich, meine Liebe, aber ich denke, wir sollten bei meinem Haus vorbeifahren. Es ist viel näher. Du bist durchfroren, und mein Butler wird dir einen Glühwein machen, der dir guttut«, erwiderte er besänftigend, den Blick nach vorn auf die Pferde gerichtet. »Dort ist auch ein Ofen, an dem du dich wärmen kannst, und ich werde umgehend einen meiner Dienstboten nach Brighton schicken, damit sie erfahren, wo du bist. Wie du schon sagtest, werden sie sicher alle in höchster Sorge um dich sein. Ich bin aber sicher, daß es, wenn sie meine Nachricht erhalten haben werden, nicht lange dauern wird, bis sie alle bei uns erscheinen werden.«

Das klang sehr überzeugend, doch Nicole mißtraute ihm. Aber was hätte sie sagen sollen?

Als Edward, der ihnen frierend und voll Unbehagen noch immer folgte, bemerkte, daß Robert die Hauptstraße verließ, stieß er einen leisen Pfiff aus. Was hatte Robert vor? Ein häßliches Grinsen trat auf sein Gesicht. Eine kleine Vergewaltigung vielleicht? Das würde ihr recht geschehen, dachte er schadenfroh. Aber noch wichtiger war ihm, daß die neue Lage ausgezeichnet in seine Pläne paßte. Eine abgelegene schmale Straße war wesentlich geeigneter für einen kaltblütigen Mord als die Hauptstraße nach Brighton.

Liebevoll über das Messer streichend, trat er dem Pferd in die Seiten. Er wollte Roberts Wagen einholen, um die Sache hinter sich zu bringen. Doch das Tier, das nicht gewohnt war, geritten zu werden, gehorchte nicht. Nicht nur, daß es nicht auf Edwards Befehle reagierte, es begann sogar, sich aufzubäumen und zu bokken. Edward war kein guter Reiter, und so ließ er, aus Angst, abgeworfen zu werden, dem Pferd seinen Willen und ritt im leichten Trab weiter. Manchmal fürchtete er sogar, den Wagen Roberts aus den Augen zu verlieren, wenn dieser hinter einer Kurve oder einer Kuppe verschwand. Irgendwie gelang es ihm jedoch, das Tempo des Pferdes noch einmal soweit zu steigern, daß die Verbindung nicht abriß.

Robert fuhr in nordöstlicher Richtung, und endlich roch Nicole salzige Meeresluft, wodurch sie sich veranlaßt sah, Robert zu fragen: »Wo genau ist dein Haus?«

Robert lächelte liebenswürdig. »Höchstens eine Meile von hier entfernt. Es liegt direkt am Meer.« Er senkte die Stimme und fügte leise hinzu: »Deine Mutter sagte, es sei eines der schönsten Häuser, die sie je gesehen habe.«

Nicole fühlte, wie sich ihr Magen zusammenzog, aber sie wollte jetzt nicht über die häßliche Geschichte reden und zuckte nur die Achseln.

15

Roberts Haus war nicht sehr groß, doch ungewöhnlich behaglich und gemütlich eingerichtet. Es besaß eine kleine Empfangshalle; der Salon, in den man Nicole führte, war sehr hübsch. Ein Feuer brannte in dem Kachelofen, und der Butler brachte bald eine Tasse mit dampfendem Glühwein.

Nicole hatte ihren Mantel achtlos auf einen in der Nähe stehenden Stuhl geworfen, wärmte sich am Feuer und schlürfte die heiße Flüssigkeit. Robert über den Rand ihrer Tasse hinweg ansehend, fragte sie ruhig: »Wann willst du deinen Vater benachrichtigen? Sollte das nicht gleich geschehen?«

»O ja, meine Liebe, sofort«, stimmte er beflissen zu, setzte sich an einen Schreibtisch und begann eine kurze Nachricht zu verfassen. Schließlich faltete er den Zettel zusammen, lächelte Nicole zu, ging zur Tür und trat in die Halle hinaus. Mißtrauisch huschte Nicole zur Tür, öffnete sie einen Spalt und beobachtete ihn.

Er stand mit dem Rücken zu ihr, niemand außer ihm befand sich in der Halle. Sie sah, wie er den Zettel rasch in kleine Schnipsel zerriß und diese in einen Papierkorb warf. Er drehte sich um und ging so schnell auf den Salon zu, daß Nicole keine Zeit mehr hatte, die Tür zu schließen. Es gelang ihr kaum, ihren alten Platz am Feuer wieder einzunehmen.

Sie mußte sich zwingen, ihn anzusehen, als er eintrat. Innerlich kochte sie und verwünschte sich, vergessen zu haben, daß man ihm eben niemals trauen durfte. Sie blickte sich verstohlen in dem Raum um. Doch es schien nichts zu geben, das ihr von Nutzen sein konnte. Es war ein schlichter, männlicher Raum – dunkle Ledersessel, goldbraune Teppiche, schwere lila Vorhänge, die zugezogen waren. Als sie die Glastüren betrachtete, die nach draußen führten, hatte sie einen Augenblick das unbehagliche Gefühl, beobachtet zu werden, doch sie verwarf diese Empfindung schnell als dumme Einbildung.

Falls die Türen nicht verschlossen sind, ist es mir ein leichtes, meinen Mantel zu ergreifen und in die Nacht hinauszurennen, dachte sie. Vage erinnerte sie sich, daß die Strecke bis zur Küste felsig und zerklüftet war; dort würde sie sich leicht bis zum Morgen verborgen halten können. Langsam begann sie, sich zum Mantel hinzuschleichen, doch Robert vereitelte ihr Vorhaben, indem er sich, sicher ohne Absicht, zwischen sie und das Ziel ihrer Wünsche stellte. Er ergriff ihre Hand, küßte sie und sagte: »Meine Liebe, du weißt nicht, wie oft ich davon geträumt habe, daß du hier bei mir sein würdest. Ich habe dich gesehen, so wie du jetzt bist, dein Haar im Schein des Feuers glänzend, deine Haut in Gold gebadet.«

Nicole schluckte; sie wußte nicht, ob sie lachen oder ihm ins Gesicht schlagen sollte. Aus Angst, ihre Augen könnten sie verraten, blickte sie hastig zur Seite und entzog ihm, langsam zurückweichend, ihre Hand. Ohne ihn anzusehen, murmelte sie: »Ich hoffe, daß Lord Saxon bald kommt. Ich bin so erschöpft und habe Kopfschmerzen. Bitte verzeih mir, wenn ich nicht auf deine Komplimente eingehe; die Ereignisse des heutigen Abends haben mich doch sehr mitgenommen.« Es war eine plumpe Ausflucht, und wenn Robert nicht so verliebt in sie gewesen wäre, hätte er es auch bemerkt. So jedoch erwiderte er mit liebevoller Besorgnis nur: »Wenn du dich gern hinlegen möchtest, kann meine Haushälterin, Mrs. Simpkins, dich in eines der Schlafzimmer führen.«

Das lag nun ganz und gar nicht in Nicoles Absicht – ein Schlafzimmer war der letzte Platz, wo sie sich in Roberts Haus aufhalten wollte. Als sie sich verzweifelt im Raum umblickte, blieben ihre Augen an zwei Degen hängen, die über dem Kamin gekreuzt an der Wand hingen. Heute noch auf einen zweiten Mann einzustechen, war aber etwas, das selbst Nicole zuviel war. Außerdem glaubte sie nicht, daß es ihr gelingen würde, einen Degen von der Wand zu reißen, bevor Robert sie daran hätte hindern können.

Ihre einzige Chance war also doch das Schlafzimmer, das sie freilich ohne Galena keinesfalls betreten wollte. Die Hand an den

Kopf legend, sagte sie mit schwankender Stimme: »O, diese Kopfschmerzen! Ich glaube, ich sollte mich wirklich hinlegen. Gib mir aber mein Mädchen mit. Galena versteht sich darauf, mir bei diesen Anfällen zu helfen.«

Zu ihrem Erstaunen kam Robert ihrer Bitte ohne Widerrede nach, und Augenblicke später führte die Haushälterin sie die Treppe hinauf. Galena folgte ihr in höchster Besorgnis dicht auf den Fersen.

»Oh, bitte, Mrs. Simpkins«, flehte Nicole im weinerlichen Ton einer verwöhnten Diva die Haushälterin an, »lassen Sie uns allein. Mein Mächen weiß am besten, wie mir bei diesen entsetzlichen Anfällen zu helfen ist.«

Galena starrte ihre Herrin fassungslos an; seit sie sie kannte, war sie nicht einen Tag krank gewesen. Doch sie war ein kluges Mädchen und sagte nichts, sondern nickte nur zustimmend mit dem Kopf.

Mrs. Simpkins, die glaubte, die zukünftige Frau ihres Herrn vor sich zu haben, verließ widerspruchslos das Schlafzimmer. Dies hier war eine gute Stellung, die sie nicht verlieren wollte.

Nicole wartete kaum, bis Mrs. Simpkins die Tür hinter sich geschlossen hatte, richtete sich schon wieder auf und schleuderte den Kräuterbeutel, den man ihr auf die Stirn gelegt hatte, in die Ecke.

Unruhig beobachtete Galena, wie Nicole zu einem der Fenster rannte und nach unten blickte. Dann eilte Nicole zum Bett zurück und begann, rücksichtslos die seidenen Vorhänge herunterzureißen. Entsetzt schrie Galena auf: »Miss Nicole, was tun Sie? Was haben Sie vor?«

Nicole sah sie beinahe fröhlich an. »Wir fliehen«, erwiderte sie leichthin. »Komm und hilf mir. Binde die Vorhänge an den Fuß des Armsessels dort. Der Stoff müßte fest genug sein, um unser Gewicht auszuhalten.«

Als Galena sie verständnislos anstarrte, fügte Nicole hastig hinzu: »Wir dürfen Robert Saxon nicht trauen. Ich befürchte, daß er mich kompromittieren will, genauso, wie es Edward versucht hat. Also müssen wir fliehen.«

Schweigend half ihr Galena, doch sie hatte Bedenken. Als sie aus dem Fenster des Schlafzimmers, das im dritten Stockwerk lag, hinunterblickte, meinte sie jammernd: »Miss Nicole, ich kann es nicht. Ich werde fallen, ich weiß es ganz genau. Es ist zu hoch.«

Grimmig starrte Nicole das Mädchen an. Sie hätte es ihr befehlen können, doch es wäre nichts dabei zu gewinnen gewesen. Wenn Galena glaubte, sie würde fallen, würde sie bestimmt fallen und dabei wahrscheinlich noch laut schreien.

»Also gut«, entgegnete Nicole resigniert. »Dann werde ich es allein tun. Laß mir nur ein paar Minuten Zeit, wenn ich unten angekommen bin. Geh dann in die Küche hinunter, als wäre alles in Ordnung. Sag der Haushälterin, daß ich eingeschlafen sei und auf keinen Fall gestört werden dürfe. Das dürfte mir etwa eine Stunde Vorsprung verschaffen, und bis dahin werde ich hoffentlich jemanden gefunden haben, der Lord Saxon eine Nachricht überbringt.«

»Miss Nicole, Sie dürfen mich nicht allein lassen.«

»Ich habe keine andere Wahl, Galena«, erwiderte Nicole hart. »Also tu, was ich dir sage. Dir wird nichts geschehen. Verhalte dich einfach so, als wüßtest du von nichts, und sei ebenso überrascht wie die anderen, wenn mein Verschwinden entdeckt wird. Hast du mich verstanden?«

Mit vor Angst riesengroßen Augen nickte Galena. »Aber Sie haben keinen Mantel, Miss Nicole«, gab sie zu bedenken. »Sie werden sich eine Lungenentzündung holen.«

Nicole warf Galena einen strengen Blick zu und entgegnete leidenschaftlich: »Wenn es mich vor Robert Saxon retten würde, liefe ich mitten im Winter nackt durch Brighton. Nun hör auf mit deinem Gejammere und hilf mir.«

Das Fenster ließ sich ohne Schwierigkeiten öffnen; gewandt kletterte Nicole auf den Fenstersims und packte den Vorhangstoff mit festem Griff. Einen Augenblick hing sie so, dann ließ sie sich vorsichtig hinuntergleiten. Das Ganze dauerte nur wenige Sekunden. Die unzähligen Male, die sie in der Takelage der ›Belle Garce‹ herumgeklettert war, kamen ihr jetzt zustatten. Doch ihr Herz schlug bis zum Hals, als sie unten angekommen war und zum Fenster emporblickte. Dann winkte sie der am Fenster stehenden Galena zu, raffte ihre Röcke und rannte in Richtung der

See davon. Sie wußte, daß Rottingdean höchstens drei Meilen östlich von Roberts Haus lag, und glaubte, es in einer Stunde erreichen zu können. Und dort würde sie sicher jemanden finden, der Lord Saxon benachrichtigte.

Während sie am Strand entlanghastete, wanderten ihre Augen über die See und nahmen ohne besonderes Interesse die Segel der Schiffe auf, die in einiger Entfernung vom Ufer vor Anker lagen. Ein wehmütiges Lächeln lag um ihren Mund, als sie an die sorglosen Tage auf der ›Belle Garce‹ dachte, an jene Zeit, in der sie Christophers Liebe noch nicht kennengelernt und sie und Allen ihren wahnwitzigen Plan noch nicht gefaßt hatten. Und schuldbewußt wurde ihr klar, daß sie seit Wochen nicht mehr an Allen gedacht hatte. Christopher hatte gesagt, daß er freigelassen würde. Vielleicht ist er es in diesem Augenblick schon, wünschte sie sich verzweifelt.

Als sie so über den mondbeschienenen Strand lief, fühlte sie sich auf seltsame Weise sorglos und frei. Doch sie hatte keine Zeit zum Träumen – sie mußte den Saxons eine Nachricht zukommen lassen. Hastig kletterte sie über die Felsen zur Straße hinauf.

Anfangs hatten sich weder Simon noch Christopher viel Gedanken gemacht, obwohl es ein wenig seltsam erschien, daß Robert so erpicht darauf gewesen war, Nicole und Edward mit seinem Wagen abzuholen. Doch je länger Christopher darüber nachdachte, desto mehr beunruhigte ihn die Angelegenheit. Vier Personen in Roberts verhältnismäßig kleinem Wagen? Oder hatte Robert gewollt, daß Galena den langen Weg zur Kings Road noch einmal zu Fuß zurücklegte? Das schien sehr unwahrscheinlich.

Um sieben Uhr abends waren beide Männer mehr als beunruhigt. Den Damen sagten sie nichts, um sie nicht aufzuregen. Als Regina nach Nicole fragte, erklärte Simon hastig: »Ach, ich vergaß, es dir zu sagen – ich habe ihr die Erlaubnis gegeben, zum Abendessen zu den Untons zu gehen. Du weißt, wie verliebt der junge Unton in sie ist, und ich sah keinen Grund, es ihr nicht zu gestatten. Schließlich warst du selbst gestern abend auch dort und kannst deshalb nichts dagegen haben.«

»Natürlich habe ich nichts dagegen. Es ist nur ... es ist nicht

Nicoles Art, ohne etwas zu sagen, zu verschwinden. Hinterließ sie nicht, wann sie wiederkommen wollte?«

Simon zögerte, und Christopher fuhr an seiner Stelle fort: »Ziemlich spät, nehme ich an. Bestimmt nicht vor Mitternacht. Sie brauchen sich keine Sorgen zu machen. Unton und sein Sohn werden sich um sie kümmern.«

Simon warf Christopher einen dankbaren Blick zu, und man ließ das Thema fallen. Die beiden Männer vergaßen es jedoch nicht. Als sie kurze Zeit später in Simons Arbeitszimmer saßen, erklärte Christopher plötzlich: »Ich möchte noch ein wenig ausreiten und bei Edward Markhams Wohnung vorbeischauen. Vielleicht ist er da und kann uns irgend etwas sagen.« Er stand auf und ging zur Tür, blieb jedoch noch einmal stehen. »Ich werde auch zu Robert reiten, um zu sehen, ob er zu Hause ist. Also, erwarten Sie mich bitte nicht so schnell zurück.«

»Hältst du das für klug, Christopher, in Anbetracht der Gefühle, die er gegen dich hegt?«

Christophers Augen waren hart, als er grimmig erwiderte: »Ich habe keine Angst vor Robert. Er ist der einzige, der genau weiß, was Galena sagte, und vermutlich auch der einzige, der weiß, was geschehen ist und wo sich Nicole befindet. In einer Stunde kann ich bei ihm sein und müßte noch vor zehn Uhr wieder zurückkommen. Machen Sie sich keine Sorgen – ich habe mich jahrelang in acht genommen, warum nicht auch heute?«

Higgins war gar nicht angetan von Christophers Vorhaben. »Du bist verrückt, sage ich dir. Nicole kann sehr gut allein auf sich aufpassen. Es wäre etwas anderes, wenn wir nicht heute nacht dieses Schiff erreichen müßten. Also, jage nicht hinter dieser zähen, kleinen Raubkatze her. Wahrscheinlich befindet sie sich ohnehin in Sicherheit.«

»Schweig, Higgins, und tu, was ich dir gesagt habe!« entgegnete Christopher mit ausdrucksloser Miene. »Hast du alles gepackt?«

Higgins wußte, daß es sinnlos war, ihn umstimmen zu wollen, und antwortete säuerlich: »Ja, wir haben schließlich nicht mehr allzuviel Zeit.«

»Also gut. Du kommst mit. Roberts Haus ist nur etwa eine Meile von unserem Treffpunkt entfernt. Ich gehe voraus und lasse dich... und das Memorandum dort.«

Higgins starrte ihn betroffen an. »Willst du damit sagen, daß du hierbleibst und ich allein nach Amerika zurückfahren soll?«

»Nein«, stieß Christopher ärgerlich hervor. »Wir beide fahren, es sei denn, ich werde aufgehalten. Sollte das passieren und ich zu spät kommen, wirst auf jeden Fall du mit dem Memorandum New Orleans erreichen.«

Christopher ließ sich nicht umstimmen, obwohl sich Higgins noch während des ganzen Weges zu Edwards Wohnung darum bemühte. Sie fanden die Wohnung dunkel und verlassen vor und ritten gleich weiter zu Roberts Haus.

Dort angekommen, erklärte ihnen der Butler, daß Robert nicht da sei, jedoch zum Abendessen zurückerwartet werde. Christopher hinterließ keine Nachricht für ihn. Er sagte, es gäbe keinen besonderen Grund für seinen Besuch. Er wolle morgen wiederkommen. Beiläufig erwähnte er, es sei auch nicht nötig, Robert von seinem Besuch zu unterrichten. Der Diener verbeugte sich höflich, und einen Augenblick später befanden sich Christopher und Higgins auf dem Weg zu dem kleinen Landhaus, in dem sie während Christophers Genesungsurlaub gewohnt hatten.

Der Abschied war kurz. Als Christopher sich von Higgins bei dem Häuschen trennte, sagte er nur: »Ich werde gegen Mitternacht zurück sein; wenn nicht – warte nicht auf mich. Sorge dafür, daß Jason Savage das Memorandum sofort nach deiner Ankunft in New Orleans erhält.« Als er Higgins' düsteren, unglücklichen Gesichtsausdruck bemerkte, fügte er zuversichtlich hinzu: »Ich werde es schon schaffen, Higgins. Doch für den Fall, daß ich das Schiff nicht mehr erreiche, werde ich bestimmt noch vor Beginn der Kämpfe in New Orleans sein, das verspreche ich dir hundertprozentig.«

Während er zur Kings Road zurückritt, wanderten seine Gedanken wieder zu Nicole. Wahrscheinlich sitzt sie jetzt gemütlich zu Hause am Kamin, dachte er ärgerlich, als er die Außenbezirke von Brighton erreichte. Und ich hoffe, daß sie eine gute Erklärung für ihr Verschwinden hat.

Simon trat ihm gleich in der Halle entgegen, und aus seinem unzufriedenen Gesicht war deutlich zu erkennen, daß Nicole noch nicht zurück war. »Was hast du herausgefunden?« fragte er ungeduldig.

Christopher streifte seine Handschuhe ab und wärmte seine Hände am Kaminfeuer. »Nichts«, mußte er zugeben. »Im Park war sie nicht, und Markham war auch nicht da, doch Robert wird zum Abendessen zurückerwartet.«

In Christophers Gesicht arbeitete es, als er aufseufzend fortfuhr: »Ich muß trotzdem heute nacht fort. Nicoles Verschwinden ändert nichts daran. Ich könnte sie aber dafür erwürgen. Der Verdacht liegt nahe, daß sie es absichtlich getan hat.«

Simon sah in prüfend an. »Es scheint, du nimmst das zu persönlich«, entgegnete er. »Es besteht keine Notwendigkeit, deine Reisepläne zu ändern. Nicole wird wieder auftauchen, und sicher hat sie eine plausible Erklärung für ihr Verschwinden. Da macht es keinen Unterschied, ob du da bist oder nicht.«

»Ich hoffe, Sie haben recht«, sagte Christopher. »Sind die Damen noch auf? Dann werde ich sie wohl begrüßen. Es ist das mindeste, was ich tun sollte, in Anbetracht der Tatsache, daß es eigentlich ein Abschiedsbesuch ist.«

Simon nickte und blieb allein in seinem Arbeitszimmer sitzen, während Christopher in den Salon hinüberging. Regina wunderte sich zwar, als er Letitia so herzlich umarmte, doch sie dachte sich nichts dabei. Wann benahm sich Christopher schon einmal wie ein normaler junger Mann?

Langsam ging Christopher ins Arbeitszimmer zurück; er wußte, daß er seinem Großvater jetzt endgültig Lebewohl sagen mußte. Simon saß hinter seinem Schreibtisch; auch ihm war klar, daß der Augenblick des Abschieds gekommen war. Sein Herz lag schwer wie ein Stein in seiner Brust, als er seinen Enkel auf sich zukommen sah.

Traurig blickte Christopher in das bekümmerte Gesicht des alten Mannes. »Großvater«, begann er zögernd, »ich gehe nicht gern fort unter diesen Umständen, doch es muß sein, und zwar gleich. Higgins wartet schon in Rottingdean auf mich; von dort werden wir nach Dover und dann weiter nach Frankreich fahren.« Er schämte sich vor sich selbst wegen seiner Lüge, doch es war unvermeidlich, daß er Simon die Wahrheit vorenthielt. »Ich werde

Sie vermissen«, fügte er aufrichtig hinzu. »Und meine neue Großmutter auch.« Er räusperte sich und fuhr ernst fort: »Ich bin sicher, daß in nicht allzu langer Zeit Frieden zwischen England und den Vereinigten Staaten geschlossen wird. Vielleicht kann ich deshalb im nächsten Sommer schon wieder hier sein. Wenn wir uns also jetzt lebewohl sagen, denken Sie daran, daß es vielleicht nur für ein paar Monate ist.«

Simon hatte sich im Augenblick gut in der Gewalt und herrschte ihn an: »Jaja, quatsch nur, ich erwarte Letitia und werde ganz gut ohne dich auskommen.« Er starrte angestrengt auf die Schreibtischplatte und fügte beiläufig hinzu: »Ich habe darüber nachgedacht. Es ist sicher nicht gut, wenn ein frischvermähltes Paar ständig mit einem Haufen Verwandten zusammen ist. Wenn du im nächsten Sommer zurückkommst, wird das sicher anders sein. Du wirst vielleicht nicht verstehen, was ich meine, weil du noch nie verheiratet warst, doch ich glaube kaum, daß Letitia und ich dich in der nächsten Zeit allzusehr vermissen werden.«

Christopher konnte ein Lachen kaum unterdrücken und erwiderte belustigt: »Oh, daran hatte ich noch gar nicht gedacht. Vielleicht ist es also sogar ein Glück, daß alles so gekommen ist.«

Simon starrte ihn an. »Ja, ja, das ist es. Und wenn du schon gehen mußt, dann geh jetzt gleich, bitte.«

Als er die Qual in Simons Stimme hörte, erlosch Christophers Lächeln; er streckte seine Hand über den Schreibtisch aus, und als Simon sie mit festem Griff umschloß, sagte er schlicht: »Auf Wiedersehen, Großvater. Bis zum nächsten Sommer.«

»Wiedersehen, Junge.«

Es war kalt geworden, als Christopher wenig später auf seinem Pferd zu Roberts Haus galoppierte. Wenn alles nach Plan verlief, würden er und Higgins in weniger als zwei Stunden auf dem Weg nach New Orleans sein.

Und wieder dachte er an Nicole. Wo sie wohl sein mochte? Wenn es auch wahrscheinlich für ihre lange Abwesenheit eine einleuchtende Erklärung gab, so hätte er diese doch gern gekannt. Dutzende von möglichen Gründen für ihre Abwesenheit fielen ihm ein, doch für keinen konnte er sich entscheiden. Er hatte das permanente unbestimmte Gefühl, daß sie sich in irgendeiner Gefahr befand. Auch wenn er sich immer wieder sagte, daß Roberts Wagen wahrscheinlich ein Rad verloren hatte oder sie durch Freunde aufgehalten worden waren, blieb dennoch dieses Unbehagen. Und da er sich Sorgen machte – was er sich zwar nie eingestanden hätte –, wurde er immer wütender auf Nicole, weil sie so unverantwortlich gehandelt hatte. Verdammtes Luder! Mit zwei Männern durch die Gegend zu fahren wie ein gewöhnliches Flittchen! Er würde keinen Gedanken mehr an sie verschwenden! Sollten Edward und Robert doch um sie kämpfen – was kümmerte es ihn!

Nachdem Edward dem Wagen Roberts bis zu dessen Haus gefolgt war, blieb er längere Zeit unschlüssig vor dem Gebäude stehen. Er wußte nicht, was er als nächstes tun sollte. Den Gedanken an Mord hatte er nicht aufgegeben, und er suchte gerade nach einem Weg ins Haus, als er Nicole und Robert durch die Glastüren im Salon stehen sah. Er konnte alles genau beobachten – wie Robert den Brief schrieb, wie Nicole zur Tür strebte und später das Zimmer verließ. Ein teuflisches Grinsen lag auf seinem Gesicht, als er das Messer hervorzog. Diese kleine Schauspielerin! Er würde sich an ihrem Entsetzen weiden, wenn er ihr das Messer in das schwarze Herz stieß. Doch da war zunächst einmal Robert. Als Edward die Glastüren untersuchte, stellte er zu seiner Freude fest, daß sie unverschlossen waren. Geräuschlos öffnete er sie und schlüpfte hinein.

Als er Schritte kommen hörte, versteckte er sich schnell hinter einem der schweren Vorhänge und beobachtete, wie Robert erschien und sich ans Feuer setzte. Er hatte Edward den Rücken zugewandt, was dieser sofort ausnutzte, indem er an ihn heranschlich und mit erhobenem Messer hinter ihm stehenblieb. »Nicht bewegen! Wenn Sie es doch tun, werde ich Sie töten«, sagte er leise.

Robert erstarrte, doch er rührte sich nicht. »Sind Sie das, Markham?« fragte er schließlich; er hatte Edwards Stimme erkannt.

Edward kicherte boshaft. »Sind Sie das, Markham?« höhnte er. Das Messer weiter auf Robert richtend, ging er um Robert herum und blieb vor ihm stehen. »Natürlich bin ich es. Wer sonst sollte es sein? Haben Sie wirklich geglaubt, daß ich Nicole so einfach entkommen lassen würde?« Der Erfolg machte ihn trunken, seine Augen glühten wie im Fieber, als er fortfuhr: »Jetzt sind Sie gar nicht mehr so erpicht darauf, mich zu sehen, nicht wahr? Ich habe gehört, was Sie zu Nicole sagten – daß ich mich einem Mann stellen müsse. Nun, ich tue es, und was macht dieser Mann, außer dumm dazusitzen?«

Robert betrachtete ihn kalt; er bemerkte die Blutflecken an dem Mantel und das gelegentliche leichte Schwanken Edwards, das von seinem hohen Blutverlust herrühren mußte; er fragte beinahe höflich: »Soll ich aufstehen? Falls unsere Unterhaltung länger dauern sollte, würde ich lieber noch dichter beim Feuer sein.«

Edward starrte ihn mißtrauisch an. Doch dann entschied er sich, daß er diesen harmlosen Wunsch genehmigen konnte, und beobachtete mit eulenhaftem Blick, wie Robert mit seinem Weinglas in der Hand aufstand und nahe ans Feuer trat.

»Jetzt verraten Sie mir bitte genau, was Sie wollen«, sagte Robert dann förmlich.

Edward kicherte. »Ich werde Ihnen sagen, was ich will«, stieß er heiser hervor. »Nicole! Lassen Sie sie holen!«

Gelassen nippte Robert an seinem Wein, und als Edward drohend einen Schritt näher rückte, schleuderte er ihm das halbvolle Glas ins Gesicht. Vor Überraschung schrie Edward laut auf, doch Robert war schon an der Wand, packte einen der beiden dort hängenden Degen und riß ihn aus der Scheide. Dann trieb er Edward im Zimmer vor sich her.

Die Situation hatte sich urplötzlich gewendet. Edward versuchte vor Robert davonzurennen, aber es gelang ihm nicht. Kurz vor der Tür erreichte ihn Robert, und es war, als werde ein in der Falle sitzendes Kaninchen getötet, als Robert die Klinge seines Degens mit eiskaltem Lächeln in die ungeschützte Kehle Edwards stieß.

Das Opfer ließ einen seltsam gurgelnden Laut hören, bevor es zu Boden sank und starb. Sorgfältig wischte Robert nach Gebrauch die Klinge ab und starrte grübelnd auf den toten Edward. Was, zum Teufel, sollte er mit dem Leichnam machen? Das Rauschen der Brandung drang an sein Ohr, und ein teuflisches Lächeln glitt über seine Züge. Natürlich, das Meer!

Doch als er sich niederbeugte, um Edwards Körper zu den Glastüren zu schleifen, vernahm er den Hufschlag eines herannahenden Pferdes. Er hoffte, daß sich das Geräusch wieder entfernen würde, doch das war nicht der Fall, sondern es wurde abrupt still; das Tier war also offensichtlich vor seinem Haus stehengeblieben.

Christopher hatte eigentlich nicht vorgehabt, noch einmal zu Roberts Haus zu reiten, aber die Sorge um Nicole ließ ihn nicht los. Wo, zum Teufel, war sie hingegangen, und warum? Simon hat recht, rief er sich voller Ingrimm in Erinnerung, für seine Reisepläne spielte es keine Rolle, wo sich Nicole befand. Sie würde nach Hause zurückkehren, ob er noch da war oder nicht. Dieser Gedanke hätte ihn eigentlich beruhigen sollen, doch das tat er nicht, und als Christopher jetzt auf Roberts Haus zuritt, konnte er dem Impuls, seine Neugier zu stillen, nicht widerstehen.

Er stieg ab und band sein Pferd an einem Pfahl fest. Als er das große Zugpferd bemerkte, das an der Ecke des Hauses stand, fragte er sich verwundert, wie es wohl hierhergekommen war. Ein solches Tier paßte nicht vor den Eingang zum Haus eines Gentleman.

Alles ist seltsam, dachte er beunruhigt. Nicole verschwunden; Robert, der mitten in einer ernsten Diskussion mit seinem Vater davonlief; das ungesattelte Pferd, an dessen Körper noch Reste des Geschirrs hingen. Sein Interesse war geweckt; er ging zu dem Tier hinüber und strich prüfend über dessen Rücken, der noch feucht war. Das bedeutete, daß das Pferd noch vor kurzem geritten worden war. Er ließ von dem Tier ab und begab sich zur Eingangstür, wo ihm der helle Lichtschein an der Seite des Hauses auffiel.

Dort stand offensichtlich eine Tür offen, und nach kurzem Zögern schlich Christopher über den Pfad, den auch Edward benützt hatte, und starrte, sich außerhalb des Lichtkreises haltend, in den Salon.

Seltsamerweise war das erste, was er bemerkte, nicht Robert und auch nicht Edwards auf dem Boden liegender Leichnam, sondern Nicoles Mantel, der noch immer auf einem in der Nähe der

Türen stehenden Stuhl lag. Er erkannte ihn sofort, denn er selbst hatte ihn in New Orleans für sie gekauft. Diese kleine Hure, dachte er böse, diese verdammte kleine Hure! Wütend trat er einen Schritt vor, und in diesem Augenblick bemerkte er, daß der Salon nicht leer war.

Robert war da, und auch Edward Markham. Ein sehr toter Edward Markham, wie Christopher feststellte.

Fast wäre Christopher spontan in den Lichtkreis getreten – die plötzlich auf ihn einstürmende Erkenntnis ließ ihn alle Vorsicht vergessen. Ganz offensichtlich war Nicole bei ihrem Liebhaber, und dieser hatte seinen Rivalen getötet. Es war so schmutzig und gemein, daß ihm übel wurde. Nicole war anscheinend auch nicht besser als ihre Mutter. Er trat einen Schritt zurück, doch dann erinnerte er sich an Simons, Reginas und Lettys gemeinsame Sorge und beschloß, einzuschreiten. Was Robert mit Edwards Leiche machte, war ihm ziemlich egal, aber die offenkundige Beziehung zwischen Robert und Nicole fraß an seiner Seele.

Christopher mußte irgendein Geräusch gemacht haben, oder aber Robert, dessen Nerven durch den kaltblütigen Mord an Edward aufs äußerste angespannt waren, hatte ganz einfach gespürt, daß jemand in der Nähe war. Jedenfalls blickte er sich plötzlich um und starrte den eintretenden Christopher an. Dann richtete er sich langsam auf.

»So«, sagte er, »wir haben uns also doch noch getroffen.«

Es bedurfte keiner Worte zwischen ihnen; jeder wußte, daß in dieser Nacht der letzte tödliche Kampf zwischen ihnen stattfinden würde. Der ganze seit Jahren angestaute Haß würde jetzt beigelegt werden – ertränkt in Blut.

Christopher nickte und kam mit langen, federnden Schritten weiter in den Salon herein. Er sah Robert nicht an, sondern ließ seinen Blick fast gelangweilt im Raum umherschweifen, als er seinen Mantel auszog. Während er die Ärmel seines weißen Hemdes hochkrempelte, fragte er knapp: »Was nehmen wir, Pistolen oder Degen? Tragen wir es hier aus oder am Strand?«

In beinahe geschäftsmäßigem Ton erwiderte Robert: »Degen. Deiner hängt dort über dem Kamin. Ich habe meinen schon. Wie du wohl bereits bemerkt haben wirst, hat er mir heute abend schon gute Dienste geleistet.«

Christophers Lippen verzogen sich zu einer Art Lächeln. »Ich habe es bemerkt. Doch nun bist du an der Reihe. Wo? Hier?«

»Warum nicht? Die Möbel kann man beiseiteschieben.«

Beide Männer begannen mit tödlicher Erbitterung, die schweren Möbel an die Wände zu schieben, bis sie eine große freie Fläche geschaffen hatten. Noch immer schweigend setzten sie sich auf den Boden und zogen Schuhe und Strümpfe aus; sie wußten, daß sie barfuß schneller und standsicherer waren.

Dann ging Christopher zum Kamin und nahm den Degen von der Wand. Langsam ließ er ihn durch seine Hand gleiten, um die Schärfe der Klinge zu prüfen. Er war zufrieden. Nun wandte er sich Robert zu, der inzwischen auch seinen Degen in der Hand hielt, und erklärte anerkennend: »Ich muß dich loben. Dies ist eine ausgezeichnete Waffe.«

Robert verbeugte sich ironisch und erwiderte grinsend: »Hast du je an mir etwas gesehen, das nicht vom Besten war, sei es ein Degen oder eine Frau?«

Ein kalter Glanz trat in Christophers Augen, als er böse antwortete: »Aber besitzt du sie wirklich, alter Mann ... oder besser, kannst du sie halten?«

Der Hieb saß, und Roberts Lippen wurden schmal vor Zorn; seine Hand schloß sich fester um den Griff des Degens. »Bei Gott, dafür wirst du mir bezahlen!« rief er. »En garde!«

Christopher wich Roberts rasendem Angriff gewandt aus und sagte höhnisch: »Du wirst dich schon ein wenig mehr anstrengen müssen, alter Mann. Dieses Mal kämpfen wir unter gleichen Bedingungen.«

Robert knurrte, doch er beherrschte sich, denn er ahnte Christophers Taktik, ihn in Wut zu bringen. Sein Gesicht war eine grinsende Fratze, als er spöttisch erwiderte: »Das sind große Worte von einem Mann, der vor einem Degen davonläuft. Komm näher, Bürschchen, und wir werden sehen, was wirklich hinter deiner Großmäuligkeit steckt.«

Christopher sagte nichts darauf; sein Gesicht zeigte einen gelangweilten Ausdruck, als er beinahe geringschätzig Roberts Angriff parierte und leichtfüßig vor dem älteren Mann davontanzte.

»Verdammter Kerl! Komm und kämpfe!« stieß Robert hervor.

»Das werde ich, Onkel, das werde ich«, antwortete Christopher kalt; dann jedoch änderte er plötzlich seine passive Haltung und trieb Robert mit einem blitzschnellen Angriff vor sich her.

Sie kämpften schweigend und verbissen; nichts als das leise Tappen ihrer nackten Füße, das Klirren ihrer Degen und das Knistern des Feuers war zu hören. Der Tod schien greifbar im Raum zu stehen, und diese beklemmende Atmosphäre verstärkte sich noch, als Robert bei zunehmender Dauer des Kampfes nichts anderes mehr tat, als Christophers rasende Angriffe blindlings abzuwehren. Er war müde, und er wußte es – er wußte, daß es kein Entrinnen vor Christophers Degen mehr gab.

Der Atem der beiden ging in schnellen, schweren Stößen. Robert konnte gerade noch eine auf sein Herz gerichtete Attacke parieren. Er war zu langsam; wieder schlug Christophers Degen klirrend gegen den seinen, bevor er ihm über seine Deckung hinweg eine lange, stark blutende Wunde im Arm beibrachte.

Mit einem katzenhaften Lächeln auf den Lippen sagte Christopher sanft: »Das war ich dir schuldig, Onkel.«

Robert kämpfte einen verzweifelten Kampf, doch all seine überhasteten Angriffe konnte Christopher souverän parieren.

Außer Atem, aber sehr deutlich fragte Christopher: »Wo ist sie?«

Nun war es an Robert zu lächeln. »Oben in meinem Bett . . . wo sonst?«

Er bereute diese Worte sofort, denn Christophers Klinge traf seine Wange. »Und wie ist sie dahin gekommen? Was hat Edward hier gemacht?«

Robert hatte keine Kraft mehr, um anzugreifen; er konnte nur noch Christophers immer schneller und gefährlicher werdende Attacken parieren. Sein ganzer Arm schmerzte ihn, Schweißtropfen standen auf seiner Stirn.

»Antworte! Wie ist sie hierhergekommen?«

»Markham hat sie entführt; ihr Mädchen hat es mir gemeldet. Ich habe ihn eingeholt und Nicole hierhergebracht«, keuchte Robert.

Christophers Augen wurden schmal vor erbitterter Konzentration, die Spitze seines Degens fuhr unter Roberts Deckung und zuckte wieder zurück. »Und wie ist sie in dein Bett gekommen?«

»Hast du je erlebt, daß ich ... mich mit meinen Eroberungen ... brüste?« keuchte Robert, sich den Anstrich eines Gentleman gebend.

Es war das letzte, was Robert Saxon sagte. Er hatte keine Luft mehr, um zu sprechen, und mußte all seine Energie darauf verwenden, Christophers tödlichen Stichen zu entgehen.

Sekunden später war das Ende gekommen. Christopher startete einen direkten Angriff auf Roberts Herz. Robert machte einen verzweifelten Versuch, auszuweichen, doch es war zu spät. Die Spitze von Christophers Degen bohrte sich tief in ihr Ziel. Es war vorbei.

Unbewegt betrachtete Christopher Roberts Leichnam, um den sich eine Blutlache bildete, und stellte verwundert fest, daß er nichts empfand. Er hatte Robert beinahe sein ganzes Leben lang gehaßt und verachtet, und sein Sieg hätte ihn nun mit Triumph erfüllen müssen, doch er empfand nichts als Leere, Erschöpfung und Gleichgültigkeit gegenüber dem auf dem Boden liegenden Leichnam.

Er mußte sehr lange so dagestanden haben. Was ihn schließlich aus seiner Benommenheit herausriß, hätte er selbst nicht sagen können. Vielleicht war es das Knistern des Feuers oder das Donnern der Brandung. Jedenfalls gab er sich einen inneren Stoß. Der Haß zwischen ihm und Robert war erloschen – doch zu welch entsetzlichem, bitterem Preis!

Das Schlagen der Uhr über dem Kamin erinnerte ihn daran, daß die Zeit verging und das Schiff unten am Strand auf ihn wartete. Grimmig blickte er sich um. Robert tot zu seinen Füßen, und Edwards Leiche kaum einen Meter davon entfernt. Daß die beiden Leichen so nah beieinander lagen und der inständige Wunsch, Simon weiteren Kummer zu ersparen, brachten ihn auf die erlösende Idee. Roberts Tod allein würde schon ein Schlag für Simon sein, der deshalb nicht auch noch zu wissen brauchte, daß sein eigener Enkel die Tat vollbracht hatte. Christopher bückte sich daher kurzentschlossen und tauschte das Messer, das Edward noch im Tod umklammert hielt, gegen seinen Degen aus. Das Messer steckte er geistesabwesend in seinen Gürtel.

Dann rollte er seine Ärmel herunter und zog Schuhe und Strümpfe und den Mantel an. Er beeilte sich – die Zeit drängte. Doch der Gedanke an die in Roberts Bett schlafende Nicole ließ ihn nicht los, und er wußte, daß er sie noch einmal sehen mußte, bevor er aufbrach. Er mußte sich mit eigenen Augen davon überzeugen, daß sie wirklich das verlogene Biest war, für das er sie hielt.

Ein zaghaftes Klopfen an der Tür unterbrach seine Gedanken. Er durchquerte schnell den Salon und preßte sich eng an die Wand neben der Tür. Wieder klopfte es, und nach kurzem Zögern wurde die Tür langsam geöffnet.

Vorsichtig betrat Galena den Raum, Furcht und Besorgnis standen in ihrem Gesicht. Beinahe krank vor Angst um ihre Herrin hatte sie schließlich all ihren Mut zusammengenommen, um Mr. Robert zu melden, was Nicole getan hatte. Vielleicht hat Miss Nicole die Situation mißverstanden, versuchte sie sich einzureden. Mr. Robert ist nicht so wie dieser verrückte Mr. Markham. Und außerdem, so entschuldigte sie sich vor sich selbst, wird sie ohne Mantel draußen erfrieren, wenn ich nichts unternehme.

Sie hatte den Raum kaum betreten, als Christopher geschmeidig wie ein Panther mit der Schulter die Tür zudrückte und eine Hand über Galenas Mund legte.

»Still!« zischte er ihr ins Ohr. Als er sich nach den beiden Leichen umsah, stellte er befriedigt fest, daß man diese von seiner Stelle aus nicht sehen konnte, da sie von der Couch verdeckt wurden. Ihr noch immer den Mund zuhaltend, drängte er Galena zum Schreibtisch hinüber und zwang sie, ihn anzusehen.

Während sie ihn aus weitaufgerissenen Augen anstarrte, formten ihre Lippen lautlos seinen Namen.

Er bedeutete ihr, leise zu sein, und nahm die Hand von ihrem Mund.

»Master Christopher!« stieß sie erleichtert hervor. »Ich habe gewußt, daß Sie kommen.« Dann erinnerte sie sich plötzlich daran, warum sie hier war, und rief: »Oh, Master Christopher, Sie müssen sie retten. Sie ist zum Strand hinuntergerannt. Sie müssen sie finden und zurückbringen.« Und besorgt fügte sie hinzu: »Sie hat keinen Mantel bei sich.«

Christophers Gedanken überschlugen sich; er vermutete fälschlicherweise, daß Nicole irgendwie seine Ankunft mitbekommen hatte und vor ihm geflohen war. Hastig begann er, einen kurzen Brief an seinen Großvater zu schreiben.

Großvater,
ich schreibe Ihnen in Eile, da ich, wie geplant, sofort nach Frankreich aufbrechen muß. Nicole befindet sich in Sicherheit – aber zu einem entsetzlichen Preis!
Christopher.

Dann ergriff er Nicoles Mantel und drängte Galena, stets darauf achtend, daß sie die Toten nicht zu Gesicht bekam, aus dem Salon und weiter über den kleinen Pfad, den er noch vor kurzem selbst benützt hatte. Als er bei seinem Pferd angekommen war, zog er Galena Nicoles Mantel über, drückte ihr den Brief in die Hand und hob sie in den Sattel.

»Ich bin überzeugt davon, daß du reiten kannst, Galena«, sagte er grinsend. »Du wirst Lord Saxon diesen Brief bringen. Mach dir wegen deiner Herrin keine Sorgen – ich werde mich um sie kümmern.« Er zögerte, fuhr aber dann fort: »Ich wäre dir dankbar, wenn du niemandem außer meinem Großvater erzählen würdest, daß ich heute nacht hier war. Verstanden?«

Galena nickte wie in Trance. Dann versetzte Christopher dem Pferd einen kräftigen Klaps in die Seiten, und Galena klammerte sich an den Zügeln fest, als das Tier losgaloppierte. Christopher sah ihnen kurz nach, drehte sich um und rannte zum Strand hinunter. Sein einziger Gedanke war, Nicole zu finden, und dann ...

Nicole befand sich in einer sehr mißlichen Lage. Sie war unvorsichtig gewesen in ihrer Eile, war über einen halb im Sand versteckten Felsen gestolpert und hatte sich dabei böse den Knöchel verstaucht. Der Schmerz war fürchterlich, doch er war nichts gegen die Wut darüber, von einem so dummen Unfall aufgehalten zu werden. Zornig saß sie im Sand; ihre sinnlosen Versuche, zu dem kleinen Haus über ihr hinaufzuklettern, hatte sie fast schon aufgegeben. Der Knöchel trug sie nicht mehr, sie konnte höchstens auf dem Bauch weiterkriechen. Sie hatte sich schon entschlossen, sich auf diese Weise fortzubewegen, als ihr das Blinksignal eines Schiffes auffiel. Neugierig warf sie einen Blick zur Klippe zurück und glaubte, im Schein des Mondes die Umrisse eines Mannes auszumachen.

Einen atemberaubenden Augenblick glaubte sie, den Mann zu erkennen, doch sie verwarf diesen Gedanken sogleich wieder als törichte Einbildung. Warum sollte Higgins um diese Zeit hier sein und Signale mit einem Schiff austauschen?

Doch plötzlich erinnerte sie sich daran, daß Christopher, als er ihr von seiner baldigen Abreise erzählt hatte, ein kleines Haus an der Küste erwähnt hatte. Angestrengt spähte sie aufs Meer hinaus und war nicht überrascht, als sie sah, daß ein kleines Boot ins Wasser gelassen wurde und ein paar Männer auf das Ufer zuruderten.

Fast schon amüsiert beobachtete sie dann, wie Higgins die Klippe hinunterkletterte. In dieser Nacht schien sie wirklich von einer Verlegenheit in die andere zu geraten. Christopher wird mich töten, wenn er mich hier findet, dachte sie mit einem hysterischen kleinen Kichern – doch lieber lasse ich mich von ihm umbringen, ehe ich Roberts Frau werde.

Als Higgins fast neben ihr war, rief sie ihm leise zu: »Higgins! Ich weiß, es ist eine äußerst ungewöhnliche Zeit, aber würden Sie Christopher bitte sagen, daß ich hier bin.«

Higgins blieb wie angewurzelt stehen. »Was machen Sie hier? Christopher sucht Sie überall – er wird sogar das Schiff versäumen, wenn er Sie nicht findet.«

Entsetzt starrte sie ihn an. »O Gott!« murmelte sie. Sie konnte sich genau vorstellen, was geschehen war, und der Gedanke, daß er sie umbringen würde, erschien ihr jetzt gar nicht mehr so absurd.

Sich nervös auf die Lippen beißend, beobachtete sie, wie das kleine Boot näher kam. »Was werden Sie tun?« fragte sie schließlich. »Werden Sie ihnen sagen, daß Sie nicht mitfahren?«

Higgins warf ihr einen ungewissen Blick zu. »Nein, ich werde auf alle Fälle mitfahren. Dieses Schiff segelt nach New Orleans, und Christopher hat mir befohlen, notfalls auch ohne ihn an Bord zu gehen.«

»Ich verstehe«, antwortete sie langsam, und plötzlich wurde ihr vieles klar. Dieses Treffen mußte schon vereinbart worden sein, bevor sie New Orleans verlassen hatten, und der Gedanke, daß Christopher das Schiff ihretwegen versäumte, erfüllte sie mit Entsetzen. Zum Teufel, es ist doch nicht meine Schuld! sagte sie sich aber dann trotzig. Ich habe ihn nicht gebeten, nach mir zu suchen.

»Sehen Sie da«, unterbrach Higgins aufgeregt ihre Gedanken, und ihr Herz drohte stillzustehen, als sie die große heranstürmende Gestalt erkannte. Augenblicke später war Christopher bei ihnen, und ein merkwürdiger Ausdruck trat auf sein Gesicht, als er Nicole im Sand sitzen sah.

»So, so«, sagte er gedehnt, »wen haben wir denn hier? Ein armes, unglückliches Mädchen? Oder die davongelaufene Geliebte meines Onkels?« Ohne ihr Zeit für eine Antwort zu lassen, zerrte er sie hoch.

Ängstlich sah sie ihn an und bemühte sich, den stechenden Schmerz in ihrem Knöchel zu ignorieren. Beinahe demütig entgegnete sie schließlich: »Ich habe mir den Knöchel verletzt, sonst wäre ich nicht hier. Und«, fuhr sie verzweifelt fort, »ich habe nicht gewollt, daß es so kommt.«

Christopher starrte sie schweigend an; so viele widersprüchliche Empfindungen erfüllten ihn, daß er selbst nicht wußte, was er fühlte. Er hatte geglaubt, die einzigen Gefühle, die er für sie entwickeln könnte, seien Abscheu oder Lust. Doch jetzt spürte er, daß da noch etwas anderes war, etwas, das er nicht definieren konnte und das ihn innerlich zerriß.

Ein kräftiger Wind war aufgekommen; er ließ Nicoles lange rotbraune Locken um ihre Schultern fliegen und preßte den dünnen Stoff ihres Kleides gegen ihren schlanken Körper. Dieser Anblick erinnerte ihn an Dinge, die er vergessen wollte. Ich begehre sie nicht, sagte er sich erbittert. Sie hatte ihm nichts als Ärger gebracht, vom ersten Augenblick an, in dem er ihr begegnet war, und jetzt hätte sie beinahe die Arbeit von Monaten zunichte gemacht. Als eine kleine Ewigkeit verrann und Christopher noch immer nichts sagte, ließ Higgins die beiden taktvoll allein und ging zum Ufer hinunter, um auf das Boot zu warten.

Nicole schluckte; sein harter, unerbittlicher Gesichtsausdruck zerrte an ihren Nerven, seine kaum unterdrückte Wut ließ all ihren Mut schwinden, und stammelnd begann sie: »Ich ... ich ...«

»Was?« explodierte Christopher. »Tut es dir leid? Ist es dafür nicht ein wenig spät? Zwei Männer sind deinetwegen gestorben? Mein Gott, Nicole, ich lasse dich kaum einen Monat allein, und was finde ich vor? Trümmer und Chaos! Und was soll ich jetzt mit dir machen?«

Mit zornig aufblitzenden Augen erwiderte sie: »Sie werden gar nichts mit mir machen. Ich habe es bis hierhin allein geschafft, und ich bin sicher, daß ich keine Hilfe von jemandem wie Ihnen brauche. Gehen Sie zu Ihrem verdammten Schiff.«

Ohne an ihren verletzten Knöchel zu denken, wirbelte sie herum, doch der Schmerz durchfuhr sie wie ein glühendes Eisen, und sie wäre hingefallen, wenn Christopher sie nicht aufgefangen hätte.

Higgins' Stimme ließ ihn herumfahren. Vor sich hinfluchend, hob er die sich heftig sträubende Nicole auf seine Arme und trug sie zum Wasser hinunter. Sie unsanft auf den Boden setzend, befahl er streng: »So, hier bleibst du jetzt und hörst mir zu! Robert und Edward sind tot. Und wenn du sie auch nicht selbst umgebracht hast, so bist du doch für ihren Tod verantwortlich.« Bitter fügte er hinzu: »Du ähnelst deiner Mutter wirklich sehr.«

Nicole erblaßte, ihre Augen wurden weit und dunkel. Die Nachricht vom Tod der beiden Männer war ein schwerer Schock für sie, doch was sie am meisten entsetzte, war die Tatsache, daß Christopher ihr ihren Tod zu Last legte. Sie hatte gewußt, daß er alles falsch verstehen würde, aber so? Es ist so typisch für ihn, mich mit meiner Mutter auf eine Stufe zu stellen, dachte gekränkt. »Wenn ich ein Mann wäre, würden Sie das nicht gesagt haben. Wenn ich ein Mann wäre, würden wir uns beim Duell wiedersehen, noch bevor die Sonne aufgeht. Wie können Sie es wagen! Wie können Sie es wagen, mich zu verurteilen, ohne überhaupt zu wissen, was geschehen ist. Sie überhebliches Ungeheuer – ich hoffe, daß Ihr Schiff untergeht!« Es war ein hilfloser, kindischer Ausfall; Nicole wußte es und biß sich wütend und enttäuscht auf ihre Lippen. Wenn sie ihn doch nur einmal so treffen könnte, daß es ihm die Sprache verschlug!

Ihre Worte hatten aber doch so aufrichtig geklungen, daß Christopher nachdenklich geworden war. Indes, es blieb ihm keine Zeit, um die Angelegenheit noch weiter zu diskutieren. Aufgewühlt und gepeinigt von Empfindungen, die er nicht definieren konnte oder wollte, war Christopher zum ersten Mal in seinem Leben unentschlossen. Diese Frau war schuld an allem. Es hatte keinen Sinn zu leugnen, daß er sie begehrte, sogar jetzt noch, wo er wußte, daß Robert mit ihr geschlafen, ihre süßen Lippen gespürt hatte. Ja, sogar jetzt noch sehnte er sich danach, ihren nackten Körper unter sich zu spüren, zu fühlen, wie sie erbebte, wenn er in sie eindrang. Und plötzlich war der Gedanke da – warum sollte er sie hier zurücklassen?

Es war eine wahnwitzige Idee, doch er konnte sie nicht mehr abschütteln. Prüfend blickte er hinunter zu dem Boot. Es hatte die Brandung erreicht, und in wenigen Sekunden würde er gehen müssen. Higgins begann bereits durch das schäumende Wasser zu waten – er mußte ihm sofort folgen! Wieder blickte er in ihr verführerisches Gesicht und blieben seine Augen an ihren vollen Lippen hängen. Und in diesem Moment war er nicht mehr Christopher Saxon, er war Kapitän Saber!

Christopher Saxon hatte vorgehabt, sie bei seinem Großvater zu lassen, wo er sie sicher und geborgen wußte. Christopher wäre nach Amerika gesegelt und hätte versucht, sie zu vergessen. Doch Kapitän Saber versagte sich nie etwas, das er haben wollte, und er wollte diese Frau haben!

Seine blauschwarzen Haare wehten im Wind, seine Augen glitzerten. Empfindungen und Gefühle, die er in den langem Monaten in England verleugnet hatte, durchfluteten ihn ungehemmt, als sein Blick ihren schlanken Körper umfing. Sein Entschluß war gefaßt, und ehe Nicole noch seine Absicht ahnen konnte, verschloß er ihren Mund mit einem harten Kuß und warf sie sich mühelos über die Schulter.

Ihre Schreie und das Hämmern ihrer Fäuste auf seinen Rücken ignorierend, stieg er ins Wasser und watete auf das Boot zu. Als er es erreicht hatte, setzte er sie beinahe übermütig auf die hölzernen Planken. Eine Sekunde später kletterte er, unterstützt von dem begeisterten Higgins, ins Boot. Dann blickte er noch einmal zurück auf den verlassenen, in Mondlicht getauchten Strand. Jetzt endlich konnte er England ohne Reue und Bedauern verlassen. »Wir sind alle an Bord«, wandte er sich an einen der Seeleute. »Lassen Sie uns hier verschwinden, ehe uns ein britisches Kriegsschiff entdeckt.«

Einen Augenblick schienen die Männer zu zögern, dann jedoch ruderten sie achselzuckend auf die See hinaus. Einer von ihnen konnte jedoch nicht umhin zu bemerken: »Niemand hat etwas von einer Frau gesagt. Kapitän Baker wird gar nicht erfreut sein, wenn er sie zu Gesicht bekommt.«

Christopher blickte in Nicoles wütendes Gesicht, strich über ihre zerzausten Locken und erwiderte lächelnd: »Es tut mir leid wegen des zusätzlichen Fahrgastes, aber die Dame und ich haben noch über wichtige Geschäfte zu reden – und New Orleans ist der richtige Platz dafür.«

16

Die Seereise nach New Orleans war ein Alptraum. Zweimal wurden sie von britischen Kriegsschiffen gesichtet, einmal sogar beschossen, und nur eine Nebelbank rettete sie und ermöglichte es ihnen, zu entkommen. Das Wetter war fürchterlich; ein Sturm schien dem anderen zu folgen.

Der Kapitän war verständlicherweise verärgert über das unerwartete und unwillkommene Auftauchen einer Frau an Bord, und Nicole verbrachte die ganze Reise in einer winzigen Kabine. Es gab keine Ruhe, nicht den geringsten Komfort, und Nicole begann, das goldfarbene Seidenkleid zu hassen, das sie seit ihrer überstürzten Abreise aus England trug. Christopher und Nicole redeten kaum miteinander; beide fühlten, daß das nicht die richtige Zeit für eine Fortsetzung ihrer erbitterten Auseinandersetzungen war. Und wann immer sich trotzdem ein Streit anzubahnen drohte, stellte sich Higgins als schützender Prellbock zwischen sie.

Tag für Tag rannte Nicole, immer wütender werdend, in ihrer Kammer umher. Sie fühlte sich wie ein Tier, das in der Falle saß.

Christopher erging es nicht viel anders, obwohl er sich auf dem Schiff frei bewegen konnte und auch die einer Seefahrt angemessene Kleidung trug. Die Reise schien sich ewig hinzuziehen, endlos erstreckte sich das Meer vor ihnen.

Was Nicole betraf, so konnte er sich nur selbst verwünschen, daß er sich zu solch einer impulsiven, unüberlegten Handlung hatte hinreißen lassen. Was um alles in der Welt soll ich mit ihr anfangen, fragte er sich ärgerlich, während sich das Schiff durch die aufgewühlte See kämpfte. Was sollte er seinem Großvater schreiben? Dieser Gedanke war ihm bisher nicht gekommen, und er starrte düster in die tosenden Wellen.

Simon ahnte sicher, daß Nicole bei ihm war. Er hatte es zwischen den Zeilen seines Briefes lesen können. Außerdem hatte er, Christopher, Galena gesagt, er werde sich um ihre Herrin kümmern. Einen flüchtigen Augenblick kam ihm der Gedanke, daß er schon zu diesem Zeitpunkt gewußt hatte, daß er Nicole mitnehmen würde – falls er sie fand. Doch noch lächerlicher und bedrückender war, daß er tief in seinem Inneren wußte, daß er nicht nach New Orleans gefahren wäre, wenn er sie nicht gefunden hätte.

Christopher war in einen entsetzlichen, quälenden Zwiespalt geraten – er verachtete sich, weil er Nicole noch immer begehrte, und er verwünschte sie, weil sie eine solch unwiderstehliche Versuchung für ihn darstellte. Er konnte einfach nichts dagegen tun, daß er sich nach ihr verzehrte und sich ein Leben ohne sie nicht mehr vorzustellen vermochte. Und das war es, was ihn innerlich zerfraß; es quälte ihn derart, daß er sie kaum noch ansehen konnte, ohne den Drang zu verspüren, seine Hände um ihren schlanken Hals zu legen, um auf solche Weise ein für allemal dieses Verlangen und diese unbeschreiblichen Gefühle zu töten, die ihn an sie banden.

Die langen Wochen auf See trugen nicht zur Lösung seiner Probleme bei. Nacht für Nacht trieb ihn das körperliche Verlangen an Deck, wanderten seine Gedanken zu der in ihrer kleinen Kabine schlafenden Nicole.

Oh, er hätte sich mit Gewalt Einlaß verschaffen und sie nehmen können; zu jeder beliebigen Tages- oder Nachtzeit hätte er seinen Hunger stillen können, doch er sehnte sich nach mehr als der bloßen Befriedigung seiner Lust. Und wie ein Mann, der unerwartet ein weißglühendes Stück Eisen in die Hand bekommt, zuckte er vor der Erkenntnis zurück, daß das, was er von ihr wollte, Liebe war. Doch er verwarf diese Erkenntnis als lächerlich und absurd; er wollte sich nicht eingestehen, was er für sie empfand, was er seit jener Nacht in Thibodaux House für sie empfunden hatte.

Alle drei atmeten erleichtert auf, als sie in der zweiten Novemberwoche in New Orleans ankamen. Das Wetter war dort allerdings auch nicht einladender, als es auf See gewesen war. Ein kalter Regen peitschte vom Meer her durch die Straßen und verwandelte sie in einen sumpfigen Morast.

Als die drei Christophers elegantes Haus in Vieux Carré betraten, begrüßte sie ein einladendes Feuer im großen Salon. Eine hastig geschriebene Nachricht, die er von einem der vielen im Hafen herumlungernden Streuner hatte überbringen lassen, hatte Sanderson auf seine Ankunft vorbereitet. Nicole wurde wieder in das gleiche Zimmer gebracht, das sie vor ihrer Abreise nach England bewohnt hatte. Christopher ließ sich heißen Rum servieren, während er sich am Feuer aufwärmte.

Dabei berichtete ihm Sanderson die letzten Neuigkeiten. Dann machte sich Christopher auf den Weg zu Jason Savage. Zuerst hatte er einen Boten dorthin schicken wollen, um zu erfahren, ob sich die Savages in ihrem Haus in New Orleans aufhielten, doch seine Unruhe und Ungeduld ließen ihn keine unnötige Zeit verschwenden. Und so kämpfte er sich durch den strömenden Regen zu Jasons Wohnung.

Glücklicherweise war Jason zu Hause; er saß an seinem Schreibtisch und kramte lustlos in einigen Geschäftspapieren, als Christopher die Bibliothek betrat. Ein herzliches Lächeln lag auf seinen Zügen, als er Christopher mit ausgestreckten Händen entgegeneilte. »Bei Gott!« rief er halb belustigt, halb ernsthaft. »Es ist höchste Zeit, daß Sie kommen. Ich glaubte schon, mein Instinkt hätte mich getrogen gehabt.«

Christopher grinste nur. »Glauben Sie mir, es gab Zeiten, in denen ich uns beide für verrückt hielt, daß wir uns auf dieses Unterfangen eingelassen hatten«, erwiderte Christopher. »Ich war mit meiner Weisheit am Ende und schon fast überzeugt davon, versagt zu haben, als die Dinge sich plötzlich zum Positiven entwickelten. Lesen Sie selbst.« Er reichte Jason das Memorandum, setzte sich auf die Schreibtischkante und fügte hinzu: »Es könnte mehr enthalten – doch es ist der Beweis, daß ein Angriff geplant ist, und es liefert uns immerhin einige wertvolle Anhaltspunkte.«

»Hm, ja«, bemerkte Jason, als er das Memorandum überflogen hatte. »Das ist genau das, was ich erhofft habe. Ich muß es sofort zu Claiborne bringen – er ist in den letzten Monaten beinahe verrückt geworden. Und die Zeitungen haben alles noch schlimmer gemacht. Jeden Tag berichten sie über den drohenden Angriff auf New Orleans, und trotzdem scheint man nichts tun zu können. Wir haben viel zuwenig Soldaten in der Stadt, und die Verteidigungsvorkehrungen, die getroffen wurden, sind bei weitem nicht ausreichend.«

»In all den Monaten meiner Abwesenheit scheint sich nichts geändert zu haben«, stellte Christopher erbost fest.

»Nun ja, einiges hat sich doch getan«, räumte Jason ein. »John Armstrong trat von seinem Amt als Kriegsminister zurück, Monroe ist an seine Stelle getreten. Und obwohl Washington niedergebrannt wurde, ist es uns in letzter Zeit nicht allzu schlecht ergangen. Sie werden es vor Ihrer Abreise aus England vielleicht nicht mehr erfahren haben – Prevosts Versuch, die Vereinigten Staaten über den Lake Champlain und das Hudson Valley zu erobern, wurde zurückgewiesen. Unseren Sieg haben wir einem jungen Leutnant zu verdanken. Mit nur vier größeren Kriegsschiffen und zehn Kanonenbooten vernichtete er bei Plattsburgh die britische Flotte, und Prevost war gezwungen, seine Offensive aufzugeben und nach Kanada zurückzuweichen. Und wenn auch die finanzielle Lage unseres Landes nicht zum Besten steht, so werden wir mit etwas Glück zwar leicht geschädigt, aber doch relativ heil davonkommen.«

Christophers Lippen verzogen sich spöttisch. »Falls es uns nicht gelingt, New Orleans gegen Pakenhams Truppen zu verteidigen, sieht es ganz und gar nicht mehr rosig für uns aus. Die Engländer würden liebend gern den ganzen Staat Louisiana einnehmen, um den Mississippi unter Kontrolle zu haben. Und wenn wir nicht bald Truppen herbekommen, haben sie gute Chancen, daß ihnen das gelingt. Admiral Cochrane wird Pakenham mit seiner Flotte unterstützen, und zusammen mit der Armee werden die Engländer über uns wie ein Rudel Wölfe über eine Schafherde herfallen.«

»Nicht unbedingt«, erwiderte Jason. »Ich vergaß, Ihnen zu sagen, daß General Ross tot ist. Er wurde im September beim Angriff auf Baltimore, der ein Fehlschlag war, getötet. Sie sehen, wir haben ihnen die Zähne gezeigt.«

Christopher seufzte. »Vielleicht haben Sie recht – doch die Aussichten sind nicht sehr ermutigend. Und vergessen Sie nicht, daß die Friedensverhandlungen in Gent ein kritisches Stadium erreicht haben und wir von dort nicht auf schnelle Hilfe hoffen können.«

»Da stimme ich Ihnen zu. Aber mit diesem Memorandum können wir Andrew Jackson überzeugen, daß New Orleans wirklich in Gefahr ist. Und dann wird er mit seinen Truppen kommen. Er wird nicht zulassen, daß die Engländer Louisiana einnehmen.«

Christopher sah ihn skeptisch an. »Ich hoffe, das stimmt. Und was kann *ich* noch tun?«

Jason lehnte sich in seinem Stuhl zurück. »Ich möchte, daß Sie mich begleiten, wenn ich dem Gouverneur das Memorandum überbringe«, sagte er nach kurzer Überlegung. »Schließlich haben wir Ihnen diese Information zu verdanken – Ehre, wem Ehre gebührt! Und was noch viel wichtiger ist: Der Gouverneur braucht jeden fähigen Mann.« Mit bitterem Lächeln fügte Jason hinzu: »Der kreolische Teil unserer Bevölkerung ignoriert wie üblich die Situation, und außer einigen wenigen reden sich die Bewohner der Stadt ein, daß keinerlei Gefahr besteht. Und das sind die größten Feinde, die Claiborne zu bekämpfen hat – Apathie und Unwissenheit.«

Christopher verzog das Gesicht. »Ich hoffe, Sie wissen, was Sie tun, wenn Sie dem Gouverneur einen üblen Piraten wie mich empfehlen. Haben Sie keine Angst, daß es Ihnen schaden könnte, wenn er von meiner Beziehung zu Lafitte erfährt?«

Einen Augenblick schien Jason erschrocken, dann jedoch blitzten seine grünen Augen spöttisch auf, als er entgegnete: »Um mir zu schaden, bedarf es schon etwas mehr, mein Lieber. Vergessen

Sie nicht, daß ich dem Gouverneur zu einem großen Teil nur deshalb so von Nutzen sein kann, weil ich so viele üble Piraten, wie Sie einer sind, an der Hand habe.«

Ein amüsiertes Lächeln trat in Christophers Augen. »Dann stehe ich Ihnen also zu Diensten, Sir.«

Sie begaben sich umgehend zum Gouverneur, und während Christopher Claiborne beobachtete, wie dieser das Memorandum las, war er sich nicht sicher, ob ihn dessen Inhalt schockierte oder ob er ihm gefiel. Claibornes Gesicht zeigte keine Regung, als er das Memorandum vorsichtig auf die Platte seines Schreibtisches legte. Er faltete die Hände, dann aber sah er die beiden ihm gegenüber sitzenden Männer freundlich an.

»Nun«, begann er, »wenn *das* Jackson nicht überzeugt, wird ihn nichts mehr überzeugen. Ich hoffe nur, daß er dadurch erkennt, daß das Angriffsziel der Engländer New Orleans und nicht Mobile ist. Er und Monroe glauben immer noch, daß die Engländer versuchen werden, Mobile anzugreifen, und so konzentrieren sie sich völlig auf dieses Gebiet.« Claibornes leichter Virginia-Akzent war auch heute, nach elf Jahren in New Orleans, nicht zu überhören, als er fortfuhr: »Ich selbst bin der Meinung, daß sie von der Küste her angreifen werden, doch ich bin nur Zivilist.«

Dazu gab es nicht mehr viel zu sagen, und so verabschiedeten sich Savage und Christopher nach einer kurzen, höflichen Unterhaltung, während der Claiborne noch ein paarmal Christophers Unternehmen lobte.

Es hatte aufgehört zu regnen, doch nach einem Blick auf den wolkenverhangenen Himmel meinte Christopher: »Das geht bald wieder los.«

»Beeilen wir uns, nach Hause zu kommen«, sagte Savage. Er zögerte; ein seltsamer Ausdruck trat auf sein Gesicht, als er beinahe schüchtern fragte: »Hätten Sie etwas dagegen, am Donnerstag mit Catherine und mir zu speisen? In New Orleans hat sich einiges ereignet, über das ich gerne mit Ihnen reden möchte. Jetzt ist nicht der richtige Moment dafür, und vor dem Donnerstag habe ich keine Zeit.«

Christopher sah ihn nachdenklich an. »Ist es etwas Wichtiges? Wieder ein Auftrag?«

Abermals dieses merkwürdige Zögern Jasons – Christopher hatte den Eindruck, daß er ihm etwas verschwieg. Doch ehe er ihn direkt fragen konnte, antwortete Jason: »Ihnen wird es vielleicht wichtig erscheinen.« Als Christopher ihn erstaunt ansah, fügte er hinzu: »Ich will nicht geheimnisvoll sein, doch ich habe im Augenblick nicht die Zeit, Ihnen alles zu erklären. Sie werden es vielleicht erfahren, bevor ich es Ihnen sage, und ich bitte Sie nur, dann nicht vorschnell zu urteilen und zu handeln. Sie wissen, wie sehr die Kreolen die Gerüchteküche lieben, aber Gerüchte entsprechen oft nicht den Tatsachen.«

Christopher zog die Mundwinkel herab. »Für mein Gefühl«, sagte er, »tun Sie sehr geheimnisvoll, auch wenn Sie das Gegenteil behaupten.«

»Ich weiß, mein Freund«, erwiderte Jason beschwichtigend, »aber haben Sie bitte Verständnis für mich. Es bleibt also dabei? Sie kommen am Donnerstag zum Abendessen?«

»Sie wissen genau, daß ich kommen werde.«

Damit trennten sie sich, und während Christopher durch die regennassen Straßen ging, waren seine Gedanken bei Nicole.

Diese temperamentvolle, betörende kleine Schlampe, die ebenso schön wie launisch war und die wahrscheinlich allein schon seinen Anblick haßte – er begehrte sie, sie und keine andere.

Er weigerte sich, über das, was zwischen ihnen geschehen könnte, nachzudenken. Er lebte von heute auf morgen. Das war bisher bei jeder Frau so gewesen, warum nicht auch bei Nicole?

Nicole selbst liebte freilich dieses ›In-den-Tag-hinein-Leben und Abwarten‹ ganz und gar nicht. Sie war verständlicherweise sehr wütend auf ihn – gleichzeitig mußte sie sich jedoch auch eingestehen, daß sie keinen anderen Wunsch hatte, als bei ihm zu sein. Aber nicht so, dachte sie ärgerlich. Wie konnte er mich, ohne mich zu fragen, nach Amerika verschleppen und mich Schimpf und Schande aussetzen?

Wenn es ihr freier Entschluß gewesen wäre, mit ihm zu kommen, wenn er gesagt hätte: »Komm mit!« und sie sich dann entschieden hätte, ihm zu folgen, würde sie sich jetzt nicht so erbärmlich vorkommen. Schimpf und Schande hätte sie gern in Kauf genommen, wenn Christopher ihr die freie Wahl gelassen hätte.

Doch er hatte es nicht getan. Gefühllos und roh hatte er ihre Wünsche und Empfindungen ignoriert. Wieder einmal ein Zeichen seiner maßlosen Arroganz, dachte sie hitzig.

Ein zorniger Ausdruck trat auf ihr Gesicht, und erst als sie den erschrockenen Blick des jungen Negermädchens bemerkte, das man ihr als Zofe zugewiesen hatte, zwang sie sich, an etwas anderes zu denken. »Bitte, hab keine Angst. Ich habe manchmal sehr schlechte Laune, doch ich lasse sie selten an meinen Dienstboten aus. Nun sag mir, wie du heißt.«

Schüchtern murmelte das Mädchen: »Nuomi, Madam. Mr. Sanderson sagt, ich soll Ihr Mädchen sein, bis er eine andere eingestellt hat.«

Während Nicole zusah, wie Nuomi flink ein Bad vorbereitete, entschied sie, daß sie Nuomi als Mädchen behalten wollte. Es bestand kein Grund, eine zweite Miss Mauer anzustellen – dieses Mal würde sie nicht in der feinen Gesellschaft verkehren. Die Geliebte Christophers zu sein – und sie war überzeugt, daß das die Rolle war, die er ihr zugedacht hatte –, war etwas ganz anderes, als sein Mündel zu sein. Ein böses Lächeln huschte über ihr Gesicht, als sie sich voller Erbitterung sagte, daß sie ihm keine angenehme Gespielin sein würde.

Nuomis Stimme riß sie aus ihren Grübeleien. Das Bad war fertig, und sie ließ sich bereitwillig beim Auskleiden helfen.

Das Bad tat ihr unendlich gut. Nach den langen Wochen auf See, wo sie sich nur mit Salzwasser hatte waschen können, war das frische, heiße Süßwasser die reinste Wohltat. Genießerisch rekelte sie sich in dem weichen, angenehm duftenden Wasser, legte ihren Kopf auf den Rand der Wanne und schloß die Augen. Sie hätte stundenlang so liegen können, doch mit der Zeit wurde das Wasser kalt. Also seifte sie sich von oben bis unten ab und ließ sich von Nuomi die Haare waschen.

Später saß sie, in ein flauschiges Badetuch gehüllt, am Feuer, während Nuomi ihr geduldig die Haare trocken bürstete. Seit Wochen hatte sie sich nicht mehr so sauber und entspannt gefühlt. Das gleichmäßige Bürsten ließ sie beinahe einschlafen, und als ihre Haare trocken waren, beschloß sie, sich eine Weile hinzulegen.

Es war später Nachmittag, der Himmel war noch immer wolkenverhangen, und Nicole konnte dem Gedanken an ein richtiges Bett nicht widerstehen. Sie schlief ruhig und tief und wachte erst Stunden später, als es bereits dunkel war, wieder auf. Die Matratze war weich wie eine Wolke, und wohlig kuschelte sich Nicole in die Wärme ihres Bettes. Sie wollte sich gerade wieder umdrehen, um weiterzuschlafen, als Nuomi mit einer Kerze in der Hand eintrat.

»Was ist?« fragte Nicole.

»Oh, Madam, ich wollte Sie nicht wecken. Doch Master Christopher befahl mir nachzusehen, ob Sie noch schlafen.«

»Du hast mich nicht geweckt. Ich wollte gerade nach dir läuten«, log Nicole.

Erleichtert atmete Nuomi auf; sie fand es inzwischen recht angenehm, für die neue Herrin zu arbeiten. Schnell zündete sie eine Lampe an und half Nicole beim Anziehen.

Das graue Musselinkleid war wunderschön, doch Nicole hätte es – nach all den Wochen in dem goldfarbenen Kleid – auch bewundert, wenn es aus derbem Sackleinen gewesen wäre.

Schuhe hatte sie damals allerdings nicht hiergelassen, und als Nicole jetzt auf ihre nackten Füße hinunterstarrte, die unter dem Kleid hervorlugten, fühlte sie sich schmerzlich an jenen Abend auf den Bermudas erinnert. Wie anders mein Leben doch verlaufen wäre, wenn ich Allens Rat befolgt hätte, dachte sie reuevoll. Und wieder fragte sie sich, was aus Allen geworden sein mochte. Christopher hatte versprochen, ihn freizulassen, und sie hoffte verzweifelt, daß er dieses Mal sein Versprechen gehalten hatte – ihre Beziehung war ohnehin schon durch soviel Bitterkeit und Vorwürfe belastet. Allen mußte frei sein! Sie mochte nicht daran denken, daß Christopher ihn den Amerikanern ausgeliefert haben und Allen als Spion hingerichtet worden sein könnte. Sie traute Christopher Saxon zwar eine ganze Menge zu, das jedoch nicht.

Das Schuhproblem war schnell gelöst, denn sie hatte ja noch die goldenen Seidenschuhe, die sie auf der Seereise getragen hatte. Ein nachlässig über die Schulter gelegter Schal aus dünnem, glänzendem Stoff vervollständigte ihre Garderobe, und nach einem prüfenden Blick in den Spiegel ging sie zufrieden in den Salon hinunter.

Wie erwartet, war Christopher bereits anwesend, und wieder durchfuhren sie bei seinem Anblick freudige Erregung und Schmerz zugleich. Er stand, lässig an den Kaminsims gelehnt, da und starrte gedankenverloren in die knisternden Flammen. »Hast du gut geschlafen?« fragte er höflich.

»Danke, ja. Das Bett ist eine Wohltat nach dem Notlager auf dem Schiff«, erwiderte sie.

Er schien guter Dinge zu sein. In der schmal geschnittenen gelben Hose und einer tadellos sitzenden flaschengrünen Jacke ließ er das Herz fast jeder Frau schneller schlagen. Auch Nicole erging es nicht anders, als er auf sie zukam und ihr höflich einen Stuhl am Feuer anbot. Sie zögerte, beschloß dann jedoch, so zu tun, als sei nichts geschehen, und nahm Platz.

Beide wirkten unnatürlich und verkrampft und benahmen sich wie Fremde, die sich zum ersten Mal begegnen.

»Möchtest du einen Sherry?« fragte Christopher förmlich. »Ich glaube, es dauert noch eine Weile, bis das Essen serviert wird.«

Nicole kam sich vor wie eine Stoffpuppe, als sie mit einem albernen Lächeln auf den Lippen erwiderte: »Ja, gern.«

Christopher ging zum anderen Ende des Raumes hinüber, wo ein Tablett mit verschiedenen Kristallkaraffen stand, und schenkte ihr schweigend ein Glas ein. Noch immer schweigend trat er neben sie und reichte ihr das Glas. Als sich dabei ihre Finger trafen, reagierten beide, als hätten sie ein glühendes Eisen berührt. Christophers Hand zuckte zurück, und Nicole hätte beinahe das Glas fallen lassen.

Das Schweigen wurde immer beklemmender; jeder der beiden war sich der Gegenwart des anderen auf nahezu unerträgliche Weise bewußt, jeder schien darauf zu warten, daß der andere den ersten Schritt tat, das erste Wort sagte. Doch keiner tat es.

Das Knistern und Prasseln des Feuers hallte in der Stille des Raumes wider. Nicole rutschte unbehaglich auf ihrem Stuhl hin und her und nippte verlegen an ihrem Sherry.

Christopher war wieder an den Kamin getreten und starrte wie gebannt ins Feuer. Auf dem Kaminsims stand ein halbvolles Glas Brandy. Er ergriff es und stürzte den Inhalt in einem Zug hinunter. Dann drehte er sich unvermittelt um und sah sie an.

Ein verwirrendes Lächeln lag um seinen Mund, als er amüsiert fragte: »Hast du mir nichts zu sagen? Ich warte schon die ganze Zeit darauf, daß du mich mit deiner scharfen Zunge zerreißt. Sag mir nicht, daß du die Sprache verloren hast. Komm, sprich es dir von der Seele, du wartest doch schon seit Wochen darauf.«

Nicole versteifte sich, ihre Augen blitzten zornig auf. Doch sie beherrschte sich und antwortete gelassen: »Ihnen die Meinung zu sagen, würde mir nicht weiterhelfen, und ich habe nicht vor, mich von Ihnen provozieren zu lassen.«

Christopher zog die Augenbrauen hoch. »Nun, ich werde dich beim Wort nehmen«, erwiderte er. »Doch ich bin sicher, daß du mir etwas zu sagen hast, zum Beispiel über mein Betragen.«

Nicole erhob sich und stellte sehr entschieden ihr Glas auf einen nahe stehenden Tisch. »Ja, ich habe etwas zu sagen, aber in erster Linie möchte ich Sie etwas fragen. Darf ich?«

»Bitte.«

»Was haben Sie mit mir vor?«

Begehrlich wanderte Christophers Blick über ihren schlanken Körper, blieb hängen an ihrem hochangesetzten Busen, ihrem glänzenden Haar, ehe er zu ihrem vollen Mund zurückkehrte. »Nun, ich habe da verschiedene Pläne, meine Liebe«, murmelte er. »Und ich hoffe, daß du damit einverstanden sein wirst.« Seine Augen ruhten noch immer auf ihrem Mund, als er auf sie zutrat und so dicht vor ihr stehenblieb, daß ihre Körper sich beinahe berührten. »Ich begehre dich, Nicole«, gestand er aufrichtig. »Ich begehre dich, wie ich noch nie eine Frau begehrt habe.« Seine Augen brannten vor plötzlich aufkeimendem Verlangen. »Du warst bereit, Roberts Geliebte zu werden, warum nicht auch wieder die meine?«

Nicole schien zu Eis erstarrt, und Christopher fuhr hastig fort: »Ich habe dir die Chance geboten, ein anständiges Leben zu führen, habe dich in die Gesellschaft eingeführt. Aber nein, das war es nicht, was du wolltest. O nein! Du warst bereit, all das wegzuwerfen, um Roberts Gespielin zu werden. Nun, meine Liebe, als meine Gespielin wird es dir viel besser gehen. Glaube mir, ich werde sehr großzügig sein – du wirst ein eigenes Haus bekommen, einen Wagen, Diener, alles, was du willst. Wie lautet deine Antwort?«

Ihre topasfarbenen Augen glitzerten wie goldbraune Juwelen in ihrem blassen Gesicht, als sie ihn wutentbrannt anschrie: »Sie überschätzen Ihren Charme! Selbst wenn ich im Sterben läge und Sie mir das Leben schenken könnten, würde meine Antwort die gleiche sein – nein, niemals! Ihre Geliebte werden? Hah! Lieber würde ich mich an alle Männer der Welt verkaufen, als Ihre Umarmung zu ertragen!«

Christopher packte wütend ihre Schultern. »Das magst du zwar sagen«, erklärte er dicht vor ihrem Mund, »doch dein Körper spricht eine andere Sprache.«

Brutal verschloß er ihre Lippen mit seinem Mund und zog sie hart und ohne jede Zärtlichkeit an sich. Sofort erwachten in Nicole Erinnerungen an frühere Liebesnächte, in denen sie in seinen Armen glücklich gewesen war. Wenn er sie weiter so brutal geküßt hätte, wäre sie vielleicht nicht weich geworden, doch als ahnte er, daß er mit Gewalt nichts erreichen konnte, wurde Christophers Kuß zärtlicher.

Nicole spürte, wie in ihr die altvertraute Sehnsucht nach seiner Liebe erwachte, und kämpfte verzweifelt dagegen an. Sie wollte nicht wieder in seinen dunklen Bann geraten. Doch es war zuviel für sie, seine Hände umschlossen ihre Taille und zogen sie näher an sich, und durch ihr Kleid hindurch spürte sie sein Verlangen. Seine Hände glitten liebkosend über ihre Hüften, ihren Rücken, sein Kuß war warm und hungrig, und Nicole fühlte, wie ihr Widerstand schmolz.

Sein übermächtiges Verlangen machte ihn blind gegen ihren inneren Kampf; unerbittlich und doch sanft drückte er sie auf das vor dem Kamin stehende Sofa hinunter. Als seine Hände die zarte Haut ihrer Schenkel berührten, stöhnte Nicole angstvoll auf. Mit jeder Faser ihres Körpers wollte sie, daß er sie nahm, doch sie wußte auch, daß sie verloren war, wenn sie es zuließ. Ebensosehr gegen sich selbst wie gegen ihn kämpfend, wand sie sich unter ihm, um dem wild in ihr aufsteigenden Verlangen zu entkommen. Doch ihr Widerstand stachelte seine Erregung nur noch mehr an, steigerte seine Sehnsucht, noch einmal in der Ekstase ihrer Lust mit ihr vereint zu sein. Und sein Kuß wurde immer drängender und leidenschaftlicher.

Ein plötzliches Klopfen an der Tür ließ ihn erstarren. Mit einem unterdrückten Fluch setzte er sich auf und fragte: »Ja, wer ist da?«

»Sanderson«, war die ruhige Antwort. »Das Essen ist serviert, Sir.«

Christopher stand auf und glättete seine Beinkleider. »Ja, wir kommen gleich«, knurrte er. Halb belustigt, halb ärgerlich wandte er sich dann an Nicole: »Es scheint, daß wir dieses interessante Spiel auf später verschieben müssen.«

Mit zitternden Händen und ohne ihn anzusehen, ordnete Nicole ihre Röcke und bezwang den Wunsch, ihm ins Gesicht zu schlagen. Mit steifen Schritten ging sie auf die Tür zu, die in die Haupthalle führte. Sie gestattete ihm sogar, ihr die Tür aufzuhalten, dann schritt sie, eine Hand korrekt auf seinen Arm gelegt, an seiner Seite ins Speisezimmer.

Während des Essens führten sie eine lächerlich fröhliche Unterhaltung, zum einen wegen Sandersons Anwesenheit, zum anderen, weil keiner von ihnen so recht wußte, was er sagen sollte. Beide waren mit ihren Gedanken bei der vor ihnen liegenden Nacht und ließen den größten Teil des Essens zu der enttäuschten Köchin in die Küche zurückgehen.

Ein wenig ruhiger ließ sich Nicole nach dem Essen von Christopher zurück in den Salon führen. Nachdem sie auf dem gleichen Sofa Platz genommen hatte, auf dem sie vor kurzem beinahe schwach geworden wäre, nahm sie dankend den starken schwarzen Kaffee entgegen, den Sanderson auf einem silbernen Tablett servierte. Christopher zog einen Brandy vor.

Das Essen war eine Art Waffenstillstand gewesen, ein trügerischer zwar, doch immerhin eine kurze Zeit der Ruhe. Christopher ließ keinen Zweifel daran, daß er diese Zeit für beendet ansah, denn kaum hatte sich die Tür hinter Sanderson geschlossen, als er Nicole anfuhr: »Nun, mein Angebot gilt noch immer. Und rede dich nicht damit heraus, daß du Zeit zum Nachdenken brauchst. Wie lautet deine Antwort? frage ich noch einmal.«

»Ich sehe keine Veranlassung, über Ihr Angebot nachzudenken!« fauchte sie ihn mit zornig blitzenden Augen an. »Ich habe es Ihnen vorhin gesagt, und ich sage es jetzt noch einmal – ich werde nie Ihre Geliebte werden!«

Mit heftig wogendem Busen stand sie auf, und ihre Stimme bebte vor unterdrückter Erregung, als sie hitzig fortfuhr: »Ich bin erstaunt, daß Sie ein solch verdorbenes Wesen wie mich um sich haben wollen. Schließlich bin ich so undankbar gewesen, dem angenehmen Leben, das Sie für mich arrangiert haben, den Rücken zu kehren, Ihren Großvater zu beleidigen und mit einem Mann zu schlafen, der diesen Namen nicht verdient, einem Mann, der der Geliebte meiner eigenen Mutter war.« Tränen standen in ihren schönen Augen, ihr Mund zitterte in dem Bemühen, diese Tränen zurückzuhalten, und voll innerer Qual und Wut schrie sie: »O ja, vergessen wir, daß ich die Tochter meiner Mutter bin! Wir wissen beide, daß sie gemein und verlogen und eine Ehebrecherin war! Und ich sage Ihnen eines, Christopher, wenn Sie mich dazu zwingen, werde ich mich bemühen, Ihnen zu zeigen, daß ich genauso wie meine Mutter sein kann! Um Himmels willen, lassen Sie mich gehen! Zahlen Sie mir die Überfahrt zurück nach England! Schicken Sie mich weg, damit wir beide Frieden finden können!«

Christopher war bleich geworden bei ihren Worten und entgegnete voll Bitterkeit: »Ich kann es nicht. An all das, was du gesagt hast, habe ich gedacht. Es hat mich innerlich zerrissen, Tag für Tag, Nacht für Nacht. Aber ich kann dich nicht gehen lassen.«

Es war ein Geständnis, das er nicht hatte machen wollen, das er sogar vor sich selbst hatte verleugnen wollen. Und voller Wut, daß er ihr, wie er glaubte, eine weitere Waffe in die Hand gegeben hatte, stürzte er seinen Brandy hinunter. Dann knallte er das Glas so hart auf den Kaminsims, daß es zersplitterte, und stürmte ohne ein weiteres Wort zur Tür. Jeder seiner Schritte verriet deutlich seinen Ärger und seine Wut. An der Tür drehte er sich noch einmal nach Nicole um, die wie erstarrt neben dem Sofa stand. Dann fiel die Tür mit einem dumpfen Knall hinter ihm ins Schloß. In diesem letzten Blick, mit dem er sie angesehen hatte, hatte soviel Zorn und Abscheu gestanden, daß es ihr den Atem nahm, und doch, und doch glaubte sie in seinen Augen etwas gesehen zu haben, etwas wie ... wie ...

Während sie sich ruhelos in ihrem Bett hin- und herwälzte, mußte sie wieder und wieder an seine Worte denken. Sie mochte nicht glauben, daß er das gesagt hatte, was er gesagt hatte. Daß auch Christopher diese unsichtbaren Bande spürte, erfüllte sie mit neuer Hoffnung, doch es war ebenso offensichtlich, daß er sich selbst dafür haßte. Was soll ich nur tun? fragte sie sich unglücklich. Bleiben und hoffen, daß er mich eines Tages lieben wird, falls er überhaupt imstande ist zu lieben? Oder weiterhin gegen ihn ankämpfen und ihm zeigen, daß wir uns besser trennen sollten? Aber kannst du das überhaupt? flüsterte eine hämische Stimme in ihr.

Es gab keinen Ausweg aus diesem Dilemma. Stolz, gesunder Menschenverstand, ihre bisherigen Erfahrungen mit ihm und ein ausgeprägtes Gefühl des Selbstschutzes sagten ihr, daß sie vor ihm fliehen müsse. Doch ihr Herz wehrte sich dagegen, sich bewußt von ihm zu trennen.

Schließlich gab sie den Gedanken an Schlaf auf und erhob sich. Nur mit einem hauchdünnen, durchsichtigen Nachthemd aus cremefarbenem Batist bekleidet, lief sie barfuß im Zimmer umher. Das Feuer war beinahe heruntergebrannt, und um irgend etwas zu tun, legte sie ein paar kleine Holzscheite nach und blies in die Glut, bis die Flammen zu neuem Leben erwachten. Vom flackernden Licht des Feuers abgesehen, lag der Raum in tiefer Dunkelheit; nur ein schwacher Schimmer des Mondlichts kroch durch die geschlossenen Fensterläden. Nicole stieß dieselben auf und betrachtete den hoch am Himmel stehenden Mond. Es hatte wieder einmal aufgehört zu regnen, doch Feuchtigkeit und Nässe waren noch überall.

Seufzend ging sie zum Bett zurück und setzte sich mit angezogenen Knien auf die weiche Matratze. Sie wußte, daß sie nicht schlafen konnte, und starrte geistesabwesend in die Flammen. Was sollte sie tun? Sie verfügte über keinerlei eigene Mittel. Sie wußte nicht, wo sie hingehen sollte. England war zu weit entfernt, zu weit, um eine schnelle Lösung ihrer Probleme zu bieten. Verzweifelt erkannte sie, daß es, solange sie Christopher liebte, immer nur einen Ausweg aus ihrem Dilemma geben würde.

Ich habe ihn immer geliebt, gestand sie sich traurig ein. Sie hatte sich einreden wollen, daß es nicht so wäre, doch es hatte keinen

Sinn, zu leugnen, daß sie sich etwas vorgemacht hatte. Wie immer er sich auch benahm – brutal, überheblich, einmal zärtlich, einmal grausam – sie liebte ihn. Sie konnte es nicht ändern.

Trotz dieser Erkenntnis wünschte sie sich verzweifelt, ihn verlassen zu können. Wenn sie blieb, würde sie nur noch mehr leiden, noch mehr Enttäuschungen hinnehmen müssen. Christopher würde sie niemals lieben. Er begehrte sie, ja, doch das hatte nichts mit Liebe zu tun, und seine Liebe war es, wonach sie sich sehnte.

Beinahe hätte sie hysterisch aufgelacht, als sie sich sein Gesicht vorstellte, wenn sie zu ihm sagen würde: »Lieben Sie mich. Begehren Sie mich nicht nur mit Ihrem Körper, sondern auch mit der Seele. Lieben Sie mich, verdammt noch mal!«

Doch was für einen Sinn hätte das? Sie war ja nicht einmal sicher, daß sie selbst in der Lage war, all das zu vergessen und zu verzeihen, was zwischen ihnen geschehen war. Dann lachte sie erbittert auf; auch wenn sie sich etwas anderes vorzumachen versuchte, wußte sie dennoch, daß sie, wenn er nur die geringste Andeutung machen würde, mehr zu wollen als nur ihren Körper, alle ihre Zweifel über Bord werfen und bereitwillig in seine Arme sinken würde. Zum Teufel mit ihm, aber sie liebte ihn!

Sie war so in ihre Gedanken versunken, daß sie erschrocken aufschrie, als die Tür geöffnet wurde. Voll Entsetzen sah sie Christopher im Türrahmen lehnen.

Es war offensichtlich, daß er betrunken war – sein Haar hing ihm wirr in die Stirn, die weiße Krawatte baumelte schief am Hals, die grüne Jacke hatte er achtlos über die Schulter geworfen, und sein Hemd war auf einer Seite aus der Hose gerutscht. Er schlug die Tür zu und kam langsam mit nicht mehr ganz sicheren Schritten auf sie zu. Sie wäre am liebsten weggelaufen, doch ihr Verstand sagte ihr, daß sie ihn in diesem Zustand nicht verärgern durfte, und so fragte sie, ihm ernst entgegensehend, nur kühl: »Was wollen Sie, Christopher?«

Ein schiefes Grinsen lag um seinen Mund. »Oh, das ist eine sehr gute Frage, meine Liebe«, antwortete er; seine Aussprache war erstaunlich klar. Wie er es häufig tat, setzte er sich auf eine Ecke ihres Bettes, warf die Jacke achtlos auf den Boden und begann geistesabwesend, sich seiner Krawatte zu entledigen. Dabei fuhr er fort: »Ich habe lange darüber nachgedacht. Was will ich eigentlich wirklich?« Ohne Nicole anzusehen, warf er auch die Krawatte auf den Boden, zog die Stiefel aus und begann sein Hemd aufzuknöpfen.

Ängstlich wie ein in der Falle sitzendes Kaninchen beobachtete sie ihn und wagte nicht, sich zu bewegen. Sie wußte, daß sie hätte fortlaufen müssen, doch sie war nicht in der Lage dazu und blieb, ihn wie hypnotisiert anstarrend, regungslos sitzen. Nachdem auch sein Hemd auf dem Boden gelandet war, stand er auf, doch als er anfing, den Gürtel seiner Hose zu öffnen, rief Nicole ungehalten: »Was machen Sie da eigentlich?«

Ohne zu zögern, zog Christopher sich seelenruhig weiter aus. »Nun«, murmelte er, »das ist eine gute Frage, meine Liebe. Ich will dich haben.«

»Sie sind betrunken!« rief Nicole vorwurfsvoll und wich unwillkürlich vor ihm zurück.

»Nein, da irrst du dich«, antwortete er gelassen. »Ich habe viel getrunken, doch ich bin nicht betrunken. Ein bißchen beschwipst vielleicht und verrückt vor Verlangen nach einem betörenden Wesen, das mir keine Ruhe läßt.«

Nicole schluckte, Zentimeter um Zentimeter zurückweichend. So hatte sie ihn noch nie gesehen. Vielleicht war er wirklich nicht betrunken, doch er benahm sich äußerst seltsam. Er beugte sich vor und zog seine Hose aus, woraufhin Nicole aus dem Bett stürzen wollte. Doch schnell wie eine Schlange schoß Christophers Rechte vor und umklammerte ihr Handgelenk. »Nein!« sagte er ruhig. »Du gehst nicht weg, zumindest nicht, bevor ich mit dir fertig bin.«

Ihr Gesicht rötete sich vor Empörung, und sie bemühte sich verzweifelt, sich dem eisernen Griff seiner Hand zu entwinden. »Lassen Sie mich los, verdammt noch mal! Und verschwinden Sie aus meinem Schlafzimmer!« Ihre Blicke trafen sich, und was sie in seinen Augen las, steigerte nur ihre verzweifelten Bemühungen, ihm zu entfliehen.

Doch Christopher blieb ungerührt und sagte nur sanft: »Nein.« Und langsam streifte er ihr das Nachthemd herunter.

Sie hatte nie eine Chance, ihm zu entkommen, auch wenn sie

sich noch so verzweifelt wehrte. Er kümmerte sich nicht um ihre Hiebe und Puffe, zog sie in seine Arme und küßte sie lang und hingebungsvoll.

Nicole verachtete sich, als sie spürte, wie ihr Körper auf seinen verzehrenden Kuß reagierte. Seine Hände glitten zärtlich über ihren nackten Körper, sein Mund hinterließ eine wie Feuer brennende Spur, als er über ihren Hals, ihre Brust glitt. »Bitte nicht, Christopher. Bitte, tun Sie das nicht«, wisperte sie.

Er hielt inne und starrte sie verwirrt an. »Aufhören?« stieß er heiser hervor. »Das kann ich nicht. Du sagst, du willst mich nicht. Aber du lügst, Nicole – du hast immer gelogen. Wenn du mich wirklich nicht wolltest, würde dies nicht geschehen.« Zärtlich liebkoste seine Hand ihre Brust, die rosigen Brustwarzen, die sich sofort steil aufrichteten und sie Lügen straften. »Und dies auch nicht«, fügte er hinzu, als eine Hand unvermittelt zwischen ihre Schenkel glitt und zart über ihr weiches Haarpolster strich.

Nicole stöhnte auf, leise und beschämt, und drängte sich an ihn; sie war nicht länger in der Lage, der zärtlichen Berührung seiner Hände zu widerstehen.

Es war wie in jener Nacht in Thibodaux House – sie vergaßen all ihre Fragen und Zweifel, nichts hatte Bedeutung außer der zärtlichen Berührung des anderen. Nichts existierte mehr für sie außer dieser Welt der Wärme, Zärtlichkeit und Raserei – Liebe und Haß.

Nicole sträubte sich nicht mehr; sie ließ ihn auch nicht einfach nur gewähren – ihr Körper erwiderte die leichteste Berührung des seinen. Ja, sie begehrte ihn, sie sehnte sich nach dem berauschenden Gefühl der Erlösung, das nur er ihr geben konnte. Voll Verlangen glitten ihre Hände über seinen festen, muskulösen Körper.

Wie ein Kind, das auf Entdeckungsreise in einem wunderbaren, fremden Land geht, ließ sie ihre Finger über seine erstaunlich weichen Brusthaare gleiten, über seinen flachen, festen Bauch, und bemerkte voller Freude, wie er auf ihre Berührung reagierte.

Er preßte sie an sich, seine Hände liebkosten die sanfte Rundung ihrer Hüften; schließlich legte er sich halb über sie, so daß sein Mund noch immer ihren süßen, verlockenden Körper auskosten konnte.

Wie der eines Verhungernden glitt Christophers Mund über ihre schlanke Gestalt und zog eine Spur leidenschaftlichen Verlangens über ihren Körper. Er küßte die zarte, heftig pulsierende Stelle unter ihrem Kehlkopf, liebkoste ihre Brust. Zärtlich bissen seine Zähne in ihre harten, aufgerichteten Brustwarzen. Mit einer Hand spielte er in ihrem Haar, während die andere ihren Leib streichelte und liebkoste, bis sie es nicht mehr ertragen zu können glaubte. Doch seine Hand drang nicht vor zu der Stelle, wo Nicole sie am meisten ersehnte.

Ihr ganzer Körper schien in Flammen zu stehen – zu lange hatte sie seine Liebe entbehrt. Ihr Leib drängte sich seiner Hand entgegen, ihre Hüften wiegten sich unbewußt im sinnlichen Rhythmus.

Langsam glitt Christopher über sie, drängte seine Beine zwischen ihre Schenkel, doch er drang noch nicht in sie ein, und er küßte sie auch nicht. Statt dessen glitt sein Mund über die zarte Haut ihres Körpers hinunter zu ihrem Bauch, und ein irrsinniges Gefühl der Lust erfüllte sie, als sein warmer Mund tiefer und tiefer wanderte, bis er ...

Nicoles ganzer Körper zuckte zusammen vor Schreck und in wilder Lust, als seine Lippen die seidenweiche Haut zwischen ihren Schenkeln fanden, die seine Hände seinem Mund entgegenhoben. Instinktiv wich sie zurück vor diesen neuen, unbeschreiblichen Empfindungen, die Christopher in ihr weckte. Er hielt jedoch ihre Hüften unerbittlich fest, als seine Zunge sie liebkoste und erforschte. Die Berührung seines Mundes an einer Stelle, wo sie es nie für möglich gehalten hätte, war höchste Lust und Schmerz zugleich. Halb von Sinnen und völlig willenlos von den sie durchflutenden Empfindungen spürte Nicole nur noch Christopher, Christopher – und welch wunderbare Dinge er mit ihr tat; ihr Kopf flog von einer Seite zur anderen, während ihr Körper sich seiner heißen Zunge entgegendrängte. Sie stöhnte laut auf, als ihr Körper erbebend dem Höhepunkt ihrer Lust zutrieb; blind griff sie nach Christopher, wollte ihn berühren, schmecken, fühlen, ihm diese wilde, unbeschreibliche Lust mitteilen. Ihre Hände umklammerten seinen dunklen Kopf und preßten ihn mit einem animalischen Aufschrei der Befriedigung in das Zentrum ihrer Lust. Ihre leisen Lustschreie steigerten Christophers Erregung mehr als jede zärtliche Berührung; seine Zunge schien sie zu durchwühlen, zu durchbohren, bis sie eine Welle der Lust nach der anderen über sich hereinbrechen fühlte.

Ermattet, befriedigt und zu erschöpft, um sich zu bewegen, spürte sie nur nebelhaft, wie Christopher über sie glitt, sein Mund ihre Lippen fand und er unten in sie eindrang. Sie spürte ihren ureigenen Duft auf seinen Lippen, als er sie tief und voller Leidenschaft küßte, während sein Körper sich langsam auf ihr bewegte. Plötzlich spürte sie erneut ihr Verlangen in sich aufsteigen, ihre Lethargie fiel abrupt von ihr ab, und ihr Körper drängte sich ihm wild entgegen, erwiderte die rhythmischen Bewegungen seines Körpers.

Christopher spürte nur noch sie, ihren schlanken Körper unter sich, ihre Hände, die wie von Sinnen über seinen Rücken, seine Hüften glitten. Und in diesem Augenblick vergaß er für immer alle anderen Frauen, die er je vor ihr gekannt hatte – es gab nur noch Nicole. Nicole mit ihrem weichen, hingebungsvollen Körper, ihren stolzen jungen Brüsten und ihren Händen, die ihn erregten, bis er es nicht länger ertragen konnte und sich mit einem tiefen, heiseren Aufstöhnen in ihr verströmte.

Nicole spürte, wie sich seine lang zurückgehaltene Leidenschaft entlud, und das Erzittern seines Körpers erfüllte sie mit bittersüßen Empfindungen. Halb besinnungslos erlebte sie noch einmal die unbeschreiblichen Gefühle der Lust, und wieder einmal erkannte sie, wie leicht er sie auf die höchsten Höhen der Leidenschaft zu führen verstand, wie hilflos sie in seinen Armen war.

17

Das kalte, graue Licht des neuen Tages durchsickerte den Raum, als Christopher erwachte. Ein paar Sekunden lang blieb er bewegungslos liegen, ohne genau zu wissen, wo er sich befand. Erst als Nicole sich im Schlaf bewegte und sich näher an ihn kuschelte, kehrten die Realität und die Erinnerung an die letzte Nacht langsam zurück.

Sanft, um sie nicht zu stören, rückte er von ihr ab, stützte sich auf einen Ellbogen und starrte in ihr schlafendes Gesicht. Warum war es gerade sie, die er mehr als alle anderen Frauen begehrte? Allein schon der Anblick, wie sie schlafend neben ihm lag, genügte, um seinen Puls schneller schlagen zu lassen, sein Verlangen zu wecken. Sanft zog er das Bettuch zurück und ließ seine Augen liebkosend über ihren nackten Körper gleiten. O Gott, der Teufel mußte sie geschaffen haben, um die Männer verrückt zu machen, und ich bin ihr hilflos ausgeliefert. Was um alles in der Welt soll ich tun? Ich kann nicht ohne sie sein, ich habe mich so sehr in ihrem Netz verfangen, daß alles, was ich weiß, ist, daß ich sie begehre – daß sie mir gehört.

Lange Zeit starrte er auf sie hinab, ruhte sein Blick auf ihren langen, gebogenen Wimpern, die wie große dunkle Schatten über ihren Augen lagen. Ihre vollen Lippen waren einladend geöffnet, doch Christopher bezwang den plötzlichen Drang, sich über sie zu beugen und sie wachzuküssen.

Die kühle Luft auf ihrer nackten Haut ließ Nicole unruhig werden, und sie begann, sich unbehaglich im Schlaf zu bewegen. Damit sie nicht wach wurde, zog Christopher wieder sanft die Decke über ihren Körper und stieg leise aus dem Bett. Wenn sie aufwachte, würde er sie wieder in Besitz nehmen, doch er brauchte Zeit, Zeit, um nachzudenken, um einen Ausweg aus seinem Dilemma zu finden.

Hastig schlüpfte er in seine zerknitterten Kleidungsstücke, bevor er das Zimmer verließ und durch die Halle in sein eigenes Zimmer ging. Er warf seine Jacke und seine Krawatte über einen Stuhl und ließ die Stiefel auf den Boden fallen. Mit raschen Bewegungen zog er sich weiter aus und kroch in sein Bett.

Doch an Schlaf dachte er nicht, als er die Hände unter dem Kopf verschränkte und auf den Baldachin über seinem Bett starrte. Er hatte gehofft, in der letzten Nacht eine Lösung seiner Probleme zu finden; statt dessen fühlte er sich noch immer als Gefangener seiner Gefühle.

Als er gestern abend gesagt hatte, daß er nicht betrunken sei, war das keine Lüge gewesen. Um die Gedanken an Nicole zu verdrängen, war er ans Wasser hinuntergegangen, doch Nicole war dageblieben, verführerischer und verlockender denn je. Je später es wurde, desto mehr war er überzeugt davon, daß er sie nur noch einmal zu nehmen brauchte, noch einmal diese unbeschreibliche Erregung spüren müsse, die ihn erfüllte, wenn sie sich seiner Liebe hingab, um frei zu sein. Dann würde er sie ein für allemal aus seinen Gedanken verdrängen und leben können wie früher.

Mit diesem einen Gedanken im Kopf war er entschieden und störrisch darangegangen, seinen Entschluß in die Tat umzusetzen. Doch leider hatte er nicht die ersehnte Antwort bekommen. Mit einem unwilligen Lächeln auf den Lippen mußte er sich eingestehen, daß er sie noch immer begehrte, ebenso sehr wie gestern nacht.

Doch auch eine andere erschreckende Erkenntnis wuchs in ihm; er wollte nicht nur ihren Körper – er wollte *sie*! Er wollte alles von ihr, ihre Gedanken, ihr Lachen, ja, sogar ihre Temperamentsausbrüche. Einen Augenblick versuchte er, sich ein Leben ohne seine streitbare Füchsin mit den topasfarbenen Augen vorzustellen – es gelang ihm nicht. Er begehrte, er brauchte sie. Und er verachtete sich dafür.

Du bist verrückt, sagte er sich ohne Verbitterung. So lag er noch immer, müde und erschöpft von den Strapazen der Liebe, als leise Higgins eintrat.

Higgins sah, daß Christopher wach war, und sagte fröhlich: »Guten Morgen, Sir! Soll ich dir einen Kaffee bringen, oder willst du dich erst anziehen?«

Christopher brummte nur; Higgins faßte das als ein ›Nein‹ auf und begann, die herumliegenden Kleidungsstücke aufzulesen. Danach ging der kleine Mann zu den geschlossenen Fenstern und riß sie auf. Als er zum Himmel hinaufsah, bemerkte er: »Es sieht aus, als ob es heute weiter regnen will. Falls du ausgehen willst, würde ich mir das an deiner Stelle aus dem Kopf schlagen.«

Christopher schob die Bettdecke zurück, ging zu dem marmornen Waschtisch hinüber und spritzte sich kaltes Wasser ins Gesicht. »Seit wann lasse ich mich vom Wetter von irgend etwas abhalten?« fragte er unfreundlich. »Und da du schon so verdammt erpicht darauf bist, den Tag beginnen zu lassen, mach dich nützlich und leg mir ein paar Sachen zum Anziehen zurecht.«

Eine Stunde später saß Christopher gebadet und rasiert am Frühstückstisch und sah Higgins lustlos zu, wie er ihm einen sehr eleganten Tagesanzug herauslegte. Gegen neun Uhr verließ er das Haus und machte sich auf den Weg zu Maspero's Exchange. Um diese Tageszeit war es dort nicht so voll, und Christopher fand ohne Schwierigkeiten einen freien Tisch in einer Ecke des langgestreckten hölzernen Gebäudes und bestellte sich eine Tasse Kaffee.

Doch er blieb nicht lang allein, denn kaum hatte ihm der Ober seinen Kaffee gebracht, kam Eustace Croix auf ihn zu geschlendert.

»Aha, du bist also wieder da«, begann Eustace lächelnd und zeigte zwei Reihen überraschend weißer Zähne. »Du hast eine ziemlich verwirrende Art, zu verschwinden und wieder aufzutauchen, mein Freund. Das ist mir schon oft aufgefallen, doch dieses Mal möchte ich eine Antwort von dir. Wo in Teufels Namen bist du in den letzten sechs Monaten gewesen? Hier haben sich aufregende Dinge ereignet, das darfst du mir glauben.«

»Tatsächlich?« fragte Christopher ironisch. »Was denn? Ein neuer Hahn, der größer und stärker als alle anderen in der Gegend ist? Oder ein Pferd, das schneller ist als der Schall? Nein, jetzt weiß ich's, das muß es sein: Ihr habt eine neue Liebesdienerin.«

»Alles nicht«, lachte Eustace, doch dann wurde er plötzlich ernst. »Hast du schon von Lafitte gehört? Was mit ihm geschehen ist?«

Christopher wurde still. »Nein«, sagte er ernst. »Was hat unser Freund Jean in letzter Zeit so getrieben?«

»Er hält sich versteckt«, erwiderte Eustace. »Der ehrenwerte patriotische Commodore Patterson und Colonel Ross haben Barataria zerstört. Im September haben sie die Festung angegriffen und überrannt.« Ein schadenfroher Ausdruck trat auf sein Gesicht, als er hinzufügte: »Doch der Sieg war nicht vollkommen – weder Jean noch Pierre waren da.«

»Pierre?« fragte Christopher. »Das letzte, was ich gehört hatte, war, daß er im Gefängnis sitzt.«

Eustace grinste. »Ja, ein Weilchen schon, aber hast du je erlebt, daß es den Lafittes nicht gelungen wäre, sich zu befreien? Zur großen Bestürzung der Militärs konnte er wenige Tage vor dem Angriff auf Barataria zusammen mit drei Negern entkommen. Aber inzwischen habe ich auch gehört, daß Pierre sehr krank sein soll. Und Jean hält sich versteckt. Dominique You und ein paar seiner Leute sitzen im Gefängnis, und Barataria befindet sich in den Händen des Militärs.«

Bedrückt fragte Christopher: »Und Claiborne? Ich nehme an, er ist äußerst zufrieden mit sich.«

»Das ist es ja gerade, mein Freund. Irgend etwas ist sehr mysteriös an der ganzen Angelegenheit.« Eustace beugte sich vertraulich zu Christopher vor und fuhr fort: »Ich habe gehört, daß Lafitte sich wegen des Angriffs direkt an den Gouverneur gewandt hat, und es ist sicher, daß dieser seine Berater zusammengerufen hat, um mit ihnen etwas sehr Wichtiges zu besprechen, das mit Lafitte zu tun hat. Man munkelt, Lafitte habe ihm seine Hilfe angeboten, für den Fall, daß die Engländer wirklich unsere Stadt angreifen sollten. Ich selbst halte so etwas allerdings nicht für möglich. Claiborne sieht überall Gespenster.«

Christopher konnte sich nur schwer beherrschen, doch er erwiderte nichts darauf. Er ärgerte sich sowohl über Eustaces Standpunkt als auch darüber, daß Savage ihn nicht über Lafittes Schicksal informiert hatte. Savage mußte davon gewußt haben, er hatte wahrscheinlich sogar an dieser Sitzung teilgenommen, von der Eustace gesprochen hatte. Und wahrscheinlich hatte er gemeinsam mit den anderen den Angriff auf Barataria beschlossen. Zum Teufel mit ihm!

Christopher hatte gewußt, daß er und Jason, was Lafitte betraf, in verschiedenen Lagern standen, doch er hätte nicht geglaubt, daß es zu einem Einsatz der amerikanischen Armee kommen würde, um dieses Problem zu lösen. Die Nachricht darüber kam unerwartet und war ein harter Schlag für Christopher, denn er empfand noch immer ein gewisses Maß von Loyalität gegenüber Lafitte.

Der Gedanke, daß sich Savage an einem Komplott beteiligt hatte, das der Vernichtung eines Mannes diente, von dem er wußte, daß er ein Freund Christophers war, empörte diesen.

Mit einiger Anstrengung gelang es Christopher, scheinbar gleichgültig zu erwidern: »Also ist Lafitte nicht mehr in Barataria, und seine Männer sitzen im Gefängnis? Sehr interessant, mein Freund. Und das alles ist geschehen, während ich nicht da war?«

»Ganz richtig«, nickte Eustace. »Und das bringt mich auf meine Ausgangsfrage zurück. Wo hast du dich in den letzten Monaten aufgehalten, mein Freund?«

Christopher gab eine ausweichende Antwort und brachte das Gespräch auf ein anderes, weniger heikles Thema. Nachdem er seinen Kaffee ausgetrunken hatte, entschuldigte er sich und verabschiedete sich.

Es fiel ihm Jasons seltsames Verhalten bei ihrem letzten Treffen ein, und mit einem freudlosen Lächeln auf den Lippen erinnerte er sich an seinen Rat, keine übereilten Schlüsse zu ziehen. Nein, das würde er auch nicht tun, doch er hoffte, daß Jason eine gute Erklärung für sein Verhalten hatte. Er würde auch nicht bis Donnerstag warten, sondern ihn noch heute aufsuchen und zur Rede stellen, sonst . . .

Als man wenig später Jason Christophers Karte überreichte, befand er sich gerade mitten in einer Besprechung. Er wußte sofort, warum Saxon gekommen war. Und er erkannte, daß es besser war, gleich mit ihm zu reden. Der Gedanke, wozu Christopher fähig war, wenn man ihn zu weit trieb, erfüllte ihn mit Unbehagen, also verließ er unter einem Vorwand die Besprechung und ging in den kleinen Salon hinüber, wo Christopher auf ihn wartete.

Ein Blick in Christophers verschlossenes Gesicht verriet ihm, daß seine Befürchtungen zu Recht bestanden. »Ich nehme an, Sie haben von Lafittes Schicksal gehört«, sagte er geradeheraus.

»Allerdings«, erwiderte Christopher, und seine Augen glühten vor Empörung. »Warum haben Sie mir das gestern nicht gesagt? Warum taten Sie so verdammt geheimnisvoll?«

»Weil ich einfach nicht die Zeit für eine lange Diskussion hatte, mein Freund. Ich habe sie auch jetzt nicht, aber Sie haben dieses Treffen ja erzwungen. Nun schauen Sie mich nicht so böse an, ich werde Ihnen einiges erklären.«

Christopher spürte den Vorwurf und ärgerte sich erneut. Steif setzte er sich auf eine rote Ledercouch und sagte: »Ich bitte um Entschuldigung, daß ich Sie so einfach überfallen habe. Wenn Sie es wünschen, komme ich später wieder, aber ich möchte Sie heute noch sprechen. Ich will genau wissen, was geschehen ist.«

Jason zog eine kleine goldene Uhr aus seiner Tasche, warf einen Blick darauf und fuhr fort: »Die Besprechung wird bis zum Mittag dauern. Wollen Sie, sagen wir, um zwei Uhr wiederkommen? Früher schaffe ich es nicht.« Verdrossen fügte er hinzu: »Claiborne ist so nervös wegen des Memorandums, daß meine Zeit kaum noch mir selbst gehört.«

Christopher neigte zustimmend den Kopf. Nachdem sie einander die Hände geschüttelt hatten, begab sich Jason zurück in den Besprechungsraum, und Christopher verließ das Haus.

Er wollte nicht noch einmal zu Maspero gehen, doch er hatte auch keine Sehnsucht nach der Dauphine Street, wo all die ungelösten Probleme auf ihn warteten. Ziellos wanderte er durch die schmalen Straßen; seine Gedanken waren bei Lafitte.

Seine erste Wut war verraucht, und er war jetzt in der Lage, die Sache nüchtern zu betrachten. Trotz des Ansehens, das Lafitte in der Stadt genoß, war er ein Schmuggler, der tagtäglich das Gesetz brach. Und in seiner Crew befanden sich Männer, die man nur als skrupellose Piraten bezeichnen konnte. Ich habe ihn gewarnt, dachte Christopher zornig, bei Gott, ich habe ihn gewarnt.

Doch diese Wahrheit erleichterte ihn nicht, und so überraschte es ihn auch nicht, daß er sich schließlich am Deich wiederfand, in dessen Nähe Lafitte ein kleines Haus besaß, welches Christopher kurze Zeit später erreichte.

Das hölzerne Gebäude wirkte verlassen, doch während Christopher unentschlossen davorstand, hatte er das unbestimmte Gefühl, daß ihn jemand beobachtete. Eine schwache, kaum wahrnehmbare Bewegung hinter den verschlossenen Fenstern bestätigte seinen Verdacht, und er ging mit raschen Schritten auf die Tür zu.

Zuerst bekam er keine Antwort auf sein lautes Klopfen, doch als er hartnäckig blieb, wurde die Tür sehr langsam geöffnet. Er trat ein und erkannte, ohne verwundert zu sein, Lafitte, der hinter der Tür stand. Lafitte sprach als erster.

»So treffen wir uns also wieder, mein Freund.« Ein undefinierbarer Funke blitzte in seinen Augen auf. »Doch unter welch veränderten Umständen!«

»Das kann man wohl sagen«, antwortete Christopher trocken und beobachtete Lafitte, wie er die Tür schloß und zu einem einfachen, blank gescheuerten Tisch aus Eichenholz ging.

Mit einer Handbewegung bedeutete ihm Lafitte, auf einem der stabilen Holzstühle, die neben dem Tisch standen, Platz zu nehmen. »Setz dich, mein Freund«, sagte er. »Setz dich und sag mir, warum du gekommen bist. Ich glaube, die meisten Leute in der Stadt sind im Augenblick nicht sehr gut auf mich zu sprechen, und ich bin erstaunt, daß du daran gedacht hast, mich hier zu suchen.«

Christopher war ehrlich genug zu erwidern: »Ich wußte nicht, daß du hier bist. Es war nur so eine Idee. Ich konnte mir einfach nicht vorstellen, daß du mit eingezogenem Schwanz davongelaufen bist.«

»Nachdem Patterson und Ross Barataria vernichtet hatten, hatte ich nicht einmal mehr einen Schwanz, den ich hätte einziehen können.«

»Mir tut das leid, Jean«, antwortete Christopher ehrlich und fügte hinzu: »Ich möchte dich nicht beleidigen, indem ich dir Geld anbiete – doch wenn du es brauchst, werde ich es dir gern geben, das und alles andere, was du nötig hast.«

Ein verächtliches Lächeln lag um Lafittes Mund, als er erwiderte: »So weit, daß ich auf die Barmherzigkeit meiner Mitmenschen angewiesen wäre, bin ich noch nicht. Aber ich danke dir für das Angebot, und es freut mich, daß du mich trotz deines neuen Hanges zur Ehrenhaftigkeit nicht im Stich lassen willst.«

Christopher verzog das Gesicht und entgegnete leichthin: »Du hast mir geholfen, als ich dich brauchte – ich erwidere also nur deine Hilfsbereitschaft.«

Lafitte nickte. »Ja, so ist es. Doch laß uns jetzt von etwas anderem reden. Ich nehme an, du willst wissen, was mit dem guten Allen Ballard geschehen ist, nicht wahr?«

»Ehrlich gesagt, habe ich gar nicht mehr an den gedacht«, gestand Christopher. »Hast du ihn, wie vereinbart, freigelassen?«

Mit selbstgefälligem Lächeln erwiderte Lafitte großartig: »Ich habe mehr als das getan, mein Freund. Ich möchte nicht ins Detail gehen, doch es bot sich eine Gelegenheit, ihn einigen britischen Offizieren zu übergeben, und ich habe diese Gelegenheit wahrgenommen. Ich nehme an, daß er jetzt auf dem Heimweg nach England ist . . . oder sich bei der englischen Flotte im Golf befindet.«

Es gab ein Dutzend Fragen, die Christopher ihm in dieser Angelegenheit noch gern gestellt hätte, vor allem auch, unter welchen Umständen Lafitte mit den englischen Offizieren zusammengetroffen war, doch Lafitte hatte bereits erklärt, daß er nicht ins Detail gehen wolle, und Christopher wußte aus Erfahrung, daß es dann keinen Sinn mehr hatte, noch in ihn zu dringen. Lafitte hatte ihm alles gesagt, was er sagen wollte – für den Augenblick jedenfalls. Aber Christopher konnte sich nicht ganz damit zufriedengeben; es gab noch einiges andere, das ihn bedrückte. Vor allem Lafittes Verhalten irritierte ihn – er war einfach zu sorglos und gelassen. Ein Mann, der alles verloren hatte, benahm sich nicht so. Ohne Umschweife fragte Christopher daher: »Jean, was willst du jetzt tun? Und was ist mit Dominique You und den anderen?«

Ein abwägender Ausdruck trat in Lafittes Augen. »Möchtest du selbst das wissen, oder fragst du, weil es deinen Freund Jason Savage interessiert, der es gleich an den Gouverneur weitergeben würde?«

Christophers Gesicht war kalt und verschlossen, als er erwiderte: »Du kennst die Antwort. Ich habe dir gesagt, wo ich stehe.«

»Das hast du, mein Freund, doch in Anbetracht neuerer Umstände wirst du mir gestatten, mißtrauisch zu sein. Schließlich habe ich keine Veranlassung, den Gouverneur zu schätzen, und ich habe gehört, daß du ihn zusammen mit Savage gestern aufgesucht hast. Ich bin gespannt, ob du mir etwas über diese Begegnung sagen wirst.«

Erschrocken starrte Christopher ihn an; er hatte vergessen, daß Lafittes Spione überall saßen, und er wünschte plötzlich, diese Unterhaltung nie begonnen zu haben. Er konnte Lafitte nichts von dieser Begegnung sagen, doch wenn er es nicht tat, würde Lafitte sein Vertrauen für immer verloren haben. Und aus irgendwelchen unerklärlichen Gründen fühlte Christopher instinktiv, daß es von lebenswichtiger Bedeutung für ihn war, daß Lafitte ihn nach wie vor als seinen Freund ansah. »Das kann ich nicht«, antwortete er schließlich trotzdem.

Erstaunlicherweise schien Lafitte diese Antwort zu gefallen. »Das weiß ich, mein Freund. Wenn du es mir gesagt hättest, würde ich dir nie mehr vertraut haben. Ein Mann, der ein ihm anvertrautes Geheimnis verrät, wird auch alles andere verraten.«

»Du wirst zum Philosophen«, entgegnete Christopher gequält.

»O ja, manchmal«, stimmte Lafitte ihm zu. Auf seine auf dem Tisch liegenden Hände hinabsehend, fuhr er fort: »Du fragst mich, was ich tun werde, und ich sage dir, ich weiß es nicht. Barataria ist zerstört, meine Lager, meine Schiffe sind ausgebrannt oder sie befinden sich in den Händen der Amerikaner. Viele meiner Männer sitzen im Gefängnis. Aber ich bin nicht geschlagen. Die Amerikaner wissen nichts von den Männern, die entkommen sind und auf den Dernieres-Inseln auf meine Befehle warten. Sie ahnen nicht einmal, daß es noch ein geheimes Munitionslager gibt, an das ich leicht herankommen kann.« Voller Haß fügte er hinzu: »Sie werden es bereuen, daß sie mein Angebot, ihnen zu helfen, ausgeschlagen haben.«

»Du wolltest ihnen helfen?« fragte Christopher.

Lafitte sah ihn mit freudlosem Lächeln an. »Hast du nichts davon erfahren? Die Engländer sind an mich herangetreten. Sie wollten, daß ich mich ihnen mit meinen Leuten anschließe. Wie du dir denken kannst, war das die Gelegenheit, bei der ich ihnen Allen Ballard übergab. Ich habe ihnen nicht gleich geantwortet, sondern habe an Claiborne geschrieben, daß ich bereit sei, das Angebot der Engländer auszuschlagen und auf seiner Seite zu kämpfen, wenn er Wert darauf legt.« Seine Stimme troff vor Hohn und Empörung. »Die Antwort, die ich auf mein Angebot erhalten habe, kennst du.«

Christopher betrachtete Lafittes grimmiges, zu allem entschlossenes Gesicht und dachte verzweifelt: Mein Gott, Savage, ich hoffe, Sie und Claiborne wissen, was Sie getan haben.

Und er sagte dies Jason auch, als er ihm später in seiner Bibliothek gegenübersaß. »Ich habe Lafitte getroffen. Können Sie mir bitte verraten, warum der Gouverneur seine Hilfe ausgeschlagen hat? Wir brauchen jeden erdenklichen Bundesgenossen, und Sie wissen verdammt gut, daß Lafittes Leute kampferprobte Männer sind. Mein Gott, Jason, das Kräfteverhältnis steht drei zu eins gegen uns, und Sie schlagen eine tausend Mann starke Truppe aus!«

Jason seufzte schwer. »Ich weiß. Und alles, was ich dazu sagen kann, ist, daß ich gegen einen Angriff auf Barataria war. Ich hielt Lafittes Angebot für ehrlich. Doch Patterson und Ross hatten den Angriff seit Wochen vorbereitet, und sie überstimmten mich.«

Christopher starrte ihn ungläubig an und entgegnete kühl: »Ich schlage vor, Sie erzählen mir genau, was geschehen ist. Von Anfang an, bitte.«

Jason lehnte sich in seinen Stuhl zurück und begann: »Am vierten oder fünften September erhielt ich die Aufforderung, mich unverzüglich zum Gouverneur zu begeben. Auch verschiedene andere hatten diese Aufforderung erhalten. Generalmajor Jacques Villere, Patterson und Ross waren als Claibornes militärische Berater da, auch Dubourg und John Blanque – was Sie wahrscheinlich nicht verwundern wird.«

John Blanque, Rechtsanwalt und Bankier, war bekannt dafür, daß er mit Lafitte sympathisierte. Gerüchten zufolge hatte er sogar einige seiner Schiffe finanziert, und es stand außer Frage, daß er ein Freund der Brüder Lafitte war.

Auf Christophers kurzes, zustimmendes Nicken hin fuhr Jason fort: »Lafitte hatte Blanque in mehreren Briefen mitgeteilt, daß die Engländer ihn um seine Unterstützung gebeten hatten. In einem Brief an den Gouverneur bot Lafitte ihm seine Hilfe im Kampf gegen die Engländer an. Wir alle mochten es kaum glauben, doch am Ende der Sitzung war ich überzeugt davon, daß die Engländer Lafitte wirklich um seine Unterstützung gebeten hatten. Ich und noch zwei andere waren dafür, Lafittes Angebot anzunehmen, doch unglücklicherweise verließ sich Claiborne ganz auf seine militärischen Berater. Auf seine Frage, ob sie es für richtig hielten, mit Lafitte zu verhandeln, antwortete Villere sofort mit Ja, Patterson und Ross aber waren dagegen. Und damit war alles entschieden, mein Freund. Der Gouverneur entschied, daß es wichtiger war, Lafitte aus Barataria zu vertreiben, als sein Hilfsangebot anzunehmen, das möglicherweise sowieso nur ein fauler

Trick war.«

»Sie haben das nicht geglaubt?«

»Nein«, erwiderte Jason. »Doch ich bin nicht der Gouverneur. Sie können es aber Claiborne auch nicht zum Vorwurf machen, daß er dem Rat der Militärs folgte. Patterson und Ross hielten die Briefe nicht für echt, und ich kann die beiden deswegen nicht tadeln. Nachdem ich nun das Memorandum kenne, bin ich noch mehr überzeugt davon, daß die Engländer an Lafitte herangetreten sind. Leider ist Lafitte jetzt unser Feind, und wir werden es eines Tages vielleicht noch bitter bereuen, so gehandelt zu haben.«

Christophers Stimme klang nachdenklich, als er sagte: »Lafitte ist über das Geschehen sicherlich nicht erfreut, trotzdem ist es vielleicht noch möglich, ihn für uns zu gewinnen. Der Himmel weiß, wie sehr wir ihn brauchen! Er hat Männer, und was noch viel wichtiger ist, er hat auch Waffen und Munition.«

Christopher hatte gezögert, Jason das zu sagen, war jedoch zu dem Schluß gekommen, daß es kein Verrat an Jean sei, wenn er dessen Ausrüstung erwähnte. Es konnte sogar eine Hilfe für Jean sein, falls er dem Plan, der in Christopher zu reifen begann, ein offenes Ohr schenkte.

»Können Sie herausfinden, ob der Gouverneur noch immer dagegen ist, mit Lafitte zu verhandeln?« fragte Christopher.

Jason sah Christopher aufmerksam an. »Sie haben einen Plan?«

»Ja, doch sein Gelingen hängt vom Gouverneur ab, oder«, fügte er mit erhobener Stimme hinzu, »von Jackson.«

Jason schüttelte entschieden den Kopf. »Da ist nichts zu machen. Jackson kennt Lafittes Angebot und hat ihn und seine Männer als ›widerliche Banditen‹ bezeichnet. Seiner Meinung nach hätten wir ihn schon längst aus dem Golf verjagen sollen, und er hat Pattersons und Ross' Entscheidung voll gebilligt. Er wird nicht geneigt sein, mit Lafitte zu verhandeln, das dürfen Sie mir glauben. Zumindest nicht zum gegenwärtigen Zeitpunkt. Vielleicht ändert er seine Meinung, wenn er erkennt, wie schlecht wir auf einen massiven Angriff der Briten vorbereitet sind. Das Memorandum, das Patterson ihm gestern durch einen Sonderkurier hat zugehen lassen, wird vielleicht ein erster Schritt in diese Richtung sein. Alles, was *wir* tun können, ist, auf die Entscheidung des

Generals zu warten.«

Christopher schnitt eine Grimasse. »Genau das tue ich nun schon seit Monaten«, entgegnete er widerwillig. »Zuerst in England, und jetzt auch hier.«

Jason lachte. »Ich weiß genau, wie Sie sich fühlen. Es war für uns alle eine schwere Zeit.«

»Nun, wie auch immer, ich will Sie nicht länger aufhalten, und ich entschuldige mich für mein ungebührliches Verhalten«, erklärte Christopher. »Da wir das Thema Lafitte bereits besprochen haben – bleibt es trotzdem bei der Einladung für Donnerstag?«

»Warum nicht? Schließlich gibt es noch andere Gesprächsthemen.« Ein schelmischer Ausdruck blitzte in Jasons grünen Augen auf, als er hinzufügte: »Zum Beispiel würde ich sehr gern wissen, wie es Nicole in England ergangen ist. War sie womöglich schon in den Stand der Ehe getreten, als Sie sie in England zurückließen?«

Sofort war Christophers gute Laune dahin. O Gott, dachte er ärgerlich, warum habe ich mich nicht auf diese Frage, die unweigerlich kommen mußte, vorbereitet? Es wäre sinnlos gewesen, zu lügen. Er hatte sich nicht bemüht, Nicoles Anwesenheit in seinem Haus zu verheimlichen, Jason würde es also mit Sicherheit früher oder später herausfinden.

»Sie ist nicht in England«, erwiderte er mit ausdrucksloser Miene. »Ich habe sie wieder mitgebracht.«

Jason sah Christopher überrascht an und bereute, diese Frage gestellt zu haben. Christopher hatte nie von einer möglichen Heirat gesprochen, und Nicole war wahrscheinlich als seine Geliebte mit ihm zurückgekehrt. Das allerdings konnte zu einem Problem werden. Er und Catherine hatten das Mädchen gemocht, und sie hatten sie in die besten Kreise in New Orleans eingeführt, aber jetzt ... Welch unangenehme Situation! Ihm selbst war es völlig gleichgültig, ob Nicole Christophers Geliebte war, doch seine Bekannten wollte er nicht vor den Kopf stoßen. Es würde eine Menge böses Blut geben, wenn sie feststellten, daß die junge Frau, die sie als Christophers Mündel akzeptiert hatten, nun seine Geliebte geworden war.

Das lange Schweigen wurde schon peinlich, und fast spöttisch fragte Christopher: »Nun, haben Sie dazu nichts zu sagen? Wollen Sie nichts Näheres wissen?«

»Was soll ich darauf erwidern?« entgegnete Jason ausweichend. Plötzlich erinnerte er sich an die erste Zeit mit Catherine, als er ständig hin- und hergerissen war zwischen dem Wunsch, ihr den Hals umzudrehen, und dem Verlangen, sie zu besitzen. Instinktiv erkannte er, daß Christopher sich in der gleichen Lage befand, und er tat ihm leid. Diese Qualen hätte er nicht einmal seinem ärgsten Feind gewünscht.

»Möchten Sie darüber reden?« fragte er daher taktvoll.

»Um Gottes willen, nein!« explodierte Christopher – und redete dann doch. Er sprang auf und lief unruhig im Zimmer hin und her. Bitter sagte er: »Ich befinde mich in einer verdammten Situation, und wie immer ich es auch drehe und wende, es gibt kein Entrinnen für mich.«

Gewiß nicht, mein junger Freund, dachte Jason mitfühlend, als er sich an seine eigenen Ängste und Qualen erinnerte. Er wußte nicht recht, was er sagen sollte. Er vermutete stark, daß Christopher und Nicole in die gleiche Falle getappt waren wie vor Jahren er und Catherine. Doch ohne sich dessen ganz sicher zu sein, konnte er kaum sagen: ›Das gleiche wie Ihnen ist auch mir passiert, und Sie wissen, was ich getan habe.‹ Falls er sich irrte, hätte er mehr von sich preisgegeben, als ihm lieb war. Wenn er andererseits die Zeichen richtig gedeutet hatte, könnte er Christopher sehr wohl einen Ausweg aus seinem Dilemma zeigen.

Nachdenklich sah er Christopher an. Dieser hatte ihm den Rücken zugewandt und starrte aus dem Fenster. Du dummer, eigensinniger Kerl, dachte Jason voll plötzlicher Zuneigung, du bist mir so ähnlich, und ich weiß genau, was dich quält. Was Frauen anbelangt, sind wir beide mit Blindheit geschlagen. Ich will dir einen Rat geben, mein junger Freund, und ich bin gespannt, ob du ihn annimmst.

Doch bevor er noch etwas sagen konnte, drehte Christopher sich plötzlich um und ging zum Schreibtisch hinüber. Wütend über sich selbst, daß er sich so hatte gehenlassen, wäre er am liebsten davongelaufen. Er wollte mit niemandem über seine Probleme reden, schon gar nicht mit Jason Savage, trotz ihrer seltsamen, von Sympathie und Verständnis getragenen Beziehung zueinander. In seiner jetzigen Verfassung fühlte er sich zu verletzlich und auch zu stolz, um zu sagen: ›Bei Gott, Jason, lassen Sie uns darüber reden. Ich brauche jemanden, der das Ganze nüchtern und neutral sieht.‹ Und so tat er das, was er immer tat, wenn er sich in die Enge getrieben fühlte – er trat den Rückzug an.

Äußerlich kühl und gelassen erklärte er: »Wenn ich nichts Gegenteiliges von Ihnen höre, werde ich Sie also, wie geplant, am Donnerstag sehen. Jetzt habe ich noch einiges zu erledigen. Falls Sie irgendwelche Neuigkeiten erfahren, die mich interessieren könnten, lassen Sie es mich bitte wissen. Und wenn ich Ihnen oder dem Gouverneur in irgendeiner Weise dienlich sein kann, so wissen Sie, wo ich zu finden bin.«

Fast ein bißchen amüsiert über Christophers offensichtliche Verbohrtheit seinen eigenen Problemen gegenüber nickte Jason nur und entgegnete leichthin: »Sie sind ein ziemlich halsstarriger junger Mann, mein Freund.« Und mit vergnügter Miene fügte er hinzu: »Ich werde jetzt trotzdem gegen meine Prinzipien handeln und Ihnen ungefragt einen guten Rat geben. Auch ich befand mich einmal in dem gleichen Dilemma wie Sie, und ich habe das Problem gelöst, indem ich sie ganz einfach geheiratet habe.«

Christopher warf ihm einen gequälten Blick zu und verließ mit hölzernen Schritten ohne ein weiteres Wort den Raum. Zum Teufel mit ihm, dachte er wütend, als er durch den Regen lief, gibt es denn nichts, was ihm entgeht?

Über Jasons Rat mochte er nicht nachdenken, und so wandte er sich wieder dem ungelösten Problem Lafitte zu – Lafitte, New Orleans und dem bevorstehenden Kampf gegen die Engländer.

Als er an einem kleinen, etwas ruhigeren Kaffeehaus vorbeikam, trat er ein und setzte sich an einen in einer dunklen Ecke stehenden Tisch. Und während er in den gegen die Fenster peitschenden Regen hinausstarrte, dachte er über die neugewonnenen Erkenntnisse nach.

Das Problem schien unlösbar. Doch was war mit Jackson? Als Angehöriger des Militärs und als ein Mann, der nicht in die Fehde zwischen Claiborne und Lafitte verwickelt war, konnte er die Antwort liefern. Vorausgesetzt, daß er seine Einstellung diesen ›widerlichen Banditen‹ gegenüber änderte, dachte Christopher erbittert. Wenn Jackson seine mageren Verteidigungsmöglichkeiten für New Orleans erst einmal erkannte, würde er sogar vom Teufel selbst mit offenen Armen Hilfe annehmen. Schon allein die Waffen würden ihn dazu bringen, über Lafittes jahrelanges, gesetzwidriges Verhalten hinwegzusehen. Ja, die Lösung hieß Jackson. Irgendwie mußte es Christopher gelingen, ein Treffen zwischen Lafitte und Jackson zu arrangieren.

Über das, was Lafitte ihm über Allen Ballard erzählt hatte, dachte er nicht weiter nach. Wichtig war ihm nur, daß Nicole sich freuen würde, daß Allen bei den Engländern war.

Und so schloß sich der Kreis, und seine Gedanken waren wieder bei Nicole. Und plötzlich gingen ihm Jasons Worte nicht mehr aus dem Kopf – sie heiraten? Während er über diese Möglichkeit nachdachte, erinnerte er sich wieder daran, daß er vor etwa einem Jahr beinahe um Louise Huntleighs Hand angehalten hätte. Und seine Gefühle für Louise waren nie zu vergleichen gewesen mit denen, die er für Nicole hegte. Warum also sollte er Nicole nicht heiraten? Und wenn es ihm gelänge, sie sehr schnell und im geheimen vor den Traualtar zu führen, würde er auch dem Gerede der Leute zuvorkommen. Die Savages würden sicher nichts darüber verlauten lassen, daß er Nicole erst nach ihrer Ankunft in New Orleans geheiratet hatte. Wenn er rasch handelte, konnte Nicole morgen abend seine Frau sein, und sie konnte also bei dem Essen am Donnerstag auch schon als seine Gattin erscheinen.

Vieles spricht für eine Ehe mit Nicole, dachte er emotionslos, nicht zuletzt ihr großes Vermögen. Warum also soll ich sie nicht heiraten?

Sie war schön, verführerisch und die Verkörperung all dessen, was er sich ersehnte. Ob sie sich Robert hingegeben hatte oder nicht, spielte keine Rolle mehr. Daran, daß sie Annabelles Tochter war, wollte er nicht mehr denken. Zu seinem eigenen Entsetzen hatte er sich schon mehrmals dabei ertappt, daß er nach Entschuldigungen für Annabelles Verhalten suchte. Was für ein verdammter Narr du doch bist, dachte er wütend. Also gut, heirate sie, aber lasse sie nie, nie merken, wie leicht sie dich um den Finger wickeln kann. Und nie, nie darf sie erfahren, daß du sie – welch unaussprechlicher Gedanke! – liebst. Ja, gestand er sich unglücklich ein, ich habe mich leidenschaftlich und unsterblich in Nicole Ashford verliebt.

Jetzt endlich hatte er es sich eingestanden, doch es brachte ihm keine Freude, keine Erleichterung, nur das bittere Gefühl einer Niederlage. Wie sie lachen würde, wenn sie es wüßte! Doch heiraten würde er sie. Und vielleicht sogar versuchen, sie dazu zu bringen, ihn zu lieben. Daß er diese Möglichkeit auch nur in Erwägung zog, zeigte ihm deutlich, wie tief sie in seinem Herzen verankert war.

All die wilden und zärtlichen Gefühle, die er immer verachtet und verspottet hatte, kamen jetzt zum Durchbruch, und sie galten ausnahmslos nur einer einzigen Frau, doch diese eine wollte nichts von ihm – nichts, außer ihre Freiheit! Welche Ironie des Schicksals! Er, der sich stets lustig gemacht hatte über eine unerwidert gebliebene Liebe, er, der die Liebe verlacht und verhöhnt und sogar abgestritten hatte, daß es sie überhaupt gab – ausgerechnet er wurde nun selbst ein Opfer der Liebe.

Doch zumindest wird sie mir gehören, sagte er sich dumpf, und eines Tages werden wir ein Kind haben. O ja, dieses Kind wird mir ein Ersatz für ihre Liebe sein. Eine Tochter, der ich all die Liebe und Zärtlichkeit schenken kann, die ich ihrer Mutter, aus Angst, zurückgewiesen zu werden, nicht zeigen darf.

Sein Entschluß stand fest. Er erhob sich, warf ein paar Münzen auf den Tisch und machte sich auf den Weg in die Dauphine Street. Wenn sie heiraten wollten, mußte er sich schleunigst an die Vorbereitungen machen. Darüber, wie Nicole reagieren würde, wollte er nicht nachdenken.

Er teilte ihr seinen Entschluß auf arrogante, taktlose Weise mit. Er fragte sie nicht, ob sie ihn heiraten wollte, er befahl es ihr. Und was noch schlimmer war, er machte keinerlei Andeutungen, daß diese Ehe für ihn mehr als ein Mittel zum Zweck war. Simon würde sich freuen, sagte er. Eine Heirat würde Nicole davor bewahren, in eine peinliche Situation zu geraten, und es sei an der Zeit, daß er heirate und einen Erben bekäme. Den empörten Ausdruck ihrer Augen übersehend, fuhr er fort, die praktischen Gründe aufzuzählen, warum sie ihm dankbar in die Arme fallen müsse.

Nicht nur Christopher traf an diesem Tag schwerwiegende Entscheidungen. Auch Nicole war zu einer bitteren Erkenntnis gekommen. Sie liebte Christopher Saxon und wollte ihn um jeden Preis haben. An diesem Morgen hatte sie mit ihr selbst unheimlicher Ruhe beschlossen, seine Geliebte zu werden. Es hatte keinen Sinn, gegen ihn zu kämpfen, ihm entgegenzuschreien, daß sie ihn haßte, wenn er sie nur zu berühren brauchte, um sie wie Schnee in der Sonne dahinschmelzen zu lassen. Sie konnte diese seltenen Augenblicke nicht vergessen, in denen sie in seinen Augen etwas erkannt zu haben glaubte, das ihr den Atem nahm. Vielleicht begehrte er wirklich nur ihren Körper, doch hin und wieder hatte sie das verrückte Gefühl, daß er mehr für sie empfand als bloße körperliche Lust. An diesem Gedanken klammerte sie sich fest, und er machte ihr die Entscheidung leichter. Eines Tages würde er sie vielleicht lieben, und sie war bereit, ihre ganze Zukunft für diese winzige Hoffnung aufs Spiel zu setzen.

Den ganzen Tag lang war sie ruhelos durch das Haus gelaufen, begierig darauf, ihm ihren Entschluß mitzuteilen. Und als Christopher dann kurz nach Einbruch der Dunkelheit zurückkam, war sie verständlicherweise sehr nervös, und als er sie zu sich in die Bibliothek bat, wurde ihr Mund plötzlich trocken. Dann jedoch strafften sich ihre Schultern, und sie betrat mit entschlossener Miene die Bibliothek.

Christopher stand am Kamin und starrte ins Feuer. Nachdem sie Platz genommen hatte, breitete sich sekundenlang beklemmendes Schweigen aus, und Nicole gewann den Eindruck, daß auch Christopher sich unbehaglich fühlte und sehr nervös war.

Als er ihr sagte, daß sie heiraten würden, begann ihr Herz wie wild zu schlagen; Schreck und Überraschung mischten sich mit neuer Hoffnung und Erleichterung. Wenn er sie jetzt in die Arme genommen hätte, würde sie ihm gesagt haben, wie sehr sie ihn liebte, doch Christopher verleugnete sich selbst und führte kühl all die praktischen Gründe für eine Ehe mit ihr an.

Enttäuschung und kalte Wut erfüllten Nicole und ließen sie ihren am Morgen gefaßten Entschluß vergessen. Noch bevor er seine Ausführungen beendet hatte, sprang sie auf, und Tränen schimmerten in ihren Augen, als sie, die Hände in die Seiten gestemmt, wütend schrie: »Sind Sie verrückt? Ich soll Sie heiraten? Eher würde ich sterben!«

Auch Christopher geriet nun in Wut und schrie zurück: »Du gottverdammtes Luder, was erwartest du von mir? Ich habe dir die Ehe angeboten – was kann ich mehr tun?« In seiner Stimme klangen Wut und Hilflosigkeit zugleich, doch in ihrem Zorn entging Nicole seine Verwirrung.

Ohne nachzudenken, schrie sie: »Was halten Sie von Liebe, Christopher?« Ihr Gesicht war totenblaß, ihre Augen loderten. »Hat Heiraten nichts mit Liebe zu tun? Muß alles kühl durchdacht sein und aus Vernunftsgründen geschehen?«

Christopher erstarrte; eindringlich sah er in ihr aufgewühltes Gesicht, und wie in Trance streckte er langsam seine Hand aus und berührte ihre Wange. »Liebe?« flüsterte er. »Was weißt du von Liebe?«

Ihr wurde plötzlich bewußt, wie nah sie darangewesen war, ihm ihre wahren Gefühle zu enthüllen, und sie wandte schnell den Blick ab. So entging ihr der plötzlich in seine Augen getretene Ausdruck, in dem all seine Gefühle für sie unverhohlen offenlagen.

»Das spielt doch keine Rolle, und ich will nicht darüber reden«, murmelte sie und wich vor ihm zurück.

»Aber ich!« preßte er hervor und zog ihren widerstrebenden Körper an sich. »Könnte es sein, daß du verliebt bist?« flüsterte er dicht an ihrem Ohr. »Daß es jemanden gibt, dem dein wildes, eigenwilliges Herz gehört?« Und vorsichtig fügte er hinzu: »Der Erfolg hatte, wo ich versagt habe?«

Nicole hielt den Atem an, ihre Finger spielten nervös mit dem Stoff ihres Kleides. Wie gern hätte sie dem zärtlichen Klang seiner Stimme Glauben geschenkt. Aber sie hatten einander zu oft und zu erbittert bekämpft, als daß sie ihm nun trauen konnte – und doch war sie nicht in der Lage, sich von ihm loszureißen und die plötzliche zärtliche Stimmung zu zerstören. Sogar als er sich auf das Sofa vor dem Kamin setzte und sie auf seinen Schoß zog, wehrte sie sich nicht. Sie hatte Angst, und gleichzeitig erfüllte ein köstliches Gefühl der Erwartung sie, und das Gefühl, daß sie, wenn sie einmal klug war und sich beherrschte, etwas ungeheuer Wichtiges und Schönes erfahren würde.

Leise drängte er: »Willst du mir nicht antworten? Oder kennst du die Antwort nicht?«

Nicole schluckte und starrte angstrengt in die knisternden Flammen, die Nähe seines Körpers und sein warmer Atem an ihren Schläfen ließen sie beinahe schwindlig werden. Als er zärtlich ihren Arm zu streicheln begann, stammelte sie: »Spielt das eine Rolle? Ich meine, ist es wichtig, ob ich jemanden liebe oder nicht?«

»Vielleicht«, antwortete Christopher ruhig. »Es kommt darauf an, wer es ist.«

»Nun, nehmen wir an, ich sei in jemanden verliebt«, entgegnete Nicole vorsichtig.

»Hm ... wenn nicht ich derjenige bin, müßte ich dich wahrscheinlich gehen lassen«, sagte er und fügte hinzu: »Und ich würde dir helfen, daß du glücklich mit ihm wirst.«

Erstaunt blickte Nicole in sein dunkles Gesicht. »Das würden Sie tun? Wenn ich sagen würde, daß ich schrecklich verliebt sei in ... in ...« Sie blieb hilflos stecken, und als ihr kein Name einfiel, fügte sie lahm hinzu: »nun, in irgend jemanden, dann würden Sie mich gehen lassen?«

Christopher hielt mit seinem Blick den ihren fest und erwiderte langsam: »Nun, das müßte ich doch wohl, oder? Wenn ich dich heirate, möchte ich nicht, daß ein unsichtbarer Dritter mit in meinem Bett liegt. Ich möchte, daß die Frau, die meinen Namen trägt und meine Kinder zur Welt bringt, nur mich will und nur von mir träumt.«

Er spielte mit hohem Einsatz, setzte alles darauf, daß er ihren Wutausbruch vorhin richtig gedeutet hatte.

Lange sahen sie sich schweigend an. Nicoles ganzer Körper sehnte sich danach, sich ihm in die Arme zu werfen und ihn zu bitten: ›Laß mich diese Frau sein!‹ Doch die Vergangenheit hatte sie Vorsicht gelehrt, und so fragte sie, sorgfältig ihre Worte wählend: »Als Sie sagten, daß Sie mich heiraten wollen – haben Sie da in mir diese Frau gesehen?«

Seine Augen verengten sich, kaum wahrnehmbare Belustigung

schwang in seiner Stimme mit, als er mit einer Gegenfrage antwortete: »Was meinst du?«

Irritiert sah sie in sein amüsiertes Gesicht. »Ich habe keine Ahnung«, gestand sie aufrichtig. »Ich habe nie gewußt, was Sie für mich empfinden.« Als Christopher den Mund öffnete, um etwas zu erwidern, fuhr sie hastig fort: »Oh, ich wußte, daß Sie mich begehren. Sie haben mich nie darüber im Zweifel gelassen. Aber ich habe nie gewußt, warum Sie mich begehren, außer vielleicht deshalb, weil Sie in mir eine käufliche Dirne gesehen haben, und das ist keine sehr gute Voraussetzung für eine Ehe, nicht wahr?«

Der traurige Klang ihrer Stimme tat ihm weh, und er entgegnete brüsk: »Wenn ich eine Dirne hätte haben wollen, hätte ich sie mir gekauft. Mein Gott, Nicole, sag mir nicht, daß du es nicht erraten kannst. Muß ich es erst deutlich aussprechen?«

»Ja, in diesem Falle müssen Sie es«, beharrte sie und drängte, sich plötzlich in seine Arme schmiegend: »Sagen Sie es mir, Christopher, sagen Sie es mir.«

Die Nähe ihres weichen, warmen Körpers nahm ihm den letzten Rest seines eigensinnigen Stolzes, und er stieß heiser hervor: »Du Hexe! Gott steh mir bei, aber ich liebe dich. Willst du mich jetzt heiraten?«

Ihr Mund, ihr sich an ihn drängender junger Körper waren Antwort genug. Lange Zeit herrschte Stille in der Bibliothek, die nur unterbrochen wurde vom Knistern des Feuers und den gestammelten, zärtlichen Worten der Liebenden. Später würde es Erklärungen geben, Erklärungen, Verstehen und Verzeihen. Jetzt gab es nur sie beide, kein Morgen, kein Gestern, nur den Augenblick.

18

Sie heirateten am nächsten Tag, einem Mittwoch, in einem kleinen, etwa zwanzig Meilen nördlich von New Orleans gelegenen Ort. Ein Friedensrichter vollzog die Trauung, während Higgins mit breitem Grinsen als Trauzeuge danebenstand. Die Frau des Friedensrichters war hastig als zweiter Trauzeuge hinzugezogen worden, und sie erzählte ihrem Mann später, sie habe niemals ein schöneres Paar und zwei so ineinander verliebte Menschen gesehen.

Christopher konnte den Blick nicht von Nicole abwenden, als habe er Angst, sie könne sich in Luft auflösen, und Nicole bemühte sich nicht, ihre aus ihren strahlenden Augen sprechende Liebe zu ihm zu verbergen. Sie hätte es begrüßt, wenn Lord und Lady Saxon zugegen gewesen wären, doch das einzige, was wirklich für sie zählte, war, daß Christopher sie liebte, sie so sehr liebte, daß er sie zu seiner Frau gemacht hatte, auch wenn es nur eine überstürzte, heimliche Trauung war.

Schweigend fuhren sie nach New Orleans zurück; die durch den pausenlosen Regen in der Luft hängende Feuchtigkeit ließ sie selbst in der gut abgedichteten Kutsche Christophers frösteln. Higgins hatte sich trotz Nicoles und Christophers energischer Proteste taktvoll zurückgezogen und verbrachte die vierstündige Reise neben dem Kutscher auf dem Kutscherbock. Normalerweise dauerte die Fahrt nach New Orleans nicht so lange, doch der Regen hatte die Straße in einen schlammigen Morast verwandelt, und so kam die Kutsche nur langsam vorwärts.

Die beiden Menschen im Wageninneren fühlten sich zum ersten Mal, seit sie sich kannten, vollkommen glücklich und entspannt. Gewiß, es lagen noch viele Schwierigkeiten vor ihnen, doch mit Liebe, Verständnis und Geduld würde es ihnen gemeinsam gelingen, sie alle zu überwinden.

Sie trafen kurz vor Einbruch der Dunkelheit in der Dauphine Street ein, wo Christopher Nicole den Dienstboten sofort als seine ihm soeben angetraute Frau vorstellte. Später machte er Sanderson unmißverständlich klar, daß er es begrüßen würde, wenn keiner der Dienstboten nach draußen etwas verlauten ließe, daß er Nicole erst nach seiner Ankunft in New Orleans geheiratet hatte.

Sandersons Gesicht verzog sich zu einem breiten Grinsen. »Ich verstehe, Sir«, erwiderte er, »und ich werde dafür sorgen, daß es kein Gerede gibt.«

Daraufhin hatte Christopher ihn zufrieden nickend entlassen. Nicoles Stellung als seine Frau war gesichert.

Dann setzte Christopher sich an seinen Schreibtisch und schrieb zwei kurze Briefe. Der eine war an die Savages gerichtet, und Christopher teilte ihnen darin mit, daß er und seine Frau Nicole sich freuen würden, morgen abend mit ihnen zu speisen.

Das Verfassen des zweiten Briefes dauerte etwas länger, und es würde Wochen, wenn nicht gar Monate dauern, bis er sein Ziel in England erreichte. Der Empfänger dieses Schreibens war Lord Saxon, und Christopher berichtete ihm darin, daß er in New Orleans angekommen sei und Nicole sich bei ihm befinde, jedoch nicht als sein Mündel, sondern als seine Frau. Nach ein paar höflichen Fragen nach Simons Befinden und dem Wohlergehen seiner Frau beendete Christopher den Brief mit dem Versprechen, daß er und seine Gattin im nächsten Sommer nach England zurückkehren würden.

Morgen wollte er sich bei Jason erkundigen, ob es irgendein Schiff gäbe, dem er den Brief an seinen Großvater mitgeben konnte.

Nachdem er diese vordringlichen Aufgaben erledigt hatte, lehnte er sich entspannt in seinem Sessel zurück und genoß den Gedanken, ein verheirateter Mann zu sein.

Mit einem halb zärtlichen, halb belustigten Lächeln auf den Lippen verließ er die Bibliothek, um das verführerische Geschöpf aufzusuchen, das jetzt seine Frau war. Er fand sie im großen Salon, wo sie sich mit dem Studium einiger Kleiderentwürfe beschäftigte.

Bei seinem Eintritt sah sie ihm mit beinahe schüchternem Ausdruck entgegen und fragte: »Hast du deine Geschäfte erledigt?«

»Ja, das habe ich. Die Savages sind unterrichtet, und ich bin sicher, sie werden alles tun, um kein unliebsames Gerede aufkommen zu lassen. Ich glaube nicht, daß es Schwierigkeiten geben wird. Wir sind erst vor drei Tagen in New Orleans angekommen, und du hast dich nicht in der Öffentlichkeit gezeigt. Ich bezweifle sogar, daß irgend jemand außer den Savages und unseren Dienstboten überhaupt weiß, daß du hier bist. Ich habe Sanderson entsprechende Anweisungen gegeben. Nur wenige Leute wissen, daß ich mich wieder in New Orleans befinde, und so glaube ich, daß wir keine Angst vor bösem Gerede zu haben brauchen.«

»Warum machst du dir so viele Gedanken darüber?« fragte sie überrascht. »Das hast du doch früher nie getan?«

Christopher sah sie schelmisch an. »Ich war auch noch nie verheiratet, und ich möchte nicht, daß meine Frau zum Mittelpunkt eines Skandals wird, zumal ich selbst dich in diese Situation gebracht habe.«

Ein heißes Gefühl der Dankbarkeit durchströmte Nicole bei seinen Worten, denn sie hatte sich mehr, als sie sich eingestehen wollte, vor dem Aufsehen gefürchtet, das ihre ungewöhnliche Heirat hervorrufen würde. Seine Besorgnis verlieh ihr das köstliche, nie gekannte Gefühl der Geborgenheit. Lächelnd erinnerte sie sich an die alte Weisheit, daß die wildesten Männer die besten Ehemänner wären.

Als er ihr Lächeln bemerkte, fragte Christopher ruhig: »Amüsiert es dich, daß ich nicht will, daß man über dich redet?«

»O nein. Ich dachte nur an ein altes Sprichwort, das besagt, daß die rauhbeinigsten Männer die besten Ehemänner seien, und ich fühle, daß das bei dir zutrifft.«

Christopher setzte sich neben sie und zog ihre Hand an seine Lippen. »Ich werde mich darum bemühen, mein Liebling.«

Atemlos vor Glück suchte Nicole nach Worten, fand aber nicht gleich welche. Nach einer Weile fragte Christopher: »Möchtest du mir nicht dasselbe sagen? Daß auch du alles tun willst, damit unsere Ehe glücklich wird?«

»O doch, das will ich«, versprach Nicole sofort und lehnte sich an ihn.

Christopher konnte sich nicht helfen, er mußte sie in seine Arme nehmen, und ihre Lippen fanden sich zu einem tiefen, leidenschaftlichen Kuß. »Du kleine Hexe!« stieß er schließlich heiser hervor. »Dafür ist jetzt nicht der richtige Zeitpunkt. Später, ja, denn ich werde bestimmt nicht wie gestern allein in meinem Bett schlafen.«

Er wirkte zerknirscht. »Ich bekenne mich schuldig, doch ich wollte nicht, daß die Erinnerung an die Nacht vor der Hochzeit unsere Hochzeitsnacht trübt.« Beinahe beschämt fügte er hinzu: »Ich weiß, das ist sehr seltsam von mir, mein Liebes, doch es ist nun einmal so.«

Der unglaubliche Verdacht, daß sich unter Christophers rauher Schale ein sehr romantisches Herz verbarg, drängte sich Nicole auf, und laut auflachend sagte sie: »Christopher! Als nächstes wirst du mir sagen, daß es dir leid tut, mich in der ersten Zeit so roh behandelt zu haben.«

»Nein, ich bereue nichts von dem, was zwischen uns geschehen ist«, entgegnete er und fuhr in neckendem Ton fort: »Das einzige, was mir leid tut, ist, daß ich nicht gleich, nachdem ich dich zum ersten Mal gesehen habe, mein Schicksal erkannt und dich zum Traualtar geschleppt habe. Ich würde mir viel Schmerz und Ungewißheit erspart haben.«

»Hast du sehr gelitten?« konnte es sich Nicole nicht verkneifen zu fragen.

Christopher beugte sich über sie, sein Mund berührte beinahe den ihren, als er leise erwiderte: »Was glaubst du? Zuerst bereitete mir Allen schlaflose Nächte, und ich litt Qualen bei dem Gedanken, daß du in seinen Armen lägest.« Der zärtlich-belustigte Ton in seiner Stimme verschwand, und mit völlig verändertem Organ fuhr er fort: »Und dann erst in England – mein Gott, ich litt Höllenqualen! Eifersucht, Wut und Haß. Oh, ich habe gelitten, du kleiner Teufel!«

Sein Gesicht trug wieder jenen verschlossenen Ausdruck, den sie so gut kannte, und fast ein feindseliger Glanz lag in seinen Augen, als er auf sie herabsah. Dieses Mal hielt sie seinem Blick stand, und unendlich zart glitten ihre Finger über seinen Mund. »Das wäre alles nicht nötig gewesen. Du hättest mir nur zeigen müssen, was du empfindest.« Er wollte sich abwenden, doch Nicole hielt seinen Kopf fest. »Hör mir zu, du Dummer«, flüsterte sie an seinem Ohr. »Es hat immer nur dich für mich gegeben. Aber wie hätte ich es dir sagen sollen? Das eine Mal, als ich es versuchte, hast du mich so derb zurückgewiesen, daß ich sicher war, du empfändest nichts für mich – außer einem gewissen Maß an körperlichem Verlangen.«

Christopher verzog das Gesicht. »Ich habe dich sehr begehrt, mein Liebes, das bestreite ich nicht. Doch ich wollte vor der Bekanntschaft mit dir nie, daß eine Frau nur mir gehört; ich hatte nie den Wunsch, eine Frau zu beschützen oder ihre Zukunft sicherzustellen. Und gar ein solch zersetzendes Gefühl wie Eifersucht habe ich nie gekannt. Dann aber hätte ich Robert und die anderen umbringen können.« Sein Gesicht wurde plötzlich wieder hart, als er hinzufügte: »Und ich hätte auch dich umbringen können, als ich entdeckte, daß du in jener letzten Nacht in England mit ihm zusammen warst.«

Forschend wanderten Nicoles Augen über sein Gesicht, und sehr behutsam sagte sie: »Robert war nie mehr für mich als ein guter Freund, Christopher. Als ich später erfuhr, was er dir angetan hatte, habe ich ihn gehaßt.«

Christopher verzog keine Miene und gab auch sonst durch nichts zu erkennen, ob er ihr glaubte. Bei seinem Anblick zog sich Nicoles Herz schmerzhaft zusammen – es gab so viel zwischen ihnen, das sie klären mußten, doch Christopher schien nicht über die Vergangenheit sprechen zu wollen. »Genug davon. Das Essen wird sicher gleich fertig sein. Möchtest du vorher noch einen Sherry oder lieber etwas Stärkeres zu dir nehmen?«

Widerstrebend folgte Nicole seinem Wink, das Gespräch zu beenden, und bat um ein Glas Sherry. Nachdenklich beobachtete sie ihn, wie er ihr das Glas vollschenkte. Er sah so gut aus und war so lieb – doch sie konnten nicht einfach so tun, als gäbe es die Vergangenheit nicht. Er hatte gesagt, daß er sie lieben würde, und sie glaubte es ihm – doch sie wußte auch, daß er diese Liebe nicht gewollt hatte und er immer noch Zweifel und Bedenken hegte, was sie selbst betraf. Zweifel, die ihre gerade beginnende, zerbrechliche Liebe zerstören konnten. Sie war nicht einmal sicher, daß er ihr glaubte, daß auch sie ihn liebte. Als sie ihm gestern abend ihre Liebe gestanden hatte, war ihr der in seinen Augen aufblitzende zynische Funke nicht entgangen. Und auch heute noch, nachdem sie verheiratet waren, begegnete er ihr mit unübersehbarer Wachsamkeit, und traurig fragte sie sich, ob sie ihre Heirat womöglich schon bereuen mußte.

Auch während des ausgezeichneten, von Ruth-Marie mit viel Können zubereiteten Abendessens konnte Nicole diesen Gedanken nicht verdrängen, und sie schwor sich, daß sie Christopher dazu zwingen würde, der Wahrheit über ihre Mutter und Robert ins Auge zu sehen. Sonst würde es ihnen nicht gelingen, das zarte Gespinst ihrer Liebe zu wahren und eine glückliche Ehe zu führen.

Mit entschlossener Miene wartete sie daher nach dem Essen im großen Salon auf ihn. Als er nach einer Stunde noch nicht erschienen war, fragte sie einen Dienstboten, wo er sei, und war ziemlich verblüfft, als sie die Antwort erhielt, daß Master Christopher das Haus verlassen habe. Nicole wußte nicht, ob sie lachen oder weinen sollte, und verbrachte den Rest des Abends damit, sich den Kopf darüber zu zerbrechen, wo ihr frischangetrauter Ehemann sein könnte, allein.

Im Laufe des Tages hatte man ihre Kleider und persönlichen Sachen in eine große, elegante Suite umgeräumt, die an Christophers Zimmer angrenzte. Normalerweise wäre sie entzückt gewesen über die geräumigen, elegant eingerichteten Zimmer, über den dicken roten Teppich, die gelben Wände und die schweren saphirblauen Vorhänge, doch heute abend schenkte sie all dem keine Beachtung. Eiskalte Angst und böse Vorahnungen ließen sie wie gelähmt am Feuer sitzen.

Auch für das hauchdünne, verführerische Nachthemd, das Nuomi einladend auf dem Bett ausbreitete, hatte sie keinen Blick, während sie traurig auf die zu Christophers Räumen führende schwere Eichentür starrte. Wie kann er mir das nur antun? fragte sie sich mit wachsender Empörung, und leise schlich sich der Gedanke in ihr Herz, daß er sie vielleicht gar nicht liebte.

Doch dann tadelte sie sich selbst, daß sie so schnell an ihm zweifelte, und trat mit entschlossenen Schritten ans Bett. Christopher hatte sicher einen guten Grund für seine Abwesenheit und würde ihn ihr eröffnen, wenn er zurückkam. Sie gestattete sich nicht, weiter darüber nachzudenken, und machte sich mit großer Sorgfalt an die Vorbereitungen für die Nacht. Sie nahm sich vor, ihn nicht mit Vorwürfen zu empfangen, zumindest nicht, bevor sie ihm die Chance gegeben hatte, ihre Zweifel und Ängste zu zerstreuen. Wenn er das allerdings nicht tat ...

Gebadet hatte sie schon vor dem Abendessen, also zog sie sich aus und streifte das Nachthemd über. Nachdem sie einige Tropfen ihres nach Nelken riechenden Duftwassers auf ihrem Körper verteilt hatte, setzte sie sich ans Feuer und begann, langsam und beinahe liebevoll ihre Haare zu bürsten, die im Schein des Feuers rötlich aufleuchteten.

So fand Christopher sie, als er wenige Minuten später den Raum betrat. Ihr ganzer Körper schien wie in Gold getaucht; das flackernde Licht der Flammen ließ ihre Haut wie geschmolzenes Gold schimmern, ihr bernsteinfarbenes Nachthemd hatte die Farbe eines Sonnenaufgangs, ihr Haar war eine einzige dunkle Flamme. Beim Anblick dieses bezaubernden Bildes hielt Christopher unwillkürlich den Atem an – das zarte Nachthemd zeigte mehr von ihrem geschmeidigen Körper, als es verhüllte.

Er mußte irgendein Geräusch gemacht haben, denn Nicole drehte sich langsam nach ihm um und lächelte ihn strahlend an.

Er stürzte zu ihr, sank auf die Knie und strich zärtlich über ihr glänzendes Haar. »O Gott, wie schön du bist!« stieß er heiser hervor. »Du errinnerst mich an eine heidnische Göttin, die eine goldene Kette um mein Herz gelegt hat, und egal, was ich auch tue, ich kann sie nicht zerreißen. Du bist eine Zauberin.«

Die Wärme und unverhohlene Zärtlichkeit in Christophers Augen ließen all ihre Zweifel schwinden. Und da seine Nähe sie schon wieder beunruhigte, fragte sie neckend: »Bist du heute abend deshalb davongelaufen? Weil ich eine Zauberin bin?«

»Du hast eine ziemlich scharfe Zunge, du kleine Hexe«, ging er auf ihren Ton ein. Dann zog er einen Stuhl neben sie, setzte sich und zog eine schmale, rechteckige Schachtel aus seiner Jackentasche. »Ich habe dir noch kein Hochzeitsgeschenk gemacht«, erklärte er leicht verlegen. »Zu meiner Schande muß ich gestehen, daß es mir erst nach dem Abendessen einfiel, und es hat lange gedauert, bis ich einen Juwelier fand.« Um seine Verlegenheit zu überspielen, fügte er scherzhaft hinzu: »Du kannst dir nicht vorstellen, wie schwer ich mich getan habe, um dieses ... Spielzeug für dich zu finden. Ich hoffe, es trifft deinen Geschmack.«

Es traf ihn. Als Nicole mit zitternden Händen das Kästchen geöffnet hatte, starrte sie fassungslos auf die herrliche Halskette und die dazu passenden Ohrringe. An einem schmalen Goldkettchen hing ein birnenförmiger, von gelben Diamanten eingefaßter Topas; an den etwas kleineren Steinen der Ohrringe baumelten schleifenförmige, ebenfalls mit Diamanten besetzte Goldkettchen. »Christopher!« stieß Nicole atemlos hervor, als sie sich wieder etwas gefaßt hatte. »Es ist das Schönste, was ich je gesehen habe.«

»Nun, eigentlich wollte ich dir einen seltenen Edelstein schenken, doch als ich dieses sah, erinnerte es mich so sehr an die Farbe deiner Augen, daß ich es unbedingt für dich haben wollte.«

»Ich liebe dich«, sagte Nicole ernst. »Ich glaube, ich habe dich immer geliebt, schon damals auf der ›Belle Garce‹, als ich noch ein Kind war und du oft so grausam zu mir warst. Und ich werde dich bis an mein Lebensende lieben.«

Christopher zog sie an sich, sein Mund suchte den ihren. Sie lag so weich und hingebungsvoll in seinen Armen wie nie zuvor und stieg ihm in den Kopf wie ein schwerer, berauschender Wein. Leise aufstöhnend bettete er sie auf den Teppich vor dem Feuer und küßte sie wie ein Mann, der die Früchte des Himmels kostet.

Mit fiebrigen Händen zog ihm Nicole die Jacke aus, die Krawatte, das Hemd. Ihre Hände waren wie züngelnde Flammen, als sie über seine Brust, seinen breiten Rücken glitten. Die Stiefel bereiteten ihr Schwierigkeiten. Nachdem sie eine Weile ohne Erfolg an den Bändern herumgenestelt hatte, stand er lachend auf und zog sich selbst aus. Als er schließlich nackt vor ihr stand, sagte er neckend: »Ich sehe, du hast noch nicht viele Männer entblättert, mein Liebling.«

Die gedankenlos dahingesprochenen Worte rissen Nicole aus ihrer zärtlichen Stimmung; sie setzte sich auf, schob eine vor ihre Augen gefallene Locke zurück und erklärte entschieden: »Ich habe noch nie einen Mann entblättert!«

Der fröhliche Ausdruck seiner Augen verschwand abrupt, und er fragte brüsk: »Nicht einmal Robert?«

Nicole holte tief Luft und erwiderte ruhig: »Nicht einmal Robert.« Doch die Art, wie er die Lippen zusammenpreßte, verriet ihr, daß er ihr nicht ganz glaubte. Sie ergriff seine Schultern und schüttelte ihn ungeduldig. »Hör mir zu, Christopher«, sagte sie mit erhobener Stimme. »Warum verdammst du mich, ohne mich jemals angehört zu haben, was wirklich in jener Nacht geschehen ist? Wir haben nie darüber gesprochen. Du hast mir nie gesagt, wieso du Robert und Edward tot aufgefunden hast, und du hast mich auch nie gefragt, warum ich in jener Nacht in Roberts Haus war.« Schmerz und Enttäuschung standen in ihren Augen, als sie traurig hinzufügte: »Wie kannst du sagen, daß du mich liebst, wenn du mir nicht vertraust?«

Christophers Gesicht zeigte keine Regung, als er mit erschrekkender Gleichgültigkeit ihre Hände von seinen Schultern nahm und sagte: »Also gut, sag mir, was geschehen ist.«

»Nein!« rief Nicole. »Nicht, wenn du von vornherein jedem meiner Worte mißtraust! Und das tust du! Ich kenne diesen Ausdruck in deinem Gesicht nur zu gut! Für dich steht schon jetzt fest, daß ich lüge ... daß ich die Tochter meiner Mutter bin!«

Ihre Worte schienen nun doch eine Reaktion bei Christopher hervorzurufen; er strich sich nervös durch das dichte schwarze Haar. »Ich weiß nicht mehr, was ich glauben soll«, sagte er dumpf. »Ich liebe dich, ich begehre dich, doch ich kann nicht vergessen, daß deine Mutter mich beinahe zerstört hat – daß auch sie mich in den Armen gehalten und gesagt hat, daß sie mich liebt.« Er sah sie böse an und fuhr grausam fort: »Sie hat mich gelehrt zu lieben und eine Frau verrückt zu machen. Die ganze Zeit über schwor sie mir, wie sehr sie mich liebt und daß ich der einzige Mann bin, der sie je glücklich gemacht hat.« Er lachte bitter auf. »Und nachdem ich jeweils gegangen war, traf sie sich mit Robert, erzählte ihm die gleichen Lügen und gab sich ihm mit der gleichen Leidenschaft hin wie mir. Und du bist ihre Tochter.« Kühl fragte er: »Wärst du da nicht auch mißtrauisch?«

Sie konnte ihn nicht ansehen, konnte den Ausdruck des Mißtrauens, des Hasses und der Bitterkeit in seinem Gesicht nicht ertragen. Er liebte sie, doch bevor es ihr nicht gelang, die Schatten der Vergangenheit zu vertreiben, würde keiner von ihnen je Frieden finden. Grüblerisch starrte sie in die Flammen und suchte nach den richtigen Worten. Es hatte keinen Sinn, weiterhin ihre Unschuld zu beteuern, das spürte sie. Sie könnte schreien, so laut es ihr möglich wäre, daß Robert ihr nichts bedeutet hatte, er würde ihr nicht glauben – weil er sie mit Annabelle verglich. Sie mußte ihn also auf andere Weise davon überzeugen, daß sie und Annabelle zwei verschiedene Frauen waren, daß sie Nicole war, Nicole mit dem leichten, fröhlichen Temperament, die sich ihm bedingungslos hingab, und nicht die verlogene, ihn verhöhnende Annabelle. Es schien eine hoffnungslose Aufgabe zu sein, und doch kam ihr, während sie sich seiner Nähe auf beklemmende Weise bewußt war und sie verzweifelt ins Feuer starrte, plötzlich eine Idee. Sie holte tief Luft und begann vorsichtig: »Du erinnerst mich ständig an meine Mutter und an das, was sie getan hat. Und du sagst, ich sei ihre Tochter. Ich stimme dir zu – trotz all ihrer Eitelkeit und Lasterhaftigkeit war Annabelle meine Mutter. Muß ich aber deshalb wie sie sein? Habe ich dir je Anlaß gegeben, mir nicht zu vertrauen?«

Christopher bewegte sich unruhig hinter ihrem Rücken. »Ja«, erwiderte er flach. »Die Codebücher. Hast du sie vergessen?«

Ihre Finger gruben sich in ihre Handflächen. »Ja, ich habe sie vergessen«, erwiderte sie, doch dann fuhr sie hitzig fort: »Gut, ich habe versucht, sie zu stehlen, aber ich habe dich nicht betrogen. Ich habe dir damit keinen Schaden zugefügt. Sie haben dir nicht einmal wirklich gehört, denn du hattest sie selbst geraubt. Unter den gleichen Umständen würde ich es heute wahrscheinlich noch einmal tun. Du hattest keinen Anspruch auf die Bücher. Allen und ich wollten sie lediglich den rechtmäßigen Besitzern zurückbringen. Außerdem«, fügte sie in kindlicher Naivität hinzu, »wollte ich mich an dir rächen. Ich wollte dem allmächtigen Kapitän Saber einen Strich durch die Rechnung machen.«

Leise Belustigung lag in seiner Stimme, als er sanft bemerkte: »Das ist dir gelungen, du kleine Teufelin. Seit den Bermudas hast du dich pausenlos an mir gerächt.«

»Wage es nicht, zu lachen«, warnte sie ihn. »Ich habe dir gesagt, warum ich die Bücher stehlen wollte. Ich will sogar soweit gehen, zuzugeben, daß es vielleicht ein Fehler war, aber das bedeutet nicht, daß ich wie meine Mutter bin.« In ihrer Verzweiflung spielte sie ihre letzte Trumpfkarte aus. »Du sagst, ich muß wie sie sein, weil sie meine Mutter war. Doch sage mir auch, war Robert wie dein Großvater? Die gleichen Gesetze müßten doch auch hier gelten. Wie die Mutter, so die Tochter – wie der Vater, so der Sohn. War Robert wie Lord Saxon?«

»Natürlich nicht«, antwortete Christopher hastig. »Du kannst die beiden überhaupt nicht miteinander vergleichen. Robert war schlecht und selbstsüchtig, während mein Großvater –« Er hielt abrupt inne, ein Funken des Verstehens glomm in seinen Augen auf. Einen Moment starrte er Nicole mit zusammengepreßten Lippen an. »Ich verstehe, was du meinst«, sagte er dann.

Nicole lächelte. »Na also.«

Christopher streckte die Hand aus und umfaßte zärtlich ihr Gesicht. »Ich weiß überhaupt nicht mehr, was ich glauben soll. Ich habe dieses Vorurteil gegen dich so lange genährt, daß es mir schwerfällt, es zu revidieren. Laß mir Zeit, mein Liebling, Zeit, um zu mir selbst zu finden. Ja?«

Es war eine Bitte um ihr Verständnis, und in seinen Augen stand soviel Liebe, daß Nicole nur stumm nicken konnte. Sie wußte, daß die Zeit auf ihrer Seite stand. Daß er sie, obwohl er glaubte, sie könne vielleicht doch ebenso schlecht und verdorben sein wie Annabelle, trotzdem liebte und geheiratet hatte, erfüllte sie mit einem seltsamen Gefühl der Zärtlichkeit. Vielleicht war das ein größerer Beweis seiner Liebe, als wenn er ihr uneingeschränkt geglaubt hätte.

Sanft zog Christopher sie an sich und bat: »Erzähl mir von jener Nacht in England.«

Anfangs zögernd und stockend, dann jedoch mit immer festerer Stimme erzählte sie ihm die Geschichte ihrer doppelten Entführung. Schweigen senkte sich über den Raum, als sie geendet hatte. Beide starrten ins Feuer, als läge die Antwort auf all ihre Probleme in den züngelnden Flammen. Schließlich murmelte Christopher in ihre Haare: »Ich glaube dir, meine kleine Füchsin. Dieses Abenteuer war zu wild, als daß du es erfunden haben könntest. Ich wünsche mir nur, daß ich es gewesen wäre, der dich gerettet hat, und nicht Robert.«

»Das hast du letzten Endes auch getan, du weißt das«, entgegnete Nicole und sah ihm in die Augen. »Wenn du nicht gekommen wärst, wäre es mir übel ergangen. Higgins hätte mir sicher nicht geholfen. Er hatte nur den einen Gedanken, das Schiff zu erreichen. Du siehst, eigentlich bist du es gewesen, der mich vor einem Schicksal bewahrt hat, das schlimmer gewesen wäre als der Tod.« Nicole mußte schlucken vor innerer Bewegung. »Ja, ohne dich leben zu müssen, wäre schlimmer als der Tod für mich gewesen.«

Aufstöhnend zog Christopher sie fester in seine Arme. »Du mußt mich immer lieben, Nicole. Ich bin ein Scheusal und rasend eifersüchtig, doch ich liebe dich.« Seine Stimme versagte ihm beinahe den Dienst. »Ich glaube, ich habe dich schon immer geliebt«, fuhr er leise fort. »Du hast mich überallhin verfolgt. Bei Tag und Nacht warst du in meinen Gedanken, warst mir Qual und Freude zugleich.« Er schob sie ein wenig von sich fort und sah ihr in die Augen. »Ich kann die Vergangenheit nicht völlig vergessen, aber laß mir Zeit. Lehre mich, dich zu lieben, vorbehaltlos, ohne Zweifel und ohne Fragen. Lehre mich, dir zu vertrauen. Und, o Gott«, stöhnte er, »liebe mich. Höre nie auf, mich zu lieben.«

Ihre Lippen fanden sich zu einem tiefen, leidenschaftlichen Kuß, und sofort spürte Nicole wieder dieses süße Gefühl der Erwartung in sich aufsteigen. Jetzt brauchten sie ihre Gefühle nicht mehr voreinander zu verstecken, jetzt genossen sie nur noch die leidenschaftliche Lust am anderen.

Langsam, als erforschte er ihren Körper zum ersten Mal, glitten Christophers Hände über die zarte Haut ihres Körpers. Unwiderstehliches Verlangen stand in seinen Augen, als sein Blick über ihren Körper wanderte, über ihren jungen, festen Busen, den flachen Bauch, die langen, schlanken Beine. Schließlich wanderte sein Blick zurück zu ihrem glänzenden Haar, das wie eine flammende Fahne auf dem roten Teppich ausgebreitet lag. Ihre Augen waren halb geschlossen, ihr Mund in Erwartung seines Kusses geöffnet. Unterdrückt aufstöhnend, suchten seine Lippen die ihren, während seine Hände zärtlich über ihren Busen glitten.

Nicole drängte sich ihm sehnsüchtig entgegen; mehr denn je wünschte sie, daß er sie nahm – zum ersten Mal war es Liebe, die sie verband, und nicht bloße körperliche Lust. Er brauchte sich nicht zu bemühen, ihr Verlangen zu wecken. Zitternd vor Erregung wölbte sie sich seiner Hand entgegen. Rasch glitt er über sie und drang in sie ein.

Es war wie immer, wenn sie sich liebten – voll Leidenschaft umfingen sich ihre Körper, verschmolzen ihre Lippen miteinander. Doch als sie dieses Mal nach dem berauschenden und erlösenden Höhepunkt ihrer Lust erschöpft nebeneinander lagen, fühlten sie sich wie in einen warmen Mantel aus Liebe und Zärtlichkeit gehüllt. Christopher hielt sie umschlungen, flüsterte Worte der Liebe in ihr Ohr, und Nicole drängte sich an ihn und bedeckte sein Gesicht mit zarten Küssen.

Es war ein Anfang für sie, der Anfang einer Liebe, die so zart und zerbrechlich war, daß der leiseste Windhauch sie zerstören konnte, und erst die Zukunft würde zeigen, ob das, was zwischen ihnen war, wachsen und blühen und so stark werden würde, daß nicht einmal der Tod es zerstören konnte.

19

Es bestand kein Zweifel mehr, daß die Engländer einen Angriff auf New Orleans in die Wege leiteten, um den unteren Mississippi unter ihre Kontrolle zu bringen. Sogar während der Friedensgespräche in Gent hatte Lord Liverpool dem Herzog von Wellington gegenüber erklärt, daß es wünschenswert sei, den Krieg gegen Amerika mit einem großen Sieg zu beenden.

Glücklicherweise hatte Andrew Jackson die Absicht der Briten endlich erkannt und an Colonel Butler geschrieben, daß er New Orleans bis zum letzten Blutstropfen verteidigen wolle. Jackson hegte jedoch die gefährliche Vermutung, daß die Engländer nicht von der Küste her angreifen würden, sondern von Mobile aus. Er ließ daher seine Truppen in Mississippi, Kentucky und Tennessee aufmarschieren.

Er schickte Einheiten, frische Verpflegung und Waffen in ein auf einer langen, in ostwestlicher Richtung verlaufenden Landzunge gelegenes Fort und sicherte so die Mobile Bay ab, verstärkte die Truppen in Mobile selbst und sandte weitere Truppen nach Baton Rouge. Am siebten November marschierte er in Spanish Florida ein und stürmte Parsacola, wobei es ihm gelang, die Forts St. Rose und St. Michael zu erobern. Die englischen Regimenter zogen sich zurück, nachdem sie Fort Barrancas in Brand gesteckt hatten. Dieser Sieg war der erste nach Monaten und nährte in den Amerikanern neue Hoffnung. Jackson brach nach New Orleans auf, um die Stadt gegen alle möglichen Angriffe zu verteidigen.

Am Abend des Tages, an dem Christopher die Nachricht von Jacksons baldiger Ankunft erhalten hatte, saß er Savage in dessen Bibliothek gegenüber.

»Nun, das ist doch endlich etwas«, bemerkte Christopher. »Vielleicht wachen nun auch die Bürger dieser Stadt endlich aus ihrer Gleichgültigkeit auf.«

Jason sah ihn mit beinahe traurigem Lächeln an und entgegnete: »Glauben Sie? Ich habe da meine Zweifel, mein Freund. Die Regierung ist innerlich zerstritten, das Sicherheitskomitee wetteifert mit dem Verteidigungskomitee, und obwohl Jackson die Mobilmachung angeordnet hat, wird dieser Befehl von jedem, der keine Lust zu dienen hat, ignoriert. Wir sind in einer unglücklichen Lage, und ich frage mich, ob selbst ein so erfahrener General wie Jackson etwas daran ändern kann.«

Jasons Worte entsprachen zu sehr der Wahrheit, als daß Christopher so ohne weiteres darüber hätte hinweggehen können, und so dachte er noch immer über sie nach, als sie sich eine halbe Stunde später zu den Damen gesellten. Nicole erkannte sofort, in welch gedrückter Stimmung sich Christopher befand, und warf ihm ein aufmunterndes Lächeln zu.

Christophers und Nicoles Besuch bei den Savages diente teils dem Geschäft, teils dem Vergnügen. Während die Männer in der Bibliothek die jüngste politische Entwicklung diskutierten, genossen Nicole und Catherine einen Plausch unter Frauen. Die Freundschaft zwischen ihnen hatte sich schnell entwickelt; beide waren Engländerinnen und mit außergewöhnlichen, dynamischen Männern verheiratet. Anfangs hatte Nicole sich gegenüber der älteren Catherine etwas befangen gefühlt, doch bald schon erkannte sie, daß Catherine hinter ihrem damenhaften Auftreten einen lebhaften Humor und äußerst unorthodoxe Ideen verbarg. Sie hatten zwar noch nicht jenen Grad der Vertraulichkeit erreicht, der ausgereicht hätte, sich alles über ihre Vergangenheit zu erzählen, doch Nicole fühlte sich in Catherines Gegenwart entspannt und gelöst, und sie amüsierte sich köstlich, als Catherine ihr ihre kleinen Tricks verriet, mit denen sie ihren autoritären Mann zu überlisten pflegte. Wie sehr Catherine ihren Mann bewunderte, der trotzdem Wachs in ihren Händen war, wurde Nicole rasch bewußt, und sie fragte sich, ob Christopher und sie ein ähnlich inniges Verhältnis zueinander gewinnen würden.

Nach Hause zurückgekehrt, saßen Christopher und Nicole noch eine Weile in dem kleinen gemütlichen Salon zusammen. Nicole hatte nicht vergessen, wie bedrückt Christopher vorhin gewirkt hatte, und sie fragte abrupt: »Jason hat dir etwas erzählt, das dich sehr beschäftigt, nicht wahr?«

Christopher, der gerade einige Geschäftspapiere studierte, blickte überrascht auf. »Ach, nichts von Bedeutung«, erwiderte er leichthin. »Nur ein paar politische Neuigkeiten und nichts, worüber du dir deinen hübschen Kopf zerbrechen müßtest.«

Nicole sah ihn unwillig an und antwortete: »Ich bin keine Idiotin, wenn du mir etwas verschweigen willst, warum sagst du mir das nicht geradeaus?«

Aufseufzend blickte Christopher seine Frau an, die wie immer ein bezauberndes Bild bot, als sie ihm auf dem rosa Sofa gegenübersaß. Sie hatte ihr Haar zu einem Knoten aufgesteckt, kleine Locken ringelten sich bis zu ihrem Hals hinunter. Was sollte er ihr sagen?

Er mochte sie nicht wie ein dummes kleines Kind behandeln und nahm es ihr auch nicht übel, daß sie verärgert war. Doch aus verschiedenen Gründen wollte er nicht mit ihr über die politische Lage diskutieren. Zum einen traute er ihr nicht ganz und war sich nicht sicher, auf welcher Seite sie wirklich stand. Zwar wußte er, daß sie kaum eine Möglichkeit haben würde, irgendwelche Informationen an die Engländer weiterzuleiten, doch er wollte trotzdem kein Risiko eingehen. Und zum anderen wollte er sie nicht beunruhigen. Am liebsten hätte er sie nach Thibodaux House in

Sicherheit gebracht, bis alles vorüber sein würde, doch er wußte, daß Nicole nicht damit einverstanden gewesen wäre – es war nicht ihre Art, sich ängstlich zu verstecken.

Er mußte unwillkürlich lächeln, und als Nicole es bemerkte, wurde sie noch ärgerlicher. »Nun?« stieß sie hervor. »Willst du mir nicht einmal antworten?«

»Beruhige dich, du kleiner Feuerkopf«, meinte Christopher lachend. »Du besitzt das hitzigste Temperament, das mir je begegnet ist. Ja, ich werde dir antworten.« Er stand auf, ging zu ihr hinüber und setzte sich neben sie auf das Sofa. »Es tut mir leid, wenn du dich nicht ernstgenommen fühlst, aber ich verstehe nicht, warum es dich interessiert, worüber ich mit Jason gesprochen habe.«

Nicole schämte sich ein wenig wegen ihrer Unbeherrschtheit und entgegnete kleinlaut: »Ich will nicht neugierig sein, und es interessiert mich auch nicht wirklich, was du mit Jason besprochen hast. Ich habe nur bemerkt, daß du nach eurem Gespräch bedrückt warst. Ist es ein Fehler, wenn ich wissen möchte, was dir Sorgen bereitet? Würde es dir im umgekehrten Fall nicht ebenso ergehen?«

Damit hatte sie ihn überrumpelt. Er sagte sich, daß das militärische Geheimnis in wenigen Tagen ohnehin allgemein bekannt sein würde, und erwiderte: »General Jackson ist auf dem Weg nach New Orleans. Wenn alles gutgeht, wird er in einer Woche hier sein.«

»Ist es das, was dir Sorgen bereitet?« fragte Nicole ungläubig. »Hältst du das nicht für gut?«

»Doch, doch, ich bin froh, wenn er mit seinen Truppen kommt. Was mir Sorgen macht, ist die Gleichgültigkeit, die unter der Bevölkerung herrscht. Auch der beste General schafft es nicht, mit so etwas im eigenen Land fertigzuwerden.« Das war mehr, als er ihr hatte sagen wollen, doch es schien, daß er ihr nichts verheimlichen konnte – nicht, wenn sie entschlossen war, es zu erfahren.

Sie lehnte ihren Kopf an seine Schulter, spielte geistesabwesend am obersten Knopf seiner Jacke und fragte leise: »Wird die Stadt wirklich angegriffen werden? Ich weiß, die Zeitungen schreiben es, die Mobilmachung ist befohlen – du kannst die Truppen täglich auf dem Place d'Armes aufmarschieren sehen. Aber es sind nicht allzu viele, nicht wahr?«

»Welche Frage soll ich zuerst beantworten?« erwiderte Christopher neckend. Plötzlich interessierte er sich sehr für das seidige Haar an seiner Wange, doch Nicole puffte ihn in die Seite, und er beeilte sich zu sagen: »Also gut. Ja, ich glaube, daß ein Angriff auf die Stadt bevorsteht. Und ich glaube, daß Jackson sich irrt, wenn er denkt, daß die Engländer von Mobile aus angreifen werden. Doch er ist der General, und ich bin nur ein Zivilist. Ja, wir haben nicht viele Truppen, aber Jackson bringt Verstärkung mit. Bist du jetzt zufrieden?«

Sie schüttelte den Kopf. Mit kaum hörbarer Stimme stellte sie die Frage, die sie schon die ganze Zeit bewegte: »Wirst du dich an den Kämpfen beteiligen?«

Christopher seufzte und strich beruhigend über ihren Kopf. »Ja«, erwiderte er aufrichtig. »Du würdest doch auch nichts anderes von mir erwarten, oder?«

Ihre Kehle war wie zugeschnürt, als sie zu ihm aufblickte. »Wirst du vorsichtig sein?«

»Wenn eine so bezaubernde Frau auf mich wartet, werde ich wohl vorsichtig sein, das darfst du mir glauben.« Zärtlich küßte er ihren Mund, und sofort stieg das Verlangen wieder in ihr auf. Er begann, an den Bändern ihres Kleides zu nesteln.

Hingebungsvoll drängte sich Nicole an ihn, doch sie vergaß nicht, wo sie sich befanden, und fragte dicht an seinem Mund: »Sanderson?«

»Wenn es jemand wagen sollte, die Tür zu öffnen, werde ich ihm den Hals umdrehen«, flüsterte Christopher.

Nicole kicherte leise und gab sich ihm, ohne weiter nachzudenken, hin.

Als sie später im Bett lag und an ihre Unterhaltung zurückdachte, legte sich die Angst wie eine eiserne Faust um ihr Herz. Sanft berührte sie Christophers Körper, als wolle sie sich vergewissern, daß er noch da war und die bevorstehenden Kämpfe ihn ihr noch nicht genommen hatten.

Es würde nicht die erste Schlacht sein, die sie erlebte, doch dieses Mal würde es anders sein. Dieses Mal würde er draußen sein im Kampfgetümmel, während sie allein zurückblieb. Einen Augenblick dachte sie daran, ihm, als Junge verkleidet, in den Kampf zu folgen, doch sie verwarf diese Idee sofort wieder als töricht und undurchführbar.

Auf welcher Seite sie innerlich bei den bevorstehenden Kämpfen stehen würde, war ihr selbst nicht ganz klar. Christopher durfte nichts zustoßen, doch ob New Orleans in die Hände der Engländer fiel oder in denen der Amerikaner blieb, war ihr ziemlich gleichgültig. Christophers enge Verbundenheit Amerika und besonders Louisiana gegenüber hatte sie überrascht und beinahe ein wenig schockiert, und sie fühlte sich insgeheim beschämt, weil sie seine Gefühle nicht teilen konnte. Sie haßte diesen Krieg, der einem Bruderkrieg gleichkam. Der Gedanke, daß manch einer der jungen Offiziere, die sie während ihres Aufenthalts in England kennen- und schätzengelernt hate, im Kampf gegen Christopher oder ihre neuen Freunde und Nachbarn getötet werden konnte, bedrückte sie ungeheuer.

Wie so oft in den letzten Tagen dachte sie auch an Allen, und dies nicht nur, weil Christopher ihr vor kurzem beiläufig mitgeteilt hatte, daß Lafitte ihn den Engländern übergeben hatte, sondern auch weil sie es gern gesehen hätte, daß er ihre Eheschließung mit Christopher erfuhr. Die Erwähnung Allens hatte ihr auch deutlichgemacht, wie weit sie davon entfernt war, die Vergangenheit zu vergessen. Christopher war nicht bereit gewesen, weitere Fragen über Allens Schicksal zu beantworten – seine schmal gewordenen Augen hatten eine deutliche Sprache gesprochen. Mißtrauen und Eifersucht hatten in den unergründlichen bernsteinfarbenen Tiefen gelauert.

Der Gedanke, daß Christopher und Allen sich vielleicht näher denn je gegenüberstanden, erfüllte sie mit Unruhe und Unbehagen. Viele Steine lagen noch auf ihrem gemeinsamen Weg mit Christopher, und die Vergangenheit hatte bewiesen, wie zerbrechlich ihr junges Glück war.

Obwohl Christopher beteuert hatte, ihr die Geschichte von ihrer letzten Nacht in England zu glauben, fragte sie sich manchmal, ob er das auch wirklich tat. Allein schon die harmloseste Erwähnung von Roberts Namen genügte, um jenen gefürchteten düsteren Ausdruck auf sein Gesicht treten zu lassen, und sie war auch nicht sicher, ob sie ihn wirklich davon überzeugt hatte, daß sie anders als ihre Mutter war. Und trotz des überschwenglichen Glücks, das sie in diesen ersten Wochen ihrer Ehe erfüllte, war es doch zu hitzigen Diskussionen und Auseinandersetzungen zwischen ihnen gekommen, bei denen sie sich mit unschönen Ausdrücken bewarfen. Jeder dieser Konflikte endete aber immer auf die gleiche, typisch männliche Art, indem Christopher sie in einer leidenschaftlichen Umarmung dazu brachte, ihre sämtlichen Einwände und Argumente zu vergessen.

Sie mußte Christopher irgendwie geweckt haben, denn plötzlich fragte er: »Was ist los mit dir? Ich komme mir vor, als hätte ich eine Tanzpuppe in meinem Bett.«

Er stützte sich auf einen Ellbogen, und als Nicole ihn betrachtete und sein wirres, dunkles Haar, seine nackte Brust sah, überschwemmte sie ein Strom heißer Liebe zu ihm. Christopher, der ihren Blick auffing, lachte leise auf und griff nach ihr. »Wenn du willst, daß ich dich liebe, warum sagst du es dann nicht?« fragte er – und schon war es wieder soweit.

Am zweiten Dezember traf General Jackson in New Orleans ein, und ein Aufatmen ging durch die Einwohner der Stadt. Die Apathie verschwand, obwohl die Kreolen noch immer nicht begreifen wollten, daß sie sich selbst würden verteidigen müssen. New Orleans hat schon so viele Schlachten überstanden, sagten sie sich, warum nicht auch diese?

Am dritten Dezember nahm General Jackson das wahrhaft großartige Bataillon der Freiwilligen auf dem Place d'Armes in Augenschein. Groß, hager, das lange silbergraue Haar straff aus dem Gesicht mit der Adlernase gekämmt, betrachtete er mit ausdrucksloser Miene das jämmerliche Häufchen, das vor ihm aufmarschierte.

Auch Christopher sah die Veranstaltung und beschloß, Lafitte noch einmal um seine Hilfe zu bitten. Er machte sich sogleich auf den Weg zu Jason, um ihm seinen Entschluß mitzuteilen.

Jason war zunächst skeptisch. »Ich weiß, wir brauchen diese Männer, doch Jackson hat sich eindeutig hinter Claiborne gestellt.

Warum, glauben Sie, sollte er seine Meinung geändert haben?«

»Weil er nicht will, daß New Orleans in die Hände der Engländer fällt«, entgegnete Christopher hitzig. »Und genau das wird ohne diese Männer geschehen.«

Jason konnte nicht widersprechen. »Also gut, ich werde mit dem General reden.«

»Heute?«

»Nein«, erwiderte Jason entschieden. »Der General darf nicht überrumpelt werden. Es braucht seine Zeit, bis er selbst erkennt, daß nur Lafitte ihm helfen kann. Dann erst werde ich ihn ansprechen.«

Christopher gefiel das gar nicht, doch Jason war nicht umzustimmen, er antwortete nur: »Warum gehen nicht Sie, unabhängig von allem anderen, schon einmal zu Lafitte und präparieren ihn? Das müßte Ihren Tatendrang doch fürs erste stillen.«

Christopher wußte nicht, ob er lachen oder Jason in das spöttische Gesicht schlagen sollte; wütend stürmte er aus dem Zimmer und machte sich auf den Weg zu Lafitte.

»Komm herein, mein Freund«, sagte Lafitte erfreut. »Ich habe schon lange mit deinem Besuch gerechnet.«

Christopher warf sich auf einen der hölzernen Stühle und knurrte: »Ich nehme an, du weißt schon wieder, warum ich gekommen bin.«

Lafitte lächelte vage. »Sagen wir einmal so: Ich hoffe, ich weiß, warum du gekommen bist. Die Amerikaner brauchen dringend meine Hilfe, nicht wahr?«

»Ja, verdammt noch mal!« rief Christopher und fügte, all seine sorgsam zurechtgelegten Worte, wie er Lafitte überzeugen wollte, vergessend, hinzu: »Willst du dich uns anschließen?«

Lafitte hob spöttisch die Augenbrauen und antwortete: »Aber natürlich! Hast du daran gezweifelt?«

Christopher sah ihn eindringlich an. »Welches ist dein Preis? Du tust es sicher nicht aus purer Vaterlandsliebe.«

»Nun ja, da hast du recht, mein Freund – selbstverständlich habe ich meinen Preis«, erwiderte Lafitte und fuhr, plötzlich sehr ernst, fort: »Ich will, daß man meine Männer freiläßt. Ich möchte meine Waren zurückhaben, und ich wünsche keine weitere Einmischung durch Claiborne.«

»Ich kann dir nichts versprechen«, gab Christopher aufrichtig zu. »Alles, was ich tun kann, ist, mich zu bemühen, ein Treffen zwischen dir und dem General zu arrangieren, damit ihr eure ... Unstimmigkeiten beilegen könnt.«

Lafitte nickte. »Mehr kann ich von dir nicht verlangen. Jackson soll ein vernünftiger Mann sein – und ich habe gehört, daß er nicht sehr wählerisch ist, was den Ursprung von Waffen und Soldaten anbelangt.«

Christopher konnte sich dieser Meinung nur anschließen, und bald darauf machte er sich ein wenig erleichtert auf den Heimweg. Im Grunde fühlte er sich aber noch ebenso nutzlos wie vor diesem Gespräch.

Von nun an glich New Orleans einem Bienenstock. Als erstes ließ Jackson die vielen, New Orleans umgebenden sumpfigen Wasserläufe durch gefällte Bäume blockieren. Christopher, der dieses Gebiet gut kannte und vor Tatendrang barst, bekam auf Empfehlung Claibornes die Leitung dieser Aktion übertragen, und obwohl die Arbeit hart war, war er glücklich, daß nun endlich etwas für die Stadt getan wurde.

Am Lake Borgne wurde Patterson mit seinen Kriegsschiffen postiert, um die östlichen Zufahrten zur Stadt zu sperren. An seinem Entschluß, den unterhalb des Forts St. Philip gelegenen Teil des Flusses nicht zu verteidigen, hielt der General nach wie vor fest. So ließ er die leicht brennbaren Baracken in diesem Gebiet abreißen und brachte eine neue Geschützbatterie an dem alten, verlassenen Fort Bourbon und eine weitere eine halbe Meile flußabwärts in Stellung. Auch bei dem unterhalb der Stadt am Mississippi gelegenene English Turn und an der Bayon Terre aux Boeufs ließ er weitere Batterien auffahren.

Sechs Tage lang war der General auf Inspektionsreise unterwegs, doch seine Befehle und Anweisungen liefen ständig in der Stadt ein. Er forderte Truppen und Munition an und ließ die Sklaven von den Plantagen abberufen, um sie bei der Errichtung von Erdwällen und neuen Stellungen einzusetzen. Dankbar nahm er auch das Angebot Pierre Jugeats an, ein Bataillon befreundeter Choctaw-Indianer einzusetzen, und er unterstützte Jean Baptiste

Savary in seinem Bemühen, ein Bataillon aus farbigen Flüchtlingen aus Santo Domingo aufzustellen.

Nicole beobachtete diese Aktivitäten voll wachsender Unruhe und Angst. Sie sehnte sich nach Christopher und machte sich schreckliche Sorgen um ihn. Gleichzeitig schalt sie sich töricht, denn sie wußte, daß Christopher sich voll Begeisterung für die Verteidigung der Stadt einsetzte und nicht nur Zuschauer sein wollte.

Am zehnten Dezember kehrte Jackson nach New Orleans zurück, war jedoch zwei Tage später schon wieder unterwegs, um die Gegend oberhalb des Lake Borgne zu inspizieren. Schließlich brachte er eine weitere Geschützbatterie an der Chef Menteur Road in Stellung und verstärkte die Truppen auf Fort St. John. Damit hatte er alles getan, was mit den ihm zur Verfügung stehenden Mitteln möglich war.

Er war kaum in die Stadt zurückgekehrt, als ihn die Nachricht erreichte, daß englische Schiffe vor den Cat-and-Ship-Inseln am Lake Borgne geankert hatten. Er blieb jedoch noch immer bei seiner Überzeugung, daß dies lediglich ein Ablenkungsmanöver sei und die Engländer nie über den See angreifen würden, da dieser viel zu flach für ihre großen Schiffe sei.

Erschöpft und nervös kam Christopher in der zweiten Dezemberwoche nach New Orleans zurück, doch seine Nervosität verschwand, als Jason ihm berichtete, daß der General einem Treffen mit Lafitte zugestimmt hatte und die beiden bei einem geheimen Treffen in Masperos Kaffeehaus übereingekommen waren, daß Lafitte für die Amerikaner kämpfen würde.

Christopher war ungeheuer erleichtert und schöpfte neue Hoffnung. Der Gedanke, daß nun genügend Waffen und Munition vorhanden waren und die kampferprobten Männer Lafittes an ihrer Seite fochten, war sehr beruhigend.

Nun konnte man wirklich nichts anderes mehr tun als warten – warten und spekulieren, von wo aus die Briten ihre Offensive starten würden.

Auf Empfehlung Claibornes war Christopher zum Verbindungsmann zwischen dem Generalstab und Lafitte ernannt worden. Diese Aufgabe befriedigte ihn, konnte er sich auf diese Weise doch tatkräftig an den Verteidigungsbemühungen beteiligen.

Für Nicole war das Warten äußerst qualvoll. Wenn sie auch, wie die anderen Damen der Gesellschaft, eifrig beim Anfertigen von Verbandsmaterial half, gab es für sie letztlich doch nichts anderes zu tun, als zu warten.

Dann erreichte New Orleans die niederschmetternde Nachricht, daß die Engländer tatsächlich über den Lake Borgne angriffen und bereits die fünf Kriegsschiffe Pattersons in ihre Hand gebracht hatten. Jackson war außer sich. Nicht nur, daß er wertvolle Männer verloren hatte – jetzt konnten die Engländer ohne Schwierigkeiten auch seine leichten Schiffe für den Transport ihrer Truppen benutzen.

Die Nachricht von dem englischen Angriff über den Lake Borgne hatte eine Panik unter der Bevölkerung der Stadt ausgelöst. Am sechzehnten Dezember ließ Jackson das Kriegsrecht erklären.

Am zwanzigsten Dezember traf Generalmajor Coffee in New Orleans ein, am Mittwoch der gleichen Woche rief Jackson den Krisenstab zu einer kurzen Besprechung im Hauptquartier zusammen. Auch Christopher gehörte zu den Sitzungsteilnehmern, und da Nicole zur Anprobe zu ihrer Schneiderin gehen wollte, verabredeten sie, daß er sie später dort abholen sollte.

Die Sitzung dauerte länger als erwartet, und Nicole machte sich, des Wartens müde, ohne Christopher auf den Heimweg. Dicht gefolgt von Nuomi, den Mantel fest um sich gezogen, eilte sie mit gesenktem Kopf aus Madame Colettes Salon, als sie plötzlich mit einem jungen Mann zusammenprallte.

Lächelnd trat sie einen Schritt zurück und sagte: »Verzeihen Sie bitte. Es tut mir schrecklich leid, ich habe Sie nicht gesehen.«

Im nächsten Augenblick wich alles Blut aus ihren Wangen, als sie in Allens Gesicht blickte.

Sekundenlang sprach keiner von ihnen ein Wort, Allens Gesicht war ebenso weiß wie das Nicoles. Fast unbewußt legte Nicole ihre Hand an seine Brust, als wolle sie sich vergewissern, daß er kein Trugbild war, sondern wirklich vor ihr stand. »Allen«, flüsterte sie schließlich kaum hörbar.

Er sah sich prüfend nach allen Seiten um, ergriff ihre Hand und sagte drängend:

»Können wir irgendwo allein miteinander reden?«

Noch immer benommen von ihrer plötzlichen Begegnung, war Nicole nicht in der Lage, zu erkennen, was Allens Auftauchen in der Stadt ausgerechnet am Abend des Tages des englischen Angriffs bedeuten konnte. Langsam schüttelte sie den Kopf. Dann jedoch fiel ihr Blick auf Madame Colettes Geschäft, und sie murmelte zögernd: »Madame Colette wird uns sicher eines ihrer Ankleidezimmer zur Verfügung stellen.«

Das war nicht gerade das, was Allen sich gewünscht hatte, doch es mußte ihm genügen. Auch er hatte sich noch nicht von seiner Überraschung erholt, denn er war fest davon überzeugt gewesen, daß Nicole sich in England aufhielt. Er mußte dafür sorgen, daß sie schwieg, zumindest so lange, bis er New Orleans verlassen und seinem Kommandeur berichtet hatte, wie jämmerlich unzureichend die Maßnahmen zur Verteidigung der Stadt waren.

Es war nicht sein Wunsch gewesen, die Rolle des Spions zu übernehmen, doch es gab niemanden sonst, der das Gebiet so gut gekannt hätte wie er, und so hatte er sich widerstrebend einverstanden erklärt. Er war sich klar darüber, daß man ihn wiedererkennen konnte, doch er baute auf die winzige Hoffnung, daß während seiner Inhaftierung auf Grand Terre niemand etwas von seiner Tätigkeit als Spion gewußt hatte. Auch durch seine elegante Kleidung hoffte er, nicht mit dem Allen Ballard in Verbindung gebracht zu werden, der seinerzeit auf der ›Belle Garce‹ gefahren war. Am wenigsten hatte er mit Nicoles Auftauchen in New Orleans gerechnet. Der Teufel muß seine Hände im Spiel haben, dachte er wütend. Eine halbe Stunde später, und ich wäre in Sicherheit gewesen.

Im gleichen Augenblick schlenderte auch Christopher auf Madame Colettes Laden zu, und er blieb unangenehm berührt stehen, als er seine Frau mit einem fremden jungen Mann zusammenstehen sah. Als die beiden sich umdrehten und wieder zu Madame Colettes Geschäft zurückgingen, starrte er ihnen ungläubig nach. Allen Ballard! Was, zum Teufel, machte der in New Orleans? Christopher brauchte nicht lange, um sich das denken zu können, und schritt mit grimmiger Miene auf den Modesalon zu.

Seine Frau unterstützte einen Spion! Bei Gott, das war nicht das erste Mal, daß sie sich trafen! Vielleicht hatte diese verlogene kleine Hexe Ballard schon die ganze Zeit mit Informationen beliefert. In seiner Wut war Christopher unfähig zu einem vernünftigen Gedanken. Er sah nur, daß Nicole mit Allen zusammen und offensichtlich eine Verräterin war.

Einen Augenblick dachte er sogar daran, den Behörden mitzuteilen, daß sich bei Madame Colette britische Spione aufhielten. Sollte Nicole doch für ihr Doppelleben bezahlen! Doch tief in seinem Herzen wußte er, daß er das nicht konnte. Was immer sie auch war, sie gehörte ihm. Diese Erkenntnis wühlte wie ein schneidendes Messer in seinem Inneren und zerstörte all den Frieden und das Glück, das er in den letzten Wochen genossen hatte. Voll Bitterkeit erkannte er, wie leicht er ihrem Einfluß hätte erliegen können. Er hatte angefangen, ihren Liebesschwüren Glauben zu schenken, war bereit gewesen, sich einzugestehen, daß sie anders war als Annabelle, und nun das!

Vor Madame Colettes Salon blieb er kurz stehen. Er mußte Nicole vor den Folgen ihres Verrats bewahren. Sie war noch immer seine Frau, und er würde nicht zulassen, daß sie von Schurken wie Allen Ballard in den Schmutz gezogen wurde. Ballard würde sterben, bevor er Nicole weiter in die Angelegenheit verwickeln konnte.

Äußerlich kühl und gelassen betrat er schließlich das Modegeschäft. Er hatte sich vorgenommen, sich so natürlich wie möglich zu geben, bis er seine Hände um Ballards Hals legen würde. Doch sein Vorhaben wurde vereitelt. Nachdem er nämlich den Laden kaum betreten hatte, dirigierte ihn Madame Colette schon in den hinteren Teil des Raumes.

Als Madam Saxon zusammen mit einem jungen Mann zurückgekehrt war, hatte Madame Colette dies entsetzt und enttäuscht zugleich gesehen, und ihre Empörung war noch gewachsen, als Madam Saxon sie bat, eines der Ankleidezimmer für eine kurze, vertrauliche Unterhaltung benutzen zu dürfen. Ihre Ankleideräume wurden zwar des öfteren von verheirateten Damen für heimliche Treffen mit ihren Liebhabern benutzt, doch daß nun auch Madam Saxon in dieser Weise von ihnen Gebrauch machen würde, hätte die Schneiderin nie erwartet. Dank des Geldbündels, das Allen ihr hastig in die Hand gedrückt hatte, wäre sie dann freilich geneigt gewesen, Stillschweigen über die Angelegenheit zu bewahren, wenn nicht Mr. Saxon so plötzlich aufgetaucht wäre.

Mr. Saxon war immer ein guter Kunde gewesen und würde es auch in Zukunft sein – ein viel besserer Kunde als seine Frau –, und Madame Colette hatte sich schnell entschieden, auf wessen Seite sie stand.

Ohne Umschweife berichtete sie daher Christopher, daß seine Frau sich mit einem jungen Mann im vorderen Ankleidezimmer aufhielt.

Währenddessen arbeiteten Nicoles Gedanken fieberhaft. Nachdem sie ihre erste Überraschung überwunden hatte, hatte sie bald erkannt, warum Allen in der Stadt war. Sie durfte nicht zulassen, daß er entkam, wenn sie verhindern wollte, daß er Informationen weiterleitete, die Christopher das Leben kosten konnten. Sie konnte ihn jedoch auch nicht den Behörden ausliefern, denn sie wußte, daß ihn das an den Galgen bringen würde. Die Erinnerung an seinen Kampf mit dem Hai stand noch zu lebhaft vor ihren Augen, und es war ihr klar, daß sie nicht in Frieden würde weiterleben können, wenn sie seinen Tod verursachte. Sie mußte ihn also auf irgendeine Weise daran hindern, die Stadt zu verlassen, bevor die Kämpfe vorüber waren.

Ihr Blick fiel auf den Ziegelstein, der als Wärmespender in einer Ecke des Raumes lag. Wenn es ihr gelang, Allen damit bewußtlos zu schlagen, könnte sie ihn mit Madame Colettes Hilfe fesseln und ihn so lange irgendwo in der Stadt versteckt halten, bis sein Wissen keine Gefahr mehr bedeutete. Dann würde sie ihn wieder freilassen.

Allens Gedanken verliefen insofern in ähnlicher Richtung, als er Nicole überwältigen und fesseln und sich dann aus dem Staub machen wollte. Bis man Nicole entdeckte, würde er längst in Sicherheit sein.

Auch Christopher hatte seine Pläne. Er mußte Madame Colette fortschicken, während er Allen zum Schweigen brachte, und die einzige Möglichkeit, die ihm einfiel, war, sie zum Heereshauptquartier zu schicken. Man würde dann zwar keinen lebenden

Spion vorfinden, sondern einen toten – einen, der nicht mehr reden konnte. Also erklärte er Madame Colette, daß sie sich auf den Weg machen solle, sobald er das Ankleidezimmer betreten würde.

Doch es kam alles ganz anders. Als Nicole ihr Täschchen fallen ließ, gelang es ihr, im Bücken den Ziegelstein zu ergreifen und unter ihrem Mantel zu verstecken. Allen wollte ihr gerade einen gezielten Kinnhaken versetzen, als Christopher mit wildentschlossenem Blick hereinstürmte und Madame Colette weisungsgemäß das Geschäft verließ.

Allen wirbelte herum, und sofort hob Nicole, die günstige Gelegenheit ausnutzend, den Ziegelstein und zielte auf seinen Kopf. Doch der Stein verfehlte sein Ziel und traf statt dessen Christopher mit voller Wucht auf der Brust. Nach Atem ringend, taumelte Christopher ins andere Zimmer zurück und sank zu Boden.

Allen, der keinen anderen Gedanken mehr hatte als den an Flucht, rannte aus dem Zimmer, und es verstrich ein kostbarer Moment, bis Nicole sich von ihrer Verblüffung über Christophers plötzliches Auftauchen erholt hatte. Als sie endlich erkannte, daß er ihr in den nächsten Sekunden nicht würde helfen können, rannte sie hinter Allen her.

Dieser hatte schon fast die Tür erreicht, und Nicole sah keine andere Möglichkeit, als ihn im Sprung zu ergreifen. Sie umklammerte seine Beine und brachte den wild Fluchenden zu Fall.

Für Christopher, der sich rasch wieder erholte, mußte es so aussehen, als wollten Nicole und Allen fliehen und als habe sie ihn im Laufen umgerissen. Er rappelte sich hoch und versetzte Allen einen kräftigen Hieb auf die Kinnspitze. Allen sank erneut zusammen, und Nicole lockerte erleichtert ihren Griff.

Christopher ließ sich auf die Knie fallen und legte seine Hände um Allens Hals, um ihn für immer zum Schweigen zu bringen. In diesem Augenblick jedoch kehrte Madame Colette mit einem Angehörigen der Militärpatrouille zurück, den sie kurz nach dem Verlassen ihres Geschäftes zufällig getroffen hatte.

Christopher wußte, daß er seine Chance verpaßt hatte, und stand resigniert auf. »Dieser Mann ist ein englischer Spion«, erklärte er kalt. »Ich habe ihn erkannt. Bringen Sie ihn fort, ich werde dem General selbst Bericht erstatten.«

Nicoles Herz lag schwer in ihrer Brust, als sie aus umwölkten Augen zusah, wie der Soldat Christophers Befehl befolgte, doch die wahren Ausmaße dessen, was vorgefallen war, waren ihr noch nicht völlig bewußt. Erst als Christopher mit stählernem Griff brutal ihren Arm umklammerte und sie überrascht zu ihm aufblickte, bemerkte sie die Enttäuschung und Wut in seinem Gesicht.

»Aber ich ...«, begann sie hilflos.

Christophers Augen wurden zu schmalen Schlitzen, als er sie anfuhr: »Sei still! Sag kein Wort mehr, bevor wir zu Hause sind!«

Nachdenklich und verwirrt ließ sie sich von ihm fortzerren. Unterwegs versuchte sie noch einmal, ihm das Vorgefallene zu erklären, doch er schnitt ihr mit kalter Stimme das Wort ab: »Ich sagte ›später‹, und ich meinte es auch!«

Bis sie in der Dauphine Street ankamen, regten sich auch in Nicole Unmut und Enttäuschung. Christopher konnte doch nicht glauben, daß sie Allen absichtlich bei Madame Colette getroffen hatte! Das wäre absurd und dumm! Wenn er nicht mehr Vertrauen zu ihr hatte, war es traurig um ihre Ehe bestellt.

In der Mitte ihres Schlafzimmers stehend, fragte sie ihn wenig später: »Was ist los mit dir? Willst du nicht wissen, was geschehen ist?«

Christopher nahm einen großen Schluck von dem Brandy, den er sich eingeschenkt hatte, und erwiderte schneidend: »Nein, ich weiß es bereits! Und ich kann auf deine Lügen verzichten!«

Nicole zog scharf den Atem ein und schrie: »Dann sag mir, was du weißt! Ich weiß nämlich offensichtlich nichts davon, oder ich verstehe es nicht!«

»Wenn es so ist, Madam, werde ich es dir sagen«, erklärte Christopher mit grollender Stimme. »Als ich heute nachmittag meine inniggeliebte Frau abholen wollte, sah ich sie in zärtlicher Umarmung mit einem fremden jungen Mann auf der Straße stehen. Und nicht genug damit, die beiden verzogen sich auch noch in das Hinterzimmer von Madame Colette zu einem süßen kleinen Rendezvous. Und zu allem Überfluß war der Mann, mit dem sich meine kleine Frau traf, auch noch ein englischer Spion. Sag mir«, fragte er mit beißender Stimme, »hast du ihn mit Informationen versehen? Hast du dich deshalb so sehr dafür interessiert, was ich mache? Um die Informationen für deinen Verbündeten zu sammeln?«

Die in seiner Stimme und seinen Augen liegende Kälte ließ Nicole erbleichen. Daß er sie eines solchen Verrats an ihm für fähig hielt, nahm ihr jeden Kampfeswillen. Müde antwortete sie: »Wenn du das glaubst, werde ich nicht versuchen, deine Meinung zu ändern. Willst du mich jetzt auch den Behörden übergeben? Ich würde es gern wissen, damit ich ein paar Sachen einpacken kann, die ich mitnehme.«

Christopher sah sie bestürzt an. Die Art, wie sie widerstandslos seine Anschuldigungen hinnahm, verwirrte ihn. Nein, er würde sie nicht den Behörden ausliefern, doch was sollte er tun? Glaubte er wirklich die entsetzlichen Dinge, die er ihr ins Gesicht geschleudert hatte? Wenn er ruhig darüber nachdachte, mußte er zugeben, daß manches an den Ereignissen des heutigen Nachmittags merkwürdig war. Warum hatte sie sich ausgerechnet vor Madame Colettes Salon mit Allen getroffen, wo sie doch wußte, daß er, Christopher, sie abholen würde? Und der Ziegelstein, der ihn getroffen hatte? Sie konnte nicht ahnen, daß er ins Zimmer stürzen würde – was also hatte sie mit dem Stein gewollt? Der häßliche Verdacht durchzuckte ihn, daß Allen einen Skandal hatte auslösen und Nicole ihre Ehre hatte verteidigen wollen. Wenn das wirklich so wäre...

Er schluckte qualvoll, als er erkannte, daß er möglicherweise falsche Schlüsse gezogen hatte. Zögernd sagte er: »Nicole, ich...«

Doch es war zu spät. Zutiefst verletzt sah Nicole ihn feindselig an. »Was?« schrie sie. »Ist dir noch etwas eingefallen, das du der Liste meiner Untaten hinzufügen kannst?«

»Nein, ich...« stammelte er hilflos, sich der Tragweite seiner Anschuldigungen erst jetzt richtig bewußt werdend.

Nicole blickte ihn verächtlich an. »Oder hast du noch einmal darüber nachgedacht?« fragte sie höhnisch. Auf Christophers kurzes Nicken hin rief sie mit wutentbranntem Gesicht: »Dazu ist es leider zu spät! Ich werde dich nie überzeugen können, daß ich anders als meine Mutter bin, nicht wahr? Du mußt dich an dieser fixen Idee festklammern, nicht wahr? Ich hoffe, es bereitet dir Freude. Und hab keine Angst, ich werde nicht mehr versuchen, deine Meinung zu ändern – ich würde lieber sterben, als noch länger meine Zeit mit dir zu verschwenden.« Ihre Stimme versagte ihr den Dienst, Tränen standen in ihren Augen, als sie nach einer Weile tonlos hinzufügte: »Verlasse mein Zimmer. Ich glaube nicht, daß ich dich je wiedersehen möchte.«

Christopher machte eine Bewegung, um sie zu berühren, doch sie schob wütend seine Hand beiseite, wirbelte herum und warf sich aufschluchzend auf ihr Bett. Tränen rannen über ihr Gesicht, als sie mit erstickter Stimme wiederholte: »Geh und laß mich in Ruhe!«

Christopher wußte, daß sie zu tief verletzt war, um ihm zuzuhören, also verließ er zögernd den Raum und schloß leise die Tür hinter sich.

Er war verzweifelt – mit einer einzigen gedankenlosen, eifersüchtigen Reaktion hatte er das zarte Band zwischen ihnen wieder zerrissen. Doch ich werde sie zurückgewinnen, dachte er unglücklich. Irgendwie wird es mir gelingen, vielleicht kann sie mir vergeben.

Aber in den nächsten Tagen bestätigte sich seine Hoffnung nicht. Nicole behandelte ihn wie einen Aussätzigen, und hilflos im Bewußtsein seiner Schuld war er nicht in der Lage, die immer tiefer werdende Kluft zwischen ihnen zu überbrücken. Sollte dies das Ende dessen sein, was so zart begonnen hatte?

Immer häufiger floh er aus seinem Haus und hielt sich viel im Heereshauptquartier auf. So war er auch am dreiundzwanzigsten Dezember zugegen, als Major Gabrielle Villere, Colonel de le Ronde und Dussan La Croix mit der alarmierenden Nachricht hereinstürmten, daß die Engländer auf Villeres Plantage etwa neun Meilen von New Orleans entfernt ihr Lager aufgeschlagen hatten.

Jacksons durch eine gerade überstandene Gelbsucht geschwächter Körper schwankte, als er die Hiobsbotschaft erfuhr, dann jedoch strafften sich seine Schultern. Für Christopher, der ihn von der Tür her beobachtete, schien es, als ob er plötzlich an Kraft gewänne. Die bitteren Linien um seinen Mund verschwanden, er schien vor Vitalität zu strotzen und wirkte wie ein anderer Mann – ein Mann, der mit Feuer in den Augen und mutigem Herzen zu kämpfen verstand. Er blickte in die Runde und erklärte ruhig: »Meine Herren, die Engländer stehen vor der Tür. Heute nacht ist es soweit.«

Epilog

20

Was in den nächsten Tagen in den Ebenen von Chalmette unterhalb von New Orleans geschah, ist Geschichte geworden. Andrew Jackson errang einen überaus entscheidenden Sieg über die Engländer. Es steht außer Zweifel, daß der Ausgang der Schlacht ein ganz anderer hätte sein können, wenn nicht Lafitte mit seinen Männern und Waffen dabeigewesen wäre.

Es waren eigentlich zwei große Schlachten mit mehreren kleinen Gefechten dazwischen. Die entscheidende letzte Schlacht fand am achten Januar 1815 in den Zuckerrohrfeldern der Macarty-Plantage statt. Entsetzlich viele Menschen mußten ihr Leben lassen; innerhalb von zwei Stunden verloren die Engländer über zweitausend Mann bei dem vergeblichen Versuch, die von Jackson errichteten Erdwälle zu stürmen. Die Amerikaner büßten siebzig Mann ein, doch für sie waren diese siebzig von der gleichen Bedeutung wie die zweitausend für die Engländer.

Auch zwei der fähigsten Generale der Engländer gehörten zu den Opfern: Generalmajor Samuel Gills und Generalmajor Sir Edward Pakenham. Auch viele der jungen Unterführer zählten zu den Toten – allein ein einziges Regiment verlor vierundzwanzig Offiziere, darunter den Colonel und zwölf Feldwebel.

Unentschlossenheit und mangelnde Kommunikation zwischen den Kommandanten kostete die Engländer den Sieg in einer Schlacht, die sie eigentlich hätten gewinnen müssen. Ihre Truppen waren fast dreimal so stark wie die der Amerikaner; sie besaßen eine starke Flotte, die sie mit Nachschub versorgen und ihre hintere Flanke schützen konnte, und sie kämpften gegen eine Armee ungeübter Männer der verschiedensten Hautfarben und Sprachen. Doch dieser zusammengewürfelte Haufen rang den englischen Löwen nieder.

Die Ironie des Schicksals wollte es, daß diese Schlacht noch nach der Unterzeichnung des Genter Friedensvertrages ausgetragen wurde. Doch die Kunde vom Abschluß des Vertrages erreichte die Amerikaner erst im Februar, und zu diesem Zeitpunkt waren die Kämpfe bereits beendet.

Kurioserweise wurden in dem Vertrag mit keinem Wort die britischen Repressalien auf die amerikanischen Seeleute erwähnt – einer der wesentlichen Gründe für den Krieg von 1815.

Christopher und Jason warfen sich einen schiefen Blick zu, als eine Kopie des Vertrages New Orleans erreichte, doch sie enthielten sich eines Kommentars über dieses makabre Versehen. Es herrschte wieder Frieden, und das allein war von Bedeutung.

Als Christopher wenig später nachdenklich nach Hause zurückging, erfüllte ihn der Wunsch nach Frieden auch in seinem Heim, Frieden zwischen ihm und diesem eigensinnigen kleinen Hitzkopf, den er liebte und geheiratet hatte.

Beinahe drei Monate lang lebten sie nun schon in diesem Zustand der Feindseligkeit – Nicole hatte all seine Annäherungsversuche eiskalt und unnachgiebig abgelehnt. Und Christopher, der nicht wußte, wie er sich ihr gegenüber verhalten sollte, verkroch sich mehr und mehr hinter einer Maske der Gleichgültigkeit.

Er wußte, daß er ihr unrecht getan hatte, und weil er nichts mehr fürchtete, als sie noch mehr zu verletzen, war sein Verhalten das Gegenteil von dem, was er hätte tun sollen.

Sie schienen in zwei verschiedenen Welten zu leben – Christopher ging seinen Geschäften nach, während Nicole lebhaften Anteil am gesellschaftlichen Leben von New Orleans nahm. Zwar besuchten sie gemeinsam verschiedene Veranstaltungen und Feste, doch das geschah nur des äußeren Anscheins wegen, und die Hin- und Rückfahrten zu und von diesen Veranstaltungen verliefen stets in tödlichem Schweigen.

In ihrem Heim gingen sie sich aus dem Weg. Häufig hatte Christopher das Haus bereits verlassen, wenn Nicole aufstand; abends speiste er meist mit Bekannten und überließ Nicole ihren eigenen Vergnügungen.

Anfangs hatte Christopher noch versucht, die Mauer aus Schweigen und Enttäuschung zu durchbrechen, aber weil er dabei stets sanft und behutsam vorgegangen war, anstatt mit seiner gewohnten Arroganz und Rücksichtslosigkeit aufzutreten, betrachtete Nicole merkwürdigerweise seine Bemühungen als halbherzig und unaufrichtig.

Doch er hatte auch etwas getan, das ihr Herz rührte und sie hoffen ließ, daß noch nicht alles verloren war. Kurz nach dem Ende der blutigen Auseinandersetzungen mit den Engländern hatte er ein Treffen zwischen ihr und Allen arrangiert. Es war ein kurzer Besuch gewesen, und während sie Allen durch die vergitterte Tür seiner Zelle betrachtete, fühlte sie sich lebhaft an eine ähnliche Situation auf Grand Terre erinnert.

Eine Zeitlang schwiegen sie; beide suchten nach Worten, bis Allen schließlich mit schiefem Grinsen murmelte: »Entweder bin ich ein schlechter Spion, oder dein Mann tritt als mein Racheengel auf.«

Nicole schluckte; voll Unbehagen dachte sie daran, daß es mehr ihre Schuld als die Christophers war, daß Allen jetzt hinter Gittern saß. Verlegen sagte sie daher: »Allen, es tut mir leid, daß ich dich nicht entkommen ließ, als du die Chance dazu hattest.« Groß und flehend hingen ihre Augen an seinem Gesicht. »Doch ich konnte es nicht, denn ich wußte, daß du Christophers Tod hättest verursachen können. Bitte, versteh mich.«

Allen lächelte beinahe sanft. »Das tu ich, mein Kleines. Obwohl mir der Gedanke, aufgehängt zu werden, wirklich nicht gefällt, kann ich dir keinen Vorwurf machen.« Ein belustigter Funke glomm in seinen Augen auf, als er scherzhaft hinzufügte: »Ich hätte mir freilich gewünscht, daß du nicht so schnell und so entschlossen gewesen wärst, mich aufzuhalten. Was für eine Wildkatze du doch warst!«

»Mach hier keine Späße!« rief sie und umklammerte durch die Gitterstäbe seine Hand. »Ich werde versuchen, dir zu helfen. Vielleicht hängen sie dich doch nicht.«

»Vielleicht. Doch sie werden mich nie wie die anderen freilassen. Ein Spion ist etwas anderes als ein Soldat, der für sein Land kämpfte.« Ein Anflug von Bitterkeit klang in seiner Stimme.

»Vielleicht kannst du deinen Mann dazu bringen, etwas für mich zu tun. Soviel ich weiß, hat er gute Beziehungen zu Claiborne und Jackson.«

Sie warf ihm einen ungewissen Blick zu. Allen hatte schon genug durchzustehen, er brauchte nicht auch noch zu wissen, daß er der Grund für die Entfremdung zwischen ihr und Christopher war. Es gab nicht mehr viel zu sagen, und so verabschiedete sie sich kurz darauf von ihm.

Seit diesem Tag hatte sie Allen nicht mehr gesehen, und Nicole wagte nicht, Christopher zu fragen, was mit Allen geschehen würde. Es war ihr damals nicht entgangen, daß hinter all seiner Wut und seinen Anschuldigungen Eifersucht gestanden hatte, und sie wollte diese nicht durch eine Frage nach Allens Schicksal erneut wecken. Und weil sie wußte, wie eifersüchtig er auf Allen war, erschien es ihr um so unverständlicher, daß er das Treffen zwischen ihr und Allen arrangiert hatte. Was hatte er sich erhofft – daß sie ihm den Beweis für seine Vermutungen liefern würde? Dann erinnerte sie sich an den warmen Ausdruck in seinen Augen, als er ihr mitgeteilt hatte, daß sie Allen sehen dürfe. Energisch schüttelte sie den Kopf. Christopher nett und freundlich? Absurd! Schnell unterdrückte sie diese spontane Regung und verkroch sich wieder hinter ihrer berechtigten Empörung. Christopher war ihrer Liebe nicht wert, und sie durfte ihm nicht trauen.

So hatte sie sich immer mehr in sich selbst zurückgezogen und entdeckte mit Schrecken, daß sie nicht mehr in der Lage war, aus diesem finsteren Loch herauszukommen. Sie war gefangen in diesem eisigen Gefängnis aus Wut und Verachtung, und auch Christopher schien keine Bemühungen mehr anzustellen, sie dort herauszuholen.

Während der auf die Schlacht von New Orleans folgenden Wochen ohne Furcht und Schrecken hatte Nicole Zeit, in Ruhe nachzudenken und in sich selbst hineinzuhorchen – und was sie dabei entdeckte, war nicht sehr erfreulich.

Wollte sie den Rest ihres Lebens wirklich in diesem Zustand der Gleichgültigkeit und Feindseligkeit verbringen? Wollte sie wirklich nie wieder Christophers Liebe spüren? Christopher versagte sich das Recht eines Ehemannes, und die Türen zwischen ihren

Schlafzimmern blieben verschlossen. Waren ihre Wut und Empörung das wirklich wert?

Wenn sie ehrlich war, mußte sie sich eingestehen, daß sie dieselben Schlußfolgerungen wie er gezogen haben würde, wenn sie ihn in der gleichen Situation mit einer anderen Frau vorgefunden hätte. Konnte sie es ihm also überhaupt zum Vorwurf machen, ihr mißtraut zu haben? Und wieder war die Antwort ein unangenehmes Nein. Während sie in ihrem eleganten Zimmer saß und mit düsterem Blick zum Fenster hinausstarrte, fühlte sie sich immer unbehaglicher.

Sie hatte Christophers Versuche, sich ihr zu erklären und die Kluft zwischen ihnen zu überbrücken, mit solch eisiger Ablehnung zurückgewiesen, daß er diese Versuche inzwischen ganz aufgegeben hatte. Sie war so stolz und voller Verachtung gewesen, daß auch Christopher sich in sich selbst zurückgezogen hatte, sie ebenfalls ignorierte und mit kühler Höflichkeit behandelte. Wie um alles in der Welt konnte sie sich aus diesem Turm, in dem sie sich selbst gefangenhielt, befreien?

An einem sonnigen März-Tag erhielt Christopher eine Nachricht von seinem Aufseher Bartel. Als er sie las, begann ein Gedanke in ihm Gestalt anzunehmen. Die Nachricht war kurz und besagte lediglich, daß man mit den jährlichen Anpflanzungen begonnen habe, daß jedoch noch einige Dinge zu besprechen seien. Rasch entschloß sich Christopher, nach Thibodaux House zu fahren. Vielleicht würden Nicole und er dort ohne den Trubel und die Ablenkungen des gesellschaftlichen Lebens in der Stadt wieder zueinander finden. Sein Entschluß war gefaßt, und er ging sofort daran, ihn seinen Dienstboten und vor allem seiner Frau mitzuteilen.

Dieser Entschluß schien ihn zu beflügeln und ihm neue Kraft zu verleihen. Nicole spürte es sofort, als er wenig später ihr Zimmer betrat. Der höfliche, freundliche Mann, als den sie ihn in den letzten Monaten kennengelernt hatte, war er nicht mehr, er trat wieder als jener arrogante, unnachgiebige, anziehende Mann auf, der er vor ihrer Hochzeit gewesen war.

Ein rätselhafter Ausdruck lag in seinen bernsteinfarbenen Augen, als er auf Nicole hinunterblickte. Sie saß auf einem winzigen Stuhl vor dem Fenster. Die hereinfallenden Sonnenstrahlen ließen ihr dunkles Haar rötlich aufleuchten und verstärkten den Glanz ihrer topasfarbenen Augen. Voll unverhohlener Bewunderung ließ er seinen Blick über ihre liebliche Erscheinung gleiten.

Das rotbraune Kleid, das sie anhatte, war tiefer ausgeschnitten als die Kleider, die sie sonst trug. Christophers Blick ruhte auf der zarten, weichen Haut ihres Brustansatzes, und heißes Verlangen stieg in ihm auf. Verdammte kleine Hexe, dachte er in einem Anflug von Ärger, ich brauche sie nur anzusehen, und schon steht mein Körper in Flammen. Er hatte sich viel zu lange zurückgehalten – es war Zeit, daß Madam begriff, daß er sich seine Ehe anders vorgestellt hatte.

Sein Blick machte sie nervös; Nicole stand auf und fragte herablassend: »Ja? Was gibt es?«

Christopher lehnte sich gegen einen Bettpfosten. »Wie?« fragte er spöttisch. »Keine zärtliche Umarmung? Keine süße Begrüßung durch meine Frau?«

Nicoles Kopf flog in die Höhe; ihr Vorsatz, die Feindseligkeiten zwischen ihnen zu beenden, war sofort vergessen. »Wenn du dazu gekommen bist, kannst du gleich wieder gehen!« rief sie hitzig.

Christopher widerstand der Versuchung, sie weiter zu reizen, und erwiderte gelassen: »Ich dachte, es würde dich interessieren, zu erfahren, daß der Krieg offiziell beendet ist. Ich komme gerade von Jason, wir haben eine Kopie des Abkommens gelesen.« Er konnte nicht umhin, beißend hinzuzufügen: »Du kannst also beruhigt sein – dein geliebter Allen wird nicht gehängt werden.«

Nicole konnte ihre Erleichterung nicht ganz verbergen, und als Christopher dies bemerkte, kehrte seine Eifersucht, die er bisher mühsam bekämpft hatte, zurück und hinterließ einen bitteren Geschmack in seinem Mund. Es war ihm nicht leichtgefallen, ihr die Erlaubnis zu erwirken, Allen zu sehen, doch er hatte ihr zeigen wollen, daß er sie liebte und ihr vertraute. Aber es hatte nichts bewirkt, all seine Überwindung war umsonst gewesen – Nicole war freudestrahlend zu Allen gegangen, doch sie hatte ihre starre Haltung ihm gegenüber nicht geändert und ihm mit keinem Zeichen zu verstehen gegeben, daß sie Dankbarkeit empfand. Nun konnte er den erbitterten Haß und die Eifersucht, die monatelang an ihm gefressen hatten, nicht mehr unter Kontrolle halten. Er hatte sich bemüht, ihr Verständnis entgegenzubringen, hatte versucht, sich zu erklären, hatte sein körperliches Verlangen unterdrückt und sie sanft und höflich behandelt in der Hoffnung, sie würde die Gründe für seine damalige unüberlegte Reaktion eines Tages richtig erkennen – und wozu das alles? Nun war er es leid, den höflichen Gentleman zu spielen.

Sie widerwillig ansehend, erklärte er mit grausamer Härte: »Ich würde an deiner Stelle nicht so glücklich dreinschauen – es stehen ihm mit Sicherheit noch ein paar Jahre Gefängnis bevor. Vielleicht wird er eines Tages sogar wünschen, daß man ihn gehängt hätte.«

Nicole wurde blaß und griff haltsuchend nach der Lehne ihres Stuhles. Ohne ihn anzusehen, fragte sie leise: »Kannst du nichts für ihn tun?«

»Warum sollte ich?« antwortete er schneidend. »Ich kann nicht behaupten, daß er je irgend etwas getan hat, was meine Sympathie errungen hätte. Nun, vielleicht ist das in deinem Fall anders?«

Nicole sah ihm nun doch in die Augen und erwiderte leise: »Er hat mir einmal das Leben gerettet. Wir schwammen in einer dieser Lagunen an den Bermudas, und ein Hai –« Sie hielt inne, die Erinnerung an die Schrecken jenes Ereignisses ließ sie verstummen. Nach einer Weile zwang sie sich, fortzufahren: »Er befand sich in Sicherheit und hätte nicht ins Wasser zu springen brauchen, um mich zu retten. Doch er riskierte sein Leben für mich. Wenn er nicht gewesen wäre, stünde ich jetzt nicht hier – der Hai würde mich getötet haben. Verstehst du nun, daß ich etwas für ihn tun möchte? Es ist nicht Liebe, du Narr!« schrie sie. »Es ist Dankbarkeit, aber du bist zu dämlich, um das zu begreifen!«

Der Hieb saß, Christopher war erstarrt. Wieder einmal mußte er erkennen, wohin ihn seine Verbohrtheit getrieben hatte. Anstatt sich von Eifersucht zerfressen zu lassen, hätte er dankbar sein sollen, daß Allen an jenem Tag bei ihr gewesen war. Es war die reinste Ironie, daß ausgerechnet der Mann, den er als seinen gefährlichsten Rivalen betrachtete hatte, ihm Nicole geschenkt hatte.

Nicole erriet nichts von seinen Gefühlen, als er mit betont ausdrucksloser Stimme entgegnete: »Nun, wenn es so ist, sollte ich wohl doch etwas für Mr. Ballard tun, nicht wahr? Schließlich wärst du ohne ihn nicht hier.«

Nicole sah ihn mißtrauisch an. »Was hast du vor?« fragte sie vorsichtig.

Christopher zuckte die Achseln. »Ich werde mit Jason reden, vielleicht kann er mir weiterhelfen. Ich gehe noch heute nachmittag zu ihm.« Er schickte sich an, den Raum zu verlassen, wandte sich jedoch noch einmal nach ihr um. »Eigentlich wollte ich dir ganz etwas anderes sagen. Wir werden Ende der Woche nach Thibodaux House fahren. Bitte, laß bis dahin deine Koffer packen.«

Nicole nickte dumpf; sie wußte nicht, ob sie sich über diese Neuigkeit freuen sollte oder nicht. Einerseits bgrüßte sie es, New Orleans verlassen zu können, doch nach Thibodaux House zurückzukehren, bevor sie mit Christopher ins reine gekommen war, erschien ihr auch nicht reizvoll.

Es war Christopher ernst gewesen, als er gesagt hatte, daß er mit Jason reden wolle, aber er wußte, daß er nicht viel würde erreichen können. Allen war ein Spion, und auch das Ende des Krieges änderte nichts an der Tatsache. Genau dies erklärte Savage auch, als Christopher zu ihm kam.

»Hm, ich glaube nicht, daß ich da etwas machen kann, mein Freund. Ich werde mich zwar der Sache annehmen, das verspreche ich Ihnen, doch ich fürchte, mein Eingreifen wird nicht viel nützen.«

Jasons Vermutung schien sich zu bestätigen. Aber Christopher, der nicht so leicht aufgab, machte sich selbst auf den Weg zum Gefängnis. Er ging jedoch nicht gleich zu Allen, sondern unterzog zunächst die Außenmauern des Gebäudes einer eingehenden Prüfung. Dann führte er ein längeres Gespräch mit einem der Wachtposten. Hätte jemand sie beobachtet, würde er das Geldbündel bemerkt haben, das Christopher dem Posten zusteckte. Zum Glück schenkte ihnen niemand Beachtung.

Christophers Gespräch mit Allen war kurz und irgendwie gezwungen. Die beiden Männer hatten sich nicht viel zu sagen, und Allen gewann den merkwürdigen Eindruck, daß Christopher sich mehr für die Beschaffenheit seiner Zelle als für ihn selbst interessierte. Und seine Abschiedsworte ließen Allen völlig verwirrt zurück. Was meinte Christopher damit, wenn er sagte: »Ich hoffe, Sie sind wirklich so schnell von Begriff, wie ich annehme.«

An diesem Abend nahmen Christopher und Nicole zum ersten Mal seit Monaten das Abendessen gemeinsam ein. Ihre Unterhaltung war steif und von Wachsamkeit geprägt, doch es war immerhin eine Unterhaltung – etwas, das sie seit Monaten nicht mehr gekannt hatten. Sie trug allerdings auch nicht zu einer Lockerung der Spannung zwischen ihnen bei. Christopher verließ unmittelbar nach dem Essen das Haus, wahrscheinlich, um eines der Kaffeehäuser oder einen Spielsalon aufzusuchen.

Nicole saß in ihrem Schlafzimmer vor dem Spiegel und bürstete nervös und unlustig ihr Haar. Was, zum Teufel, sollte sie tun? Sie mußte die Mauern zwischen Christopher und sich auf irgendeine Weise einreißen – und während sie ihren schlanken, geschmeidigen Körper im Spiegel betrachtete, glitt ein geheimnisvolles, katzenhaftes Lächeln über ihr Gesicht. Es war gewagt und skrupellos, doch irgendwie mußte sie Christopher in ihr Bett bringen. Dann würde sie ihm ohne Worte beweisen können, wie dumm und sinnlos der andauernde Kriegszustand zwischen ihnen war.

Den Entschluß zu fassen, ihren Mann zu verführen, war viel leichter, als ihn auszuführen. Sie wäre lieber behutsam vorgegangen und hätte es vorgezogen, ihm mit Andeutungen und kleinen Gesten zu verstehen zu geben, daß sie bereit war, ihm zu vergeben, aber sie wußte, daß es dafür zu spät war. Nein, sie mußte direkt und ohne Umschweife auf ihr Ziel losgehen. Der Gedanke, daß er sie zurückweisen oder voll kalter, überheblicher Genugtuung behandeln könnte, ließ sie aber immer wieder zögern, und so verschob sie die Verwirklichung ihres Planes von einem Tag auf den anderen.

Am Abend vor ihrer Abreise nach Thibodaux House nahm sie all ihren Mut zusammen und begann mit den Vorbereitungen für ihren Kampf. Sie nahm ein ausgiebiges, duftendes Bad, bürstete ihr Haar, bis es knisterte, und zog ein hauchdünnes Nachthemd aus grüner Seide an.

Dann wartete sie voll wachsender Ungeduld und Vorfreude auf

Christophers Rückkehr, und als sie endlich Geräusche im Nebenzimmer vernahm, schlug ihr das Herz bis zum Hals. Sie stand auf, warf einen letzten prüfenden Blick in den Spiegel und erschrak, als ihr bewußt wurde, wie durchsichtig ihr Hemd war. Ihre Haut schimmerte wie mattes Elfenbein durch den hauchzarten Stoff, ihre rosa Brustwarzen waren deutlich zu erkennen, ebenso wie das dunkle Dreieck zwischen ihren Schenkeln. Sie schluckte, doch dann strafften sich ihre Schultern. Sie wollte ihn verführen, oder nicht?

Entschlossenen Schrittes ging sie auf die Tür zu, die zu seinem Schlafzimmer führte, und wollte gerade die Hand auf die Klinke legen, als die Tür aufging.

Offensichtlich ebenso überrascht wie sie stand Christopher vor ihr; dann jedoch glitt ein erlöstes Lächeln über ihrer beider Gesichter, und Christopher murmelte grinsend: »Welches Bett nehmen wir, Madam, deines oder meines?«

Nicole unterdrückte ein Lachen; erlöst und befreit sank sie in seine Arme und wisperte: »Deines, denke ich. Meines birgt schon so viele Erinnerungen, während deines...«

All seine Liebe, die er in diesen letzten Monaten zurückgehalten hatte, stand in seinen Augen, als er sie an sich preßte. »Das werden wir nachholen«, flüsterte er dicht an ihrem Ohr. »Wir werden uns ein Leben lang daran erinnern.«

Er hielt sein Versprechen, denn er nahm sie mit solch zärtlicher, sanfter Glut, daß sie diese Nacht nie in ihrem Leben vergessen würde. Einem Leben, das erfüllt sein würde von Liebe und Zärtlichkeit. Jede seiner Bewegungen war ein Versprechen, jeder Kuß, jede Liebkosung.

Manchmal ist es leichter, etwas ohne Worte, nur mit der Sprache des Körpers auszudrücken, dachte Nicole, als sie schließlich erschöpft und glücklich nebeneinander lagen.

Wie lange sie dann geschlafen hatte, wußte sie nicht. Es fing jedoch gerade erst zu dämmern an, als Christopher sie sanft wachrüttelte. Aus verschlafenen Augen starrte sie ihn ungläubig an, als sie bemerkte, daß er bereits vollständig angekleidet war.

»Steh auf, du kleines Faultier«, sagte er neckend. »Wir haben noch etwas zu erledigen, bevor wir die Stadt verlassen.«

»Wovon sprichst du?« fragte sie träge und wollte ihren Kopf wieder in den Kissen vergraben.

Christopher zog jedoch unerbittlich ihre Bettdecke zurück und ergriff ihre Schultern. »Wach auf! Wach auf, oder ich geh allein los, und du wirst nie erfahren, was mit Allen geschehen ist.«

Augenblicklich hellwach starrte Nicole ihn an. Leise Belustigung glomm in seinen Augen auf, als er auf die auf dem Waschtisch stehende Schüssel deutete. »Wenn du dich beeilst, kannst du es miterleben«, sagte er.

Wortlos sprang sie aus dem Bett, besprizte ihren Körper mit Wasser und zog hastig das Hemd und die Reithosen an, die Christopher ihr reichte. »Reithosen?« fragte sie, ihn verwirrt ansehend.

»Ja, mein Liebling. Ich möchte nicht, daß irgend jemand deine äußerst weiblichen Kurven bemerkt.«

»Aber warum?«

»Warte es ab«, war seine Antwort.

Kurz darauf verließen sie das Haus und eilten über den Hof auf die Ställe zu, wo drei gesattelte Pferde auf sie warteten.

Schweigend ritten sie durch die verlassenen, nassen Straßen. Das dritte Pferd führte Christopher an den Zügeln hinter sich her. Erst als das Gefängnis in Sicht kam, ahnte Nicole, was Christopher vorhatte.

»Du bist verrückt!« stieß sie hervor.

»Ja, verrückt nach dir«, erwiderte er grinsend und ließ seinen Blick zärtlich über ihr Gesicht gleiten.

Sie streckte die Hand aus und umklammerte seinen Arm. »Hör zu, Christopher«, sagte sie ernst. »Allen bedeutet mir viel, doch nicht so viel, daß du dein Leben für ihn riskieren solltest. Ich liebe dich, Christopher – du brauchst das nicht für mich zu tun. Man könnte dich erschießen, oder – was genauso schlimm wäre – wir könnten beide im Gefängnis landen.«

Christopher grinste, seine Augen glitzerten, und Nicole hatte den Eindruck, als genieße er dieses Abenteuer. Aber seine Stimme war ernst, als er sagte: »Das ist durchaus möglich. Doch der diensthabende Wachtposten hat von mir einen ansehnlichen Betrag erhalten. Natürlich nur so lange, bis Allen frei ist. Dann wird er zum Schein einen Schuß in die Luft abfeuern.«

»Du weißt, ich erwarte nicht, daß du das tust, Christopher«, wiederholte Nicole eindringlich.

Ein seltsamer Ausdruck trat auf sein Gesicht, als er entgegnete: »Aber ich möchte es. Nun laß uns den guten Allen da rausholen, ja?«

Nicole wartete unter einer riesigen alten Zypresse, wo Christopher sie zurückgelassen hatte, und hielt den Zügel des dritten Pferdes. Atemlos sah sie zu, wie Christopher rasch das Seil, das er mitgenommen hatte, um die Gitterstäbe einer der Zellen wand, und ihr Herz schlug rasend, als er seinem Pferd die Sporen in die Seiten drückte und langsam ein Gitterstab nach dem anderen herausbrach.

Zuerst erschien dann Allens Kopf, dann seine Schultern, und auf Christophers Zeichen hin ritt Nicole schnell, das dritte Pferd hinter sich herziehend, heran. Als sie einen Soldaten um die Ecke des Gebäudes kommen sah, warf sie Allen die Zügel zu und schrie in panischem Schrecken: »Beeil dich, man hat Alarm ausgelöst!«

Allen zögerte keinen Augenblick, sprang in den Sattel, und die drei galoppierten bereits die verlassene Straße hinunter, als die ersten Schüsse fielen. Plötzlich stolperte Nicoles Pferd und stürzte laut aufwiehernd zu Boden. Glücklicherweise verlief der Sturz glimpflich, und Nicole hatte sich gerade wieder hochgerappelt, als sich Christophers Arm stählern um ihre Taille legte und sie sich mühelos vor ihm über den Sattel geworfen fühlte.

Schnell wie der Wind flogen sie dahin, und bald schon lag New Orleans meilenweit hinter ihnen. Schließlich lenkte Christopher sein Pferd in einen sumpfigen Zypressenhain hinein. Eine Zeitlang ritten sie schweigend über einen kaum erkennbaren Pfad, der an einem träge dahinfließenden Wasserlauf entlangführte.

Als Nicole gequält aufstöhnte, half Christopher ihr, sich aufzusetzen. Nach einer Weile brachte er sein Pferd zum Stehen und stieg ab. Mit ausdrucksloser Miene wandte er sich an Allen und sagte knapp: »In der rechten Satteltasche finden Sie frische Kleidung. Ich schlage vor, Sie ziehen sie jetzt an.«

Allen nickte stumm und verschwand mit dem Kleiderbündel zwischen den Bäumen, um kurz darauf in eleganter Reithose und einer gutgeschnittenen Jacke zurückzukehren.

Sekundenlang standen die beiden Männer sich schweigend gegenüber, bis Nicole sich vom Pferd schwang, auf Christopher zuging und leise fragte: »Was jetzt?«

Christopher ergriff ihre Hand und lächelte zu ihr hinab. Die Zärtlichkeit in seinem Blick nahm ihr fast den Atem.

Er sah kurz zu Allen hinüber, bevor er erwiderte: »Unsere Wege werden sich nun trennen. Wir reiten nach Thibodaux House, und Allen wird auf irgendeine Weise seinen Weg nach England finden.« Er wandte sich direkt an Allen und erklärte kühl: »In der rechten Satteltasche finden Sie auch Geld, Proviant und eine Waffe in der linken. Ich nehme an, Sie werden es jetzt auch alleine schaffen.«

Allen überhörte den provozierenden Ton in Christophers Stimme und entgegnete mit schwachem Lächeln: »Das werde ich. Da der Krieg offiziell beendet ist, wird es nicht schwer sein, ein Schiff zu finden, das mich nach England bringt.«

»Schön. Wenn Sie uns jetzt entschuldigen wollen«, erwiderte Christopher brüsk. »Wir haben eine lange Reise vor uns, und ich muß ein neues Pferd für meine Frau besorgen.«

Christopher drehte sich abrupt um und wollte Nicole mit sich ziehen. Doch diese warf ihm einen flehenden Blick zu, riß sich von ihm los und rannte zu Allen. Sie legte die Arme um seinen Hals und zog ihn an sich. »Gott mit dir, mein Freund. Vielleicht sehen wir uns eines Tages wieder.«

Allen strich zart über ihr Haar und murmelte: »Vielleicht, wer weiß? Werde glücklich, Nicole.«

Sie schenkte ihm ein letztes strahlendes Lächeln, drehte sich auf dem Absatz um und rannte zu Christopher zurück, der mit düsterer Miene neben seinem Pferd stand. Nicole berührte leicht seine Wange, und ein schuldbewußtes Lächeln zuckte um seinen Mund. Er stieg auf sein Pferd und zog Nicole hinter sich in den Sattel. Auch Allen schwang sich in den Sattel und fragte: »Auf welchem Weg umgehe ich am besten die Patrouillen?«

Christopher nickte nach Osten hin. »Reiten Sie etwa zwei Meilen diesen Pfad entlang, bis er in eine Hauptstraße einmündet. Wenn Sie dann weiter nach Norden reiten, werden Sie bald in Baton Rouge sein.«

Sie trennten sich ohne ein weiteres Wort. Christopher und Nicole ritten langsam, ohne ein bestimmtes Ziel, davon, während Allen in schnellem Galopp in östlicher Richtung verschwand. Nachdem sie eine Weile schweigend dahingeritten waren, hielt Christopher sein Pferd an, stieg ab und half Nicole aus dem Sattel.

Er zog sie neben sich auf einen gefällten Baumstamm, ergriff ihre Hand und fragte, ihr Gesicht mit einem liebevollen Blick umfangend: »Hast du Fragen?«

»Ja, eine«, erwiderte sie, und die Liebe, die in ihren Augen stand, als sie zu ihm aufsah, schien fast greifbar zu sein. »Warum hast du das getan?«

Er zögerte einen Moment, um dann mit betretener Miene zuzugeben: »Ich weiß es selbst nicht genau. Aber ich glaube, ich wollte ihm das Leben schenken, weil er das deine gerettet hat ... und ich wollte dir zeigen, wie sehr ich dich liebe. Um dir zu beweisen, daß ich all die häßlichen Dinge, deren ich dich beschuldigt habe, nie wirklich geglaubt habe. Und vor allem, um dir zu sagen, wie leid es mir tut, daß ich so dumm und verbohrt war.«

»Und du wirst nie wieder so sein?« murmelte Nicole ernst.

Christopher warf ihr einen nachdenklichen Blick zu. »Das kann ich dir nicht versprechen. Ich kann nur sagen, daß ich mich bemühen werde, keine voreiligen Schlüsse mehr zu ziehen, ohne dich vorher angehört zu haben. Doch ich kann dir nicht versprechen, daß ich nicht eines Tages wieder die Beherrschung verlieren und grob und rücksichtslos sein werde. Was ich dir jedoch versprechen kann«, sagte er mit belegter Stimme und strich ihr dabei zärtlich über die Wange, »ist, daß ich dich lieben werde, bis ich sterbe. Du bist in meinem Blut wie ein süßer, wilder Zauber, den ich nie verlieren möchte.«

Voller Liebe ruhten ihre Augen ineinander, als Nicole fragte: »Und die Vergangenheit? Meine Mutter?«

Ein verschlossener Ausdruck trat auf sein Gesicht. »Die Vergangenheit liegt hinter uns. Und auch darin habe ich mich geirrt – du bist in keiner Weise wie Annabelle.« Seine bernsteinfarbenen Augen blickten beinahe ein wenig traurig, als er fortfuhr: »Unser Leben wird sicher nicht immer rosig und unbeschwert sein. Es ist nicht immer leicht, mit mir zu leben. Ich habe zu viele Menschen vor den Kopf gestoßen, als daß du dich in dem Glauben wiegen könntest, daß ich über Nacht zum idealen Ehemann werde. Ich bezweifle sogar, daß ich das je sein werde. Aber laß es mich versuchen, Nicole.« Er zog sie plötzlich fester an sich und küßte sie voller Inbrunst. »O Gott«, stammelte er schließlich. »Ich liebe dich so sehr – das ist die einzige Sicherheit, die ich dir geben kann.«

Doch das genügte Nicole. Eines Tages würden die Schatten der Vergangenheit ausgemerzt sein, und wenn die Zukunft auch turbulent und voller Aufregungen, erfüllt von Leidenschaft und glühender Liebe sein würde, sie hätte sie nicht gegen ein friedlich und ruhig dahinplätscherndes Leben eintauschen mögen.

Schweigend stiegen sie wieder auf ihr Pferd; Nicole saß hinter Christopher im Sattel und schlang ihre Arme um seine Brust. Einen Augenblick dachte sie daran, daß ihre gemeinsame Reise vor vielen Jahren auf eben diese Weise in Beddington's Corner begonnen hatte. Und bei diesem Gedanken schlossen sich ihre Arme fester um ihren Mann. Damals hatte eine drohende Zukunft voller Gefahren und Ungewißheit vor ihr gelegen – heute jedoch gab es Christopher und ihre Liebe und einen neuen Anfang. Den Anfang zu einem wundervollen gemeinsamen Leben.

Erotikon

Josefine Mutzenbacher
Die Geschichte einer Wiener Dirne von ihr selbst erzählt
(6001) DM 5,80

Alfred de Musset (zugeschrieben)
Gamiani oder Zwei tolle Nächte
Roman
(6002) DM 5,80

Weitere Bände aus der Reihe Erotikon:

James Grunert
Frauen - mein Leben
(6003) DM 5,80

Victor Hugo
Der Roman der kleinen Violette
(6004) DM 6,80

E. D.
Evasduft
(6005) DM 4,80

Crébillon der Jüngere
Sittenbilder unserer Zeit
(6006) DM 6,80

Tantris
Das Fünfeck
(6007) DM 5,80

Die philosophische Therese
(6008) DM 4,80

Goldmann Verlag München

Elisabeth Barbier
Die Mogador-Saga

Die Chronik einer französischen Gutsherrenfamilie in der Provence vom Zweiten Kaiserreich bis zum Ersten Weltkrieg - gespiegelt in den wechselhaften Schicksalen von Julia, Ludivine und Dominique von Mogador - drei Frauengestalten, die in der Weltliteratur kaum ihresgleichen finden.

Band I:
Bezaubernde Julia
(3655)

Band II:
Leid und Liebe für Julia
(3667)

Band III:
Ludivine und Frédéric
(3697)

Band IV:
Schicksalsjahre für Ludivine
(3708)

Band V:
Junge Herrin Dominique
(3724)

Band VI:
Bittersüße Liebe für Dominique
(3753)

Große Reihe

Goldmann Verlag

Dänische
Liebesgeschichten

Liebe und Sex als fröhliches Spiel, als schönster
Zeitvertreib – natürlich, witzig und voll
Unschuld gesehen und geschildert von siebzehn
dänischen Autoren.

(3531) (3649)

Niemand vermag so herrliche erotische
Geschichten zu erfinden wie unsere Nachbarn im
Norden. Da wird kein Blatt vor den Mund
genommen, da gibt es keine Prüderie und keine
falsche Scham. Man nennt die Dinge beim Namen –
und wieviele Namen gibt es dafür!

GOLDMANN VERLAG

Neumarkter Straße 18   8000 München 80

Entzieht Ihnen Sex lebenswichtige Nährstoffe?

Sind Sie nach dem Orgasmus schlanker?

In jahrelangen wissenschaftlichen Untersuchungen hat Richard Smith, einer der bekanntesten Mediziner und Physiologen, endlich die wahren Zusammenhänge zwischen Essen und Liebe aufgedeckt.
In seinem Buch SCHLANK DURCH SEX erfahren Sie, wieviel Energie für jede im engsten wie im weitesten Sinne mit Sex zusammenhängende Tätigkeit Sie aufwenden.

(3741)

Richard Smith, der während seiner grundlegenden Forschungen 112 Pfund abnahm,
gibt hier erschöpfend Antwort auf mehr als 1275 intime Fragen -
Fragen, die Sie sich sicher schon oft selbst gestellt haben.

GOLDMANN VERLAG
Neumarkter Straße 18 · 8000 München 80

Citadel-Filmbücher

Die Filmreihe ohne Alternative.
Herausgegeben von Joe Hembus.

Programm- und Preisänderungen vorbehalten

(10201) DM 19,80 — ALFRED HITCHCOCK UND SEINE FILME

(10202) DM 19,80 — JOHN WAYNE UND SEINE FILME

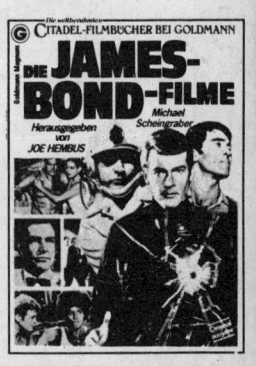

(10203) DM 19,80 — DIE JAMES-BOND-FILME

(10204) DM 19,80 — LAUREL UND HARDY UND IHRE FILME

(10205) DM 19,80 — KLASSIKER DES HORRORFILMS

(10206) DM 19,80 — ROMY SCHNEIDER UND IHRE FILME

Gary Grant und seine Filme
10217 / DM 19,80

Ronald Reagan und seine Filme
10215 / DM 14,80

CITADEL-FILMBÜCHER BEI GOLDMANN

Christa Bandmann / Joe Hembus
KLASSIKER DES DEUTSCHEN TONFILMS
(10207) DM 24,80

Robert Fischer / Joe Hembus
DER NEUE DEUTSCHE FILM 1960–1980
(10211) DM 24,80

Ilona Brennicke / Joe Hembus
KLASSIKER DES DEUTSCHEN STUMMFILMS 1910–1930
10212 / DM 19,80

Michael Conway / Mark Ricci
MARILYN MONROE UND IHRE FILME
Herausgegeben von JOE HEMBUS
(10208) DM 19,80

Tony Thomas
MARLON BRANDO UND SEINE FILME
Herausgegeben von JOE HEMBUS
(10209) DM 24,80

Clifford McCarty
HUMPHREY BOGART UND SEINE FILME
Herausgegeben von JOE HEMBUS
(10210) DM 19,80

Eberhard Spiess
HEINZ RÜHMANN UND SEINE FILME
Herausgegeben von JOE HEMBUS
(10213) DM 24,80

Lawrence J. Quirk
INGRID BERGMAN UND IHRE FILME
Herausgegeben von JOE HEMBUS
(10214) DM 19,80

Florian Pauer
DIE EDGAR WALLACE-FILME
Herausgegeben von JOE HEMBUS
10216 / DM 19,80

Im Großformat 21 x 28 cm

Dieser Lesespaß ist handlicher als Sie glauben

Goldmann Taschenbücher

fordern Sie Ihr persönliches
Gesamtverzeichnis an:
über 1629 Taschenbücher auf 64 Seiten

- **Große Reihe**

- **Klassiker**
  mit Erläuterungen

- **Großschrift**

- **Gesetze**

- **Ratgeber**

- **Magnum**
  Citadel-Filmbücher

- **Sachbuch**
  Stern-Bücher

- **Grenzwissenschaften**

- **Austriaca**

- **Science Fiction**

- **Fantasy**

- **Krimi**

- **Roman der Leidenschaft**

- **Goldmann-Schott**

- **Erotikon**
  mit Illustrationen

Bitte senden Sie mir das neue Gesamtverzeichnis

Name _____
Straße _____
Ort _____

Goldmann Verlag
Neumarkter Straße 18
8000 München 80